EIN MÄNNLEIN STIRBT IM WALDE

Markus Fix, Jahrgang 1974, ist Journalist, Autor und Presse-
referent. Nach seinem Germanistikstudium an der Universität
Freiburg und ausgedehnten Radreisen folgte ein Volontariat
bei einer Tageszeitung in Offenburg. Fünfzehn Jahre arbeitete
er anschließend als Redakteur in der dortigen Nachrichten-
redaktion. 2021 wechselte er in die Pressestelle einer Behörde.
Er lebt mit seiner Lebensgefährtin in Emmendingen nahe Freiburg. Den Schwarzwald kennt er durch viele Touren auf dem
Rennrad, dem Mountainbike und in Wanderschuhen. Er liebt
die steilen Höhen und die einsamen Täler dieser Berge.

MARKUS FIX

EIN MÄNNLEIN STIRBT IM WALDE

Schwarzwald Krimi

emons:

Bibliografische Information der Deutschen Nationalbibliothek
Die Deutsche Nationalbibliothek verzeichnet diese Publikation
in der Deutschen Nationalbibliografie; detaillierte bibliografische
Daten sind im Internet über http://dnb.d-nb.de abrufbar.

© Emons Verlag GmbH
Alle Rechte vorbehalten
Umschlagmotiv: shutterstock.com/Radiocat
Umschlaggestaltung: Nina Schäfer, nach einem Konzept
von Leonardo Magrelli und Nina Schäfer
Umsetzung: Tobias Doetsch
Gestaltung Innenteil: DÜDE Satz und Grafik, Odenthal
Lektorat: Hilla Czinczoll
Druck und Bindung: CPI – Clausen & Bosse, Leck
Printed in Germany 2024
ISBN 978-3-7408-1991-0
Schwarzwald Krimi
Originalausgabe

Unser Newsletter informiert Sie
regelmäßig über Neues von emons:
Kostenlos bestellen unter
www.emons-verlag.de

Dieser Roman wurde vermittelt durch
die Literaturagentur Beate Riess.

Für Katja

Prolog

Fast war er erleichtert, als ihm bewusst wurde, dass es nun so weit war. Er würde sterben. Jetzt. Allein. In diesem dunklen und feuchten Verlies. Er hatte keine Ahnung, wo er sich befand. Aber er ahnte, dass er unerreichbar weit entfernt war von jedem, der ihm hätte helfen können. Er hatte geschrien. Stundenlang, nachdem er hier vor mehreren Tagen aufgewacht war. Wie viele Tage es waren, konnte er nicht sagen. Er hatte das Zeitgefühl in dem immer nur stundenweise von Kerzen erhellten Raum schnell verloren. Irgendwann hatte seine Stimme versagt. Und schließlich hatte er es eingesehen. Es gab kein Entkommen aus diesem Felsenverlies. Die Tür in der Holzwand aus dicken Brettern hatte noch nicht einmal ein Schloss, das sich vielleicht hätte knacken lassen. Wahrscheinlich lag von der anderen Seite ein Balken quer davor. Einfach, aber effektiv. Nein, es gab keine Hoffnung auf Rettung, keine Hoffnung auf ein Entkommen.

Die unerträglichen Kopfschmerzen, der unstillbare Durst und die weiteren ihm bekannten Symptome hatten ihn schon vor ein paar Tagen erkennen lassen, dass es jetzt ohnehin zu spät war. Auf die Panik nach dieser Erkenntnis war erst Verzweiflung, dann Verleugnung, Verdrängung und schließlich Akzeptanz gefolgt. Es hatte noch mehrere qualvolle Tage gebraucht, die er teils im Delirium verbracht hatte, um an den jetzigen Punkt zu gelangen. Nun gab sein Körper auf, gleich würde es vorbei sein.

Er dachte an seine Tochter, mit der er in den fünf Jahren seit der Scheidung viel zu wenig Zeit verbracht hatte. An seine Freundin, wegen der er diesen qualvollen Tod erleiden musste. Aber wer hätte denn auch ahnen können, dass dieser Mensch zu so etwas fähig war? Und er hatte es clever eingefädelt und durchgeplant. Hatte ihm in den vergangenen Tagen neben einzelnen Kerzen und Streichhölzern immer genügend Wasser und Essen gebracht, sodass sein Körper bis auf die Kopfverletzung keinerlei Wunden oder Mangelerscheinungen aufweisen würde, falls man ihn irgendwann fand. Wobei er davon ausging, dass er einfach im Wald verscharrt werden würde und somit niemand jemals herausfinden konnte, was mit ihm passiert war.

Natürlich hätte er die Aufnahme von Nahrung und Wasser verweigern können. Aber Hunger und Durst waren stärker gewesen. Er hatte nie verstanden, wie Hungerstreikende es schafften, trotz vorhandener Nahrung nichts zu essen. Was für eine unfassbare Willensstärke sie haben mussten. Gestern hatte es sogar noch einmal ein Pilzgericht gegeben. Dieser eiskalte und zynische Mistkerl wusste genau, dass es mit ihm zu Ende ging.

Er konnte jetzt nur noch hoffen, dass dieser Psychopath nicht damit davonkam. Dass seine Leiche gefunden, der Mord an ihm als solcher erkannt und das Schwein erwischt wurde. Er zuckte zusammen. Eine letzte starke Welle von Übelkeit und Krämpfen durchlief seinen Körper, und er stöhnte gequält auf. Dann verlor er die Besinnung. Und wachte nicht mehr auf.

Teil 1

Tag 1

»Wir essen, wir essen, wir essen so gerne Spiegelei auf Brot ...«
Thomas Häberle musste lächeln, als er bemerkte, was er da
gerade leise vor sich hin sang, während er besagtes Spiegelei
in der Pfanne anbriet. Wo kam denn das plötzlich her, das
hatte er ja seit den Achtzigern nicht mehr gehört? Langsam
schob er einen Pfannenheber unter das Ei. Vorsichtig, nicht
das Eigelb auslaufen lassen – perfekt. Und ab damit auf das
eben besungene Brot.

Er summte die Melodie weiter, da er sich nicht mehr an
den weiteren Text des uralten Mike-Krüger-Lieds erinnern
konnte, und streute eine Prise Salz auf das Ei. Nicht zu viel,
nicht zu wenig, dazu etwas Pfeffer und nein, kein Maggi. In der
Küche seiner Mitbewohnerin Lotte Merckheim gab es diese
laut ihr »Geschmackssinn abtötende Glutamat-Plörre« nicht,
und er hatte sich damit abgefunden. Teils, weil sie ihm gezeigt
hatte, wie er seine Spiegeleier mit Liebstöckel und Petersilie
aus ihrem kleinen Kräutergarten mindestens genauso lecker
hinbekam. Und teils, weil er sich nicht traute, ihr zu widersprechen.

Sie konnte immer noch ziemlich wütend werden, die junge
Köchin, auch wenn sie sich inzwischen sehr viel besser ver-
trugen als bei seinem Einzug vor zehn Monaten. Zwar nannte
sie ihn hin und wieder noch immer »Herr Häberle«, wenn
sie richtig sauer wurde. Aber vor ein paar Wochen hatten sie
es tatsächlich geschafft, zum Du überzugehen, da es ihnen
sowieso schon öfters herausgerutscht war. Das offizielle Du
war bei einem von ihr gekochten, mal wieder hervorragenden
Abendessen ausgesprochen worden, bei dem auch seine Kolleginnen Maria Dupont und Julia Specht nebst deren Freund
Uwe anwesend waren.

Der nette und sehr humorvolle, fast zwei Meter große Mitt-
dreißiger, der mit seinen circa hundertzwanzig Kilogramm

mindestens doppelt so viel wie seine dreißig Zentimeter kleinere Freundin wog, war inzwischen fast schon Dauergast in Lotte Merckheims Küche, da auch er Koch war und zudem ein großer Bewunderer ihrer Kochkunst. Wann immer er die Möglichkeit hatte, probierte er mit der Meisterköchin neue Rezepte aus, sehr zur Freude von Julia Specht, die das Ergebnis dann immer verkosten durfte. Was wiederum eher schlecht für Häberle war, da die junge Kommissarin nicht dazu neigte, etwas übrig zu lassen, und er daher meistens leer ausging.

Egal. Die gemeinsam getrunkenen vier Flaschen Rotwein von verschiedenen Kaiserstühler Weingütern hatten den Übergang zum Du jedenfalls relativ einfach gemacht.

»Siehst du, hat doch gar nicht wehgetan, oder?«, hatte Julia Specht diese für ihn ziemlich große Sache kommentiert, da durch das Wegfallen des Siezens die letzte Barriere zu seiner Mitbewohnerin eingerissen worden war. Jetzt lebte er also offiziell mit einer »Du«-Freundin in einer Wohngemeinschaft. Wenn auch nicht in einer kleinen versifften Wohnung wie zu seiner Studentenzeit, sondern in der von seiner Tante geerbten hochherrschaftlichen Villa im Freiburger Stadtteil Herdern.

Er trug sein Spiegelei-Brot zu dem großen Esstisch in der Mitte der Küche, der dort stand, seit die uralten Geräte und Schränke »seiner« Küchenhälfte ausgeräumt worden waren. Aus allen Richtungen der Villa war Hämmern, Bohren und Sägen zu hören. Die Küche war inzwischen so ziemlich der einzige Rückzugsort in der Villa, an dem nicht gearbeitet wurde. Bis auf das Beseitigen der alten Möbel war die Profi-Küche seiner Mitbewohnerin unberührt geblieben, sodass sie weiterhin fast täglich neue Kreationen für die Speisekarte des Goldenen Hirschen austüfteln konnte, in dem sie langsam, aber beständig auf ihren ersten Michelin-Stern hinarbeitete, wenn man den begeisterten Kritiken in einschlägigen Zeitschriften glauben konnte.

In der restlichen Villa wurden Wände eingerissen und neu eingezogen, Rohre entfernt und verlegt, Decken und Böden erneuert oder aufgehübscht, die Elektrik komplett ersetzt und so vieles mehr. Zumindest beim Wändeeinreißen konnte Häberle ab und zu helfen, was ihm wirklich Spaß machte. Den Vorschlaghammer schwingend ein Loch in eine Wand zu hauen, war ein super entspannender Ausgleich zu der Arbeit als Hauptkommissar im Morddezernat, fand er. Außerdem hoffte er insgeheim, dass dadurch ein paar Euro weniger auf den fast täglich ins Haus flatternden Rechnungen aufgeführt würden. Selbstbeteiligung war das Zauberwort. Aber natürlich waren die paar eingesparten Cent nur Peanuts im Vergleich zu den Summen, die die Renovierung kostete.

Die Bank hatte ihm und Lotte Merckheim das Geld mit der Villa als Sicherheit gern gegeben, und zu Häberles Überraschung und Erleichterung hatte seine Mitbewohnerin, die von seiner Tante lebenslanges Wohnrecht in der Villa zugesichert bekommen hatte, eine ansehnliche Summe aus dem Verkauf eines großen geerbten Waldstücks nahe ihrem Heimatort im Schwarzwald beigesteuert. Trotzdem, sobald er vom Bauleiter eine WhatsApp mit dem Inhalt »Morgen ist in einem der Stockwerke wieder Abrisstag!« bekam, versuchte er freizubekommen und zog morgens seine ältesten Klamotten und die noch immer sehr neu aussehenden Sicherheitsschuhe mit den Stahlkappen an. Dann schulterte er seinen Vorschlaghammer, der laut Obi-Verkäufer der Ferrari unter den Vorschlaghämmern war, und ging voller Vorfreude in das betreffende Stockwerk. Dort nickten ihm dann die Bauarbeiter zu, gaben ihm eine Schutzbrille und zeigten auf die zu entfernende Wand.

Ausholen, draufhauen und dann schauen, was passiert. Es passierte nämlich nicht immer das Gleiche, schließlich war die Villa über hundertfünfzig Jahre alt. Manchmal schlug er auf eine dünne Wand aus roten Ziegelsteinen ein, bei der die Zwischenräume mit Stroh gedämmt waren. Ein andermal war es Porenbetonstein, was auf eine neuere Wand hinwies. Einmal hatte er auch große, mit Lehm vermörtelte Sandsteine vorgefunden. Und ein anderes Mal war er beim Draufhauen fast durch die Wand geflogen, weil sie nur aus ein paar Brettern bestand. Die Bauarbeiter hatten einen Riesenspaß gehabt, denn sie hatten es natürlich gewusst. Seitdem klopfte er immer erst vorsichtig mit dem Hammer gegen die Wand und lauschte auf den Klang, bevor er zuschlug.

Langsam auf seinem Spiegelei-Brot kauend hörte er auf die Geräusche im Haus. Das würde noch Monate so weitergehen, bis alles fertig war, er und Lotte Merckheim ihre jeweiligen zwei Zimmer mit Bad beziehen und sieben weitere Zimmer mit zwei Etagenbädern an Studenten vermietet werden konnten. Das war der Plan. Und dann würde in der großen Villa noch immer mehr als genug Platz zur Verwirklichung weiterer, noch nicht spruchreifer Pläne zur Verfügung stehen. Lottes Traum von einem eigenen Restaurant im Erdgeschoss kam immer mal wieder zur Sprache, aber sie waren sich zum Glück einig, dass erst mal die aktuellen Umbauten beendet werden mussten.

»Wir essen, wir essen, wir essen so gerne …«, brummte er wieder vor sich hin und schaute traurig auf seinen inzwischen leeren Teller. Fertig. Schade. Also musste er jetzt wohl oder übel ins Polizeipräsidium.

Er räumte den Teller in die Spülmaschine, ging in sein Zimmer, das bisher von den Umbauten unberührt geblieben war, zog sich eine Jeans und einen Pullover an und steckte eine Mütze in die Tasche seines Parkas. Die Sonne schien zwar vom blauen Oktoberhimmel, wie er bei einem schnellen Blick aus dem Fenster sah. Aber in den vergangenen drei Wochen war es herbstlich geworden in Freiburg, das erkannte man nicht nur an den bunten Blättern an den Bäumen, sondern spürte es auch an den sinkenden Temperaturen. Vor allem am Morgen war es empfindlich kalt.

Zudem hatte es zuletzt immer mal wieder ein paar Stunden am Stück geregnet, nachdem zuvor über Wochen hinweg kein einziger Tropfen gefallen war. Aber der Regen war mehr als willkommen und störte ihn kein bisschen. Der Sommer war herrlich gewesen, er war, wann immer er Zeit gehabt hatte, mit Rennrad oder Mountainbike getourt oder im Wald gewandert. Sogar sein Vorhaben, einen Fernwanderweg im Schwarzwald zu bezwingen, hatte er in einer Urlaubswoche umgesetzt. Fünf

Tage hatte er für die hundertneunzehn Kilometer des Schluch-
tensteigs benötigt, und jede Minute in der unfassbar schönen
und abwechslungsreichen Natur hatte ihn begeistert. Vor
allem die berühmte Wutachschlucht mit ihren steilen hohen
Wänden, der abwechslungsreichen Pflanzenwelt und der teils
abenteuerlichen Wegführung entlang des Flusses war wirklich
beeindruckend gewesen.

Sogar mit den als so unnahbar geltenden Schwarzwäldern
hatte er Kontakt gehabt, zum Beispiel bei einem feuchtfröh-
lichen Abend in der Todtmooser Kneipe Klimperkasten, bei
dem ihm ein Kräuterlikör namens Schwarzwaldteufel zum
Verhängnis geworden war. Für die letzte Etappe durch die
Wehraschlucht nach Wehr hatte er am nächsten Tag aufgrund
dieses »Teufelszeugs« sehr viel länger gebraucht als geplant.
Aber hey, die konnten wirklich lustig sein, diese Badener!

Ansonsten hatte er die Einsamkeit während der mehrtägigen
Wanderung genossen und auch genutzt. Er hatte es endlich geschafft, auch gedanklich von seiner in Berlin zurückgelassenen
Ex Melanie Abschied zu nehmen, und die hatte nun wohl auch
eingesehen, dass Schluss war, da sie sich seit über zwei Monaten nicht mehr gemeldet hatte. Das Wandern und Radfahren
hatten zudem seiner Figur gutgetan. Er konnte inzwischen
die Knöpfe seiner Hosen wieder schließen, ohne dass er den
Bauch einziehen musste. Mit siebenundachtzig Kilogramm
auf seine hundertzweiundneunzig Zentimeter Körpergröße
empfand er sich für einen inzwischen doch schon sechsund-
vierzig Jahre alten Mann mit ergrauenden Haaren insgeheim
sogar als richtiges Schnittchen. Was er so natürlich nie gesagt
hätte.

Jetzt war der Sommer aber vorbei, und er freute sich auf
seinen ersten Herbst in Freiburg.

Wie jeden Morgen, wenn er mal etwas länger schlief und ein
paar Überstunden »wegschnarchte«, hielt er auf dem Weg ins
Polizeipräsidium kurz in seinem Stammcafé Liebes Bisschen
an, um sich einen Cappuccino für jetzt und ein Stück Apfel-

kuchen für den Nachmittag zu holen. Katrin, die Inhaberin des Cafés, kannte ihn inzwischen, und er musste gar nicht mehr bestellen, um zu bekommen, was er wollte. Genau so etwas machte ein Stammcafé aus, fand er. Ob er sich wohl jemals an dem unfassbar guten Apfelkuchen sattessen würde? Er konnte es sich nicht vorstellen, aber falls es doch eines Tages passieren sollte, gab es in der Kuchenvitrine vom Liebes Bisschen zum Glück genügend lecker aussehende Alternativen.

Momentan hatte er keinen aktuellen Fall, er musste stattdessen viel Papierkram erledigen. Als er im Präsidium auf seinem Stockwerk aus dem Aufzug stieg, nickte er kurz Frau Weiß zu, der bereits seit über dreißig Jahren hier arbeitenden Sekretärin, die ihn mit ihrem phantastischen Daten- und Personengedächtnis zu uralten Fällen immer wieder zum Staunen brachte. Wie gewohnt empfing sie ihn mit ihrem »Wer-sind-Sie-denn-bitte-schön?«-Blick, um ihn kurz darauf nett anzulächeln.

Häberle lief direkt weiter in sein Büro, wo ihn seine natürlich mal wieder essende Kollegin Julia Specht empfing, die ihm nur kurz zunickte, da sie aufgrund ihres vollen Munds nicht sprechen konnte.

»Croissant?«, fragte er.

Sie nickte.

»Hast du wieder versucht, das Ganze auf einmal in den Mund zu stecken?«

Wieder nickte die junge Kommissarin.

»Hat es geklappt?«

Diesmal nickte sie nicht nur, sondern hob auch beide Daumen, während er in ihren Augen einen gewissen Stolz erkennen konnte. Er seufzte. So hatte eben jeder seine eigenen kleinen Erfolgserlebnisse. Er wartete insgeheim darauf, dass der Metabolismus seiner achtundzwanzig Jahre alten Kollegin irgendwann ermüden und sich ihr ununterbrochenes Essen dann auch auf ihren hundertfünfundsechzig Zentimeter großen Körper auswirken würde. Es war wirklich unfair, dass die Frau kein Gramm zunahm, egal was und wie viel sie aß. Mit ihrer mädchenhaften Figur und dem rotblonden Pferdeschwanz wurde sie allerdings gern unterschätzt, was bei manchen Ermittlungen bereits von Vorteil gewesen war. Denn wenn es darauf ankam, war sie knallhart und extrem schnell im Kopf.

Er setzte sich an seinen Schreibtisch und fuhr den Rechner hoch. Sein Blick fiel auf den Benjamini, den er in den vergangenen Monaten von einem sterbenden kleinen Etwas zu einem prächtigen, hübschen Bäumchen hochgepäppelt hatte. Jep, jeder hatte seine eigenen kleinen Erfolgserlebnisse. Julia Specht freute sich, wenn sie ein ganzes Croissant in ihren Mund quetschen konnte, und er, wenn er seinen kleinen, von ihm geretteten Benjamini sah. Er wollte gerade seinen E-Mail-Account öffnen, als das Telefon klingelte. Frau Weiß, wie er an der Nummer erkannte.

»Ja, was gibt es?« Er hoffte, dass nicht schon wieder Polizeidirektor Thorsten Furtwängler – inoffiziell Twitter-Thorsten genannt – mit ihm reden wollte, um ihm Ideen zu unterbreiten, wie das Polizeipräsidium in den sozialen Medien präsenter sein könnte und mehr Follower bekäme. Der Mann war besessen von diesem Thema.

»Hallo, Herr Häberle, eben kam ein Anruf vom Polizeiposten Hinterzarten rein. Es gibt einen Toten. Im Wald, bei Oberried. Oder zumindest in der Nähe. Die Kollegen von der Streife sagen, dass das – und ich zitiere – ›irgendwie komisch aussieht‹. Haben Sie Zeit, sich das anzuschauen? Oder soll ich Frau Eck oder Herrn Lanz fragen?«

Häberle war bereits aufgesprungen. Das klang definitiv besser als die Option, Papierkram zu erledigen. »Nein, ich fahre hin! Sagen Sie den Kollegen vor Ort, dass ich auf dem Weg bin, und geben Sie ihnen meine Handynummer. Sie sollen mich am Ortseingang von Oberried treffen. Ich nehme Kommissarin Specht mit. Und Hauptkommissarin Dupont, falls sie Zeit hat.« Damit legte er auf.

Julia Specht schaute ihn mit immer noch dicken Backen fragend an, während er seinen Rechner wieder runterfuhr.

»Ein Toter bei Oberried. Die Kollegen finden irgendetwas seltsam, das schauen wir uns an. Sagst du Maria Bescheid?«

Sie nickte und lief ins benachbarte Büro, während er kurz überlegte, ob er auch schon die Spurensicherung alarmieren sollte. Warum eigentlich nicht? Besser einmal zu viel als zu wenig. Während er aus dem Büro und zu seinem Auto lief, rief er bei Manuel Palmer an, dem Chef der Spurensicherung.

»Herr Schwabe, lange nicht mehr gehört, wie kann ich helfen?«

Häberle hatte sich inzwischen daran gewöhnt, dass der immer gut gelaunte Palmer ihn aufgrund seines doch sehr württembergisch klingenden Nachnamens mit »Herr Schwabe« ansprach, obwohl er ein waschechter Berliner war. *Born and raised* in der Hauptstadt sozusagen. Die vielen Schwabenwitze, die der Mann ihm um die Ohren haute, sobald sie sich trafen, gingen ihm allerdings ein bisschen auf den Zeiger. Wenn sie zumindest lustig wären.

»Hallo, Herr Palmer, wir haben einen Toten bei Oberried im Wald. Können Sie mich mit einem kleinen Team am Dorfeingang treffen? Keine Ahnung, ob ein Fremdverschulden vorliegt, aber die Kollegen, die vor Ort sind, macht anscheinend irgendetwas misstrauisch.«

»Ja, bin unterwegs«, sagte Palmer und legte auf. So mochte Häberle das, schnell und entschlossen. Er war inzwischen bei seinem alten Passat angekommen, direkt hinter ihm kamen Julia Specht und Maria Dupont aus dem Polizeipräsidium.

»Was haben wir? Einen Mord?« Maria Dupont setzte sich auf den Beifahrersitz. Wie immer war sie modisch elegant und trotzdem sportlich gekleidet. Mit ihren kurzen braunen Haaren und dem durch andauerndes Marathontraining gestählten Körper sah man ihr ihre zweiundvierzig Jahre definitiv nicht an.

»Nicht sicher, wir sollen mal nachschauen. Ich habe auch Palmer Bescheid gegeben«, antwortete Häberle, während er rückwärts aus der Parklücke fuhr.

»Soll ich dir Richtungsanweisungen geben?«, fragte von der Rückbank Julia Specht, die es wohl endlich geschafft hatte, das Croissant runterzuschlucken. Sie war geborene Freiburgerin und kannte sich hier aus, während Häberle nach seinem Umzug aus Berlin hin und wieder noch Probleme hatte, sich in Freiburg und Umgebung zurechtzufinden.

»Nicht nötig, Oberried finde ich«, antwortete er aber in diesem Fall mit einem Anflug von Stolz. Durch seine Radtouren im Sommer, die ihn sowohl durch die Rheinebene als auch durch den Schwarzwald geführt hatten, hatten sich seine Ortskenntnisse enorm verbessert. Und an Oberried war er schon mehrfach auf dem Weg zur Passhöhe Notschrei und zum Schauinsland-Gipfel durchgeradelt, sowohl mit dem Rennrad als auch dem Mountainbike. Er fuhr auf die Bundesstraße 31 Richtung Titisee und gab Gas.

Als sie in Oberried einfuhren, wartete bereits ein Beamter mit einem Polizeiauto auf sie, und nach zwei Minuten gesellte sich auch Palmer mit einem kleinen Transporter und zwei seiner Kollegen dazu. Im Konvoi fuhren sie erst auf einer schmalen geteerten Straße durch den Ort und danach an mehreren idyllisch zwischen Wiesen liegenden Höfen vorbei, um dann auf teils ziemlich ausgewaschenen Wegen durch den Wald zu fahren.

»Schaut mal, die haben den Weg zum möglichen Tatort sogar schon beschildert!« Julia Specht zeigte grinsend auf ein Schild für Wanderer, auf dem neben den Entfernungen zum Feldberg und zu einem Ort namens Zipfeldobel auch »Toter Mann – 6 km« zu lesen war.

Häberle schnaubte nur kurz. Vor ein paar Monaten hätte er sich vielleicht noch über diesen seltsamen Namen gewundert, inzwischen wusste er aber, dass es sich beim »Toten Mann« um einen knapp über tausenddreihundert Meter hohen Schwarzwaldberg handelte, den er sich auf dem Weg zum Feldberg auch schon mit dem Mountainbike hochgequält hatte. Die vielen Höhenmeter hatte er damals nur geschafft, weil er unterwegs an mehreren bewirtschafteten Berghütten vorbeigekommen war. Ein riesiger Rhabarberkuchen in der Erlenbacher Hütte und ein großes Käsebrot in der Zastler Hütte hatten ihm die nötige Kraft für die Fahrt zum mit 1496 Metern höchsten Schwarzwaldgipfel verliehen.

»Weiß einer von euch, warum der Berg so einen komischen Namen hat? Habe ich mich immer schon gefragt«, sagte Julia Specht.

Häberle schüttelte nur den Kopf. Woher sollte denn bitte schön jemand, der kein Heimatforscher war, wissen, woher die ganzen Berge ihre Namen hatten? »Vielleicht ist da oben mal vor ein paar hundert Jahren jemand vom Blitz erschlagen worden«, wagte er trotzdem eine mögliche Erklärung.

»Nein, kein Blitz. Eine eingeklemmte Hand«, meldete sich in dem Moment Maria Dupont vom Beifahrersitz.

Natürlich, dachte Häberle. Er erwischte sich mal wieder dabei, wie er zwischen Neid und Bewunderung schwankte, als seine Kollegin erklärte, wie der Berg zu seinem Namen gekommen war. Es schien wirklich nichts zu geben, was sie nicht wusste, was zugegebenermaßen bei Ermittlungen eine große Hilfe war.

»Es heißt, dass ein Holzfäller sich vor langer Zeit dort oben beim Arbeiten die Hand in einem riesigen Baumstamm eingeklemmt hat, den er spalten wollte. Er konnte sich nicht befreien und ist jämmerlich verdurstet, da er erst nach mehreren Tagen gefunden wurde. Seither trägt der Berg den Namen Toter Mann«, klärte Dupont sie auf.

»Cool, was du alles weißt.« Julia Specht schaute Maria Dupont bewundernd von der Seite an.

Ja, cool, dachte Häberle. Aber er blieb dabei: Irgendwie war es auch beängstigend. Wie konnte diese Frau sich das alles merken? Er selbst hatte sich vor Kurzem sogar dabei erwischt, wie er den Namen der Straße vergessen hatte, in der er jetzt wohnte.

Wenige Minuten später schaltete der Streifenwagen vor ihnen sein Warnblinklicht an und fuhr langsam an den Wegrand. Durch den Regen der vergangenen Tage war der Boden etwas feucht, aber soweit Häberle das beurteilen konnte, bestand keine Gefahr, in den neben dem Weg verlaufenden Graben abzurutschen. Er parkte hinter dem Streifenwagen, Palmer davor. Ein paar Meter weiter standen mehrere Baumaschinen, hier wurde wohl gerade der Weg erweitert.

»Okay, hier müssen wir in den Wald«, rief ihnen der Polizeibeamte zu, der sich vorhin als Oberwachtmeister Kevin Ell vorgestellt hatte. Er war ausgestiegen und zeigte nach vorne auf einen schmalen Pfad, den ein Schild als »Felsenweg« auswies. Ell ging voraus, dann folgten hintereinander Häberle, Specht, Dupont, Palmer und dessen zwei Mitarbeiter.

»Jetzt merke ich es erst, hier war ich schon mal!« Julia Specht schaute sich um. »Das ist der Weg zum Gfällfelsen, da kann man total viele Routen klettern, von leicht bis schwer. Manche sind bis zu hundert Meter lang. Als ich noch jung war, bin ich hier mit Uwe manchmal hochgekraxelt.«

»Als du noch jung warst? Was bist du denn jetzt, bitte schön?« Häberle schaute über die Schulter nach hinten zu seiner achtundzwanzigjährigen Kollegin.

»Jetzt geh ich auf die dreißig zu. Noch zwei Jahre, dann bin ich nicht mehr cool und hip, sondern eine langweilige mittelalte Dame.«

»Vorsicht, eine kleine Warnung einer mittelalten Dame. Je älter du dich machst, desto älter werde auch ich, und das lasse ich mir nicht gefallen«, meldete sich Maria Dupont von hinten. »Gib mir ein paar Expresssets, Kletterschuhe und ein Seil, und ich zeige dir mal, wie eine mittelalte Dame hier die Felsen hochjagt, du Küken!«

Sie liefen weiter auf dem felsigen Weg, der langsam anstieg. Links ragten immer mehr Felswände in die Höhe, groß und mächtig, wie Häberle sie bisher noch nie im Schwarzwald gesehen hatte. Kein Wunder, dass hier geklettert wurde. Rechts ging es steil den Hang hinunter, überall lagen kleine und große Felsbrocken zwischen den Bäumen, der Pfad war so schmal, dass sie wirklich nur hintereinander laufen konnten. Wenn wir uns jetzt an den Schultern fassen, haben wir eine prima Polonäse, dachte er und musste grinsen.

»Hier fliegen gleich die Löcher aus dem Käse, denn nun geht

sie los, unsre Polonäse, von Blankenese bis hinter Wuppertal«, fing in dem Moment auch schon der immer fröhliche Manuel Palmer an zu singen, der vor Kurzem seinen sechzigsten Geburtstag gefeiert hatte und dort mit Sicherheit diesen Party-Knaller hatte auflegen lassen. Dass sie auf dem Weg zu einem Toten waren, störte ihn dabei nicht, aber Pietät war noch nie seine Stärke gewesen, wie Häberle schon des Öfteren hatte feststellen müssen.

Er schüttelte verwundert den Kopf. Heute Morgen Mike Krügers »Spiegelei auf Brot«, und jetzt ließ Palmer den Hit von Gottlieb Wendehals durch den Wald schallen. War heute Schlechte-Songs-aus-den-Achtzigern-Tag?

Polizeiwachtmeister Ell schaute über die Schulter. »Noch vierzig Meter, dann sind wir bei dem Toten.«

»Wie wurde er denn gefunden? Und können Sie uns schon sagen, was sonst noch bekannt ist?«, fragte Häberle. In Oberried hatten sie sich nur kurz vorgestellt und waren nach dem Eintreffen von Palmer gleich losgefahren, sodass sie bisher noch gar nicht dazu gekommen waren, sich über den bisherigen Sachstand informieren zu lassen.

»Ein Mountainbiker hat ihn entdeckt, als er den Pfad hier runtergekommen ist. Eigentlich darf er den ja nicht fahren, aber ich glaube, das ist jetzt nicht so wichtig.«

Häberle brummte zustimmend. In Baden-Württemberg gab es die Regel, dass Radfahrer nicht auf Wegen unterwegs sein durften, die schmaler als zwei Meter waren. Und dazu zählte dieser Pfad definitiv. Aber natürlich machte es sehr viel mehr Spaß, auf schmalen Pfaden zu fahren als auf breiten, gut ausgebauten Waldwegen, wie Häberle aus eigener Erfahrung wusste.

»Jedenfalls kam er hier vorbei und hat den Mann gefunden, bereits tot«, erzählte der Beamte weiter. »Er hat bei der Wache angerufen, und wir sind hergefahren, um uns das anzuschauen.«

»Konnten Sie irgendwelche Verletzungen an dem Mann feststellen?«, fragte Palmer von hinten.

»Er hat eine übel aussehende Kopfwunde, die aber schon einigermaßen verheilt zu sein scheint«, antwortete Ell. »Ansonsten haben wir ihn noch nicht so genau untersucht. Auf den ersten Blick konnten wir aber nichts erkennen.«

»Und was meinten Sie bei Ihrer Meldung mit ›Sieht irgendwie komisch aus‹?« Bisher sah Häberle hier noch keinen Verdachtsfall. Der Mann konnte auch an einem Herzinfarkt gestorben oder unglücklich gestürzt sein, warum also gleich das Morddezernat alarmieren?

»Irgendwie komisch ist, dass der Mountainbiker glaubt, dass er jemanden hat wegrennen sehen, und kurz darauf ein Auto starten und davonfahren hörte. Und mein Kollege, der da vorne steht …«, Ell zeigte auf einen weiteren Beamten, der zehn Meter vor ihnen auf sie wartete, »… hat so etwas wie Schleifspuren auf dem Boden entdeckt. Also da, wo keine Felsen sind. Das kam uns seltsam vor, deshalb haben wir Sie vorsichtshalber informiert. Ist ja auch prima, dass gleich die Spurensicherung dabei ist.«

Sie waren inzwischen bei dem anderen Beamten angekommen und stellten sich kurz vor, wobei ihr Blick zu dem toten Mann ging, der etwa zwei Meter unterhalb des Pfads unübersehbar an einem Baumstamm lag, der ihn wohl davor bewahrt hatte, weiter nach unten zu rutschen und schließlich über eine Kante in die Tiefe zu stürzen.

Palmer ging mit einem »Na, dann wollen wir mal« zu dem Toten, gefolgt von seinen beiden Kollegen. Dupont und Specht ließen sich von dem zweiten Beamten, der sich als Oberwachtmeister Georg Kunz vorgestellt hatte, weitere Details erzählen, und Häberle ging zu dem Mountainbiker, der in seinen bunten Biker-Klamotten ein paar Meter weiter bei seinem teuer aussehenden Rad an einem Baum lehnte und ziemlich verstört wirkte. Häberle schätzte ihn auf Mitte dreißig, er hatte etwa seine Größe und war offensichtlich ziemlich durchtrainiert. Die Waden sahen jedenfalls so aus, als ob er keine Angst vor langen Steigungen haben müsste.

»Hallo, Hauptkommissar Thomas Häberle mein Name,

ist es okay, wenn wir kurz reden? Können Sie mir schildern, wie Sie den Mann gefunden haben?«

Der Mann schaute ihn mit großen Augen an und nickte. »Ja. Klar.« Er räusperte sich. »Wie Sie eben sagten, ich habe den Toten gefunden. Meine App hat mir den Weg hier angezeigt. Der Mann lag da. Und ein anderer Mann ist weggerannt. Der war aber schon weit weg, als ich das bemerkt habe. Und dann ist ein Auto weggefahren. Ziemlich schnell. So wie es sich anhörte. Dann habe ich die Polizei gerufen. Zum Glück gibt es hier Netz. Und ich habe natürlich geschaut, ob der Mann noch lebt und ich helfen kann. Aber er war schon tot. Er hatte keinen Puls. Dann kam ja zum Glück die Polizei. Das dauerte aber gefühlt eine Ewigkeit.«

Häberle hätte schwören können, dass der Mountainbiker kein einziges Mal geblinzelt hatte, während er monoton seine Angaben herunterratterte. Er stand wohl unter Schock. »Okay, das ist sehr interessant«, sagte er behutsam. »Dürfte ich nach Ihrem Namen fragen?«

»Jochen. Jochen Dübel.«

»Gut, Herr Dübel. Sie sagten ja auch schon meinen Kollegen, dass Sie gesehen haben, wie ein Mann weggerannt ist. Konnten Sie erkennen, wie er aussah? Größe? Ungefähres Alter? Kleidung?«

Jochen Dübel runzelte die Stirn. »Nein. Der war schon mindestens hundert Meter weg, zwischen den Bäumen, als ich ihn gesehen habe. Wäre er nicht über ein paar Steine gestolpert, hätte ich ihn gar nicht bemerkt. Ich konnte wirklich nichts von ihm erkennen.«

»Aber Sie sind sich sicher, dass er von hier, von dem Mann, den Sie gefunden haben, kam? Hatte er Sie denn gesehen, oder warum scheint er geflohen zu sein?«

Wieder runzelte der Zeuge die Stirn. »Also ich kann es nicht sicher sagen, aber es sah schon so aus, als wäre er von hier losgerannt. Auf mich aufmerksam wurde er wahrscheinlich, weil ich etwa hundert Meter weiter oben gestürzt bin. Ich denke mal, dass ich einen Schrei ausgestoßen habe. Und ganz sicher hinterher ein paar deftige Flüche.« Er lächelte entschuldigend und schien etwas aufzutauen.

»Wie gesagt hat mir eine App den Weg angegeben, aber der liegt ein paar Stufen über meinem fahrerischen Können, ich musste dauernd schieben und das Rad tragen, weil ich nicht über die Felsen gekommen bin. Und als ich doch mal wieder versucht habe zu fahren, bin ich wie eben schon erwähnt gestürzt und habe mir das Knie aufgeschlagen.« Er zeigte auf sein rechtes Knie, das blutete. »Aber wahrscheinlich war das mein Glück, oder? Ohne den Sturz wäre ich vielleicht hier auf den anderen Mann gestoßen. Weil der mich nicht hätte kommen hören. Und wer weiß, was dann passiert wäre.«

Jetzt war es an Häberle, die Stirn zu runzeln. »Wie meinen Sie das? Denken Sie, dass von dem Mann eine Gefahr ausging?«

»Ich weiß nicht, aber hier liegt ein Toter. Und warum rennt jemand weg, wenn er nichts zu befürchten hat? Das ist doch seltsam, oder nicht? Darüber denke ich nach, seit ich den Mann gefunden und hier ganz alleine auf die Polizei gewartet habe.«

Häberle musste ihm recht geben. Hier stimmte etwas nicht, das schien kein trauriger, aber klarer Unglücksfall zu sein, bei dem ein Mann auf einer Wanderung einen Herzinfarkt erleidet oder unglücklich mit dem Kopf auf einen Stein stürzt. Da musste mehr dahinterstecken.

»Okay, Herr Dübel, Kollege Kunz wird gleich Ihre Daten aufnehmen. Könnten Sie dann noch kurz warten, falls eine meiner Kolleginnen oder die Spurensicherung noch Fragen haben? Und können Sie überhaupt heimfahren nach dem Schock, oder sollen wir Sie nachher mitnehmen?«

Dübel schüttelte den Kopf. »Nein, nein, alles gut. Ich muss eigentlich nur noch den Berg runterrollen und bis Kirchzarten fahren, das schaffe ich. Und natürlich warte ich, bis hier alles so weit geklärt ist.«

Häberle nickte und ging zu den anderen hinüber.

Manuel Palmer hatte sich inzwischen mit dem Toten beschäftigt und richtete sich gerade auf. »Wer bist du? Und warum bist du tot?«, murmelte er vor sich hin, während er sich am Kopf kratzte.

»Wer ist das? Und warum ist er tot?«, nahm Häberle die Steilvorlage auf und lächelte den Chef der Spurensicherung an.

Palmer grinste kurz und sammelte sich, bevor er seine ersten Erkenntnisse verkündete. Maria Dupont und Julia Specht sowie die beiden Polizeibeamten waren inzwischen zu ihnen getreten, und auch der Mountainbiker kam näher, um zuzuhören.

»Also, wir haben es hier mit einem etwa vierzig Jahre alten Mann zu tun. Circa hundertachtzig Zentimeter groß und etwa fünfundneunzig Kilogramm schwer. Alles geschätzt, also verklagen Sie mich nicht, wenn er sich als ein hundertneunundsiebzig Zentimeter großer Hundert-Kilo-Mann herausstellt. Er trägt nichts bei sich, weder Geldbeutel mit Ausweis oder Führerschein noch ein Smartphone, das bei der Identifizierung helfen könnte. Nicht mal ein benutztes Taschentuch befindet sich in seiner Kleidung. Und apropos Kleidung: Der Mann ist angezogen, als wäre er zu einem Stadtbummel aufgebrochen und nicht zu einer Wanderung im Schwarzwald. Halbschuhe mit glatten Sohlen, Jeans, Hemd und Jackett. Und alles müffelt ziemlich, und zwar nicht nach Wald, sondern nach zu selten geduscht. Meiner Meinung nach trägt er diese Kleidung schon längere Zeit. Und damit meine ich nicht zwei bis drei Tage, sondern mindestens eine Woche. Auf der rechten Seite und am Rücken des Jacketts ist feiner grauer Staub richtiggehend in den Stoff hineingerieben. Ich denke, dass er seine Nächte auf einem steinigen Naturboden verbracht hat.«

»Warum denken Sie das?« Häberle konnte Palmer nicht ganz folgen.

»Meine Vermutung ist, dass der Mann Rücken- und Seitenschläfer war, rechte Körperseite. Er hat im Jackett geschlafen, daher die Staubrückstände im Stoff.«

Er räusperte sich kurz. »Was die Wunde am Kopf angeht, muss die Gerichtsmedizin sich das anschauen. Auf den ersten Blick würde ich sagen, dass sie mindestens eine Woche alt ist und definitiv hätte genäht werden müssen – was sie aber nicht wurde. Gestorben ist er allerdings nicht daran, sie hat schon angefangen zu verheilen. Ansonsten sind keine weiteren äußerlichen Verletzungen zu erkennen, die seinen Tod erklären würden, auch keine Würgemale am Hals. Die Gerichtsmedizin hat also ein kleines Rätsel vor sich. Entweder die Kollegen entdecken einen Hinweis auf einen natürlichen Tod, zum Beispiel Herzinfarkt, oder sie müssen eine andere Todesursache finden. Jedenfalls nicht mein Problem, wobei ich natürlich auch gerne wüsste, warum der Mann tot ist. So weit fürs Erste. Fragen?«

»Was sagen Sie zu den Schleifspuren, die ich gefunden habe?«, meldete sich Oberwachtmeister Kunz aus dem Hintergrund.

Palmer schaute zu seinen beiden Kollegen rüber. »Mister Meister«, rief er und grinste in die Runde. »So heißt der wirklich! Mister Meister, kannst du dazu was sagen? Habt ihr was gefunden?«

Der sehr jung aussehende Spurensicherer nickte verdrießlich. »Guten Tag, Lennard Meister mein Name«, stellte er erst mal klar. »Mister Meister« mochte er offensichtlich nicht. »Ja, es gibt Spuren, die darauf hinweisen, dass der Tote hierhergeschleppt wurde.«

Häberle schaute zu seinen Kolleginnen, die ihm beide zunickten. Das lief alles auf eine Ermittlung hinaus, und so wie es aussah, auf eine ziemlich aufwendige, da es bisher kaum verwertbare Informationen gab.

»Den Spuren nach wurde der Tote unter den Achseln gehalten und vom Waldweg, wo wir geparkt haben, auf dem Pfad hierhergeschleppt. Dann wurde versucht, ihn den Hang hinunterzustoßen. Der Baumstamm, an dem der Tote hängen geblieben ist, hat das aber verhindert. Die Absätze seiner Schuhe haben auf dem Boden die Schleifspuren hinterlassen. Von der Rundung passen sie genau, das ist einwandfrei erkennbar.«

»Konntet ihr auf dem Waldweg etwas finden?« Palmer schaute seinen Kollegen neugierig an.

Meister nickte. »Ja. Da, wo die Spuren anfangen, stand ein Auto. Den Reifenabständen nach zu urteilen ein ziemlich großes. Und auf der Seite, auf der der Kofferraum gewesen sein muss, sind Abdrücke am Boden, die mit etwas Phantasie daher stammen könnten, dass ein Körper aus dem Kofferraum auf den Boden gefallen ist. Also hat der Fahrer vielleicht geparkt, der bereits tote Mann könnte aus dem Kofferraum auf den Boden fallen gelassen worden sein, und dann würde alles dafür sprechen, dass der Tote hierhergeschleift wurde, um ihn dann –«

»Stooooopp!« Alle erschraken, als Palmer seinen Kollegen laut unterbrach. »Mister Meister, das sind definitiv zu viele ›könnte‹ und ›würde‹. Wir führen schließlich keinen Konjunktiv-Handel. Und was die Phantasie angeht, überlassen wir die Joanne Rowling und ihrem Harry Potter. Wir sind die Spurensicherung, Fakten sind gut, Vermutungen schlecht.«

Die anderen schauten nach dieser Zurechtweisung etwas betreten zu Boden, aber Palmer war schon zu Lennard Meister rübergegangen. »Trotzdem gute Arbeit, Mister Meister. Mit den Fakten, dass der Tote mit einem Auto hierhergebracht wurde und die Schuhabsätze perfekt zu den Schleifspuren passen, können wir uns ziemlich sicher sein, dass dies ein Fall für Herrn Schwabe und sein Dezernat ist. Auch wenn die Todesursache noch nicht feststeht, nicht wahr?«

Er schaute zu Häberle hinüber. Bevor der aber antworten konnte, meldete sich der Mountainbiker aus dem Hintergrund. »Heißt das, ich habe einen Mörder wegrennen sehen?« In seiner Stimme war leichte Panik zu hören.

Wieder kam Häberle nicht zu Wort.

»Auch das ist nur eine Vermutung«, antwortete Palmer an seiner Stelle. »Vielleicht hat der Mann den Toten für den eigentlichen Mörder hergebracht. Als kleinen Gefallen unter Freunden. Vielleicht ist das Opfer eines natürlichen Todes gestorben und sollte hier versteckt werden. Beispielsweise, um den Tod aus welchen Gründen auch immer zu vertuschen. Vielleicht kam es zu einem tragischen Unfall, Gräte im Hals stecken geblieben oder sonst was, und jetzt musste der Erstickte weg. Oder – aber das ist nun mal nur eine von vielen Möglichkeiten – der Mann wurde ermordet, und der Mörder hat ihn hierhergebracht, um die Spuren seiner Tat zu verwischen und unerkannt weiterhin als unbescholtener Bürger mitten unter uns zu leben. Erschreckend, aber möglich. Weitere Fragen?«

»Warum schleppt jemand eine Leiche bei Tageslicht auf einem beliebten Wanderweg, der noch dazu zu einem bekannten Kletterfelsen führt, mitten in den Wald und entsorgt sie nicht direkt neben dem Auto?« Julia Specht schaute fragend in die Runde.

»Auch hier kann ich nur mutmaßen«, antwortete Palmer. »So wie der Wald hier aussieht, ist es Bannwald, das heißt, er wird sich selbst überlassen. Keinerlei Waldwirtschaft, also auch keine Baumfällarbeiten. Zudem ist es hier an dieser Stelle besonders steil, da vorne geht es über eine Kante viele Meter nach unten. Da geht keiner runter, um sich mal kurz zu erleichtern oder so. Zwischen den vielen Felsbrocken gibt es zudem viele Versteckmöglichkeiten. Vielleicht waren es auch die Baumaschinen vorn auf dem Waldweg, die den geflüchteten Mann dazu veranlassten, den Toten hierherzuschleppen und nicht direkt beim Auto zu entsorgen. Schließlich ist davon auszugehen, dass dort in den nächsten Tagen einige Bauarbeiter unterwegs sein werden. Aber wie gesagt, alles nur Mutmaßungen.«

Palmer war fertig, und Häberle schaute ihn etwas genervt an. »Sind Sie jetzt so weit durch mit Ihren Theorien? Dann erst mal an alle hier Folgendes, auch an Sie, Herr Dübel.« Er schaute zu dem Mountainbiker. »Absolute Funkstille, was die Presse angeht. Natürlich gibt es eine Pressemitteilung, mit dem Inhalt, dass ein toter Mann im Wald bei Oberried gefunden wurde. Darüber hinaus aber weder Fakten noch Vermutungen noch Theorien, alles klar? Infos gehen nur über unsere Pressestelle raus.«

Er schaute kurz in die Runde, und alle nickten. Er wandte sich noch mal an den Mountainbiker. »Herr Dübel, ich kann Ihnen natürlich nichts verbieten, aber ich würde Sie doch sehr bitten, vorerst nichts oder nicht zu viel zu erzählen. Vor allem nicht die ganzen Vermutungen, die Herr Palmer hier gerade von sich gegeben hat, so viel nämlich zu Joanne Rowling und Harry Potter.« Er schaute kurz zu dem Chef der Spurensicherung, der übertrieben mit den Augen rollte.

»Bevor wir nicht die Identität des Mannes ermittelt und die Angehörigen informiert haben, würden sämtliche Gerüchte über einen möglichen Mord nur für Klatsch und Tratsch sorgen. Also bitte, halten Sie sich etwas zurück.«

Wieder nickte Jochen Dübel.

»Gut, dann war es das fürs Erste. Julia und Maria, wir besprechen gleich im Auto, wie wir weiter vorgehen. Die Herren von der Spurensicherung, schauen Sie sich noch etwas um und warten Sie auf die Gerichtsmediziner, die die Leiche abholen?«

Palmer streckte den rechten Daumen nach oben. »Wird gemacht.«

»Und Herr Ell und Herr Kunz, vielen Dank erst mal. Wir melden uns, wenn wir noch Fragen haben. Genau wie bei Ihnen, Herr Dübel. Auf geht's.«

＊＊＊

Langsam rollte er durch den sich in der Freiburger Innenstadt mal wieder stauenden Verkehr, um in einer Waschanlage den verdächtigen Dreck von seinem Land Cruiser entfernen zu lassen. Um die tiefen Kratzer im Lack würde er sich kümmern, wenn das alles vorbei war, an denen konnte er momentan nichts ändern.

In ihm brodelte es. Das war schiefgegangen. Und zwar gründlich. Erst hatte dieser Scheißtyp, den er so sehr hasste, sein kleines Zusatzgeschäft platzen lassen. Wodurch die letzte Barriere weggeschwemmt worden war, die ihn von dem abgehalten hatte, was er eigentlich schon seit Monaten hatte tun wollen: ihn töten. Dann hatte es sehr viel länger gedauert als angenommen, bis er gestorben war. Klar, er hätte ihn auch mit einem Messer abstechen oder ganz einfach mit seinen Händen erwürgen können, aber ein schneller Tod wäre zu einfach gewesen für diesen Drecksack. Er hatte so lange davon geträumt, ihn um die Ecke zu bringen, und genau gewusst, wie es passieren sollte. Wie es passieren musste. Langsam und qualvoll. Er hatte dafür sogar sein Verlies, wie er es nannte, vorbereitet. Alles schien perfekt abzulaufen, genau wie geplant. Aber jetzt hatte er seine Leiche nicht unbemerkt verschwinden lassen können. Was für eine verfluchte Scheiße!

Er zählte langsam bis zehn, versuchte sich zu beruhigen. Verdammte Mountainbiker, vor denen war man wirklich nirgends sicher! Nicht mal so früh am Morgen! Und dann waren da auch noch plötzlich Bauarbeiten, wer konnte denn so etwas ahnen? Mitten im Wald!

Er hatte so gehofft, dass er Stefan zwischen den Felsen für immer verschwinden lassen konnte, aber er musste zähneknirschend zugeben, dass das eine bescheuerte Idee gewesen war. Der Schwarzwald war riesig, da gab es abgelegenere Plätze, wie er nur zu gut wusste. Er war einfach zu faul gewesen, weit zu fahren. Und genauso gut hätte er ihn auch direkt beim Verlies verbuddeln können. Aber da er das Versteck vielleicht mal wieder brauchen würde, hatte er keine Leiche dort haben wollen. Warum, wusste er selbst nicht so genau. Er hatte ja wohl keine Angst vor Geistern, verdammt noch mal!

So bescheuert, so bescheuert, so bescheuert! Er schlug auf das Lenkrad. Einmal. Zweimal. Wie blöd konnte man sein, was hatte er sich nur dabei gedacht? Wieder fing er an, langsam bis zehn zu zählen, aber dann hielt er es nicht mehr aus, verlor mal wieder die Beherrschung und schlug mit aller Kraft auf das Lenkrad ein, während er seinen ganzen Frust herausschrie. »So eine verdammte Scheiße, ich könnte kotzen!«

Links von ihm an der roten Ampel schaute ihn eine Autofahrerin durchs Fenster an und zeigte ihm kopfschüttelnd den Vogel. Fast wäre er ausgestiegen und hätte seine Wut an ihr ausgelassen. Aber er beherrschte sich gerade noch rechtzeitig und zeigte ihr stattdessen den Mittelfinger. Jetzt aufzufallen war das Letzte, was er sich erlauben konnte. Stattdessen atmete er dreimal tief durch, schlug noch einmal mit aller Kraft auf das Lenkrad und überlegte dann, was zu tun war.

Stefans Smartphone hatte er bereits vor Tagen zerstört und entsorgt. Seines lag wie immer, wenn er in den vergangenen Tagen in Sachen Stefan unterwegs gewesen war, zu Hause. Um keine Spuren zu hinterlassen, auch keine digitalen. Stefans Geldbeutel mitsamt Inhalt war bereits auf Nimmerwiedersehen im Leopoldskanal verschwunden. Nur das Buch hatte er noch. Aber auch das würde er schweren Herzens loswerden müssen, am besten verbrennen. All die akribische Arbeit von fast hundert Jahren. Und dann hatte er auch noch das Glück gehabt, dass Stefan es bei sich getragen hatte, als er zu ihm gekommen war! Wie viel Geld er damit verdienen könnte, wenn er es richtig anstellte! Aber es half ja nichts, es durfte nicht bei ihm und am besten gar nicht gefunden werden. Also weg damit.

Und danach? Das Verlies putzen, und zwar gründlich. Sodass nichts mehr darauf hinwies, dass Stefan darin seine letzten Tage verbracht hatte und gestorben war, falls der Ort jemals gefunden werden sollte.

**

»Okay, eure ersten Gedanken. Wie gehen wir vor?« Häberle lenkte den Passat durch den Wald und passte auf, dass er nicht an einer der unzähligen Abzweigungen falsch abbog. An einer Stelle kreuzte der Weg einen Downhill-Trail für Mountainbiker, mehrere Schilder wiesen darauf hin. Er fuhr in Schrittgeschwindigkeit, denn er hatte schon gesehen, wie schnell die Radverrückten auf den im Schwarzwald extra angelegten Wegen teilweise unterwegs waren. Und hätte er es gekonnt, wäre er bestimmt auch so gefahren. Das sah nach einem riesigen Spaß aus, wenn die mit ihren Rädern die Steilkurven nahmen, bis zu zwanzig Meter weite Sprünge anscheinend spielerisch landeten und auch sonst eine Fahrsicherheit zeigten, von der er nur träumen konnte.

Er konzentrierte sich wieder auf die anstehenden Ermittlungen und schaute kurz in den Rückspiegel zu Julia Specht, die sich gerade einen Schokoriegel in den Mund steckte, und dann zu Maria Dupont.

»Zuerst brauchen wir die Identität des Opfers, also Fingerabdrücke nehmen und schauen, ob wir ihn im System haben. Falls nicht, Gebissabdrücke anfertigen lassen und an die Freiburger Zahnärzte schicken. Und natürlich die Vermisstenmeldungen durchschauen, vielleicht passt ja eine davon zu unserem Toten«, zählte Hauptkommissarin Dupont das in solchen Fällen standardmäßige Vorgehen auf.

»Dann brauchen wir die Todesursache, ohne die können wir keine Mordermittlung starten, auch wenn mein Bauchgefühl sagt, dass es ein Mord war«, fuhr sie fort. »Und ja, ich weiß, Bauchgefühl ist keine Wissenschaft, und wie schon Dürrenmatt sagte: ›Unter Intuition versteht man die Fähigkeit gewisser Leute, eine Lage in Sekundenschnelle falsch zu beurteilen.‹ Aber mal ehrlich, was soll es denn sonst gewesen sein? Ein tödlicher Herzinfarkt bei einem circa Vierzigjährigen? Kommt vor, aber doch sehr selten. Und niemand bringt eine Leiche in den Wald, wenn er nicht etwas wirklich Fieses zu verbergen hat. Wie eben einen Mord.«

»Ich hab auch einen Spruch zum Thema Bauchgefühl: ›Vom Feeling her hatte ich ein gutes Gefühl.‹ Hat irgendwann mal irgendein Fußballer gesagt«, meldete sich Julia Specht vom Rücksitz. »Ansonsten sehe ich es wie Maria. Ohne die Identität und die Todesursache sitzen wir ziemlich auf dem Trockenen, was die Ermittlungen angeht. Vielleicht könnten wir noch einen Aufruf an die Bevölkerung in Oberried und Umgebung machen, sich zu melden, falls jemand heute zwischen …«, sie schaute kurz auf ihren Notizblock, auf dem sie die Angaben des Mountainbikers notiert hatte, »… zwischen neun und neun Uhr dreißig ein großes unbekanntes Auto auf einem Waldweg gesehen hat. Aber bevor wir nicht sicher wissen, dass es Mord war, lohnt sich der Aufwand wahrscheinlich nicht.«

Inzwischen waren sie aus dem Wald heraus und wieder auf einer asphaltierten Straße, sodass Häberle etwas mehr Gas geben konnte.

»Also erstens, der Fußballer war Andreas Möller. Zweitens, die Zitate von Maria sind sehr viel hübscher und auch intellektuell ansprechender als deine. Und drittens habe ich euren Vorschlägen nichts hinzuzufügen. Maria, kannst du nachher zur Gerichtsmedizin gehen, um schnellstmögliche Ergebnisse und die Fingerabdrücke zu erhalten? Dann kann Julia die Vermisstenmeldungen durchschauen. Ich informiere Furtwängler über die bisherigen Erkenntnisse und bereite auch schon die Pressestelle darauf vor, dass da etwas auf sie zukommen wird.«

Beide Kolleginnen nickten, Julia Specht schmollte allerdings ein bisschen. »Möller-Schnöller. Mir doch egal. Und von Dürrenmatt kenne ich auch ein Zitat, das hat mir meine Deutschlehrerin in der sechsten Klasse immer vorgetragen, wenn sie mal wieder meine Schrift nicht lesen konnte: ›Leserlichkeit ist die Höflichkeit der Handschriften.‹ Mit anderen Worten: Ich habe eine unhöfliche Handschrift.«

Zurück im Polizeipräsidium verabschiedete sich Maria Dupont sofort Richtung Gerichtsmedizin, um dort auf das Eintreffen der Gerichtsmediziner mit dem Toten zu warten, während Thomas Häberle und Julia Specht ins Büro gingen, um ihre Aufgaben zu erledigen.

Der Hauptkommissar wollte gerade bei Frau Weiß anfragen, ob Polizeidirektor Thorsten Furtwängler für ein kurzes Gespräch zur Verfügung stehe, als seine Kollegin einen triumphierenden Schrei ausstieß. »Hab ihn!«

Häberle drehte sich um. »Wen hast du?«

»Na, den Toten! Hier, schau.« Sie drehte den Laptop ein bisschen, damit Häberle auf den Bildschirm sehen konnte. Sie hatte wohl sofort nach dem Eintreffen im Büro den Ordner mit den aktuellen Vermisstenanzeigen geöffnet, und auf dem aufgerufenen Foto lächelte ihm tatsächlich der Tote aus dem Wald entgegen.

»Das ging schnell, gut gemacht«, murmelte er und las dann die wenigen Informationen unter dem Foto laut vor: »Stefan Schwamm, geboren 1979, zuletzt gesehen am 21. September. Vermisstenanzeige aufgegeben von Heike Schwamm (Tochter) und Andrea Lauber (Lebensgefährtin). Okay. Die Kontaktdaten sind alle da.« Er schaute Julia Specht an. »Das ist dreizehn Tage her, seit er zuletzt gesehen wurde. Wann wurde die Vermisstenanzeige aufgegeben?«

Die Kommissarin klickte sich kurz durchs Menü. »Hier: Aufgenommen am 23. September um dreizehn Uhr fünfundvierzig auf der Polizeiwache Freiburg-Stühlinger von Wachtmeister Konrad Gleiber.«

Häberle sah sie überrascht an. »Nur zwei Tage nach dem Verschwinden. Da wurde schnell reagiert. Schließlich handelt es sich um einen erwachsenen Mann, es gibt Tausende Erklärungen und Möglichkeiten, warum er für ein paar Tage nicht aufzufinden ist oder nicht erreichbar sein will.«

Julia Specht nickte. »Das stimmt. Vielleicht war er noch niemals in New York. Oder auf Hawaii. Oder lief noch nie durch San Francisco in zerrissenen Jeans, um mal drei Gründe aufzuzählen, aus denen man laut Udo Jürgens Hals über Kopf das Weite suchen kann. Halte ich aber für eher unwahrscheinlich. Und was machen wir jetzt? Wir müssen die Angehörigen darüber informieren, dass der Vermisste gefunden wurde und leider tot ist. Aber ermitteln wir auch schon in Richtung Mord? Und sagen wir den Angehörigen, dass es möglicherweise Mord war?«

Sie schaute ihn neugierig an, und er musste zugeben, dass das gute Fragen waren, die er zu beantworten hatte. Schließlich war er ihr Vorgesetzter und sie noch immer in der Lernphase, vor allem wenn es darum ging, die richtige Vorgehensweise nach einem Mord zu beachten.

Er räusperte sich. »Wir können nicht warten, bis die Gerichtsmedizin etwas herausgefunden hat. Die Hinterbliebenen haben ein Recht darauf, so schnell wie möglich zu erfahren, dass der Vermisste gefunden wurde und tot ist. Wir fahren da jetzt hin, sagen es ihnen und werden dann auch gleich darauf hinweisen, dass es ein Fremdverschulden geben könnte. Das M-Wort vermeiden wir möglichst. Trotzdem, wenn von den Hinterbliebenen Mutmaßungen geäußert werden, haken wir natürlich nach. Okay?«

»Alles klar«, sagte Julia Specht. »Und zu wem gehen wir zuerst? Tochter oder Lebensgefährtin?«

»Tochter. Verwandtschaft schlägt nicht eheliche Beziehung. Sagst du Maria Bescheid? Ich laufe bei der Pressestelle vorbei, wir treffen uns am Auto.«

✳✳✳

Auf der Fahrt zu der in der Vermisstenanzeige angegebenen Adresse im Freiburger Stadtteil Stühlinger war Julia Specht ungewöhnlich ruhig.

»Alles klar bei dir, Julia? Ich frage nur, weil du seit mindestens zehn Minuten nichts gegessen hast, so kenne ich dich gar nicht«, versuchte Häberle es mit einem Scherz.

Sie lächelte kurz und etwas verkrampft. »Hast du schon öfters Todesnachrichten überbringen müssen?«

Häberle wiegte den Kopf hin und her. »Oft würde ich nicht sagen, aber schon das ein oder andere Mal. Ist es bei dir eine Premiere?«

Sie nickte stumm. Eine Weile war es ruhig. »Gibt es einen Trick? Ich meine, um es weniger schlimm für den Betroffenen und weniger unangenehm für die Überbringerin zu machen?«

Er schüttelte den Kopf. »Nein. Und wie schlimm eine Todesnachricht ist, hängt auch immer davon ab, wie eng sich das Opfer und die Hinterbliebenen gestanden haben. Ich habe schon erlebt, dass Nachbarn einerseits mit Schreikrämpfen zusammenbrachen, weil das Opfer für sie wie ein enges Familienmitglied war. Und andererseits Kinder die Nachricht vom Tod eines Elternteils teilnahmslos entgegennahmen, weil sie sich über die Jahre komplett entfremdet hatten. Das weiß man vorher nie.«

»Und wie bereitest du dich vor? Bereitest du dich überhaupt vor?«

Er überlegte kurz. Bereitete er sich vor? »Ich sage mir immer, kurz bevor ich klingle: ›Besser ich als Martin Knuppke.‹ Das war ein Kollege von mir in Berlin. Ich war einmal dabei, wie er an der Haustür einer Ehefrau mitteilte, dass ihr Mann gerade bei einem schweren Autounfall ums Leben gekommen ist. Dann sagte er: ›Schönen Tag noch‹, drehte sich um und lief zurück zum Streifenwagen. Die Frau brach zusammen, und ich kümmerte mich um sie, so gut ich eben konnte, während er mir ›Komm schon, wir müssen weiter‹ zurief. Seitdem denke ich in solchen Situationen immer, besser ich überbringe die schlimme Nachricht als irgendein Kollege, der möglicherweise genauso gefühllos ist wie Martin Knuppke. Ich mache es so gut und einfühlsam ich eben kann. Und das ist ja irgendwie auch tröstlich für die Betroffenen. Selbst wenn die gar nicht wissen, wer Martin Knuppke ist, oder?«

Julia Specht lächelte, auch weil sie merkte, dass Häberle bei dem Thema selbst etwas unsicher war. »Ja, das stimmt. ›Besser ich als Martin Knuppke‹, das ist ein guter Leitspruch, den werde ich mir merken.«

Den Rest der Fahrt saßen sie still nebeneinander und hingen ihren eigenen Gedanken nach.

»Ja, bitte?«

Fast hatte Häberle gehofft, dass Heike Schwamm nicht zu Hause sein würde und er die unangenehme Aufgabe somit noch aufschieben konnte. Während der Fahrt hatte er auch kurz überlegt, dass er eigentlich Maria Dupont hätte bitten können, das zu erledigen. Aber das wäre feige und auch nicht fair gegenüber der Kollegin gewesen.

»Frau Schwamm?«, fragte er in die Gegensprechanlage des alten Mehrfamilienhauses, an dem er gerade beim entsprechenden Namen geklingelt hatte.

»Ja, kann ich Ihnen helfen?« Sie klang sehr nett und sehr jung.

»Guten Tag, Frau Schwamm. Mein Name ist Thomas Häberle, ich bin Hauptkommissar bei der Freiburger Polizei.« Er erwähnte weder die Spezifizierung Kriminalpolizei noch den Terminus Morddezernat, um sie nicht unnötig zu erschrecken und ihr die Nachricht möglichst schonend von Angesicht zu Angesicht überbringen zu können. »Könnten ich und meine Kollegin kurz mit Ihnen sprechen? Es geht um Ihren Vater.«

Der Türöffner summte, und sie traten ein. Laut Klingelschild musste Heike Schwamm im zweiten Stock wohnen, also gingen sie langsam die ausgetretenen Holzstufen durch das dunkle Treppenhaus nach oben. Es war ein typisches Mietshaus aus der Zeit nach dem Zweiten Weltkrieg, als der zerstörte Stadtteil Stühlinger wiederaufgebaut worden war.

Heike Schwamm stand mit vor der Brust verschränkten Armen, so als würde sie sich zu wärmen versuchen, im Treppenhaus und wartete auf sie. Sie war schätzungsweise Anfang zwanzig, höchstens eins sechzig groß, etwas stämmig und hatte ihre tiefschwarzen Haare zu einer Pagenfrisur geschnitten. Sie hatte wohl nicht mit Besuch gerechnet, denn sie trug eine alte blaue Jogginghose und einen grünen Pullover, der ihr mindestens drei Nummern zu groß war.

»Was ist mit meinem Vater, haben Sie ihn gefunden? Geht es ihm gut? Wo hat er sich denn herumgetrieben? Bestimmt irgendwo im Wald, oder?« Sie lachte leise, aber man sah ihr an, wie nervös sie war und wie sehr sie sich vor einer schlechten Nachricht fürchtete.

»Hallo, Frau Schwamm, mein Name ist Thomas Häberle, wie eben schon gesagt. Das hier ist meine Kollegin Julia Specht. Können wir vielleicht hineingehen? Wir haben leider keine guten Neuigkeiten.«

Heike Schwamm fiel in sich zusammen, als hätte ihr jemand sämtliche Energie entzogen. Man sah ihr an, dass sie sofort wusste, was das zu bedeuten hatte. Sie drehte sich um, ging in die Wohnung und ließ die Tür hinter sich offen. Häberle und Julia Specht folgten ihr.

»Bitte, setzen Sie sich«, sagte die Tochter flüsternd und

zeige auf eine kleine moderne Sitzgarnitur in einem winzigen, aber sehr geschmackvoll eingerichteten Wohnzimmer. Sie selbst ließ sich auf einen Sessel fallen.

Häberle nahm Platz. »Frau Schwamm, ich muss Ihnen leider mitteilen, dass Ihr Vater heute Morgen tot in einem Waldstück in der Nähe von Oberried gefunden worden ist«, sagte er dann seinen Spruch auf. Denn wie ein immer gleicher Spruch kam es ihm vor, aber wie sollte man auch sonst eine solche Nachricht überbringen?

»Bisher können wir nicht sagen, woran er gestorben ist, die Untersuchungen laufen. Natürlich sagen wir Ihnen sofort Bescheid, wenn wir mehr wissen. Mein aufrichtiges Beileid.«

»Von mir auch mein aufrichtiges Beileid«, sagte Julia Specht, und man konnte hören, dass sie einen Kloß im Hals hatte.

Heike Schwamm sagte nichts, nickte nur. Sie blieb so lange still, bis es für Häberle und Julia Specht fast schon unangenehm wurde und sie sich fragten, ob die Tochter überhaupt verstanden hatte, was ihr eben mitgeteilt worden war.

»Hat ihn jemand getötet?«, fragte sie dann so plötzlich, dass beide erschraken. »Ich meine, mein Vater war noch keine fünfundvierzig Jahre alt, und sicherlich war er nicht unbedingt der Fitteste. Aber er war fast jeden Tag im Wald unterwegs, immer zu Fuß, immer an der frischen Luft. Er rauchte nicht, er trank nicht. Der stirbt doch nicht einfach so. Oder ist er gestürzt? Aber nein, mein Vater stürzt nicht. Er ist immer vorsichtig!« Jetzt war es mit ihrer Selbstdisziplin vorbei, und sie fing an zu weinen.

Häberle schaute sie betroffen an und wusste nicht recht, wie er reagieren sollte. In dem Moment wurde er von Julia Specht zur Seite geschoben. Sie setzte sich zu Heike Schwamm auf die Sessellehne und nahm sie in den Arm.

»Frau Schwamm, wir wissen wirklich noch nicht, was passiert ist. Es kann ein ganz blöder Unfall gewesen sein, auch körperliche Beschwerden könnten eine Rolle gespielt haben, von denen er vielleicht gar nichts wusste. Aber auch Fremdverschulden ist eine Möglichkeit, da haben Sie natürlich recht.

Darum wäre es wichtig, dass wir Ihnen ein paar Fragen stellen könnten. Ginge das? Wäre das okay? Ansonsten kommen wir ein anderes Mal wieder, oder Sie kommen in den nächsten Tagen bei uns im Büro vorbei.«

Heike Schwamm weinte weiter. »Wo ist er denn jetzt? Kann ich ihn sehen?«

»Natürlich können Sie ihn sehen. Er ist momentan in der Gerichtsmedizin, wo wir herausfinden wollen, was mit ihm passiert ist. Wir sagen Ihnen Bescheid, wenn das erledigt ist, und dann kann ich Sie auch gerne abholen und wir gehen zusammen hin. Wäre das okay für Sie?«

Thomas Häberle schaute etwas betreten zur Seite. Das war ein bisschen sehr viel Nähe zu der Angehörigen eines möglichen Mordopfers, wie er fand. Andererseits entspannte sich Heike Schwamm sichtlich.

»Ja. Das wäre schön. Was wollen Sie denn wissen über meinen Vater?«

Der Hauptkommissar nahm das Angebot gern an. »Frau Schwamm, kannten Sie Ihren Vater gut? Hatten Sie regelmäßigen Kontakt?« Erst mal musste er herausfinden, wie viel sie über den Alltag ihres Vaters wissen konnte – und wurde in dieser Hinsicht enttäuscht.

Sie schaute ihn traurig an. »Nein. Eigentlich nicht. Also, wir haben ein gutes Verhältnis. Aber seit meine Eltern sich vor ein paar Jahren haben scheiden lassen und ich bei meiner Mutter lebte, habe ich nicht mehr so viel Zeit mit ihm verbracht. Als Kind war ich jede freie Minute mit ihm im Wald, er war ja ein sehr junger Vater und hat mich immer mitgeschleppt, wenn er irgendwo unterwegs war. Aber dann kam die Scheidung – und auch meine Pubertät, da ist Wandern und Pilzesuchen mit dem Vater nicht mehr so toll wie in den Jahren als kleines Kind.« Sie lächelte jetzt sogar ein bisschen.

»Jedenfalls sehen wir uns schon ab und zu. Er unterstützt mich auch bei der Miete, weil ich noch studiere. Ich arbeite zwar nebenher als Bedienung in einer Kneipe und übernehme auch Putzjobs, aber Sie wissen ja wahrscheinlich selbst, wie teuer das Wohnen in Freiburg ist. Also ja, wir sehen uns hin und wieder, aber nein, so richtig nah waren wir uns in den letzten Jahren nicht mehr.«

»Sie haben jetzt schon mehrfach den Wald erwähnt, und er wurde ja auch im Wald gefunden – was hat es damit auf sich?« Häberle fühlte sich unwohl, direkt nach der Überbringung der Nachricht vom Tod ihres Vaters ein verhörähnliches Gespräch zu führen, aber vielleicht führte es ja zu etwas.

Sie lächelte wieder unter Tränen, die ihr noch immer über die Wangen liefen. »Der Spitzname meines Vaters ist Schwammerl. So wie österreichisch für Pilz. Und das passt perfekt, denn mein Vater ist passionierter Pilzsammler. War passionierter Pilzsammler. Eigentlich drehte sich sein ganzes Leben um sie, so wie schon für seinen Vater und dessen Vater. Ich entstamme also sozusagen einer alten Pilzsammler-Dynastie. Das hat mein Vater immer gesagt, wenn wir mal wieder im Wald waren und an einen der Plätze gingen, an denen schon mein Opa Pilze gefunden hat und die natürlich nur innerhalb der Familie weitergegeben werden durften.«

Julia Specht hörte aufmerksam zu. »Wie gesagt, bisher ist nicht bekannt, ob Ihr Vater durch Fremdeinwirkung gestorben ist«, sagte sie. »Aber ich weiß, dass es unter Pilzsammlern zu Rivalitäten kommen kann, wenn es um die geheimen Plätze mit dem größten Vorkommen geht. Könnten Sie sich vorstellen, dass ein möglicher Mord etwas mit der Pilz-Leidenschaft Ihres Vaters zu tun hat?«

Heike Schwamm überlegte kurz und schüttelte dann den Kopf. »Nein. Nicht wirklich. Also, mein Vater war schon etwas durchgedreht, wenn es um die Plätze ging, an denen er Pilze suchte. Er hatte immer Angst, dass ihn jemand dabei beobachten könnte. Aber die Pilzsammler, die ich bei den Wanderungen mit meinem Vater früher getroffen habe, waren immer sehr freundliche Männer und Frauen. Die haben ihn höchstens mal gefoppt und im Spaß angedroht, ihn irgendwann heimlich zu verfolgen, um seine Plätze auszukundschaften.«

Das war nach Häberles Meinung erst mal genug, schließlich war noch in keiner Weise erwiesen, dass sie es mit einem Mord zu tun hatten. Also musste hier noch nicht nach eventuellen Feinden gefragt werden.

»Frau Schwamm, vielen Dank. Wir werden jetzt noch zu Andrea Lauber nach Kirchzarten fahren und ihr die traurige Nachricht überbringen. Wenn ich richtig informiert bin, war das die Freundin Ihres Vaters? Sie haben mit ihr zusammen ja die Vermisstenanzeige aufgegeben.«

Sie schaute ihn traurig an. »Ja. Andrea. Das ist furchtbar. Sie waren seit etwa zwei Jahren zusammen, und wann immer ich sie zusammen gesehen habe, fand ich es unglaublich, wie gut die beiden zusammenpassten und wie sie ununterbrochen miteinander geflirtet haben. Die Arme. Sagen Sie ihr bitte, dass sie sich bei mir melden soll? Vielleicht können wir uns gegenseitig ein bisschen trösten.«

Häberle nickte. »Das machen wir gerne. Dann würden wir jetzt gehen. Sie kommen zurecht? Sollen wir noch irgendjemanden informieren? Haben Sie jemanden, mit dem Sie reden können und der vorbeikommen kann, damit Sie nicht alleine sind?«

»Ja, danke. Ich rufe meinen Freund an. Ich bringe Sie noch an die Tür.«

Sie saßen im Auto und waren auf dem Weg zurück ins Büro. Auch Andrea Lauber hatte geweint, sie war regelrecht zusammengebrochen. Aber sie hatten sie nach einer Weile guten Gewissens allein lassen können, da eine Nachbarin vorbeigekommen war, die sich um sie kümmerte. Andrea Lauber war zu aufgelöst gewesen, um Fragen zu beantworten, daher hatten sie abgemacht, dass sie morgen noch einmal vorbeikommen würden.

Häberle schaute zu seiner Kollegin. »Und? War es sehr schlimm?«

Julia Specht lächelte ihn müde und traurig an. »Es ging so. Wie habe ich mich geschlagen?«

Er lächelte zurück und nickte anerkennend. »Besser als Martin Knuppke. Definitiv besser als Martin Knuppke.«

Als sie bei ihrem Büro ankamen, hing ein Zettel an der Tür. »15.30 Uhr: Besprechung, Raum 1. Gruß, Maria.« Häberle schaute auf seine Uhr. Na prima, nur zwanzig Minuten, um kurz alles im Kopf zu sortieren und seinen Apfelkuchen von heute Morgen zu essen. Er hatte einen Bärenhunger.

»Schaffst du das? Fünfzehn Uhr dreißig?«, fragte er.

Julia Specht nickte. »Klar. Improvisieren wir eben ein bisschen. Ich falle zwar um vor Hunger, aber essen kann ich überall, wie du weißt.«

Häberle ging zu seinem Schreibtisch und nahm sich einen Block, um ein paar Stichworte aufzuschreiben. Den Rechner machte er gar nicht erst an. Bis die alte Kiste hochgefahren war, hatten sie die Besprechung wahrscheinlich schon beendet. Er nahm sich einmal mehr vor, sich wie Julia einen der neuen Laptops einzurichten, die schon seit Monaten bei den Kollegen von der Technik lagen und nur auf einen neuen Besitzer warteten.

Pünktlich um fünfzehn Uhr dreißig gingen sie in den Besprechungsraum, wo bereits Maria Dupont an einem Tisch saß und ungeduldig mit dem Stuhl wippte. Auch Peter Hahn von der Presseabteilung war da und nickte ihnen zu, als sie eintraten.

»Wer kommt noch?«, fragte Häberle.

»Furtwängler, Palmer und auch die neue Chefin aus der Gerichtsmedizin, Dr. Endlich.« Dupont schaute auf ihre Uhr und runzelte die Stirn. Sie legte enormen Wert auf Pünktlichkeit, was Häberle recht war, da er auch keine Verspätungen mochte.

In dem Moment trat Thorsten Furtwängler durch die Tür, dicht gefolgt von Manuel Palmer und der neuen Gerichtsmedizin-Chefin. Während der über zwei Meter große Polizeidirektor in Anzug mit Krawatte und gewienerten Schuhen wie immer wie aus dem Ei gepellt aussah und Manuel Palmer mit Jeans und Outdoor-Jacke den sportlichen Sechzigjährigen gab, sah Dr. Endlich ziemlich zerzaust aus. Zwar hatte sie den obligatorischen weißen Kittel an, aber der war völlig zerknittert, genau wie die Bluse darunter. Ihre graue Stoffhose hatte mehrere Flecken, was bei jemandem, der in der Gerichtsmedizin arbeitete, immer die etwas unangenehme Frage aufwarf, um was es sich bei den Flecken wohl handeln könnte. Bei ihrer Tätigkeit gab es da gleich mehrere unappetitliche Möglichkeiten.

Häberle schätzte sie auf Ende dreißig, sie war groß für eine Frau, mindestens hundertachtzig Zentimeter, und ihre Haare waren total verstrubbelt, auch wenn sie versucht hatte, sie mit ein paar Klammern zu bändigen. Alles in allem wirkte sie irgendwie – verrückt. Das war das erste Wort, das Häberle in den Sinn kam.

Sie ging direkt auf ihn zu und streckte ihm die Hand entgegen. »Hallo, ich glaube, wir kennen uns noch nicht. Ich bin die Neue aus der Gerichtsmedizin, Anne Endlich. Denken Sie gar nicht erst über lustige Wortspiele zu dem Namen nach, die hat Kollege Palmer schon alle aufgebraucht.« Sie lächelte ihn so entwaffnend an, dass er »verrückt« als ersten Eindruck sofort strich und durch »sehr nett« ersetzte.

»Hallo, freut mich, Thomas Häberle, Morddezernat«, antwortete er.

»Endlich, Frau Endlich! Endlich lerne ich Sie kennen! So müssen Sie antworten, Herr Schwabe. Das war, denke ich, einer meiner besten Sprüche!«, hörte er Manuel Palmer aus dem Hintergrund ulken.

»Na, wenn das einer der besten war, möchte ich gar nicht wissen, was er noch für Knaller gezündet hat. Hallo, ich bin Julia Specht, ebenfalls Morddezernat.« Die beiden Frauen reichten sich die Hand und grinsten sich an. Julia Specht hatte für die Vorstellungsrunde extra den Mund geleert, nachdem sie sich zuvor mit dem Inhalt einer großen Tüte Gummibärchen gestärkt hatte.

»Gut, nachdem das nun geklärt ist, bitte ich um Einzelheiten zu dem Toten im Wald. Haben wir es mit einem Mord zu tun?« Thorsten Furtwängler schaute fragend in die Runde.

Häberle und Dupont schauten sich an, und er nickte ihr zu. »Leg los.«

Die Hauptkommissarin ging nach vorn und räusperte sich. »Sicher ist es noch nicht, es sei denn, Dr. Endlich hat neue Erkenntnisse. Was wir wissen, ist, dass es sich bei dem Mann um Stefan Schwamm handelt, vierundvierzig Jahre alt, vor dreizehn Tagen als vermisst gemeldet.«

Julia Specht hatte die Kollegin auf der Fahrt zum Polizeipräsidium bereits per Handy informiert.

»So lange lag er aber definitiv nicht im Wald, also stellt sich die Frage, wo er sich in der Zwischenzeit aufgehalten hat. Tot ist er nämlich, wie mir Dr. Endlich vorhin gesagt hat, noch keine vierundzwanzig Stunden.« Dupont schaute kurz zu der Gerichtsmedizinerin, die keine Einwände hatte.

»Ein Mountainbiker, der vorbeigekommen ist, hat ausgesagt, dass er einen Mann weglaufen sah und gleich darauf ein Auto wegfahren hörte. Herr Palmer und seine Kollegen konnten das anhand der Spuren am Tatort bestätigen. Leider konnte der Zeuge keine Personenbeschreibung liefern. Der Tote weist keinerlei Verletzungen außer einer tiefen Kopfwunde auf, die aber nicht die Todesursache ist. Sie ist schon wieder etwas verheilt. Nun zu Ihrer eigentlichen Frage, Herr Furtwängler: Haben wir es mit einem Mord zu tun? Meiner Meinung nach ja, aber eine Meinung ist ja nun mal keine Tatsache. Was wir brauchen, ist die Todesursache. Vielleicht kann ab hier Dr. Endlich übernehmen und berichten, was ihre ersten Untersuchungen ergeben haben.«

»Einen Moment noch, ich habe kurz was zum Fundort zu ergänzen«, grätschte Palmer dazwischen. »Kollege Meister hat sich noch pflichtschuldigst im näheren Umkreis des Platzes umgesehen, an dem der Tote gefunden wurde. Der Schlingel hat sich zu Recht gefragt, wohin die Leiche eigentlich unterwegs war, denn sie sollte ursprünglich bestimmt nicht so nah am Pfad liegen bleiben. Circa dreißig Meter den extrem steilen Hang runter hat er zwischen zwei Felsbrocken einen Spaten gefunden. Ziemlich neu, leider ohne Fingerabdrücke. Ich denke, wir können davon ausgehen, dass der zu dem mysteriösen Mann gehört. Entweder der Spaten ist ihm runtergefallen und den Hang runtergerutscht, oder er hatte ihn schon runtergebracht, weil er dort die Leiche verbuddeln wollte. So viel von mir, ich übergebe an die Rechtsmedizin.«

»Gut, dann ich jetzt.« Anne Endlich straffte die Schultern und ging ein paar Schritte vor in die Mitte des Raums. »Zuerst zur Kopfwunde. Die ist sehr tief, und ich denke nicht, dass sie durch einen Sturz verursacht wurde, sondern durch einen Schlag mit einem stumpfen Gegenstand. Um was es sich gehandelt hat, kann ich nicht genau sagen, aber ich tippe auf einen Gegenstand aus Holz. Möglicherweise ein Holzscheit, da ich winzige Holzspäne in der Wunde gefunden habe. Der Schlag dürfte von oben geführt worden sein, was erstens für eine große Person und zweitens wie gesagt gegen einen Sturz spricht.«

Sie sammelte sich kurz. »Hierzu eine Anmerkung: Die Verletzung müsste stark geblutet haben, und es deutet nichts darauf hin, dass sie gestillt wurde. Die Wunde hat sich selbstständig geschlossen, was bei der Tiefe mindestens eine Stunde gedauert haben dürfte. Falls der Tote in dieser Zeit irgendwo unterwegs war, ist er mit Sicherheit aufgefallen, denn sein Gesicht dürfte blutüberströmt gewesen sein. Vielleicht sollte man sich mal bei den Polizeiwachen in der Umgebung umhören, ob es irgendeine Meldung zu einem stark blutenden Mann gegeben hat.«

Häberle machte sich eine Notiz. Sehr gut, die Frau dachte mit.

»Ansonsten weist die Leiche, soweit ich das bisher gesehen habe, keinerlei äußerliche Verletzungen auf. Ich werde sie aber noch heute Abend öffnen, morgen weiß ich also mehr. Ein paar Stellen sind mir aufgefallen, bei denen es sich um kleine Ödeme handeln könnte. Falls dem so ist, dürften die Organe des Mannes interessant sein, es wird spannend sein herauszufinden, was die Ursache dafür sein könnte.« Sie lächelte und sah tatsächlich so aus, als freue sie sich auf die Obduktion.

»Da hat wohl jemand seinen Traumberuf gefunden«, flüsterte Julia Specht Häberle ins Ohr.

»Ich konnte auch einen leichten Hautausschlag an den Handgelenken feststellen, mal sehen, ob das noch wichtig wird. Zusammengefasst: Bisher kann auch ich nicht mit Sicherheit sagen, ob wir es mit einem Mordfall zu tun haben, ich hoffe aber, dass ich morgen früh mehr weiß.« Anne Endlich nickte kurz in die Runde und trat dann wieder die paar Schritte zurück.

»Gut. Sonst noch irgendwelche wissenswerten Dinge?« Furtwängler schaute jeden der Anwesenden kurz an.

»Die nächsten Angehörigen wissen Bescheid. Falls es zu einer Mordermittlung kommen sollte, können die Tochter und die Lebensgefährtin vielleicht mit Informationen behilflich sein«, meldete sich Häberle.

Der Polizeidirektor nickte. »Okay. Dann können wir auch eine kurze Pressemeldung rausgeben. Toter im Wald bei Oberried gefunden. Für die sozialen Medien ist das momentan noch nichts, oder was denken Sie, Herr Hahn?«

Der Pressesprecher nickte vorsichtig. »Richtig. Das lassen wir lieber. Die Pressemitteilung halte ich kurz, werde aber erwähnen, dass die Todesursache noch nicht feststeht. Das werden die Presseleute sonst eh nachfragen. Wie machen Sie jetzt weiter?«, fragte er in Richtung Thomas Häberle.

Der zuckte mit den Schultern. »Egal, ob es Mord war oder nicht, wir suchen nach einem Mann, der eine Leiche verschwinden lassen wollte. Die Gründe dafür dürften auf jeden Fall interessant sein. Also werden wir schauen, ob wir jemanden finden, der etwas zu einem Auto im Oberrieder Wald sagen kann, werden mit der Freundin des Toten sprechen und hoffentlich einen roten Faden finden, dem wir folgen können.«

Er überlegte kurz. »Wir warten bis morgen früh ab, wenn das für alle okay ist. Falls Dr. Endlich bis dahin schon etwas

Näheres zur Todesursache weiß, wäre das bestimmt hilfreich. Und wir werden die Idee von ihr aufnehmen und uns umhören, ob in den vergangenen Tagen irgendetwas zu einem blutüberströmten Mann gemeldet worden ist. Ansonsten war es das von meiner Seite für heute, der Papierkram wartet. So weit alles klar?«

Alle nickten, bis auf Manuel Palmer, der sich noch einmal meldete. »Wenn es okay ist, würde ich gerne Dr. Endlich assistieren. Bei Ihrem Vorgänger, dem alten Griesgram, durfte ich das nie, weil ich nicht ›vom Fach bin‹, wie er immer von oben herab gesagt hat, der olle Leichenfledderer.«

Die Gerichtsmedizinerin hob leicht pikiert die Augenbrauen. »Nur er, nicht Sie!«, beeilte sich Palmer zu sagen. »Ich würde gerne endlich mal mein Obduktionswissen vertiefen, Frau Dr. Endlich. Endlich ist das möglich.« Er konnte es einfach nicht lassen.

»Na, solange Sie mich nicht auf die Palme bringen, Herr Palmer, sind Sie herzlich willkommen.«

Palmer strahlte. »Ich sehe schon, wir werden uns blendend verstehen. Endlich – Entschuldigung, das war jetzt wirklich keine Absicht – endlich jemand, der genauso viel Humor hat wie ich, die anderen hier verstehen meine Witze einfach nicht. Können Sie sich vorstellen, dass Herr Häberle noch über keinen meiner Schwabenwitze gelacht hat? Aber so sind sie eben, die Schwaben. Total humorlos. Der hat damals auch nicht über meinen Susi-von-der-Spusi-Spruch gelacht, dabei ist das ein absoluter Spitzengag! Vielleicht könnten wir ja mal …«

Mehr konnte Häberle nicht mehr hören, Dr. Endlich hatte den Chef der Spurensicherung dankenswerterweise untergehakt und behutsam aus dem Raum geführt, während er weiter vor sich hin brabbelte.

✳✳✳

Als Thomas Häberle kurz vor zwanzig Uhr auf den Hof seiner Villa fuhr – er fand es immer noch einen seltsamen Gedanken, dass dieses riesige Gebäude durch die Erbschaft nun ihm gehörte –, knurrte sein Magen in einer Lautstärke, die sogar die im Autoradio eingelegte Interpol-CD übertönte. Kurz überschlug er, was er heute bisher gegessen hatte. Spiegelei-Brot, Apfelkuchen … das war's schon. Definitiv zu wenig, und so war die Gefahr groß, dass er sich jetzt oder später irgendeinen Fertig-Mist reinziehen würde.

In einem Karton in einer Zimmerecke hatte er noch immer ein paar Ravioli-Dosen stehen, für den Notfall. Allerdings konnte er sich sicher sein, dass er einen abfälligen Spruch von seiner Mitbewohnerin kassieren würde, wenn er sich die jetzt warm machte. Wahrscheinlich irgendwas mit Tapetenkleister und Holzspänen oder etwas in die Richtung. Und seit sie ihm gezeigt hatte, wie lecker ein gut zubereitetes Essen sein konnte, musste er ihr sogar recht geben. Dieses billige Convenience-Essen war wirklich nichts, auf das man sich freuen konnte. Lieber etwas Frisches aus der Pfanne oder dem Topf. Zumal es auch gar nicht so zeitaufwendig war, sich etwas Schnelles zu kochen, wie er sich immer als Entschuldigung für seine Faulheit eingeredet hatte. Er seufzte.

Als er an der Küchentür vorbeiging, steckte Lotte Merckheim ihren wuscheligen Lockenkopf raus. Wie eigentlich immer trug die zierliche Köchin eine Latzhose, die braunen Locken hatte sie sich mit einem Tuch hochgebunden.

»Hallo, Thomas. Hast du Hunger?«

Häberle stutzte. War das eine Fangfrage? Oder sollte er wirklich so viel Glück haben, dass sie gerade etwas auf dem Herd hatte, das sie ihm anbot? Im Hintergrund hörte er einen Song von Kraftklub, das war eigentlich ein gutes Zeichen. Ihm war aufgefallen, dass sie in letzter Zeit immer deutschen Rock oder Punkrock hörte, wenn sie kochte.

Innerlich auf ein »Das ist schade, hab die Reste gerade weggeworfen« gefasst, antwortete er vorsichtig mit einem fragenden und lang gedehnten »Jaaa?«.

»Prima, komm rein, ich probiere gerade was mit Kürbis aus.«

Häberle konnte sein Glück kaum fassen. Er durfte Versuchskaninchen sein! Dass es sich dabei anscheinend um ein vegetarisches Gericht handelte, war ihm völlig egal. Alles, was Lotte Merckheim kochte, war gut. Sehr gut sogar. Ob mit oder ohne Fleisch.

Er setzte sich an den Tisch, und zwei Minuten später stand ein gefüllter Teller vor ihm. »Bitte schön. Geschmorter Hokkaido-Kürbis, mit Schafskäse überbacken und dazu Sunnewirbili. Das ist Badisch für Feldsalat. Alles direkt hier vor Ort gekauft, der erste Feldsalat der Saison. Soll auf meine Herbstmenü-Karte, die ist momentan noch etwas dünn. Sag mal, ob es schmeckt.« Sie schaute ihn erwartungsvoll an.

Häberle nahm vorsichtig eine perfekte Gabel – das hatte er von Julia Specht gelernt, es handelte sich dabei um eine gefüllte Gabel, auf der von allem ein bisschen was drauf war. Da in der gehobenen Küche alle Zutaten aufeinander abgestimmt seien, müsse man auch alle Zutaten gleichzeitig am Gaumen haben, hatte sie ihm erklärt. Ab in den Mund damit und genießen. Er schloss die Augen. Phantastisch. »Sehr gut, wirklich sehr lecker. Was ist das Süße, das ich schmecke?«

»Ja, jetzt hast du mich.« Sie grinste. »Der Kürbis ist mit einem Dressing aus Orangen-Zitronen-Saft und Honig überträufelt, das ist zugleich auch die Salatsoße. Orangen und Zitronen sind natürlich nicht aus dem Schwarzwald, aber zumindest der Honig ist aus der Gegend.«

»Und der Kürbis? Hokkaido-Kürbisse im Schwarzwald?«

»Ja, die wachsen hier. Im Gegensatz zu Hokkaido.«

Er schaute sie fragend an. »Wie meinst du das?«

Sie lachte. »Das wusste ich auch lange Zeit nicht. Aber ein Freund von mir ist mit einer Japanerin verheiratet, und die hat mir mal erzählt, dass es auf der japanischen Insel Hokkaido keine Hokkaido-Kürbisse gibt und noch nie gegeben hat. Verrückt, oder? Aber zurück zu meinem Essen: Was denkst du, würden da noch ein paar karamellisierte Walnüsse dazu passen? So für den gewissen Knack? Oder wird es dann zu süß?«

»Es ist jetzt schon phantastisch, aber ja, so ein gewisser Knack würde bestimmt nichts schaden.« Er fühlte sich geschmeichelt, dass er als absoluter Amateur auf diesem Gebiet, der bis vor Kurzem noch eine gute Currywurst für das höchste der Gefühle im kulinarischen Bereich gehalten hatte, bei so etwas Leckerem um seine Meinung gebeten wurde. »Jetzt entschuldige mich aber bitte, das ist so lecker, und ich habe einen Bärenhunger. Ich muss mich auf das Essen konzentrieren.«

»Iss, so viel du willst, ich habe viel zu viel gemacht. Und wenn du satt bist, können wir ja mal wieder eine Tour über die Baustelle machen. Hast du Lust?«

Sie hatten sich angewöhnt, ein- bis zweimal die Woche durch die Villa zu laufen und sich anzuschauen, wie es voranging. Es war immer etwas deprimierend, da eigentlich bisher nur abgerissen und nichts aufgebaut wurde, aber trotzdem war es gut, um einigermaßen einen Überblick zu behalten.

»Klar. Machen wir«, antwortete er mit vollem Mund.

Fünfzehn Minuten später liefen sie mit Taschenlampen ausgerüstet durch das Erdgeschoss und den ersten und zweiten Stock und sahen sich die Ruinenreste der Villa an, denn nicht anders konnte man es bezeichnen. Das sah momentan alles weniger nach Umbau als vielmehr nach kompletter Zerstörungswut aus.

»Philipp hat mir gestern gesagt, dass sie Ende der Woche mit dem Entfernen der Böden fertig sind.«

Philipp Wagner war der Architekt, der die Umbauarbeiten leitete, und ging hier täglich ein und aus. Häberle hatte die Vermutung, dass er ein Auge auf Lotte geworfen hatte, und aus irgendeinem Grund missfiel ihm das ziemlich.

»Dann kommen neue Wasserrohre rein«, erzählte die junge Köchin weiter. »Und im Erdgeschoss sind jetzt alle neuen Schlitze geklopft, für die Stromkabel, auch das ist also erledigt. Hoppla, schau mal, da fehlt ja schon wieder eine Wand.«

Er grinste stolz. »Die habe ich vor drei Tagen klein gehauen. Also, ich habe dabei geholfen. Das war ein Spaß!«

Lotte Merckheim lachte. »Na, hoffentlich wirst du das nicht vermissen, wenn demnächst alle Abrissarbeiten beendet sind. Ich werde übermorgen übrigens für eine Weile in eines der späteren Studentenzimmer ziehen, da sie anfangen, in meinem Schlafzimmer in einer der Ecken ein kleines Badezimmer einzubauen. Also erst mal Rohre verlegen und so weiter. Mein eigenes Badezimmer, das wird so super!« Ihre Augen blitzten mal wieder, wie immer, wenn sie sich über etwas besonders freute oder aufregte.

Momentan teilten sie sich das einzige funktionsfähige Bad im Haus, was zwar besser lief, seit sie sich nicht mehr dauernd zofften, aber auf Dauer war das kein Zustand für einen gestandenen Hauptkommissar und eine junge Fast-Michelin-Sterne-Köchin, fand Häberle. Er selbst freute sich auch auf seine beiden Zimmer mit eigenem Bad, aber das würde noch ein paar Monate dauern. Seine Unterkunft stand ziemlich am Ende der To-do-Liste von Philipp Wagner. Vielleicht konnte er ihn auch deswegen nicht besonders gut leiden …

»Ja, das wird toll. Wenn es erst mal so weit ist.« Er lächelte etwas müde. Ihm fehlte momentan die Phantasie, sich das alles fertig vorzustellen. Er sah vor allem den vielen Dreck, die viele Arbeit – und das viele Geld, das das alles kostete. »Lass uns in zwei Tagen noch mal alles anschauen. Vielleicht ist ja dann schon wieder ein Fortschritt zu sehen. Jetzt ziehe ich mich erst mal in meine Gemächer zurück, wenn es okay ist. Schlaf gut.«

Sie schaute etwas enttäuscht, als er die Treppe hochging, aber er war wirklich müde. Und wollte zudem über den Toten im Wald nachdenken.

Tag 2

Häberle stand auf dem Parkplatz des Polizeipräsidiums und schaute auf die Uhr seines Smartphones, das ihn heute Morgen bereits um fünf Uhr fünfundvierzig geweckt hatte. Und zwar mit dem Lied »Atemlos durch die Nacht« von Helene Fischer.

Der Grund für diesen für ihn doch sehr ungewöhnlichen Klingelton war, dass er vor Kurzem leider eine Wette gegen Julia Specht verloren hatte. Sie waren im Auto unterwegs gewesen, und er hatte behauptet, dass der Neunziger-Jahre-Hit »Killing Me Softly« der Fugees, der gerade im Radio lief, im Original von Roberta Flack stammte. Julia Specht hatte widersprochen. Ihren vorgeschlagenen Wetteinsatz, dass sie drei Monate lang jede Woche einen neuen Klingelton auf sein Handy hochladen durfte, falls er danebenlag, hatte er siegesgewiss lächelnd angenommen. Und nun hatte er den Salat.

Zumindest wusste er jetzt, dass der Originalsong nicht wie von ihm angenommen von Roberta Flack, sondern von einer gewissen, ihm völlig unbekannten Lori Lieberman gesungen worden war. Er hatte den Mund zu voll genommen. Selbst schuld. Und jetzt quälte Julia Specht ihn genüsslich. Wobei Helene Fischer immer noch besser war als das Lied eines gewissen Icke Hüftgold mit dem Text »Ich glaub, ich hör auf zu saufen, aber ich schwanke noch«, das sie zuerst als Klingelton eingestellt hatte. Nachdem sie selbst dabei gewesen war, als sein Handy mitten in einem Gespräch mit zwei Journalisten den Song ertönen ließ, hatte sie gnädigerweise eingesehen, dass das kein angemessener Klingelton für einen Hauptkommissar war, und ihn geändert. Auf Helene Fischer. Er machte sich jetzt schon Sorgen darüber, was sie sich für die nächste Woche ausdenken würde.

Manuel Palmer, der ihn so früh am Morgen geweckt hatte, hatte ihm am Handy mit mal wieder bester Laune einen guten

Morgen gewünscht und dann verkündet, dass, wenn er seinen schwäbischen Hosenboden schnellstmöglich zur Gerichtsmedizin bewegen würde – so hatte er das wirklich gesagt, Häberle musste jetzt noch den Kopf schütteln, wenn er daran dachte –, er und Frau Dr. Endlich ihm interessante Neuigkeiten zu dem Toten aus dem Wald verraten könnten.

Jetzt war es sechs Uhr fünfzehn, und er wartete auf Julia Specht, die er gleich nach Palmers Anruf informiert hatte. Maria Dupont hatte er auch kurz angerufen, aber sie wohnte in Neuf-Brisach, Frankreich. Das war zwar nicht allzu weit entfernt von Freiburg, dennoch hatten sie beschlossen, dass er und Julia die Informationen einsammeln und sich später mit ihr im Büro treffen würden.

In dem Moment bog Julia Specht mit ihrem uralten orangen Volvo auf den Parkplatz vor der Gerichtsmedizin ein, im Mund eine Laugenbrezel, wenn er das richtig erkannte. Ungeduldig trat er von einem Fuß auf den anderen, während sie parkte und ausstieg. Er wollte schnellstmöglich reingehen. Es sollte zwar ein schöner Tag werden, aber um diese Uhrzeit war es sehr frisch und er hatte nur seine dünne Jacke angezogen, weswegen er ziemlich fror.

»Guten Morgen, Thomas, na, auch so gespannt?« Die junge Kommissarin grinste ihn fröhlich an, als sie auf ihn zukam.

Häberle fragte sich nicht zum ersten Mal, warum alle um ihn herum Frühaufsteher zu sein schienen. Während er vor acht Uhr eigentlich zu nichts zu gebrauchen war und sich erst ab zehn richtig wach fühlte, schienen seine Kollegen und Kolleginnen sowie seine Mitbewohnerin Lotte Merckheim zu jeder Zeit putzmunter und gut gelaunt zu sein. Er brummte »Selber guten Morgen« und drehte sich zur Eingangstür um, während Julia Specht von hinten zu ihm aufschloss.

»Na, na, na, hat da jemand zu wenig Schlaf abbekommen? Schau mal, hier: Um sechs Uhr macht der Bäcker meines Vertrauens auf, ich habe uns Frühstück mitgebracht.« Sie hielt ihm eine große Papiertüte hin, die mit Laugenbrezeln und Hefeschnecken gefüllt war.

»Nein danke, zu früh für mich. Ich hatte noch nicht mal einen Kaffee.«

Julia Specht zuckte mit den Schultern. »Alles klar, dann nicht. Herr Palmer ist bestimmt ein dankbarer Abnehmer.«

Kaum hatte sie seinen Namen genannt, kam er ihnen auch schon zusammen mit Dr. Endlich entgegen. »Ah, endlich!« Er schaute kurz entschuldigend zu der Gerichtsmedizinerin, die aber nur abwinkte.

»Und genau wie ich der Frau Doktor angekündigt habe, hat die Frau Specht Frühstück dabei! Super, wir haben einen Bärenhunger!« Palmer sah aus, als würde er der Kommissarin gleich um den Hals fallen.

»Na, jetzt bin ich aber froh. Der Mann erzählt seit einer halben Stunde, dass Frau Specht immer etwas zu essen hat und uns bestimmt etwas mitbringt. Und ich könnte tatsächlich etwas zwischen den Zähnen gebrauchen, vielen Dank.« Anne Endlich griff in die Tüte, die Julia Specht ihr hinhielt, und nahm sich eine Laugenbrezel.

»Und Sie wollen keine, Herr Schwabe? Sind ja schließlich schwäbische Brezeln.« Palmer holte sich ebenfalls eine aus der Tüte und schaute Häberle dabei schelmisch lächelnd an.

»Und die sind sogar mit ganz viel Salz! Sehr verschwenderisch für eine schwäbische Brezel.« Julia Specht grinste.

Häberle hob misstrauisch die Augenbrauen. »Was soll das? Warum ist das eine schwäbische Brezel?«

»Na, die haben die erfunden, oder?« Julia Specht blickte fragend zu Palmer.

»Das ist ein großes Streitthema«, antwortete der, setzte eine wichtige Miene auf und stellte sich in Position für einen längeren Vortrag.

»Ich habe mich vor einer Weile mal dazu schlaugemacht. Sie wissen ja, Schwaben sind so etwas wie ein Hobby von mir. Laut einer Legende soll ein Hofbäcker aus Urach auf der Schwäbischen Alb im 15. Jahrhundert in den Kerker geworfen worden sein, weil er so schlecht gebacken hat. Um begnadigt zu werden, sollte er in drei Tagen ein Gebäck formen, durch das dreimal die Sonne scheint. Daraufhin buk der Bäcker die Brezel. Und für die Lauge ist die Katze des Bäckers verantwortlich, die soll die Brezeln nämlich in eine Wanne mit Lauge geworfen haben. Und da der Bäcker keine Zeit mehr hatte, neue zu machen, hat er die mit Lauge gebacken. Damit war die Brezel erfunden. Es gibt aber auch ähnliche Geschichten aus anderen Regionen Deutschlands und auch aus dem Elsass.«

Julia Specht lachte. »Die Geschichte kenne ich, die musste ich mir immer von meinem Opa anhören, als ich klein war. Er mochte keine Brezeln. Das heißt, eigentlich schon, aber eben keine schwäbischen. Irgendwann gab es dann in Freiburg einen Bäcker, der bayerische Brezeln anbot – die haben keine so dünnen Teigarme, sondern sind ziemlich gleichmäßig dick. Soviel ich weiß, ist das der einzige Unterschied. Mein Opa war glücklich, endlich konnte er Brezeln genießen, ohne dass er das Gefühl hatte, etwas Schwäbisches zu essen.«

Häberle schüttelte verständnislos den Kopf. Er hatte diese Hassliebe zwischen Badenern und Schwaben auch nach den zehn Monaten, die er jetzt schon in Freiburg wohnte, noch nicht kapiert. Obwohl er aufgrund seines Nachnamens schon mehr als genug Geschichten wie die von Julia und ihrem Opa zu hören bekommen hatte.

Wenn er ehrlich war, hatte er, bevor er von Berlin nach Freiburg gezogen war, sogar gedacht, dass alle Baden-Württemberger als Schwaben bezeichnet werden konnten. Natürlich hatte er das hier nie jemandem erzählt. Ansonsten hätten seine Kolleginnen wahrscheinlich Ermittlungen zu einem Lynchmord aufnehmen müssen.

Er konzentrierte sich wieder auf den Fall. Vor lauter schwäbischen Brezeln waren sie komplett vom eigentlichen Thema abgekommen.

»Sind jetzt alle versorgt? Sollen wir uns ein nettes Plätzchen suchen und picknicken, oder erzählt mir jetzt jemand, warum wir uns so früh am Morgen treffen müssen?« Das klang schärfer, als Häberle beabsichtigt hatte, aber er wollte endlich wissen, warum er bereits um fünf Uhr fünfundvierzig hatte aufstehen müssen.

»Hoppla, konnte der werte Herr etwa nicht ausschlafen? Zur Info, Frau Dr. Endlich und ich haben bis heute früh durchgemacht, und dabei nicht – wie von Tony Marshall vorgeschlagen – Bumsfallera gesungen, sondern hart gearbeitet. Also bitte ein bisschen netter, sonst nähen wir den Toten wieder zu und gehen nach Hause.« Palmer lächelte zwar, während er das sagte, aber ein bisschen angefressen schien er trotzdem zu sein.

»Ganz ruhig«, ging Anne Endlich dazwischen. »Außerdem ist die Leiche bereits wieder zugenäht. Manuel, willst du erzählen, was wir herausgefunden haben, oder soll ich?«

Aha, die duzen sich also schon, dachte Häberle und riss sich dann zusammen. Palmer hatte recht, er verhielt sich wirklich unprofessionell. Der Fall musste schnellstmöglich aufgeklärt werden, und dafür konnte man auch mal früher aufstehen.

»Mach du, Anne.« Der Chef der Spurensicherung nickte Häberle versöhnlich zu, und der erwiderte das Nicken. »Ich war ja heute Nacht nur Gehilfe und konnte ein bisschen was über die Gerichtsmedizin lernen.«

»Okay.« Anne Endlich überlegte kurz. »Also erst mal, wir haben keine weiteren äußerlichen Verletzungen gefunden, auch keine Einstichstellen von Spritzen, keine Hinweise auf weitere Schläge außer dem auf den Kopf, nichts, was irgendwie auffällig wäre. Anders sieht es allerdings im Innern des Mannes aus.«

Häberle lehnte sich unweigerlich ein bisschen nach vorn. Jetzt wurde es spannend. Julia Specht hingegen aß weiter ihre Brezeln und Hefeschnecken und schaute dabei so unbeteiligt, als ob sie am Freiburger Münster gerade zufällig zu einer Stadtführung getreten wäre und mehr aus Höflichkeit als Interesse zuhörte.

»Wir haben mehrere Ödeme und Wasseransammlungen im Körper gefunden, mit einem stark erhöhten Anteil von Kaliumsalzen, wodurch das Herz gelähmt wurde.«

»Also ein Herzinfarkt?« Häberle war fast enttäuscht. Irgendwie hatte er etwas Spektakuläres erwartet. Beinahe hätte er »Und dafür bin ich extra so früh aufgestanden?« gesagt, konnte sich aber gerade noch beherrschen.

»Ein Herzinfarkt könnte tatsächlich die Todesursache gewesen sein, Auslöser dafür war aber akutes Nierenversagen.«

Julia Specht hörte kurz auf zu essen. »Wie hängt das zusammen? Gibt es dafür eine logische Erklärung?«

Anne Endlich nickte. »Bei einem akuten Nierenversagen sammelt sich das nicht ausgeschiedene Wasser im Körper an, das kann auch zu Wasseransammlungen in der Lunge führen, die tödlich enden. Das Opfer erstickt sozusagen. Das war hier allerdings nicht der Fall. Aber dadurch, dass der Körper aufgrund des Nierenversagens bestimmte Stoffe nicht mehr über den Harn ausscheiden konnte, sammelten sich diese im Blut an. So auch die Kaliumsalze, die schließlich das Herz lähmten.«

Häberle schaute sie nachdenklich an. »Aber so ein akutes Nierenversagen tritt ja nicht plötzlich bei einer kleinen Wanderung durch den Wald auf, oder? Da muss es doch vorher Anzeichen geben.«

»Das stimmt«, bestätigte die Ärztin. »Bei einem akuten Nierenversagen liegt zwar ein sehr plötzlicher Abfall der Nierenfunktion vor, aber so schnell geht das dann doch nicht. Da gibt es zuvor mehrere Symptome, an denen man die Gefahr erkennen kann. Außerdem treten sie vor allem in Folge von Operationen oder Unfällen auf, es gibt also einen Auslöser dafür. Ob so etwas vorlag, kann ich nicht sagen, Hinweise auf OP oder Unfall finden sich aber nicht an der Leiche.«

»Was wären denn diese Symptome?«, fragte Häberle nach. Vielleicht konnte ja die Freundin des Toten etwas damit anfangen und es stellte sich heraus, dass Stefan Schwamm, ohne es zu wissen, todkrank gewesen war.

»Darf ich?« Palmer streckte die Hand nach oben wie ein Drittklässler im Matheunterricht, der die Lösung der Aufgabe an der Tafel wusste. Nur dass er nicht wartete, bis er aufgerufen wurde, sondern gleich loslegte. »Verringerte Harnausscheidung, leichte Ermüdbarkeit, Konzentrationsstörungen, Übelkeit, Wassereinlagerungen, Luftnot … habe ich etwas vergessen?« Er schaute zu Dr. Endlich. »Ich habe das nämlich erst heute Nacht gelernt«, sagte er entschuldigend in Richtung Häberle und Specht.

»Herzrhythmusstörungen, Schwindel, Bewusstlosigkeit. Und durch die nicht abgeführten Stoffe im Harn werden auch weitere Organe angegriffen. Der Körper wird langsam vergiftet, das ist mit sehr starken Schmerzen verbunden«, vervollständigte Dr. Endlich die Aufzählung.

Häberle überlegte kurz. »Und was heißt das jetzt? Gibt es ein Fremdverschulden oder nicht? Mit solchen Symptomen bricht man ja nicht zu einer Wanderung durch den Wald auf, sondern sucht dringend Hilfe, oder? Wie wird so eine akute Nierenvergiftung denn behandelt?«

»Je nachdem wie fortgeschritten sie ist, hilft nur noch eine Transplantation. Es ist also eine sehr ernste Erkrankung«, erklärte die Gerichtsmedizinerin.

»Kann es denn sein, dass Stefan Schwamm aus welchen Gründen auch immer schwer erkrankt ist, ein paar Tage irgendwo lag und sich schließlich an den Fundort schleppte? Ach so, stopp, wir haben ja den Mann, der weggerannt ist. Blöde Annahme.« Julia Specht errötete tatsächlich leicht, was Häberle noch nie bei ihr gesehen hatte.

»Abgesehen von dem mysteriösen Mann war der Tote zudem in einem körperlichen Zustand, der darauf schließen lässt, dass er in den Tagen vor seinem Tod gut versorgt wurde. Auch die Kleidung war nicht übermäßig verschmutzt, der Mann lag also nicht tagelang irgendwo im Wald unter freiem Himmel und siechte vor sich hin«, ging Palmer trotzdem auf den Einwand der Kommissarin ein.

»Was heißt ›gut versorgt‹? Wurde ihm auch medizinisch geholfen? Wurde versucht, das Nierenversagen abzuwenden?«, wollte Häberle wissen.

»Dafür gibt es keine Anzeichen«, antwortete Anne Endlich. »Der Mann bekam aber genügend zu essen und vor allem
auch zu trinken. Bei Nierenversagen hat man vor dem Tod
eigentlich ununterbrochen Durst. Darüber hinaus gab es aber
keine Hilfe. Es muss ein sehr schmerzhafter Tod gewesen sein.
Die einzige wirklich hilfreiche Sache wäre allerdings ohnehin
gewesen, den Mann in ein Krankenhaus zu bringen.«

Häberle schaute zu Julia Specht. Was bedeutete das für die
Ermittlungen? Stefan Schwamm war an akutem Nierenversagen gestorben, aber warum? Gab es ein Fremdverschulden?
Wer war der Mann, der am Tatort gesehen worden war, und
warum hatte er die Leiche verschwinden lassen wollen?

»Okay, das bedeutet also, falls wir einen Mörder finden
wollen, müssen wir immer noch erst mal feststellen, ob es
überhaupt ein Mord war. Kann ein akutes Nierenversagen
denn ausgelöst werden? Also ist es möglich, jemanden zu
ermorden, indem man ein akutes Nierenversagen bei ihm
verursacht?«

Die Rechtsmedizinerin nickte. »Ja, das ist möglich. Es
gibt Stoffe, die ein Nierenversagen verursachen, wenn keine
Gegenmaßnahmen ergriffen werden. Allerdings müsste ich
wissen, nach was ich suche, um es zu finden. Sonst ist es fast
unmöglich und reine Glückssache, den Verursacher für das
Nierenversagen zu entdecken. Sie wissen schon, die berühmte
Nadel im Heuhaufen.«

»Okay, dann müssen wir also einen Hinweis in seinem
Lebenslauf oder Alltag finden«, meldete sich Julia Specht zu
Wort. »Vielleicht kommt ja etwas im Gespräch mit der Tochter
oder der Lebensgefährtin zur Sprache.«

Häberle nickte. »Wir reden heute mit den beiden und schicken Ihnen dann unsere Berichte, Dr. Endlich. Vielleicht fällt
Ihnen ja etwas in den Aussagen der beiden auf, das Ihnen bei
der Suche weiterhilft.«

»Gut. Und da das jetzt erledigt ist und ich sowohl müde
als auch hungrig bin: Könnte ich noch eine Brezel haben, bevor ich mich für ein Stündchen auf das Sofa in meinem Büro

zurückziehen kann?« Palmer schaute demonstrativ auf die Bäckereitüte von Julia Specht.

Die hielt sie ihm hin, zog sie im letzten Moment aber noch mal zurück. »Unter einer Bedingung! Wir müssen bei Gelegenheit dringend über Ihren Musikgeschmack sprechen. Gestern diese ›Polonäse Blankenese‹, heute eine Tony-Marshall-Anspielung – Herr Palmer, ich mache mir Sorgen!«

»Ach, alles halb so wild, Spechtchen.« Der Spusi-Chef streckte sich nach der Tüte und nahm sich eine Brezel. »Ein bisschen Spaß muss sein! Das sang schon Roberto Blanco.«

Maria Dupont traf kurz nach sieben Uhr im Büro ein. Nachdem sie von Julia Specht über die Erkenntnisse der Gerichtsmedizin informiert worden war, setzte sie sich auf die Kante von Häberles Schreibtisch und überlegte laut.

»Wir müssen also irgendetwas im Leben von Stefan Schwamm finden, das Anne Endlich einen Hinweis gibt, nach was sie suchen muss. Das dürfte schwierig werden. Würde es Sinn ergeben, mit Tochter und Lebensgefährtin gleichzeitig zu sprechen?«

»Ich denke schon«, antwortete Häberle. »Erstens fühlen sie sich nach der schlimmen Nachricht gestern zu zweit vielleicht etwas sicherer, und zweitens geben sie sich möglicherweise ungewollt Stichworte, wodurch wir mehr erfahren können. Allerdings müssen wir auch aufpassen. Falls es Mord war, wisst ihr selbst, dass der Täter oder die Täterin oft aus dem näheren Umfeld des Opfers kommt.«

»Ja, aber sie sind im Moment unsere einzigen Ansatzpunkte«, gab Julia Specht zu bedenken. »Und solange nicht sicher ist, dass wir es wirklich mit einem Mordfall zu tun haben, erlaubt Furtwängler uns wahrscheinlich nicht einmal eine Befragung der Bürgerinnen und Bürger in und um Oberried, um herauszufinden, ob gestern jemandem ein Auto im Wald aufgefallen ist.«

»Ganz deiner Meinung, ich wollte nur darauf hinweisen, dass die beiden Frauen nicht nur Hinterbliebene, sondern auch

Täterinnen sein könnten, wir wissen im Moment einfach noch viel zu wenig. Aber ja, uns bleibt momentan kaum eine andere Möglichkeit, als auf Hinweise von ihnen zu hoffen.«

Häberle schaute seine beiden Kolleginnen an. »Also: Wer ruft Frau Schwamm und Frau Lauber an und bittet sie, sich mit uns hier zu treffen? Möglichst bald, ich habe nämlich keine Ahnung, was wir momentan noch tun könnten, um bei den Ermittlungen weiterzukommen, und das ist ziemlich frustrierend. Ohne sicher sagen zu können, dass es Mord war, ist es Unsinn, nach einem Motiv zu suchen, und ohne Motiv ist der schnellste Weg zu einem möglichen Mörder verbaut. Wie wir ohne weitere Ansatzpunkte Näheres zu dem mysteriösen Mann im Wald herausfinden sollen, ist mir ebenfalls ein Rätsel.«

»Nicht nur dir. Dann rufe ich die beiden Damen jetzt an und bitte sie hierher«, bot Dupont an. »Ich denke nicht, dass sie heute an der Uni beziehungsweise bei der Arbeit sind, vielleicht können sie ja schon gegen Mittag kommen. Ansonsten müssen wir sie eben noch mal besuchen, wieder einzeln, was aufwendiger und weniger erfolgversprechend wäre. Aber herumsitzen und auf eine Eingebung warten bringt uns ja auch nicht weiter.«

»Einverstanden. Und ich durchforste so lange unsere Dateien und das Internet, ob irgendetwas zu Stefan Schwamm aufpoppt. Was machst du, Julia?«

»Ich gehe zu Frau Weiß und bringe ihr eine Brezel. Vielleicht weiß sie ja etwas über den Toten. Sie ist immer für eine Überraschung gut, wenn es um Einwohner Freiburgs und Umgebung geht. Möglicherweise kommt der entscheidende Hinweis ja von ihr.«

Häberle nickte. Was sich für Außenstehende möglicherweise wie eine schwache Entschuldigung für ein nettes Schwätzchen mit der Sekretärin anhörte, war tatsächlich eine gute Idee. Frau Weiß wusste Dinge über Freiburg und seine Einwohner, die mehrere Bücher füllen würden, selbst wenn sie es ein paar Jahre zuvor nebenbei in einem Zeitungsbericht gelesen hatte. Vieles war Tratsch und Klatsch, aber durch ihr unfassbares Gedächtnis konnte sie zu Namen und lokalen Ereignissen fast immer etwas beitragen.

**

Die Suche in den Datenbanken war ergebnislos verlaufen. Es konnte zwar immer sein, dass eine falsche Verschlagwortung daran schuld war, aber da auch Frau Weiß bei dem Namen Stefan Schwamm völlig blank gewesen war, war das eher unwahrscheinlich. Bei Google hatte Häberle Artikel zu vergangenen Pilzkursen bei der Volkshochschule gefunden, die Stefan Schwamm wohl abgehalten hatte. Und auch einen Zeitungsbericht über eine Waldexkursion mit einer vierten Klasse, bei der er sein anscheinend umfassendes Wissen über Pilze an die Kinder weitergegeben hatte. Mehr aber nicht. Nichts, was weitergeholfen hätte.

Häberle stand unter Strom, wollte irgendetwas tun, um voranzukommen, wusste aber beim besten Willen nicht, was. Zum Glück hatte Maria Dupont die beiden Hinterbliebenen erreicht und auf dreizehn Uhr ins Präsidium eingeladen. Er schaute auf sein Smartphone. Noch fünf Minuten. Er nahm Block und Kugelschreiber und ging in das kleine Besprechungszimmer, in dem seine Kollegin bereits wartete. Julia Specht war zum Empfang runtergegangen, um auf die beiden Frauen zu warten. In dem Moment hörte er auch schon Stimmen auf dem Flur, und die Tür öffnete sich.

»Guten Morgen, Frau Schwamm, guten Morgen, Frau Lauber«, begrüßte Häberle die beiden Frauen. »Vielen Dank, dass Sie so kurzfristig Zeit haben, gerade auch unter diesen Umständen. Wie geht es Ihnen? Haben Sie den ersten Schock schon überwunden?«

Die neununddreißig Jahre alte Andrea Lauber war in einem schicken, wenn auch nicht mehr ganz der aktuellen Mode entsprechenden Hosenanzug erschienen und schaute ihn mit ihren strahlend blauen Augen unter dem schon etwas zu lang gewachsenen Pony hervor nur stumm an, während sich die leger gekleidete Heike Schwamm ein »Geht so« abrang. Häberle nickte. Wie konnte es auch anders sein, nicht einmal vierundzwanzig Stunden nach der Nachricht über den Tod eines geliebten Angehörigen.

»Wir haben Sie hergebeten, weil wir gerne ein bisschen mehr über Herrn Schwamm erfahren würden«, übernahm Maria Dupont, nachdem sie sich kurz vorgestellt hatte. »Ich hoffe, das ist in Ordnung.«

Beide Frauen nickten.

»Was uns momentan besonders interessiert, ist, ob Herr Schwamm eine Krankheitsgeschichte mit seinen Nieren hatte.« Bevor die beiden Frauen etwas sagen konnten, fuhr Dupont fort: »Erste Untersuchungen haben nämlich ergeben, dass Herr Schwamm an akutem Nierenversagen gestorben ist. Fällt Ihnen dazu etwas ein?«

Beide schauten sie erstaunt an. »Nierenversagen? Einfach so? Wie soll denn das bitte möglich sein?« Heike Schwamm schüttelte den Kopf. »Ich studiere Medizin, wenn auch erst im vierten Semester. Aber so viel habe ich schon gelernt, dass ich mir beim besten Willen nicht vorstellen kann, dass mein Vater mitten im Wald plötzlich aus heiterem Himmel an Nierenversagen stirbt.«

»Das heißt also, dass Ihr Vater keine Nierenerkrankung hatte?«, hakte Julia Specht nach.

»Nicht dass ich wüsste. Andrea, weißt du etwas darüber?«

»Nein.« Andrea Laubers Stimme war nicht mehr als ein Flüstern. »Entschuldigung, ich habe nicht viel geschlafen, und das viele Weinen ist mir wohl auf die Stimme geschlagen.« Sie räusperte sich.

»Nein, Stefan war nicht krank. Er hatte ein bisschen mit Übergewicht zu kämpfen, Cholesterin- und Zuckerwerte waren meistens etwas zu hoch, aber das war es auch schon. Sein Arzt sagte immer, dass er durch seine vielen Wanderungen fit wie ein Zwanzigjähriger sei und durch seinen Hang zu üppigen Gelagen mit Wein und in Butter geschwenkten Pilzen die Leber eines Sechzigjährigen habe. Alles in allem hat er ihm aber immer eine gute Gesundheit attestiert.«

»Wissen Sie, wann er zuletzt beim Arzt war?«, fragte Dupont.

Andrea Lauber überlegte kurz. »Das ist noch keine drei Monate her. Und da gab es keinerlei Anzeichen für Nierenprobleme. Ich bin gelernte Krankenschwester und schaue mir immer seine Blutwerte an, wenn er die Daten ausgedruckt mitbringt. Einfach aus Neugier. Und da war nichts Auffälliges.«

Häberle überlegte. Konnten Nieren innerhalb so kurzer Zeit durch natürliche Einflüsse so stark geschädigt werden, dass es zu Nierenversagen kam? Er hatte keine Ahnung.

Dieselbe Frage hatte sich wohl gerade Julia Specht gestellt, und sie sprach sie auch aus. »Sie sind ja beide mehr oder weniger vom Fach. Ist es möglich, dass die Nieren von Herrn Schwamm in diesen drei Monaten auf natürliche Weise derart stark geschädigt wurden, dass er daran so plötzlich gestorben ist?«

Sie sahen sich kurz an und schüttelten dann gleichzeitig den Kopf. »Nein«, sagte Andrea Lauber. »Zumindest nicht ohne Symptome, die in den vergangenen Wochen hätten auftreten müssen. Aber da war nichts. Gar nichts. Er war gesund, er war fröhlich, er war immer gut drauf und hatte keinerlei Beschwerden. Wir waren so glücklich.« Sie fing leise an zu weinen.

Häberle und seine beiden Kolleginnen sahen sich unbehaglich an. Sollten sie abbrechen? Nein, signalisierten sie einander mit Blicken. Es gab zu viele Fragezeichen bei diesem seltsamen Todesfall, und sie hatten momentan nicht viel mehr Ermittlungsmöglichkeiten, als diese beiden Frauen zu befragen.

»Noch einmal zum Fundort«, fuhr Häberle fort. »Herr Schwamm wurde aller Wahrscheinlichkeit nach von einem bisher Unbekannten in den Wald gebracht. Er ist also nicht aus eigener Kraft dorthin gekommen. Nichtsdestotrotz sagten Sie gestern in unserem Gespräch, Frau Schwamm, dass Ihr Vater viel Zeit im Wald verbracht hat. Und Pilze suchte.«

»Nicht nur suchte, auch fand.« Heike Schwamm lächelte traurig. »Er war nicht einfach nur ein Pilzsammler. Er war *der* Pilzsammler im Schwarzwald. Mein Vater wusste alles über Pilze. Nicht nur, wo sie zu finden sind, sondern auch, wie sie am besten zubereitet werden sollten, wie viele man sammeln darf, welche essbar, welche ungenießbar oder sogar giftig sind. Und er war in jeder freien Minute im Wald, nicht nur in der Pilzsaison, sondern auch sonst, um so früh wie möglich sagen zu können, ob es eine gute oder schlechte Saison werden würde. Er hatte für das Sammeln der Pilze sogar eine Ausnahmegenehmigung der Unteren Naturschutzbehörde verschiedener Landratsämter im Schwarzwald. So wie mein Opa auch schon. Dadurch konnte er mehr als die Pilze für den Eigenbedarf sammeln, denn nur das ist in Baden-Württemberg erlaubt.«

»Warum das denn?« Häberle war erstaunt. Er hatte immer gedacht, dass jeder in den Wald gehen und so viele Pilze sammeln konnte, wie er wollte.

»Das liegt an der Verordnung zum Schutz wild lebender Tier- und Pflanzenarten«, erklärte Heike Schwamm. »Das Gesetz verbietet es, Waldpilze zu sammeln, um sie zu verkaufen. Lediglich geringe Mengen dürfen Sammler mitnehmen – für den eigenen Bedarf.«

»Und wo kommen dann die ganzen Pilze in den Supermärkten und den Restaurants her?«, fragte Julia Specht.

»Aus dem Ausland«, antwortete diesmal Maria Dupont. »Oder aus der Zucht. Wobei es bisher nicht gelungen ist, Steinpilze, Pfifferlinge und die meisten weiteren Arten zu züchten, soviel ich weiß.«

Natürlich, die Kollegin wusste auch bei diesem Thema Bescheid. Häberle war nicht mal mehr erstaunt, fast hatte er es erwartet.

»Aber was mich interessiert, ist, wie Ihr Vater an eine Sondergenehmigung gekommen ist.« Maria Dupont schaute Heike Schwamm fragend an. »Und das auch noch gleich von verschiedenen Landratsämtern.«

»Ja, das ist schon etwas Besonderes«, sagte die Tochter des Toten, »und soweit ich weiß, gibt es das sonst auch nirgends. Die Sache ist die: Ich bin die vierte Generation in unserer Schwamm-Pilzsammler-Dynastie. Mein Vater, dessen Vater und dessen Vater waren Pilzsammler. Und nicht nur das, sondern auch richtige Pilzexperten.« Heike Schwamm blickte stolz in die Runde.

»Wann immer es dazu Fragen gab, zum Beispiel Pilzsterben betreffend, oder auf welchen Böden welche Pilze wachsen oder was auch immer, wurden sie gefragt. Und sie haben immer gerne geholfen. Auch als von der Deutschen Gesellschaft für Mykologie geprüfte Pilzsachverständige waren mein Vater und mein Opa zeit ihres Lebens aktiv. Andere Pilzsammler konnten bei ihnen ihre Funde begutachten lassen, um sicher zu sein, dass kein giftiger Pilz darunter ist. Mein Vater war zudem als ausgebildeter Pilzcoach in Schulen und hat über Volkshochschulen geführte Pilzwanderungen angeboten. Überall hat er sein Wissen weitergegeben. Ich würde ja gerne wissen, wie viele Pilzvergiftungen er dadurch verhindert hat.«

Sie schaute kurz zu Andrea Lauber, um zu sehen, ob sie etwas hinzufügen wollte, aber die blickte abwesend in eine Ecke des Raums. Häberle hatte bei dem Wort »Pilzvergiftung« aufgehorcht, aber bevor er nachhaken konnte, sprach Heike Schwamm bereits weiter.

»Jedenfalls hat schon mein Opa eine solche Sondergenehmigung bekommen, ganz einfach, weil ihm großes Vertrauen entgegengebracht wurde. Dass er nichts aus der Natur nimmt, was nicht nachwächst, nichts zerstört und so weiter. Dazu die immer unentgeltliche Hilfe bei allen Pilzthemen. Diese Sondergenehmigung wurde dann sozusagen an meinen Vater vererbt. Wobei jetzt Schluss sein dürfte, die Genehmigung war vielen ein Dorn im Auge. Sowohl anderen Pilzsammlern, die neidisch waren, als auch Mitarbeitenden der Landratsämter, die solche Extrawürste, wie sie es nennen, nicht mehr akzeptieren.«

Häberle überlegte. Neid war definitiv ein Motiv. »Warum denn neidisch?«, fragte er nach. »Man kann ja nur eine bestimmte Menge Pilze essen, so groß war der Vorteil Ihres Vaters gegenüber anderen Sammlern, die nur für den Eigenbedarf sammeln können, also nicht, oder? Und es ist ja nur im Herbst Pilzsaison.«

»Mein Vater konnte von dieser Sondergenehmigung leben. Zwar bescheiden, aber immerhin. Sie erlaubte ihm nämlich auch, Waldpilze an die gehobene Gastronomie zu verkaufen, und die ließ es sich etwas kosten, heimische Waldpilze auf ihre Menükarten setzen zu können.«

Maria Dupont runzelte die Stirn. »Stefan Schwamm lebte vom Pilzesammeln? Aber selbst mit der Sondergenehmigung – Pilze wachsen ja nun mal nur im Herbst, wie Herr Häberle gerade schon anmerkte. Da musste er ja in wenigen Wochen genug für das ganze Jahr verdienen. Und er bezahlte auch noch einen Teil der Miete für Ihre Wohnung, Frau Schwamm, richtig? Wie viel Geld hat er denn damit verdient? Und was hat er den Rest des Jahres gemacht?«

Heike Schwamm und Andrea Lauber sahen sich an, ihnen schien die Richtung des Gesprächs nicht wirklich zu gefallen.

»Ich weiß auch nicht, wie viel Geld er verdient hat«, sagte Andrea Lauber schließlich und schaute dabei auf den Boden. »Es hat auf jeden Fall immer gereicht. Für die Miete. Für den Alltag. Er hat sehr sparsam gelebt, keinen Urlaub gemacht, und dass er Heike unterstützt hat, wusste ich gar nicht. Ein bisschen was hat er auch durch die geführten Pilzwanderungen dazuverdient. Und ich habe durch die Alimente meines Exmanns auch etwas beigesteuert. Nicht genug, fand ich, deshalb wollte ich in den nächsten Wochen auch versuchen, wieder in meinem alten Beruf anzufangen. Was die pilzlose Zeit angeht: Er war trotzdem jeden Tag im Wald, hat an seinen geheimen Plätzen geschaut, wie der Boden sich entwickelt, wie viel Feuchtigkeit er hat, ob Sträucher oder Bäume wachsen, die dem Pilzwachstum schaden oder es unterstützen. Solche Sachen eben. Ganz genau habe ich es ehrlich gesagt nie verstanden.«

»Das stimmt schon, so wie du es erklärst«, sprang Heike Schwamm ihr bei. »Das hat er alles in seine Bücher eingetragen, in denen schon sein Vater und sein Opa diese ganzen Beobachtungen festgehalten haben. Dadurch konnte er mehr oder weniger vorhersagen, wie die Pilzernte an den verschiedenen Stellen im Herbst ausfallen würde. Wie gesagt, diese Plätze hatte er zum Teil von meinem Opa und seinem Opa ›geerbt‹.«

»Was denn für Bücher?«, fragte Julia Specht.

»Er hatte mehrere kleine Büchlein, in die er in dritter Generation seine Funde eintrug. Ort, Datum, Art und Zahl der Pilze und vieles mehr. Für jede Pilzart hatte er ein spezielles Buch. Und es gibt sehr viele Pilzarten im Schwarzwald. Er hat mir immer gesagt, dass ich die Bücher mal erben würde, und dabei so getan, als wäre das ein extrem wertvoller Besitz.«

»Und ich dachte immer, Pilzsuche ist vor allem Glückssache«, murmelte Julia Specht.

Heike Schwamm lächelte. »Nein. Nicht für die, die es mit ganzem Herzen betreiben. Mein Vater sagte immer, Pilze zu finden ist das Ergebnis von Beobachtung, Erfahrung, Wissen über die Begebenheiten im Wald und ja, auch ein bis zwei Prozent Glück. Vor allem müsse man aber auch wissen, wonach man sucht, um es zu finden.«

Häberle stutzte. Den Satz hatte er so oder so ähnlich doch heute schon mal gehört. »Wie meinen Sie das?«, fragte er nach.

»Mein Vater wusste von jeder Pilzsorte, welchen Boden sie bevorzugt. Welche Baumarten in der Umgebung stehen sollten. Ob die Pilzsorte viel Licht oder doch eher Schatten bevorzugt. Wie feucht der Boden sein muss. Wenn man das weiß und sich im Wald gut auskennt, kann man an bestimmten Stellen gezielt nach bestimmten Pilzen suchen. Und das machte er.«

Häberle nickte seinen beiden Kolleginnen zu. Er war erst mal durch mit den Fragen. Jetzt musste er mit Dr. Endlich sprechen. Ihm war nämlich eingefallen, in welchem Zusammenhang der Satz »Man muss wissen, wonach man sucht, um es zu finden« heute Morgen gesagt worden war. Das passte zu seiner Idee, die ihm durch das von Heike Schwamm erwähnte Stichwort »Pilzvergiftung« gekommen war.

»Ich für meinen Teil bin so weit erst mal zufrieden«, sagte er. »Und ihr beide?«

Maria Dupont und Julia Specht signalisierten, dass auch sie momentan keine weiteren Fragen hatten.

»Dann vielen Dank, Frau Schwamm und Frau Lauber. Wir melden uns, falls wir noch Fragen haben oder etwas Neues in Erfahrung bringen.«

Sobald er aus dem Raum getreten war, zückte Häberle sein Handy, rief in der Gerichtsmedizin an und ließ sich mit Anne Endlich verbinden.

»Was gibt's?«, fragte sie schläfrig ins Telefon.

»Hallo, Frau Doktor. Eine Frage: Wenn Sie wüssten, dass Sie bei unserem Toten als Ursache für das Nierenversagen nach Hinweisen auf eine Pilzvergiftung suchen müssten, würden Sie die dann finden?«

Kurz war es still am anderen Ende der Leitung, und auch Maria Dupont und Julia Specht, die hinter ihm aus dem Besprechungsraum gekommen waren und seine Frage mitgehört hatten, schauten ihn stumm an.

»Ich kenne mich mit Pilzvergiftungen nicht so genau aus, da müsste ich mich erst mal schlaumachen. Das ist aber schnell in der einschlägigen Literatur herauszufinden, und mir fällt da auch auf Anhieb ein Kollege ein, den ich fragen kann. Prinzipiell ist es jedenfalls sehr gut möglich, dass Inhaltsstoffe eines Pilzes ein Grund für Nierenversagen sein können. Wie kommen Sie darauf?«

»Der Tote war ein passionierter Pilzsammler, und ich dachte mir einfach, dass man ja mal schauen könnte, ob eines seiner Sammelobjekte als Todesursache in Frage kommt.«

»Alles klar. Ich schaue, was ich herausfinden kann und ob es Tests gibt, die weiterhelfen. Ich melde mich.« Sie legte auf.

Maria Dupont schaute Häberle zweifelnd an. »An sich ja keine schlechte Idee, aber Stefan Schwamm war doch anscheinend eine Koryphäe auf dem Gebiet, der sogar Funde von anderen Sammlern auf Giftpilze hin untersucht hat. Dem würde doch niemals ein solch fataler Fehler unterlaufen, oder?«

»Aber vielleicht hat er den Giftpilz ja nicht freiwillig oder wissend gegessen«, gab Julia Specht zu bedenken. »Immerhin war er dreizehn Tage lang verschwunden, möglicherweise wurde Stefan Schwamm gefangen gehalten und dann vergiftet. Und außerdem kennen wir immer noch nicht die Rolle des mysteriösen Mannes im Wald, der weggerannt ist. Vielleicht war er derjenige, der Stefan Schwamm einen Giftpilz untergejubelt hat. Ich finde die Idee auf jeden Fall gut.«

»Ich ja auch, einen Versuch ist es definitiv wert«, sagte Dupont. »Warten wir also ab, was Dr. Endlich herausfindet. Und bis dahin hätte ich noch eine weitere Idee für Nachforschungen zu unserem Pilzsammler im Speziellen und dem Pilzgeschäft allgemein.«

»Na, da bin ich aber gespannt«, meinte Häberle. »Ich bin nämlich gerade ziemlich aufgeschmissen, wenn es um weitere Ermittlungsansätze geht.«

Dupont schaute ihn mit gespieltem Erstaunen an. »Wirklich? Hast du denn nicht zugehört? Frau Lauber sagte, dass ihr Lebensgefährte seine Pilze vor allem an die gehobene Gastronomie verkauft hat. Und wir kennen doch alle eine junge Köchin, die zufälligerweise in derselben Villa wie unser Hauptkommissar wohnt und so was von gehoben kocht, oder nicht?«

✳✳✳

Häberle hatte Lotte Merckheim auf dem Smartphone erreicht und gefragt, ob sie heute irgendwann für ein Gespräch über einen aktuellen Fall Zeit hätte.

»Seid ihr mir endlich auf die Schliche gekommen?«, hatte sie erwidert und gelacht. Er hatte ihr kurz erklärt, dass sie als Insiderin aus der Pilz-Gourmetszene möglicherweise bei einer Ermittlung helfen könnte, und sie hatten sich für sechzehn Uhr verabredet. Es blieb also genügend Zeit für den verhassten Papierkram und um sich ein paar Gedanken zu dem Fall zu machen.

Maria Dupont nutzte die Gelegenheit, um sich zum Thema Giftpilze ein bisschen einzulesen, und Julia Specht versuchte, sich im Internet in die Freiburger Pilzszene einzuarbeiten. Die Hoffnung war, dass es öffentliche Chatgruppen oder Foren gab, in denen sie Informationen zum Sammeln von Pilzen und zu ihrem Mordopfer Stefan Schwamm bekommen konnten. Er schien in der Szene ja eine große Nummer gewesen zu sein, nach allem, was sie bisher gehört hatten. Häberle hatte zwar bei seiner Google-Suche nicht viel gefunden, aber er gab neidlos zu, dass seine Kollegin im Internet um einiges gewiefter unterwegs war als er.

»Mord oder nicht Mord, das ist hier zuallererst mal die Frage«, murmelte er leise vor sich hin. Und für ihn war die Antwort eigentlich klar. Ganz einfach, weil es seiner Meinung nach keine logische Alternative zu der Mord-These gab.

Ein bis vor wenigen Tagen als absolut gesund geltender Mann starb an akutem Nierenversagen und wurde im Wald gefunden, nachdem er dreizehn Tage lang verschwunden war. Am Fundort wurde ein weiterer Mann gesehen, der ihn, wie an den Spuren erkennbar, an dem Fundort abgelegt hatte, weil er gestört wurde. Dem Spaten nach zu urteilen, der in der Nähe des Fundorts des Toten entdeckt wurde, hatte der Tote vergraben werden sollen. Also wenn das nicht alles auf einen Mord hinwies, auf was denn dann bitte?

Selbstverschulden, auf welche Weise auch immer, und ein anonym bleiben wollender Freund, der ihn im Wald vergraben wollte, weil es dem Toten dort immer am besten gefallen hatte? Schwachsinn. Ein Versehen, durch das der Tote unglücklicherweise ums Leben gekommen war, und der gesehene Mann wollte die Leiche verschwinden lassen, um nicht in Schwierigkeiten zu geraten, aus welchen Gründen auch immer? Ebenfalls Schwachsinn.

Nein, Häberle war sich fast hundertprozentig sicher, dass Stefan Schwamm ermordet worden war. Sie brauchten nur noch eine Ursache für das Nierenversagen, um genügend Indizien für diese These zu haben und somit die gesamte Mordermittlungsmaschinerie in Bewegung setzen zu können. Und diese Ursache erhoffte er sich von Dr. Endlich. Danach würden sie mögliche Zeugen aufs Präsidium laden und sich voll und ganz dem Fall widmen können. Zudem hätten sie dann mehr Ressourcen zur Verfügung. Denn Mordermittlungen gingen immer vor, da durfte und musste alles andere liegen gelassen werden. Schließlich galt es, einen Mörder zu fassen.

Worauf er allerdings gar keine Lust hatte, war der Presserummel, der losgehen würde, sobald klar war, dass es sich bei dem Toten um ein Mordopfer handelte. Peter Hahn von der Pressestelle hatte ihn schon informiert, dass die Journalisten sozusagen mit den Hufen scharrten und mindestens alle zehn Minuten ein Anruf mit der Frage kam, ob es schon neue Informationen zur Todesursache gab.

Häberle erinnerte sich nur zu gut an seinen ersten Fall in Freiburg. »Wem die Kuckucksuhr schlägt« hatten sie – oder besser gesagt er – ihn inoffiziell genannt. Auch jenes Mordopfer war im Wald gefunden worden, allerdings war damals die Todesursache schon auf den ersten Blick klar gewesen. Dem Toten war der Schädel eingeschlagen worden. Extrem brutal. Und brutal war auch die Presse über sie hergefallen und hatte in der Berichterstattung mit vielen beängstigenden Theorien Druck gemacht. Bis sich schließlich niemand mehr in den Wald getraut hatte, aus Angst, das nächste Opfer zu sein.

Blühte ihnen hier eine Wiederholung? Hoffentlich nicht. Vielleicht würde der Fundort Wald ja mit etwas Glück die einzige Gemeinsamkeit bleiben. Allerdings würde es, wie damals, wieder schwer werden, das zum mutmaßlichen Mord passende Motiv zu finden.

Häberle schaute auf die Uhr. Fünfzehn Uhr vierzig. Zeit, Julia Specht einzusammeln und nach Hause zu Lotte Merckheim zu fahren. Dass ihn Ermittlungen zu einem Fall in seine eigene Villa führen würden, hätte er sich auch nicht träumen lassen, aber es ging ja nur um Informationen, nicht um die Tat an sich.

Er lächelte. Lotte als Mörderin, konnte er sich das vorstellen? Es hieß ja, dass jeder zum Mörder werden konnte, es musste nur der richtige Auslöser sein. Bei seiner Mitbewohnerin hatte er manchmal das Gefühl, dass schon ein auf ihrem Herd erhitztes Fertiggericht dieser Auslöser sein könnte. Oder auch die aus purem Spaß an ihrer Empörung von ihm immer wieder gern getätigte Aussage, dass Essen allein dem Stillen des Hungers und nicht dem Genuss dienen sollte. Wenn danach ihre Augen blitzten und sie sich mit Beschimpfungen an ihm abarbeitete, war er manchmal froh, dass sie kein Messer in der Hand hielt.

Einmal hatte sie tatsächlich etwas nach ihm geworfen, aber es war zum Glück nur ein frisch gebackenes Brötchen gewesen, das er spielerisch gefangen hatte. Auf ihre gefährlich leise Aufforderung, ihr sofort ihr »Weckle« zurückzugeben, hatte er mit einem herzhaften Biss in das Gebäck reagiert und damit sofort die nächste Schimpfkanonade ausgelöst. Sie war wirklich sehr leicht in Rage zu bringen, die junge Köchin, aber er war sich zu 99,999 Prozent sicher, dass sie nie eine Verdächtige bei einer Mordermittlung sein würde.

»Bist du bereit?« Julia Specht, die sich für ihre Recherche zu Pilzen und Pilzsuchern in und um Freiburg mit ihrem Laptop in einen Besprechungsraum zurückgezogen hatte, steckte ihren Kopf durch die Bürotür. »Ich hab Hunger, und die Chancen stehen sicher gut, dass wir bei Lotte etwas Leckeres zu essen bekommen.«

Häberle nickte. Ja, die Wahrscheinlichkeit war tatsächlich hoch. »Los geht's, Maria kommt ebenfalls, aber im eigenen Auto. Die will sich wahrscheinlich auch nicht die Aussicht auf eine kleine Mahlzeit entgehen lassen.«

Pünktlich um sechzehn Uhr fuhren sie durch die Hofeinfahrt zur Villa. Häberle musste kurz überlegen, wo er am besten parken sollte, da der komplette Hof von den Kleinbussen und Transportern der Handwerker vollgestellt war. Nachdem er ganz hinten im Garten auf einem Stück Rasen eine freie Stellfläche für den Passat gefunden hatte, gingen sie hinein und in die Küche. Direkt nach ihnen kam Maria Dupont, denn wie immer war die Küche der Treffpunkt im Haus, da hier kaum Baustellenlärm zu hören und kein Baustellenschmutz zu finden war.

»Grüß Gott, wer hat Lust auf a zünftige Brotzeit?« Lotte Merckheim stand am Backofen und holte gerade ein frisch gebackenes Brot heraus. Auf dem Tisch standen eine Käseplatte und mehrere Dosen Wurst. »Eisbein«, »Grobe Bratwurst« und »Schwarzwurst«, las Häberle. Dazu ein Teller mit sauren Gurken und Silberzwiebeln und ein Glas Senf.

»Ja Herrschaftszeiten, da simma dabei!«, antwortete Julia Specht in genauso schlecht imitiertem bayerischen Dialekt und lachte. »Kehrst du dem Schwarzwald den Rücken und wendest dich den Alpen zu?«

Lotte Merckheim lachte ebenfalls. »Nein. Mir hat ein Metzger ein paar Dosen Wurst geschickt und mich gebeten, die mal zu probieren. Wahrscheinlich hofft er, dass ich sie irgendwie in meine Küche integriere, auch wenn ich da wenig Chancen sehe. Aber wer weiß, vielleicht fällt mir eine leckere Kombination ein, wenn die Wurst gut ist. Die erste Hürde hat sie auf jeden Fall schon mal genommen, sie kommt aus dem Schwarzwald. Genau wie der Käse und der wirklich sehr leckere Senf, der ist phantastisch.«

»Also wenn du auch noch Kirschwasser hast, könntest du den Gästen im Goldenen Hirschen als Aperitif einen Schwarzwald-Tequila anbieten«, erklärte Julia Specht mit ernstem Gesicht. »Alles andere, was du dafür sonst noch benötigst, steht schon auf dem Tisch.«

»Was ist denn ein Schwarzwald-Tequila?«, fragte Maria Dupont neugierig.

Julia Specht sah sie mit gespieltem Erstaunen an. »Aber Maria, du weißt doch sonst alles! Und dann plötzlich so eine Wissenslücke?«

»Jetzt sag schon, was ist ein Schwarzwald-Tequila? Ich kenne das auch nicht«, mischte sich Lotte Merckheim ein.

Die junge Kommissarin grinste. »Thomas, du bist aus der großen Stadt. Wie hast du in deiner Jugend Tequila getrunken?«

Häberle hatte eigentlich keine Lust, seine Trinkpraktiken aus früheren Tagen zu thematisieren, sah aber ein, dass sie am schnellsten wieder zum eigentlichen Thema zurückfanden, wenn er mitspielte. »Salz auf den Handrücken streuen, ablecken, den Tequila kippen und in eine Zitronenscheibe beißen«, brummte er.

Julia Specht nickte. »Richtig. Und bei einem Schwarzwald-Tequila streichst du Senf auf den Handrücken, leckst ihn ab, kippst das hochprozentige Kirschwasser hinterher und isst danach ein Stück Schwarzwurst.«

»Iiiiihhhhh!«, schallte es ihr aus drei Mündern entgegen.

»So etwas Ekliges habe ich ja noch nie gehört«, sagte Maria Dupont und schüttelte sich angewidert.

»Auf Partys haben wir das früher hin und wieder getrunken«, sagte Julia Specht und zuckte mit den Schultern. »Wir fanden es lustig.«

»Also ganz ehrlich, von meinen Köstlichkeiten hier gebe ich nix ab für so eine Schweinerei, tut mir leid.« Lotte Merckheim sah nahezu schockiert aus. Es war klar, dass ihre Restaurantgäste nie in den Genuss eines Schwarzwald-Tequilas kommen würden. »So, und jetzt hinsetzen und essen. Los.«

Häberle setzte sich an den Tisch, während Maria Dupont der Köchin den Laib Brot abnahm, den sie immer noch mit zwei Topflappen in den Händen hielt, und damit erst mal zur Arbeitsplatte ging. Sie wusste genau, wo die großen scharfen Messer zum Aufschneiden des Brotes zu finden waren, schließlich hatten sie hier schon das ein oder andere Mal zusammengesessen und geschlemmt.

»Apropos Köstlichkeiten, da wären wir doch schon beim Thema«, sagte Häberle und war froh, auf die Ermittlungen zurückzukommen. »Wir bräuchten ein paar Infos zum Pilzhandel hier in der Gegend, kannst du uns da weiterhelfen?«

Julia Specht hatte sich inzwischen die erste Scheibe des noch sehr warmen Brots geschnappt, sie schnell mit Butter beschmiert und zusammen mit einem riesigen Stück Schwarz-wurst, das sie vorher in den Senf getunkt hatte, in den Mund gesteckt. »Genau. Sowohl was rechtlich erlaubt ist als auch wer in Freiburg welche verkauft. Sehr lecker.« Die letzten beiden mit vollem Mund gesprochenen Wörter galten anscheinend dessen Inhalt.

»Oha, das ist ein heißes Thema, der Pilzmarkt ist ziemlich kompliziert hier in Deutschland«, antwortete Lotte Merck-heim. »Darf ich wissen, um was es geht?«

»Wir haben einen Toten gefunden, oben im Wald, bei Ober-ried«, antwortete Häberle.

»Passenderweise unterhalb vom Toten Mann«, ergänzte Julia Specht unnötigerweise und biss danach wieder in ihre Brot-Wurst-Kombination.

»Und der Mann scheint im Pilzgeschäft eine große Num-mer gewesen zu sein«, mischte sich jetzt auch Maria Dupont ein. »Es ist noch nicht erwiesen, dass wir es mit einem Mord zu tun haben, aber wir wollten uns schon mal zum Thema Pilze ein bisschen schlaumachen, falls es Ermittlungen in diese Richtung geben sollte. Und da haben wir an dich gedacht. Hier wachsen ja bestimmt viele Pilze, perfekt für deine gehobene Schwarzwaldküche.«

Lotte Merckheim wiegte den Kopf hin und her. »Ja, vom Prinzip her habt ihr natürlich recht. Gerade in der Herbst-küche arbeite ich viel mit Pilzen. Bei den Wildpilzen nutze ich aber fast immer Exemplare aus dem Ausland.«

Häberle schaute sie überrascht an. »Nanu, ich dachte, du legst so viel Wert auf heimische Produkte?«

»Stimmt, und die Pilze aus dem Schwarzwald sind ja auch hervorragend. Aber man darf sie nicht ernten. Oder zumindest nicht mehr als für den Eigenbedarf, was es für Restaurants schwierig macht, sie in die Gerichte zu integrieren.«

»Das hat uns schon die Tochter des Toten erklärt, und Maria weiß es natürlich auch, die weiß ja alles.« Julia Specht schaute kurz zu ihrer Kollegin und zog eine lustige Grimasse. »Aber erklär noch mal, so richtig habe ich das nicht verstanden.«

Lotte Merckheim seufzte. »Ich probiere, es kurz zu machen. Also: In Deutschland gilt im Wald die Verordnung zum Schutz wild lebender Tier- und Pflanzenarten. Laut ihr ist es verboten, Waldpilze zu sammeln, um sie zu verkaufen. Lediglich geringe Mengen dürfen Sammler mitnehmen – aber eben nur für den eigenen Bedarf.«

Dupont runzelte die Stirn. »Ich wollte vorhin die Hinterbliebenen des Pilzsammlers nicht fragen, die haben gerade andere Sorgen. Aber mich würde da deine Einschätzung interessieren: Halten sich da alle dran?«

Lotte Merckheim lachte. »Ich glaube ehrlich gesagt nicht. Erstens ist die Menge ›für den eigenen Bedarf‹ eine sehr dehnbare Einschränkung. Und zweitens denke ich, dass sehr viele Sammler, die im Wald zum Beispiel eine große Fläche mit Steinpilzen entdecken, fast immer alle einpacken und mitnehmen. Auch wenn es weit mehr sind, als sie selbst verwerten können. Wer lässt schon gute Pilze stehen? Es kommt zwar hin und wieder vor, dass Sammler mit mehreren vollen Körben im Auto von Forstmitarbeitern erwischt werden, aber die Gefahr einer Entdeckung ist natürlich minimal. Diese Pilze landen entweder im Freundes- und Verwandtenkreis oder auf dem Schwarzmarkt, und da bedienen wir gesetzestreuen Gastronomen uns natürlich nicht. Also beziehen wir Pfifferlinge, Steinpilze, Kaiserlinge, Morcheln, Maronenröhrlinge, Krause Glucke und Herbsttrompeten eben aus dem Ausland. Es bleibt uns ja nichts anderes übrig.«

Julia Specht kicherte. »Krause Glucke. Das hast du dir doch gerade ausgedacht, oder?«

Die junge Köchin grinste. »Nein, den Pilz gibt's wirklich. Schmeckt angenehm nussig und sieht ein bisschen aus wie ein Schwamm. Es gibt auch noch den Bocksdickfuß, den Gallertigen Zitterzahn, den Gurkenschnitzling, den schneckenförmigen Öhrling und den Schafeuter-Porling, wenn du noch ein paar lustige Pilznamen hören willst.«

Die beiden lachten, während Häberle überlegte. »Und was ist mit anderen Pilzen? Zum Beispiel dem Champignon?«

»Die kann ich direkt aus dem Schwarzwald kaufen, von Züchtern«, erklärte Lotte Merckheim. »Champignons können nämlich angebaut werden, und dann gibt es natürlich keine gesetzlichen Beschränkungen. Auch Limonenseitling, Flamingopilz oder Igelstachelbart beziehe ich von einem Züchter hier in Freiburg.«

Wieder kicherte Julia Specht und flüsterte leise »Igelstachelbart« vor sich hin.

Häberle ignorierte sie. »Und es gibt keine Ausnahmen?« Er hatte ja von der Tochter und der Lebensgefährtin schon gehört, dass Stefan Schwamm anscheinend diese Ausnahme gewesen war, aber er wollte wissen, ob Lotte Merckheim das bestätigen konnte.

Sie überlegte kurz. »Es gibt wohl einen Sammler mit einer Ausnahmegenehmigung hier im Schwarzwald, der mehr sammeln und dann auch verkaufen darf. Ein wahrer Pilz-Flüsterer, wurde mir schon gesagt. Ich hatte bisher aber keinen Kontakt zu ihm.«

»Und warum nicht?«, hakte Häberle nach.

»Ausnahmegenehmigungen sind mir suspekt. Entweder ist etwas verboten oder nicht. Bei Ausnahmegenehmigungen sind meist irgendwelche Gefälligkeiten oder die sogenannte Vetternwirtschaft im Spiel, so etwas unterstütze ich nicht. Außerdem scheint sich dieser Sammler seine Ware mehr oder weniger in Gold aufwiegen zu lassen, nur damit die Restaurantbesitzer ›Frische Steinpilze aus dem Schwarzwald‹ auf die Menükarte schreiben können. Das ist es mir nicht wert.«

»Falls sich der Mordverdacht bestätigt«, sagte Häberle, »könntest du uns dann vielleicht mit einem Restaurantbesitzer in Verbindung bringen, der Pilze von diesem mit einer Ausnahmegenehmigung ausgestatteten Sammler bezogen hat? Es war ja nicht illegal, daher dürfte das kein Problem sein, oder?«

Sie schaute ihn misstrauisch an. »Warum sprichst du denn plötzlich in der Vergangenheitsform?« Dann riss sie die Augen auf. »Ist euer Toter etwa der Schwammerl?«

»Du kennst ihn also doch?«, fragte Häberle streng.

»Nein! Ich kenne ihn nicht! Wie gesagt, ich habe nur von ihm gehört, Kontakt hatte ich nie. Kollegen, die mit ihm zusammenarbeiten, haben erzählt, dass sie in der Pilzsaison morgens bei ihm anrufen können, und egal welche Pilzsorte sie brauchen, fünf Stunden später steht er mit der gewünschten und frisch aus dem Wald geholten Menge vor der Tür.« Sie redete vor Aufregung immer schneller.

»Der Mann muss ein unfassbares Wissen über die Pilzplätze im Schwarzwald haben, denn wie ihr ja vorhin an meiner Aufzählung bemerkt haben dürftet, gibt es hier weit mehr als Pfifferlinge und Steinpilze. Und jeder Pilz bevorzugt andere Böden und Lagen. Ein Wahnsinn, wenn jemand immer auf Anhieb weiß, wo die alle zu finden sind.« Sie holte tief Luft. »Und der ist tot?«

»Ja. Der ist tot«, bestätigte Häberle. »Aber behalte das bitte erst mal für dich, bisher wissen das nämlich nur die Tochter und die Lebensgefährtin von Stefan Schwamm. Und es sieht nicht gut aus, wenn ausgerechnet die Mitbewohnerin des leitenden Kriminalbeamten Näheres zu dem Fall weiß.«

Sie zuckte mit den Schultern. »Ich sag schon nichts. Aber das ist ein schwerer Schlag für die Pilz-Community in Freiburg und Umgebung, das kann ich euch sagen. Da werden viele Gourmets, die sich jedes Jahr auf Schwammerls Pilze gefreut haben, todunglücklich sein.«

Häberle nickte, war aber in Gedanken woanders. Hatten sie etwas Neues erfahren? Irgendetwas, wodurch sich ein Motiv ergab? Es war anscheinend ein lukratives Geschäft, mit Schwarzwälder Waldpilzen zu handeln, das war spätestens jetzt klar geworden. Aber wie lukrativ? Ging es hier um genügend Geld, um dafür einen Mord zu begehen? Und selbst wenn ja, diese Ausnahmegenehmigung erlosch ja wahrscheinlich mit dem Tod von Stefan Schwamm und ging nicht automatisch auf jemand anders über, oder? Sonst wäre der neue Nutznießer der Ausnahmegenehmigung natürlich automatisch ein Verdächtiger.

»Fällt dir sonst noch etwas ein?«, fragte er.

Lotte Merckheim, die inzwischen selbst beim Essen kräftig zugegriffen hatte und mit Maria Dupont und Julia Specht in ein angeregtes Gespräch über die verschiedenen Wurstsorten vertieft war, schüttelte den Kopf. »Nein. Mehr weiß ich nicht. Aber hey, wenn ihr mal mehr über den Geschmack der verschiedenen Pilze wissen wollt, könnten wir hier am Wochenende doch zusammen kochen. Julia, denkst du, Uwe hat Lust, mir zu helfen? Und die Kosten übernimmt ja bestimmt die Polizei, ihr könnt das sicherlich als Ermittlungsspesen laufen lassen, oder?«

»Na klar. Der Chef wird bestimmt vollstes Verständnis für eine Rechnung über fünf Flaschen Rotwein und ausgefallene Schwarzwälder Spezialitäten haben«, erwiderte Häberle trocken. »Ich sag euch was, wenn wir den Fall gelöst haben, übernehme ich die Kosten und stelle mich zudem als Pilzputzer zur Verfügung. Das soll ja eine nervige Arbeit sein, habe ich mal irgendwo gelesen.«

»Bevor ich dir so eine verantwortungsvolle Aufgabe wie das Putzen von Pilzen überlasse, musst du noch einiges über Küchenarbeit lernen, Herr Häberle«, antwortete Lotte Merckheim, nachdem seine beiden Kolleginnen einstimmig »Einverstanden!« gerufen hatten. »Du fängst an der Spüle und mit dem Wischmopp an, so wie es sich gehört. Dann darfst du irgendwann mal Gemüse schnippeln, und erst dann können wir darüber nachdenken, ob du zu mehr fähig bist. So, und jetzt geht bitte ermitteln. Ich muss mich für die Arbeit im Goldenen Hirschen fertig machen.«

»Der Orangefuchsige Raukopf. Das ist unser Pilz.« Anne Endlich stand im Besprechungsraum und schaute mit einem triumphierenden Lächeln in die Runde.

Als Thomas Häberle am Morgen schlecht gelaunt in das Polizeipräsidium geschlurft war, da er nicht wirklich wusste, wie es mit den Ermittlungen weitergehen sollte, hatte ihn Julia Specht schon aufgeregt erwartet.

»Die Gerichtsmedizinerin hat eben angerufen, sie hat bei der Suche nach der Ursache für das Nierenversagen einen Treffer gelandet! Infos gibt es um sieben Uhr dreißig im Besprechungsraum 1, ich sage allen Bescheid.«

Und jetzt saßen sie hier, Endlich, er, Specht, Dupont, Pressesprecher Peter Hahn, Polizeidirektor Thorsten Furtwängler und auch Manuel Palmer, den die schiere Neugier hergetrieben hatte.

»Als ich gestern Mittag von Hauptkommissar Häberle den Hinweis bekommen habe, dass möglicherweise eine Pilzvergiftung bei dem Nierenversagen eine Rolle gespielt haben könnte, habe ich mich gleich an einen meiner früheren Professoren gewandt, Professor Dr. Klaus Ludwig«, erklärte Anne Endlich.

»Herr Ludwig ist inzwischen im Ruhestand, aber dadurch nicht weniger Experte für natürliche Gifte. Als ich ihm die Umstände erklärt habe, unter denen der Tote aufgefunden wurde, und was meine ersten Untersuchungen ergeben haben, meinte er sofort, ich solle die Leiche auf Orellanin überprüfen. Das ist ein Nierengift, das noch Wochen nach dem Tod nachweisbar ist. Zum Vergleich: Die Sporen des Pilzes sind schon nach fünf Tagen nicht mehr im Stuhl oder Magen nachweisbar, da wären wir also nicht weitergekommen. Orellanin hingegen schon. Im Nierengewebe. Und was soll ich sagen: Volltreffer!«

Die Gerichtsmedizinerin schaute zufrieden in die Runde.

»Als ich meinem Professor heute Nacht das Ergebnis mitgeteilt habe – er wollte unbedingt sofort Bescheid wissen –, hat er gesagt, dass er aufgrund der dreizehn Tage Vermisstenzeit des Toten sofort auf eine Vergiftung durch den Orangefuchsigen Raukopf getippt hatte.«

»Und wieso der? Kommt das Gift nur in diesem Pilz vor?«, fragte Palmer.

»Das nicht, auch wenn das Gift tatsächlich nach dem lateinischen Namen dieses Pilzes benannt wurde: Cortinarius orellanus. Das Besondere an ihm ist, dass man nach seinem Verzehr möglicherweise etwas Übelkeit verspürt, danach aber mehrere Tage noch ziemlich beschwerdefrei weiterleben kann. Bis es zu spät ist. Das Gift zerstört langsam die Nieren, und wenn es schließlich bemerkt wird, ist eine Rettung nicht mehr möglich.«

Palmer schaute beeindruckt in die Runde. »Was für ein fieses Teil.«

Anne Endlich nickte. »In der Tat. Der Pilz wird aufgrund der langen Latenzzeit auch Meuchelmörder genannt. Mein Professor hat mir erzählt, dass der Orangefuchsige Raukopf bis in die fünfziger Jahre hinein sogar als essbar galt, da die Todesfälle nie mit seinem Verzehr in Verbindung gebracht wurden. Man isst einen Pilz, und bis zu fünfzehn Tage später stirbt man an Nierenversagen, wer stellt da schon einen Zusammenhang her?«

»Und wie ist man dem Meuchelmörder auf die Schliche gekommen?«, fragte Maria Dupont.

»Laut meinem Professor wurde seine Giftigkeit erst 1952 entdeckt, als in Polen mehrere Menschen innerhalb kürzester Zeit an Nierenversagen starben. Auf der Suche nach einer Gemeinsamkeit der Toten wurde festgestellt, dass sie alle den Orangefuchsigen Raukopf gegessen hatten. Der wurde daraufhin genauer untersucht, und schließlich konnte das Orellanin als verursachendes Gift festgestellt werden. Dadurch wurde endlich bekannt, welche Gefahr von dem Pilz ausgeht.«

»Und wie sehen die Symptome aus? Kann den Vergifteten denn überhaupt nicht geholfen werden?« Polizeidirektor Furtwängler schaute die Gerichtsmedizinerin so schockiert an, als könne er nicht glauben, dass mitten im Schwarzwald ein so hinterlistiger Mörder wuchs und es keine Möglichkeit gab, ihn auszuschalten.

»Wie gesagt, nach dem Verzehr kann es zu Übelkeit kommen, Darmstörungen und auch Erbrechen. Danach geht es aber vielen Opfern erst mal wieder gut. Irgendwann kommt es zu unstillbarem Durst, fieberlosem Frösteln, bleibendem Kältegefühl und bisweilen Hautausschlag. Den hatte ich ja auch an dem Toten festgestellt, damit haben wir also ein weiteres Indiz. Typisch sind auch Kopfschmerzen sowie Schmerzen in den Extremitäten. Schließlich folgen Bewusstlosigkeit und Krämpfe sowie irreparable Funktionsschädigungen der Nieren.«

»Noch mal die Frage, kann dem Vergifteten nicht geholfen werden?« Furtwängler ließ nicht locker.

»Doch. Aber bei solchen Nierenschädigungen hilft nur eine Transplantation. Und dafür muss der Vergiftete frühzeitig einen Arzt aufsuchen. Was im Falle unseres Toten nicht passiert ist.«

»Okay. Was heißt das jetzt für uns? Haben wir es hier mit einem Mordopfer zu tun oder mit einem unvorsichtigen Pilzesser?« Julia Specht schaute in die Runde, und Thomas Häberle tat ihr schließlich den Gefallen zu antworten.

»Meiner Meinung nach deuten alle Indizien auf einen Mord hin, und als solchen sollten wir den Fall ab jetzt auch behandeln. Unser Toter ist ein bis vor zwei Wochen als völlig gesund geltender, extrem erfahrener Pilzsammler, der sogar staatlich anerkannter Pilzsachverständiger war. Dem passiert so ein katastrophaler Fehler nicht, dass er aus Versehen einen Orangefuchsigen Pilzkopf isst.«

»Raukopf«, verbesserte ihn Maria Dupont.

»Von mir aus. Einen Orangefuchsigen Raukopf. Der Tote war dreizehn Tage lang verschwunden, ungefähr die Zeit, die es nach der Vergiftung braucht, um an dem Pilz zu sterben. Und nach diesen dreizehn Tagen wird ein Mann dabei erwischt, wie er den Toten im Wald vergraben möchte, wo ihn wahrscheinlich nie jemand gefunden hätte, wenn nicht zufällig ein Mountainbiker vorbeigekommen wäre. Wie gesagt, das sind für mich mehr als genug Indizien, um ab sofort von Mordermittlungen zu sprechen. Irgendwelche Einwände?«

Niemand sagte etwas, schließlich nickte Furtwängler. »Alles klar, Herr Häberle. Dann leiten Sie bitte mit Frau Dupont die Mordermittlungen. Frau Specht ist ja eh schon mit an Bord, und falls Sie noch mehr Unterstützung brauchen, melden Sie sich bitte. Herr Hahn, die Presse muss informiert werden. Sprechen Sie eine Pressemeldung mit Herrn Häberle ab, als Zitatgeber stehe ich wie immer gerne zur Verfügung.«

Natürlich, dachte Häberle. Das sieht nach außen immer gut aus. Aber ihm war es egal, er fühlte sich im Hintergrund ohnehin wohler.

»Was ist mit Pressekonferenz und sozialen Medien?«, fragte Furtwängler.

Peter Hahn blickte verstohlen zu Häberle, der die Augen verdrehte. »Für eine Pressekonferenz haben wir noch zu wenig«, sagte Hahn langsam. »Da können wir auf Fragen eigentlich nur mit ›Kein Kommentar‹ oder mit Vermutungen antworten, und das sieht immer schlecht aus. Daher würde ich eine PK erst mal nach hinten schieben. Bis ich die Presse nicht mehr vertrösten kann. Mal schauen, wie viel Zeit sie uns lässt. Und was Social Media angeht, können wir natürlich unsere Pressemitteilung über unsere Kanäle spielen, aber nicht mehr. Würde ich vorschlagen.«

Die letzten drei Wörter hatte der Pressesprecher schnell hintendran gehängt, er wollte nicht den Eindruck erwecken, dass er dem Polizeidirektor etwas vorschrieb. So gern er das beim Thema Social Media auch getan hätte, nicht umsonst hatte Furtwängler den Spitznamen Twitter-Thorsten, er war wahnsinnig gern auf den Kanälen unterwegs und verriet hin und wieder auch mal Dinge, die nicht oder noch nicht für die Öffentlichkeit gedacht waren. Peter Hahn musste das dann immer ausbügeln.

Schon mehrfach hatten er und auch Häberle versucht, Furt-wängler davon zu überzeugen, dass die Social-Media-Kanäle allein von der Presseabteilung bespielt werden sollten, aber der Polizeidirektor hatte geradezu trotzig reagiert, so, als wollte man ihm ein geliebtes Spielzeug wegnehmen – und als solches sah er Twitter, Instagram und Facebook auch an. Manuel Pal-mer hatte mal gesagt, dass es ihn nicht wundern würde, wenn Furtwängler demnächst auch noch Tanzvideos von sich auf TikTok hochlud, in denen er zu selbst geschriebenen Songs Interna der Freiburger Polizei vertonte.

Furtwängler nickte langsam, schaute aber alles andere als zufrieden. »Okay. Dann machen wir das so. Wie geht es bei den Ermittlungen weiter?«

Dupont sah Häberle an und ergriff nach seinem Nicken das Wort. »Auf jeden Fall sollten wir uns die Wohnung von Stefan Schwamm anschauen. Vielleicht finden wir einen Hinweis auf einen Streit mit einem Unbekannten oder sonst etwas Auffäl-liges, von dem seine Lebensgefährtin nichts weiß. Außerdem denke ich, dass wir jemanden brauchen, der sich erstens mit Pilzen und zweitens mit Stefan Schwamm auskennt. Jemand, der mehr über ihn weiß, was seine Pilzsammler-Aktivitäten angeht. Die Tochter hatte zuletzt nicht mehr allzu viel Kontakt zu ihm. Und was die Lebensgefährtin angeht, konnte sie zwar ein bisschen weiterhelfen, beim Thema Pilze hatte ich aber das Gefühl, dass sie einfach nur wiedergab, was Schwamm ihr nebenbei erzählt hat. Sie selbst scheint sich dafür nicht zu interessieren.«

»Und wie finden wir diesen Pilze-Schrägstrich-Schwamm-Experten? Die Lebensgefährtin können wir fragen, aber wie du selbst gesagt hast, scheint der Tote seine Pilz-Leidenschaft streng von seinem restlichen Leben getrennt zu haben. Zu-mindest in letzter Zeit. Warum auch immer.« Häberle war etwas ratlos.

»Ich habe gestern Abend bei der Recherche im Internet ein Forum gefunden, in dem sich Pilzsuchende aus der Region austauschen«, meldete sich Julia Specht zu Wort. »Ob Stefan

Schwamm da mitmischte, weiß ich leider nicht, es werden bei den Beiträgen keine Klarnamen verwendet. Laut Impressum wird das Forum von einem gewissen Lothar Biesig betrieben, wohnhaft in Himmelreich.« Sie hatte sich den Namen anscheinend auf dem Handy gespeichert, da sie kurz darauf herumwischte, bevor sie ihn nannte.

»Prima, da fahren wir hin. Selbst wenn er Stefan Schwamm nicht kannte, bin ich froh über alle Hintergrundinformationen zum Thema Pilze im Schwarzwald.« Häberle überlegte kurz.

»Dann brauchen wir noch einen Gastronomen, der Schwamm Pilze abgekauft hat, den kann uns hoffentlich meine Mitbewohnerin vermitteln. Und jetzt wäre es wohl auch an der Zeit, bei den Oberriedern eine kleine Umfrage zu machen, ob jemandem vorgestern Morgen im Wald oder am Waldrand irgendetwas Seltsames aufgefallen ist. Beispielsweise ein großes unbekanntes Auto. Julia, kümmerst du dich darum?«

»Mach ich. Sobald der Pressetext fertig ist, könnte daraus ja auch ein kleiner Text für das Gemeindeblatt gebastelt werden, oder? ›Gesucht werden Zeugen, die Punkt, Punkt, Punkt. Bitte melden Sie sich unter Punkt, Punkt, Punkt.‹ Wäre das okay?« Sie schaute fragend zu Peter Hahn.

»Klar. Erledige ich und schicke es dann gleich an das Oberrieder Rathaus.«

»Supi. Dann fahre ich jetzt zum Klinkenputzen nach Oberried und befrage Jäger, Förster, Waldarbeiter – und natürlich die Senioren, die möglichweise mit einem Kissen unter den Ellbogen am Fenster saßen und die Straßen bewacht haben.« Julia Specht grinste. »So jemanden gibt es nach meiner Erfahrung ja in jedem Ort. In Merdingen hat zum Beispiel meine Tante Renate dankenswerterweise den Job übernommen. Ehrenamtlich, wohlgemerkt.«

»Na, dann richte deiner Tante bei Gelegenheit unseren Dank aus«, brummte Häberle. »Ich fahre jetzt mit Maria nach Himmelreich und versuche den Forumsbetreiber zu sprechen. Ist sonst erst mal alles klar?«

Er schaute in die Runde. Keiner schien noch etwas sagen zu wollen, Manuel Palmer und Anne Endlich hatten ihrem Gesichtsausdruck nach zu urteilen ohnehin bereits beschlossen, dass ihre Aufgaben erst mal erledigt und sie somit aus dem Geschehen raus waren.

»Gut, dann machen wir uns an die Arbeit«, übernahm Furtwängler die Auflösung der Runde und ließ es sich nicht nehmen, noch einen seiner kleinen, aber feinen Motivationssprüche dranzuhängen. »Da draußen ist irgendwo ein Mörder. Und es ist unser Job, ihn zu finden und aus dem Verkehr zu ziehen. Los geht's, schnappen wir ihn uns!«

»Ein Männlein stirbt im Walde und ist jetzt stumm …«

Häberle schaute über die Schulter. Manuel Palmer lief drei Meter hinter ihm und Maria Dupont und sang leise vor sich hin. Als er bemerkte, dass Häberle ihn ansah, grinste Palmer.

»Ich versuche gerade, das Kinderlied ›Ein Männlein steht im Walde ganz still und stumm‹ über den Fliegenpilz auf unseren Toten umzudichten«, erklärte er. »Den Anfang habe ich schon, aber ich komme nicht weiter. ›Es hat von lauter Purpur ein Mäntlein um‹ passt nicht, der Tote hatte ja eine braune und keine rote Jacke an. Wirklich sehr schade.«

Er schien diesen Umstand, seinem Gesichtsausdruck nach zu urteilen, tatsächlich sehr zu bedauern, und Häberle musste einmal mehr feststellen, dass der Chef der Spurensicherung die Pietätlosigkeit in Person war.

»Was reimt sich denn noch auf stumm?« Palmer schaute sie fragend an.

»Dumm«, antwortete Maria Dupont. »Und das würde auch passen. Die Annahme, dass es in dem Lied um den Fliegenpilz geht, ist nämlich falsch.«

»Was? Wirklich? Und was hat dann bitte schön ein purpurrotes Mäntlein um? Und steht allein im Wald? Etwa ein einsamer Feuerwehrmann?« Palmer blickte verwirrt zwischen ihnen hin und her, und Häberle bemerkte an seinem schlechten Scherz, dass er gerade sein jahrzehntelang als gesichert angesehenes Wissen in Frage stellte und seine Kinderlieder-Welt dadurch ins Wanken geriet.

»Die Hagebutte«, antwortete Dupont. »Das ist ein Rätsel-Kinderlied von August Heinrich Hoffmann von Fallersleben, ich glaube, aus der Mitte des 19. Jahrhunderts. Aber weil jeder nur die erste Strophe kennt, denken alle, dass es um den Fliegenpilz geht.«

Wie so oft dachte Häberle, dass seine Kollegin unbedingt mal zu »Wer wird Millionär?« müsste. Er war sich sicher, dass sie Günther Jauch ganz schön ins Schwitzen bringen würde.

»Und wie lautet die zweite Strophe?« Palmer schien noch nicht endgültig überzeugt zu sein.

»›Das Männlein steht im Walde auf einem Bein. Und hat auf seinem Haupte schwarz Käpplein klein. Sagt, wer mag das Männlein sein, das da steht im Wald allein, mit dem kleinen schwarzen Käppelein?‹« Maria Dupont hatte es leise vor sich hin gesungen und lächelte jetzt etwas verlegen. »Und dann kommt die Auflösung: ›Das Männlein dort auf einem Bein, mit seinem roten Mäntelein und seinem schwarzen Käppelein, kann nur die Hagebutte sein.‹ Zufrieden?«

Palmer überlegte kurz, schien die neuen Informationen dann aber zu akzeptieren. »In Ordnung. Es passt ja trotzdem. Unser Männlein starb vermutlich im Walde. Und ist jetzt stumm. Wie das Lied weitergeht, kommt jetzt auf Sie an. Ich hoffe nicht mit ›Zum Lösen dieses Falls waren wir zu dumm‹.« Er lachte und verabschiedete sich in sein Büro, während Häberle und Dupont zum Parkplatz weiterliefen.

✳✳✳

»Himmelreich. Da war ich schon lange nicht mehr. Als Kind habe ich vor Weihnachten immer meinen Wunschzettel an das dortige Postamt geschickt, da ich glaubte, dass in Himmelreich das Christkind wohnt.« Maria Dupont lachte. »Mein Opa hatte mir das erzählt, und ich habe sogar jedes Jahr eine Antwort vom Christkind erhalten, irgendjemand auf dem Postamt hat sich wohl die Mühe gemacht.«

»Bei mir kam immer der Weihnachtsmann, und bei dem weiß ja jeder, wo er wohnt: am Nordpol.« Häberle schmunzelte, während er den Passat ausparkte. Er schaltete kurz den Scheibenwischer ein, da es während ihrer Besprechung ein bisschen getröpfelt hatte. Jetzt war es wieder trocken, auch wenn eine dichte graue Wolkendecke über Freiburg hing und ein kalter Wind wehte. »Aber wenn da nicht das Christkind wohnt, warum heißt der Ort dann eigentlich Himmelreich?«

Maria Dupont zuckte mit den Schultern. »Es ist ja der erste Ort, wenn man aus dem Höllental kommt. Und eine Theorie ist, dass die Reisenden so froh waren, wenn sie die beschwerlichen und gefährlichen Kilometer durch das Höllental hinter sich hatten, dass sie sich im Himmelreich wähnten. Daher könnte der Ort seinen Namen haben. Wobei das Höllental seinen Namen nicht unbedingt von der Hölle haben muss, sondern er könnte auch vom mittelhochdeutschen Ausdruck für wilde Gegenden stammen: höle.«

Häberle wusste gar nicht, wie er all die Informationen in seinem Kopf unterbringen sollte, die ihm seine Kollegin mal wieder um die Ohren haute. Aber interessant war das alles, musste er zugeben. »War es denn wirklich so beschwerlich, da durchzureisen? Also, klar, damals gab es noch keine mehrspurige asphaltierte Straße, aber einen Weg muss es durch das Tal doch gegeben haben, oder?«

Dupont lächelte. »Keine Ahnung. Beim Hirschsprung – du weißt schon, wenn man das Tal hochfährt, kannst du rechts oben an einer Stelle, an der der Sage nach ein Hirsch auf der Flucht vor einem jagenden Ritter über die Schlucht gesprungen ist, eine große Bronze-Hirschstatue sehen – soll das Höllental früher nur acht Meter breit gewesen sein. Bestimmt war es nicht einfach, da durchzukommen, vor allem nicht mit Kutschen und Transportwagen. Ich habe mal gelesen, dass die Straße durch das Höllental erst 1770 für die Brautfahrt von Erzherzogin Maria Antonia von Österreich – später besser bekannt als die französische Königin Marie Antoinette – ausgebessert und erweitert wurde und danach sehr viel leichter befahrbar gewesen ist.«

»Marie Antoinette?«, fragte Häberle erstaunt. »Das ist doch die mit dem Spruch ›Wenn sie kein Brot haben, sollen sie Kuchen essen‹.«

»Genau die. Auch wenn sie das wohl nie gesagt hat, der Satz wurde ihr im Nachhinein in den Mund gelegt. Jedenfalls fuhr sie als vierzehnjährige Braut damals von Wien nach Paris zu dem späteren König Ludwig XVI. und kam auch hier vorbei. Die Gegend gehörte damals noch zu Österreich und hieß Vorderösterreich.«

»Wie jetzt?« Häberle schaute sie überrascht an. »Ihr seid hier eigentlich alle Österreicher, aber ich muss mir wegen meinem Nachnamen dauernd blöde Schwabensprüche anhören? Na, dem Palmer werde ich nächstes Mal etwas erzählen, diesem österreichischen Schluchtenscheißer!«

Dupont hatte die vollständige Adresse aus dem Impressum des Pilz-Forums von Lothar Biesig in ihr Handy eingegeben und gab Häberle nach der Ankunft in Himmelreich Anweisungen, wo genau er in dem kleinen Ort an der viel befahrenen Bundesstraße hinmusste. Schließlich hielten sie vor einem alten, aber gut gepflegten Fachwerkhaus, neben dem eine recht schmale Einfahrt auf einen großen Hof mit angrenzender Scheune führte. Die beiden stiegen aus und suchten nach einer Eingangstür mit Klingel, fanden aber weder das eine noch das andere, nur eine alte Holztür, die aussah, als wäre sie seit Jahren nicht mehr geöffnet worden.

»Lass uns nach hinten gehen, bei solchen alten Häusern wird oft die Hintertür zum Hof als Eingangstür benutzt.« Dupont ging bereits voraus, und Häberle folgte ihr.

Aus der Scheune hörte er Hundegebell und fand es schade, dass er den Verursacher des Krachs nicht sehen konnte. Jeder Tag wurde zu einem besseren Tag, wenn man mindestens einmal einen Hund gestreichelt hatte, fand er. Als sie um die Ecke bogen, sahen sie einen Mann in schmutziger Kleidung an einem wackligen Tisch sitzen und mit gebeugtem Rücken Pilze putzen. Volltreffer, dachte Häberle. Da wären wir ja schon beim Thema.

»Herr Biesig?«

Der Mann schaute auf. »Ja? Guten Tag? Kann ich Ihnen helfen?«

Lothar Biesig, um den es sich offensichtlich handelte, schaute sie misstrauisch an. Häberle schätzte ihn auf um die fünfzig, er hatte eine Halbglatze, trug eine Brille und war extrem dünn, fast schon hager. Kurz versuchte Häberle die Anzahl der Pilze – er tippte auf Pfifferlinge – zu überschlagen, um zu erkennen, ob der Mann möglicherweise die erlaubte Eigenbedarf-Menge überschritten hatte. Aber das sah seiner Meinung nach nicht nach besonders viel aus.

»Guten Tag, Herr Biesig. Maria Dupont mein Name, Hauptkommissarin bei der Kripo Freiburg. Das ist mein Kollege, Hauptkommissar Thomas Häberle. Wir ermitteln in einem Fall, bei dem Pilze eine Rolle spielen, und wollten fragen, ob Sie uns vielleicht mit der ein oder anderen Auskunft helfen könnten.«

Häberle fiel auf, dass Dupont die Tatsache, dass sie in einem Mordfall ermittelten, bei ihrer Vorstellung ausgelassen hatte. Aber das war wahrscheinlich besser so, darauf konnten sie später noch zu sprechen kommen.

»Aha. Und wie kommen Sie da auf mich?« Lothar Biesig schaute nach der Erklärung nicht weniger misstrauisch.

»Über Ihr Forum im Internet«, beeilte sich Häberle zu sagen. »Und wie man sieht, sind wir bei Ihnen ja richtig.« Er versuchte es mit einem Lächeln und zeigte auf die Pilze, erntete aber nur Stirnrunzeln.

»So? Na gut. Also dann.« Er stand auf und putzte seine Hände an der eh schon dreckigen Hose ab. »Sie müssen mein Aussehen entschuldigen, ich komme gerade aus dem Wald. Nachdem es die letzten Tage so viel geregnet hat, schießen die Pfifferlinge im wahrsten Sinne des Wortes wie Pilze aus dem Boden.«

»Sind Sie oft im Wald?«, versuchte Dupont ein unverfängliches Gespräch anzufangen.

»Ziemlich oft, ja. Meine Frau ist vor sieben Jahren gestorben, Krebs. Seitdem bin ich gerne zwischen den Bäumen unterwegs, das beruhigt mich. Also, wie kann ich helfen?«

Häberle überlegte. Sie sollten lieber nicht gleich nach Stefan Schwamm fragen. »Kennen Sie einen Pilz namens Orangefuchsiger Pilzkopf?«, begann er stattdessen.

»Sie meinen sicher Raukopf. Hab von ihm gehört. Was wollen Sie über den wissen?«

Wieder überlegte Häberle. »Ist es möglich, ihn mit einem anderen Pilz zu verwechseln? Einem essbaren? Solche Verwechslungen gibt es ja zum Beispiel beim Champignon und dem Knollenblätterpilz hin und wieder, habe ich mal irgendwo gelesen.«

Biesig brummte zustimmend. »Richtig, der sogenannte böse Zwilling. Ein anderes Beispiel ist der genießbare Mausgraue Erd-Ritterling und der sehr ähnlich aussehende ungenießbare Tiger-Ritterling. So einen Doppelgänger hat der Orangefuchsige Raukopf aber nicht, soviel ich weiß.«

»Wie ist sein Geschmack? Kann man ihn daran erkennen?«

Biesig lachte meckernd und schaute Häberle abschätzig an. »Ich habe ihn noch nie probiert. Aber er galt lange als Speisepilz, schlecht scheint er also nicht zu sein. Ich habe mal an einem gerochen, ein bisschen was Rettichartiges hatte er. Mehr kann ich dazu nicht sagen. Ist denn irgendein Dummkopf an dem Meuchelmörder gestorben, oder warum fragen Sie?«

Dupont schaute zu Häberle, der nickte. »Ja«, antwortete sie. »Ein Mann namens Stefan Schwamm. Kennen Sie ihn zufällig?«

Lothar Biesig runzelte die Stirn und sah sie nachdenklich an. »Ja. Ich denke schon. Im Forum ist er manchmal unterwegs, sein Username ist Schwammerl, glaube ich. Komisch. Ich dachte, der kennt sich richtig gut aus mit Pilzen. Zumindest machte es den Anschein, wenn er etwas geschrieben hat. Er trat immer ziemlich besserwisserisch auf.«

»Sehen Sie, das haben wir uns auch schon nach Gesprächen mit der Tochter und der Lebensgefährtin von Herrn Schwamm gedacht, dass er sich mit Pilzen gut auskennt«, sagte Häberle. »Daher gehen wir von einem Mord aus. Wir denken, dass Herr Schwamm die Pilze ohne sein Wissen oder mit Gewalt verabreicht bekommen hat. Und jetzt hoffen wir, dass Sie uns vielleicht bei der Motivsuche weiterhelfen können. Gab es ihm gegenüber im Forum mal irgendwelche Anfeindungen? Oder Neid? Oder Missgunst? Herr Schwamm scheint ja ein sehr erfolgreicher Pilzsucher gewesen zu sein. Fällt Ihnen dazu irgendetwas ein?«

Lothar Biesig schien zu überlegen. »Ein Mord? Wegen Pilzen? Also ich weiß ja nicht. Wobei, seine seltsame Sondergenehmigung hat schon hin und wieder für Ärger bei den Leuten gesorgt, so richtig konnte sich die keiner erklären. Ihm wurde von manchen vorgeworfen, dass er jemanden auf dem Amt bestechen würde. Ansonsten weiß ich aber nichts über Anfeindungen.«

Häberle seufzte lautlos. Okay. Hier war anscheinend kein Motiv zu finden. Das war schlecht. Er hatte sehr gehofft, dass in der Pilz-Community etwas zu holen war. Er wollte sich schon bedanken und verabschieden, als Maria Dupont noch eine Frage stellte.

»Von der Sondergenehmigung wissen Sie also. Wir auch, von Herrn Schwamms Tochter. Sie hat uns außerdem etwas von Büchern erzählt, in die er und sein Vater und, ich glaube, sogar schon sein Großvater Fundorte verschiedenster Pilze eingetragen haben. War das bekannt?«

Biesig schnaubte verächtlich. »Bekannt? Im Forum werden diese Bücher als Heiliger Gral der Pilzsucher angesehen, da gibt es Erzählungen, bei denen es einem die Fußnägel aufrollt. Die fangen aber alle mit ›Ich habe mal gehört, dass …‹ an, keiner weiß so richtig, was in denen drinsteht. Und ich bezweifle ehrlich gesagt, dass es sie überhaupt gibt. Dieser Schwammerl hat es auch nie im Forum bestätigt.«

Während Häberle mit Biesig sprach, hatte Maria Dupont

ihr Smartphone gezückt, zuerst wild darauf herumgetippt und dann aufmerksam gelesen.

»Ich habe mir in Ihrem Forum über die Suchfunktion eine der Diskussionen um Stefan Schwamms Bücher herausgesucht. Da ging es anscheinend vor allem um das Thema Trüffel. Ist das richtig?«, fragte sie.

Biesig schien sich nicht sicher zu sein, ob er dazu etwas sagen sollte. »Ja. Das stimmt«, sagte er schließlich unwillig. »Ein paar Leute im Forum nehmen an, dass es auch ein Buch gibt, in dem Schwammerls Großvater seine Trüffelfunde notiert hatte. Aber wie gesagt, ich glaube nicht, dass es diese Bücher gibt.«

Häberle glaubte sich verhört zu haben. »Moment mal. Trüffel? Im Schwarzwald? Ich dachte, die gibt es nur in Frankreich und Italien.«

Wieder ließ Biesig sein meckerndes und abfälliges Lachen hören. »Und warum sollten sich Trüffel auf einzelne Länder konzentrieren? Weil es ihnen da besonders gut gefällt? Weil sie Croissants und Spaghetti mögen?«

»Trüffel wachsen schon immer auch im Schwarzwald, sogar verschiedene Sorten. Besonders beliebt ist der Burgundertrüffel«, erklärte Maria Dupont an Häberle gewandt. »Allerdings ist das Trüffelsammeln anders als in Frankreich, Italien oder auch der Schweiz in Deutschland strengstens verboten.«

»Und warum das?« Häberle lernte hier mal wieder etwas, von dem er keine Ahnung gehabt hatte, dass es dieses Wissen überhaupt gab. Im Gegensatz zu Maria Dupont.

»Sie stehen unter dem Schutz des Bundesartenschutzgesetzes«, erklärte sie. »Also auf der Roten Liste, und das schon sehr lange. Ich habe mal irgendwo gelesen, dass das Verbot auf die Nazizeit zurückgehen soll. Da damals vor allem Juden mit Trüffeln handelten, sollte ihnen das Geschäft kaputt gemacht werden. Keine Ahnung, ob das stimmt. Fakt ist, dass in Deutschland keine Trüffel gesammelt werden dürfen.«

»Dann gibt es also keine Schwarzwälder Trüffel zu kaufen?«

»Doch, die gibt es«, mischte sich jetzt wieder Biesig ein.

»Das ist zwar nicht mein Spezialgebiet, ich bin eigentlich vor allem hinter Pfifferlingen her. Aber es gab auch schon den ein oder anderen Artikel dazu in der Badischen Zeitung, die habe ich als Pilzfreund natürlich gelesen. Das Verbot gilt nur in der freien Natur, ein paar schlaue Köpfe haben aber Trüffelplantagen angelegt, auch in der Gegend um Freiburg. Auf denen pflanzen sie mit Trüffelsporen geimpfte Bäume an, und ein paar Jahre später können sie dann die Trüffel ernten.«

»Und das lohnt sich? So lange zu warten, bis geerntet werden kann?«, fragte Häberle.

»Sicher ist das eine relativ lange Zeit, aber für gute Burgundertrüffel bekommt man bis zu tausend Euro pro Kilo«, antwortete Biesig. »Sie können zwar nicht mit Alba- oder Périgord-Trüffeln konkurrieren, die auch mal Phantasiepreise von weit über zehntausend Euro erzielen. Aber gutes Geld ist das allemal.«

»Hm.« Häberle überlegte. »Und in dem Buch von Stefan Schwamm soll es also Aufzeichnungen darüber geben, wo es im Schwarzwald in der freien Natur Trüffel zu finden gibt? Aber was bringt das? Gesammelt werden dürfen sie ja nicht.«

»Nicht offiziell.« Dupont schaute zu dem Forumsbetreiber. »Aber das heißt ja nicht, dass nicht auch hier für den Eigenbedarf oder Verkauf unter der Hand gesammelt wird. Wissen Sie etwas zu dem Thema, Herr Biesig?«

Der wand sich sichtlich. »Also, wie gesagt, die Trüffelsuche ist nicht so richtig mein Thema«, sagte er schließlich. »Dafür gibt es bestimmt bessere Ansprechpartner als mich.«

»Wüssten Sie denn einen? Vielleicht aus Ihrem Forum?«, hakte Dupont nach.

Biesig überlegte kurz. »Nein. Nicht wirklich. Sicher, hin und wieder wird das Thema Trüffel angestoßen, so wie bei der Bücherdiskussion, die Sie eben gefunden haben. Aber falls wirklich jemand von denen nach diesen Pilzen sucht, schreibt er darüber natürlich nicht in einem öffentlich einsehbaren Forum.«

Häberle und Dupont sahen sich an. Da hatte er recht. Dann

musste das wohl vorerst reichen. »Okay, Herr Biesig, das war es fürs Erste. Falls wir noch mehr Fragen haben, würden wir noch mal vorbeikommen, wenn das okay ist. Und falls Ihnen noch etwas einfällt, einfach bei mir melden.«

Häberle gab ihm seine Visitenkarte und verabschiedete sich, Dupont war nach einem kurzen Nicken und einem gerufenen »Tschüss« bereits vorausgegangen.

»Das war ja nicht besonders ergiebig«, brummte Häberle, als sie wieder im Auto saßen. »Wie sieht's aus, sollen wir gleich schauen, ob wir einen Trüffelexperten finden?« Er sah Maria Dupont fragend an, die schon wieder auf ihrem Handy tippte, während er den Motor anließ. »Diese Trüffelspur scheint ganz interessant zu sein, schließlich geht es da um gutes Geld. Schaust du mal kurz im Internet nach, ob du jemanden in der Gegend findest, der sich damit auskennt?«

»Schon geschehen.« Maria Dupont hielt ihm ihr Handy hin. »Wir müssen nach Todtnauberg.«

Häberle runzelte die Stirn. »Und warum müssen wir nach Todtnauberg?«

»Ich habe bei Google ›Trüffel‹, ›Suche‹ und ›Schwarzwald‹ eingegeben. Und gleich ganz oben ist ein Hundezüchter aufgepoppt. Er züchtet die Rasse Lagotto Romagnolo, die sich wohl besonders gut zur Trüffelsuche eignet. Und noch besser: Er bildet sie auch aus. Für die Trüffelsuche. Der weiß bestimmt etwas. Der Mann heißt Paul Bremer und wohnt wie gesagt in Todtnauberg.«

»Nie gehört von der Rasse. Klingt in meinen Ohren eher nach einem Salat. Aber Hauptsache, wir erfahren etwas über Trüffel.« Häberle legte den Gang ein und fuhr los.

Obwohl sie in einem Mordfall ermittelten, genoss Thomas Häberle die Fahrt über den Notschreipass nach Todtnauberg sehr. Und zwar in absoluter Ruhe. Maria Dupont recherchierte anscheinend zum Thema Trüffelsuchhunde im Internet, und das Radio war aus. Das war immer so, wenn er mit seiner Kollegin unterwegs war, da sie beide einen komplett unterschiedlichen Musikgeschmack hatten. Sie wollte SWR4 hören, er am liebsten seine alten CDs. Während ihre Lieblingslieder in seinen Augen eine Beleidigung der Definition von Musik waren, waren für sie Pearl Jam, Red Hot Chili Peppers und Foo Fighters einfach nur Krach. Also genoss er in der Stille, in der nur das monotone Brummen des Motors zu hören war, den Blick aus der Frontscheibe.

Die Gegend war in seinen Augen Schwarzwald pur. Er war hier schon mit dem Rennrad gefahren und hatte sogar Gamswild gesehen. Erst war er sich nicht sicher gewesen, ob es vielleicht Ziegen waren. Aber abends hatte er kurz bei Google recherchiert und zu seinem Erstaunen herausgefunden, dass es im Schwarzwald tatsächlich Gämsen gab, und gar nicht mal so wenige. Zwar waren sie in der Vergangenheit irgendwann ausgerottet worden, aber in den 1930er Jahren waren einundzwanzig Tiere aus der Steiermark und dem Salzkammergut direkt hier bei Oberried ausgewildert worden. Und inzwischen gab es wohl allein im Südschwarzwald wieder um die zweitausend Gämsen.

Seit seiner ersten Sichtung beobachtete er bei Touren durch den Schwarzwald die Hänge der Täler immer ganz genau, hatte aber keines der Tiere mehr entdecken können. Auch jetzt hoffte er wieder insgeheim, in der Landschaft ein oder zwei Gämsen zu sehen, während er auf kurvigen Straßen erst durch dichten Wald nach oben zum Pass auf tausendeinhundertzwanzig Metern Höhe fuhr, um dann auf der anderen Seite durch Wald und Wiesen, auf denen Kühe grasten, ins Tal hinabzufahren. Herrlich.

Selbst der Freizeitpark Steinwasen, der bergauf zum Pass an der rechten Hangseite lag, störte ihn nicht. Irgendwie hatten es die Betreiber geschafft, die wenigen Fahrgeschäfte in die Natur einzupassen. Und die großflächigen Tiergehege mit vor allem heimischen Tierarten fielen auch nicht auf.

Nach zwanzig Minuten kamen sie an die Abzweigung nach Todtnauberg, und Häberle setzte den Blinker links. Hier war oft einiges los, da direkt an der Straße der Todtnauer Wasserfall lag. Mit einer Gesamthöhe von siebenundneunzig Metern war er einer der höchsten in Deutschland, und seit Kurzem gab es hier noch eine weitere Attraktion: Von einer vierhundertfünfzig Meter langen Hängebrücke konnte der Wasserfall nun auch von oben bestaunt werden.

Er selbst hatte ihn sich noch nicht näher angeschaut, aber er stand definitiv auf seiner To-do-Liste. So wie auch der Triberger Wasserfall, der Allerheiligen-Wasserfall, der Zweribach-Wasserfall und so viele andere, die es im Schwarzwald gab und die dem Vernehmen nach alle wunderschön sein sollten. Was aber auch dazu führte, dass dort immer sehr viel los war, und das schreckte Häberle eher ab.

»Da vorne rechts, dann noch circa einen Kilometer, und dann muss es ein frei stehendes Haus auf der rechten Seite sein«, gab Maria Dupont ihm Anweisungen.

Nach wenigen Minuten auf einer schmalen asphaltierten Straße hielt Häberle an. Das musste es sein, ringsum war kein anderes Gebäude zu sehen. Es schien ein kleiner ehemaliger Bauernhof zu sein – das etwas windschief dastehende Fachwerkhaus wurde von zwei alten Scheunen eingerahmt, drum herum war nichts als Wiese. Der Waldrand war etwa dreihundert Meter entfernt. »Wunderschön«, lautete sein Urteil.

»Ja, die perfekte Schwarzwaldidylle«, bestätigte Maria Dupont. »Komm, mal schauen, ob jemand zu Hause ist.«

Als sie ausstiegen, konnten sie Hundegebell hören, und das kam definitiv von mehr als einem Hund. Es klang nicht aggressiv, aber sehr aufgeregt, und Häberle hoffte, dass er die Verursacher des Lärms nicht nur zu hören, sondern auch zu sehen bekommen würde.

In dem Moment kam ihnen eine Frau entgegen. Blonder Pferdeschwanz, schlank, hübsch, in Jeans, Wanderschuhen und verwaschener Jacke. Könnte glatt die ältere Schwester von Julia Specht sein, dachte Häberle.

»Madame et Monsieur Durand? Bienvenue à Todtnauberg, ça va?« Die Frau lächelte sie strahlend an.

Häberle schaute hilfesuchend zu seiner Kollegin. Was war

denn jetzt los, sie standen mitten im Schwarzwald, und plötzlich wurde Französisch gesprochen?

»Nous allons bien, merci. Nous sommes de la police et nous cherchons Madame Bremer, est-il chez vous?«, übernahm Maria Dupont das Antworten.

Jetzt war es an der Frau, sie hilfesuchend anzuschauen. *»Excuse me, my French ist not very good. Do you speak English?«*

Bereits bei der französischen Begrüßung hatte Häberle einen Akzent herausgehört, nach den beiden englischen Sätzen war er sich jetzt sicher. »Ich denke, wir können Deutsch sprechen, oder? Anscheinend verwechseln Sie uns, wir sind von der Polizei und würden gerne mit Herrn Bremer sprechen. Wäre das möglich?«

Die Frau wirkte erst erleichtert und dann verunsichert. »Oh. Entschuldigung. Ich dachte, Sie sind Kunden aus Frankreich, die wir erwarten. Von der Polizei sind Sie?« Sie schaute sich kurz um, als erwarte sie, dass eine Hundertschaft ihren Hof umstellt hatte. Dann seufzte sie und lächelte sie schließlich freundlich an. »Mein Mann ist hinten bei den Hunden. Kommen Sie, ich bringe Sie hin.«

Häberle und Dupont folgten ihr. »Noch mal der Vollständigkeit halber, mein Name ist Hauptkommissar Thomas Häberle, das ist meine Kollegin, Hauptkommissarin Maria Dupont«, stellte sich Häberle im Gehen vor.

»Freut mich. Ich bin Luise Bremer. Hauptkommissare hatten wir noch nie hier, da hat sich der Nachbar dieses Mal wohl besonders ins Zeug gelegt.«

Maria Dupont und Thomas Häberle schauten sich fragend an. »Entschuldigung, Frau Bremer, aber ich glaube, das ist ein weiteres Missverständnis«, übernahm dann die Hauptkommissarin. »Wir sind wegen einer Mordermittlung hier, bei der es auch um Pilze geht. Möglicherweise auch um Trüffel. Darum hoffen wir, von Ihrem Mann vielleicht ein paar Hintergrundinformationen zu dem Thema zu bekommen.«

Luise Bremer war stehen geblieben und schaute sie erschrocken an. »Was? Mordermittlung? Um Gottes willen. Und ich dachte, unser Nachbar hätte sich mal wieder über etwas beschwert. Hundekot auf den Wiesen, zu lautes Gebell, beim Vorbeifahren nicht freundlich gegrüßt, so etwas.«

Häberle grinste entschuldigend. »Nein, mit solchen ernsten Angelegenheiten beschäftigen wir uns eher weniger.«

Luise Bremer lachte freudlos. »Ja, zu Recht. Der Nachbar schikaniert uns leider regelrecht, seit wir vor sieben Jahren den alten Moser-Hof gekauft und umgebaut haben. Mit Trüffelsuchhunden kann der nicht viel anfangen, und dass wir mit deren Zucht auch noch gutes Geld verdienen, schürt wohl den Neid. Aber kommen Sie, jetzt bin ich neugierig. Gehen wir zu meinem Mann.«

Sie gingen um die Ecke und sahen einen grauhaarigen, durchtrainierten Mann mit einem weißen Hund auf der Wiese toben.

»Der ist ja hübsch. Sieht ein bisschen aus wie ein Pudel. Nur größer«, sagte Häberle.

»Finden Sie? Ich werde es meinem Mann ausrichten. Hübsch finde ich ihn natürlich auch, sonst hätte ich ihn ja nicht geheiratet. Ähnlichkeiten mit einem Pudel sind mir allerdings noch nie aufgefallen, aber jetzt, wo Sie es sagen …« Sie lachte.

Paul Bremer war inzwischen auf sie aufmerksam geworden und kam zu ihnen, während der Hund weiter über die Wiese tollte und ab und zu aufgeregt seine Nase in den Boden steckte. »*Bonjour!*«, rief er ihnen entgegen.

»Das sind nicht die Kunden, Paul. Das ist die Polizei. Sie wollen wegen einem Mord etwas über Trüffel wissen«, klärte seine Frau ihn auf.

Der Mann runzelte die Stirn. »Mordermittlungen? Was hat denn das mit Trüffeln zu tun? Guten Tag, Paul Bremer mein Name.« Er gab seinen Besuchern die Hand, die sich ebenfalls vorstellten.

»Herr Bremer, wir ermitteln in einem Mordfall in der Pilzszene«, begann Häberle ihr Anliegen vorzutragen. »Oder besser gesagt stammt das Opfer aus der Pilzszene. Und es könnte sein, dass ein mögliches Motiv etwas mit Trüffeln aus dem Schwarzwald zu tun hat. Deshalb sind wir hier.«

Wieder runzelte Paul Bremer die Stirn. »Das verstehe ich nicht. Sie wissen, dass die Trüffelsuche in Deutschland verboten ist?«

»Ja, das ist uns bekannt«, antwortete Häberle so souverän, als ob er das nicht erst vor einer Stunde gelernt hätte, genau wie die Tatsache, dass es überhaupt Trüffel in Deutschland gab.

»Aber Sie als Trüffelsuchhund-Züchter, könnten Sie sich nicht vorstellen, dass der ein oder andere dennoch ab und zu auf die Suche geht? Hier im Schwarzwald?« Dupont schaute ihn aufmerksam an.

»Das ist einer der vielen Vorwürfe unseres lieben Nachbarn, wegen denen die Polizei schon hier war. Aber so etwas machen wir nicht!«, regte sich Luise Bremer auf.

»Ist gut, Schatz«, beruhigte ihr Mann sie. »Wir verkaufen unsere Hunde vor allem nach Frankreich, da haben wir einen guten Ruf. Und dort ist die Suche ja auch erlaubt«, erklärte er dann.

»Aber ja, wir haben auch deutsche Kunden, manche hier aus der Gegend. Einige haben Trüffelplantagen und brauchen einen Hund für die Ernte. Solche Anfragen gibt es immer öfter, was mich natürlich freut. Manchmal, wenn wir einen großen Wurf haben, erkundige ich mich auch direkt nach neuen Trüffelplantagen beim Deutschen Trüffelverband, um den Nachwuchs zu vermitteln. Der Trüffelverband hat seine Geschäftsstelle ganz in der Nähe, in Schallstadt bei Freiburg. Und das klappt eigentlich auch ziemlich gut, die Hunde haben auf den Plantagen ein gutes Leben und auf einem extra für den Trüffelanbau angelegten Gelände natürlich auch viele Erfolgserlebnisse bei der Suche.«

Er schaute kurz zu dem Hund, der immer noch über die Wiese tollte. »Was die anderen deutschen Kunden genau mit ihren Hunden machen, wissen wir natürlich nicht. Offiziell gehen sie zur Suche nach Frankreich oder in die Schweiz, ist von hier aus ja nicht weit. Aber ich kann natürlich nicht sagen, wie die reagieren, wenn ihr Hund auf einem Spaziergang durch den Schwarzwald plötzlich anschlägt.«

Häberle und Dupont schauten sich an. Das war interessant, half ihnen aber nicht weiter.

»Darf ich fragen, um was es genau geht?« Paul Bremer schaute sie freundlich an. »Sie sagten, Sie ermitteln in der Pilzszene. Der gehöre ich auch an, ich mag ja nicht nur Trüffel, sondern auch die ganzen anderen Leckereien aus dem Wald. Können Sie mir mehr sagen?«

Wieder tauschten die beiden einen Blick. Dann zuckte Dupont mit den Schultern. »Was soll's, wir können jede Hilfe gebrauchen«, sagte sie, und Häberle hielt sie nicht auf. »Ein Mann wurde ermordet. Und zwar vergiftet. Mit einem Pilz. Bei dem Toten handelt es sich um Stefan Schwamm. Fällt Ihnen dazu etwas ein?«

Luise Bremer hatte einen leisen Schrei ausgestoßen, als Dupont den Namen des Opfers nannte, und hielt sich jetzt die Hand vor den Mund, während ihr Mann die Hauptkommissarin fassungslos anschaute. »Was ist los? Was ist mit dem Schwammerl?«

»Er ist tot. Und allem Anschein nach verstarb er an einem durch den Verzehr von Orangefuchsigen Rauköpfen verursachten Nierenversagen.« Dupont gab die Infos mal wieder mit dem Holzhammer raus, wie Häberle das nannte. Nicht lange darum herumreden, alles direkt auf den Tisch.

Bremer sah sie kopfschüttelnd an. »Tut mir leid, aber das ist meiner Meinung nach völliger Unsinn. Der Schwammerl würde jeden Pilz nicht nur mit verbundenen Augen allein durchs Ertasten erkennen, sondern auch am Geschmack. Und am Geruch. Absolut unmöglich, dass ihm ein solch tödlicher Fehler unterlaufen würde. Das kann nicht sein.« Er schüttelte weiterhin den Kopf, obwohl er längst aufgehört hatte zu reden.

»Sie kannten Herrn Schwamm also? Darf ich fragen, woher?« Jetzt war Häberle neugierig.

»Der Stefan hat uns ab und zu hier besucht und mit Paul

über Trüffel gefachsimpelt«, antwortete Luise Bremer mit belegter Stimme. »Vor allem früher, kurz nachdem wir hergezogen waren. Wir kannten hier damals ja niemanden, und Stefan war so ziemlich der Erste, der sich mit uns angefreundet hat. In den letzten beiden Jahren war er nur noch selten hier, ich glaube, er hatte eine neue Lebensgefährtin, da hatte er wohl weniger Zeit. Aber erst vor Kurzem war er mal wieder zu Besuch. Und ich hatte mich so gefreut, ihn mal wieder zu sehen! So ein netter Mensch.«

»Was heißt gefachsimpelt?«, fragte Dupont nach. »War er an der Trüffelsuche interessiert? Wollte er welche suchen gehen?«

»Früher nicht. Da kam er vor allem aus Neugier vorbei. Stefan hat sich immer für alles interessiert, was mit Pilzen zu tun hat, also auch für Trüffel. Und somit auch für Trüffelsuchhunde. Er fand es hochinteressant, wie sie ausgebildet werden«, antwortete Paul Bremer.

Das hätte Häberle auch interessiert, aber dafür war keine Zeit. Er schaute kurz auf die Wiese und sah, dass der Hund immer noch damit beschäftigt war, die Wiese zu erkunden und zu erschnüffeln. Der könnte ruhig mal herkommen und sich streicheln lassen, dachte er, bevor er sich wieder auf das Gespräch konzentrierte.

»Sie sagten gerade, ›früher nicht‹.« Er sah Bremer fragend an. »Und in letzter Zeit? Hat er sich da mehr für die Trüffelsuche interessiert?«

»Ja, er kam vor ein paar Wochen vorbei und hat mich gefragt, was ein ausgebildeter Lagotto Romagnolo kosten würde. Ich hatte den Eindruck, dass er ernsthaft interessiert war. Allerdings musste er ziemlich schlucken, als ich ihm die Preise genannt habe.«

»Und die wären?«

»Das kommt darauf an, wie weit die Ausbildung schon erfolgt sein soll. Aber allein für einen Welpen verlangen wir zweitausendfünfhundert Euro. Wenn wir dann noch mehrere Monate Ausbildung in ihn investieren, kann sich das schnell verdoppeln oder sogar noch teurer werden.«

Auch Häberle musste schlucken. Das waren ja saftige Preise. »Und in den dazwischenliegenden Jahren hatten Sie gar keinen Kontakt?«, fragte Dupont.

»Kaum. Zumindest nicht persönlich. Aber wir sind beide in einem Pilzforum, da sind wir ab und zu in Kontakt gekommen.«

Häberle und Dupont horchten auf. »Sie sind da auch aktiv?«

»Ja, hin und wieder. Warum?«

»Wir haben gehört, dass in dem Forum auch Bücher von Stefan Schwamm thematisiert wurden, in die er, sein Vater und auch bereits sein Großvater Pilzvorkommen im Schwarzwald eingetragen haben. Wissen Sie etwas darüber? Ob es die wirklich gibt? Und was da genau drinsteht? Also, wir haben von der Tochter gehört, dass es die Bücher gibt. Aber laut Forumsbetreiber gibt es im Forum Zweifel daran.«

»Dass es die Bücher gibt, hat mir der Schwammerl mal bestätigt, daran zweifle ich nicht. Nur was da genau drinsteht und wie ausführlich die Fundstellen und der Weg zu ihnen beschrieben sind, das ist die Frage«, sagte Bremer und dachte nach.

»Ich erinnere mich, dass es irgendwann eine Diskussion im Forum gab, bei der Geld dafür geboten wurde, mal reinschauen zu dürfen. Ein Forumsmitglied hat ihm sogar mehrere tausend Euro für das Trüffelbuch geboten. Das weiß ich noch so gut, weil Trüffel schließlich mein Spezialgebiet sind, daher fand ich das ziemlich interessant. Auf das Angebot hat der Schwammerl aber gar nicht erst geantwortet. Pilzkoch, so heißt das Forumsmitglied, wollte aber nicht lockerlassen. Er hat immer wieder geschrieben und immer höhere Summen geboten. Am Ende waren es zehntausend Euro.«

»Wer bietet denn bitte so viel Geld für ein Buch, von dem er gar nicht wirklich weiß, was drinsteht?« Häberle schaute den Hundezüchter verständnislos an.

Der zuckte mit den Schultern. »Sie haben ja keine Ahnung, wie besessen hier manche von Pilzen sind. Gar nicht mal unbedingt, weil sie sie so gerne essen. Bei manchen geht es mehr um das Finden. Vor allem bei den Trüffeln mache ich diese Erfahrung immer wieder, das ist für viele wie eine Schatzsuche. Oder wie bei Anglern, die Fische nach dem Fangen wieder ins Wasser werfen oder sie verschenken. Die essen gar nicht gerne Fisch, sondern angeln einfach gern. Solche Leute gibt es auch unter den Pilzsammlern.«

»Und der, der so viel Geld geboten hat, ist das so einer?«, fragte Dupont.

Bremer wackelte mit dem Kopf. »Keine Ahnung. Er kocht auf jeden Fall damit, das lässt sein Username Pilzkoch ja schon vermuten.« Er zögerte kurz. »Ich habe mich mal ein bisschen erkundigt, wer das ist, als er mir damals mit seinen Geboten für das Trüffelbuch im Forum aufgefallen ist. Und da Sie von der Polizei sind und ermitteln, denke ich, dass ich das weitergeben kann.«

Häberle nickte ihm aufmunternd zu.

»Also, bei Pilzkoch handelt es sich um Ferdinand Kleist. Auf Instagram postet er ausschließlich Fotos von seinen zubereiteten Pilzgerichten. Und er hat viel Geld. Der hat anscheinend ein Mehrfamilienhaus geschenkt bekommen. Von den Eltern oder Verwandten. Wird erzählt. In bester Lage in Freiburg. Da wohnt er oben in einer Penthouse-Wohnung, hat die anderen vier großen Wohnungen vermietet und lebt davon. Und er war schon mal bei dieser Kochsendung im Fernsehen, bei der jeden Tag ein anderer kocht …«

»›Das perfekte Dinner‹?« Häberle wusste selbst nicht, woher er den Titel kannte, gesehen hatte er es seines Wissens noch nie.

»Genau. Da hat er gekocht. Natürlich Pilze. Anscheinend sehr gut, laut seinen Instagram-Posts hat er die Wochenwertung gewonnen.«

»Das sind ja ganz schön viele Informationen, Herr Bremer. Wo haben Sie die denn alle her?« Maria Dupont blickte den Hundezüchter mit geneigtem Kopf an.

Der wurde ein bisschen rot. »Na ja, vieles schreibt er selbst im Forum. Auch das mit dem ›Perfekten Dinner‹, darüber habe ich seinen Klarnamen herausbekommen«, antwortete er schnell. »Dann kenne ich natürlich viele Pilzsammler, und man unterhält sich eben. Anscheinend ist der Kleist kein besonders erfolgreicher Pilzsucher. Aber von seinem vielen Geld kauft er den anderen hin und wieder deren Funde ab – oh, das hätte ich nicht sagen sollen. Mist.«

Er schaute sie zerknirscht an, aber Häberle winkte ab. »Keine Angst, Herr Bremer. Wir sind hier nicht auf der Jagd nach Leuten, die ein paar Pilze unerlaubt verkauft haben. Erzählen Sie weiter.«

»Mehr gibt es eigentlich nicht zu erzählen. In letzter Zeit postet er öfters Fotos mit Trüffelgerichten, auch deshalb interessiere ich mich ein bisschen für seine Hintergründe. Vermutlich kauft er die bei den Plantagen. Vielleicht wollte er das Buch aber sehen, um Trüffel illegal zu suchen.«

Häberle schaute zu Dupont rüber. Ein geltungssüchtiger Möchtegern-Trüffelsucher, der wegen eines mysteriösen Buchs einen Mord begeht? Klang eigentlich eher unwahrscheinlich, aber besser eine schwache Spur als gar keine.

Dupont schien ebenfalls zu überlegen. »Eine Frage noch, Herr Bremer. Ihrer Reaktion von vorhin nach zu urteilen, kennen Sie den Orangefuchsigen Raukopf. Wir haben bereits gehört, dass eine Verwechslung mit einem anderen, essbaren Pilz kaum möglich ist. Sind Sie auch dieser Meinung?«

Bremer überlegte kurz. »Also hier bei uns kommt der Meuchelmörder noch recht selten vor. So wird er auch genannt. Ich habe ihn erst ein- oder zweimal im Wald gesehen. Dadurch ist eine Verwechslung schon mal sehr unwahrscheinlich, da muss man großes Pech haben, zufällig auf ihn zu stoßen. Mit dem Klimawandel breitet er sich aber bestimmt bald im Schwarzwald aus, er mag Wärme. Falls es zu einer Verwechslung kommen sollte, dann wohl am ehesten bei sehr jungen Orangefuchsigen Rauköpfen. Die können tatsächlich fälschlicherweise als Pfifferlinge im Korb unerfahrener Sammler landen. Als sehr junge Pfifferlinge. Der Meuchelmörder hat nämlich zu Beginn noch einen gelblich schimmernden Haarschleier über den Lamellen, und die ähneln der Gelbfärbung des jungen Pfifferlings ein wenig.«

»Also ist eine Verwechslung möglich?« Dupont schaute ihn fragend an.

»Im Prinzip ja, aber ganz bestimmt passiert das nicht dem Stefan. Erstens würde er den Orangefuchsigen Raukopf sofort erkennen, egal ob jung oder alt. Und zweitens würde er ihn nicht mal dann pflücken, wenn er ihn für einen jungen Pfifferling halten würde. Junge und somit kleine Pfifferlinge haben nämlich nichts in einem Pilzkorb zu suchen. Man wartet, bis sie groß sind. Dann besteht auch keine Verwechslungsgefahr.«

Häberle dachte nach. »Gibt es denn noch viele Pilzvergiftungen? Ich dachte eigentlich, dass die Leute inzwischen vorsichtig genug sind, schließlich sollten sich ja alle der Gefahr bewusst sein. Und anscheinend gibt es ja auch Pilzsachverständige, die einen beraten. Herr Schwamm war laut seiner Tochter auch so einer.«

»Das stimmt, sollte man eigentlich denken«, sagte Bremer. »Aber ich habe vor Kurzem einen Bericht der Vergiftungs-Informations-Zentrale in Baden-Württemberg gelesen. Anscheinend werden es immer mehr Verdachtsfälle, und nicht etwa weniger. Es gibt jährlich Hunderte, wobei allerdings nur ein Bruchteil der gemeldeten Fälle auf den Verzehr hochgiftiger Pilze zurückzuführen ist. Meistens kommen die Beschwerden dadurch, dass unerfahrene Sammler Pilze aus dem Wald mitnehmen und essen, die schon alt sind. Die sind dann mit so vielen Bakterien belastet, dass der Verzehr zu Magen-Darm-Problemen führt. Typischer Anfängerfehler.«

Dupont nickte. »Herr Bremer, danke erst mal für die Infos. Wir melden uns, falls wir noch mehr wissen wollen zum Thema Trüffelsuche.«

»Okay. Es gibt neben vielen anderen leckeren Pilzen also auch teure Trüffel im Schwarzwald«, resümierte Häberle ihre Ergebnisse aus den Gesprächen mit Lothar Biesig und dem

Ehepaar Bremer, als sie wieder im Passat saßen. »Die einen darf man nur für den Eigenbedarf sammeln, die anderen gar nicht. Mal ehrlich, für mich klingt das so, als könnte mit der nötigen Menge an krimineller Energie damit einiges an Geld verdient werden. Es gibt eine Nachfrage, aber das Angebot ist durch die Verbote sozusagen künstlich verknappt. Und um die Geschichte komplett zu machen, gibt es Bücher, in dem so ziemlich alle Pilzvorkommen in diesem Teil des Schwarzwalds eingezeichnet sind, inklusive Trüffel. Und jetzt kommt der Knaller: Der Besitzer dieser Bücher war der ermordete Stefan Schwamm. Sehr auffällig, finde ich.«

Dupont nickte. »Alles richtig. Aber einen Verdächtigen haben wir dadurch leider nicht.«

Häberle hatte bereits den Motor angelassen, wusste aber nicht genau, wohin er fahren sollte. »Und jetzt?«

»Ich würde vorschlagen, dass wir uns noch wie geplant in der Wohnung von Herrn Schwamm und Frau Lauber umschauen«, antwortete Dupont. »Bevor wir jemanden suchen, der Schwamm wegen eines Buchs mit eingetragenen Trüffelfundorten ermordet hat, sollten wir erst mal schauen, ob dieses Buch nicht bei dem Opfer zu Hause auf dem Nachttisch liegt. Außerdem können wir Andrea Lauber dann auch gleich von dem Orangefuchsigen Raukopf erzählen.«

Das klang einleuchtend. »Also auf nach Kirchzarten. Hast du die genaue Adresse? Ich bin mir nicht sicher, ob ich die Straße wiederfinde, vorgestern war das ein ziemliches Kreuz-und-quer-Fahren.«

»Natürlich habe ich die genaue Adresse, die stand ja in dem Bericht, den du geschrieben hast.« Sie schaute Häberle an. »Du findest das wirklich nicht mehr? Vielleicht habe ich ja gar kein so gutes Gedächtnis, wie du immer sagst, sondern du einfach ein unheimlich schlechtes! Mal ehrlich, hast du wirklich keine Ahnung, was für eine Adresse du selbst vorgestern in den Bericht geschrieben hast?«

»Irgendwas mit 'ner Fünf in der Hausnummer?«, knurrte Häberle halb genervt und halb beschämt.

»Fast«, sagte Dupont trocken. »Hausnummer 23. Du hast also die Quersumme erraten, gratuliere. Fahr los, Kirchzarten findest du ja hoffentlich noch. Ich google so lange, wo die Straße ist.«

Als sie vor der Wohnung von Stefan Schwamm und seiner Freundin standen, sahen sie, wie der Vorhang des Küchenfensters auf die Seite gezogen wurde und Andrea Lauber herausschaute. Sie nickte ihnen zu, und Häberle und Dupont warteten, bis die Tür geöffnet wurde.

»Hallo, Frau Lauber, entschuldigen Sie die Störung. Wir wollten fragen, ob es okay wäre, wenn wir uns kurz in Ihrer und Herrn Schwamms Wohnung umschauen würden. Wir sind immer noch auf der Suche nach einem möglichen Motiv. Und vielleicht finden wir ja einen Hinweis.«

Häberle war froh, dass Dupont das Sprechen übernommen hatte. Andrea Lauber hatte gerade erst ihren Lebensgefährten verloren, und jetzt stand die Polizei vor der Tür und wollte seine und auch ihre Sachen durchwühlen. Nicht sehr erfreulich, aber definitiv notwendig.

Das sah wohl auch Andrea Lauber ein, denn sie bat sie mit einem Nicken herein. »Natürlich. Ich hätte ja auch gerne eine Erklärung, warum Stefan sterben musste. Vielleicht wird es dann etwas leichter.«

Sie standen in einem engen Flur und schauten sich um. An den Wänden hingen überall Fotos von Pilzen, alle in wunderschönes Licht getaucht. Entweder der Fotograf hatte jedes Mal so lange gewartet, bis die Sonne im perfekten Winkel stand, und dann abgedrückt, oder er war einfach so oft im Wald, dass er immer wieder zufällig den richtigen Zeitpunkt erwischte. Häberle tippte auf die zweite Möglichkeit.

Links ging es zur Küche ab, und auch hier beherrschte das Thema Pilze die Wände. Neben Fotos hing an einer Wand eine alte, riesengroße und schon etwas vergilbte Karte. Eine zum Aufrollen, wie sie während Häberles Schulzeit immer der Erdkundelehrer mitgebracht und umständlich an einem in der

Ecke des Klassenzimmers stehenden Kartenständer aufgehängt hatte. Nur waren auf dieser nicht Nord- und Südamerika zu sehen, sondern viele verschiedene, wunderschön gezeichnete Pilze.

»Pilze unserer Heimat«, stand darüber. »Rotkappe, Trachypus rufus, guter Speisepilz«, las er unter einem Bild von vier hübschen Pilzen mit oranger Kappe. »Totentrompete, Craterellus cornucopioides, Suppenpilz«, stand unter einem anderen, der nicht sehr schmackhaft aussah. Und oben rechts in der Ecke war auch der Pilz abgebildet, dessen Namen Julia Specht so lustig gefunden hatte: »Krause Glucke, Sparassis crispa, als Jungpilz genießbar.«

»Die ist toll, so eine hatten wir früher auch im Biologieunterricht«, sagte Dupont von der Seite, während sie ebenfalls die verschiedenen Pilzabbildungen betrachtete.

»Ja, auf die war Stefan sehr stolz.« Andrea Lauber lächelte traurig. »Er hat sie an der Grundschule in Buchenbach an der Straße liegend entdeckt. Der Hausmeister wollte sie gerade in den Keller räumen, weil so etwas ja nicht mehr benutzt wird. Die Fotos werden inzwischen einfach mit dem Beamer an die Wand geworden, falls es im Unterricht überhaupt noch um das Thema Pilze geht. Stefan konnte sein Glück kaum fassen, als der Hausmeister ihm die Karte für zehn Euro in die Klassenkasse der Erstklässler überließ. Sie ist ja auch wirklich sehr hübsch.«

Häberle schaute weiter auf die Karte, fand den Meuchelmörder jedoch nicht darauf. Aber es war Zeit, Andrea Lauber davon zu erzählen. »Frau Lauber, unsere Gerichtsmedizinerin hat inzwischen herausgefunden, was das Nierenversagen verursacht hat. Es war ein Giftpilz mit dem Namen Orangefuchsiger Raukopf. Sagt der Ihnen etwas?« Häberle schaute sie aufmerksam an, und sie schaute völlig ungläubig zurück.

»Ein Giftpilz? Und den soll Stefan gegessen haben? Mein Stefan, der mehr als jeder andere über Pilze wusste? Das kann nicht sein. Da müssen Sie sich irren.«

»Leider nicht, die Gerichtsmedizinerin ist sich sicher. Es

ist aber natürlich möglich, dass er den Pilz ohne sein Wissen verabreicht bekommen hat.«

Andrea Lauber schaute ihn erst wie versteinert an und schüttelte dann heftig den Kopf. »Tut mir leid, aber hier steige ich jetzt aus. Das klingt für mich alles wie aus einem Kriminalroman, so etwas passiert doch nicht in der Realität, oder? Jemand soll Stefan ermordet haben? Und dann auch noch mit einem Giftpilz?«

»Wir verstehen ja, wie seltsam das alles für Sie klingen muss, Frau Lauber. Aber ich muss noch mal fragen: Haben Sie schon mal von einem Giftpilz mit dem Namen Orangefuchsiger Raukopf gehört?« Häberle kam sich unhöflich und rücksichtslos vor, aber er konnte die Frage nicht einfach unbeantwortet im Raum stehen lassen.

»Nein. Habe ich nicht. Glaube ich. Stefan hat immer von so vielen Pilzen mit so vielen verrückten Namen erzählt, dass er den möglicherweise auch mal erwähnt hat. Falls das der Fall sein sollte, kann ich mich aber nicht daran erinnern.«

Häberle dachte nach. Maria Dupont übernahm das Gespräch. »Frau Lauber, eine andere Frage: Hatte Herr Schwamm vielleicht so etwas wie ein Arbeitszimmer? In dem er seine Unterlagen aufbewahrte? Und seine persönlichen Dinge?«

Häberle befürchtete kurz, dass Andrea Lauber jetzt endgültig sauer werden würde. Erstens klang das fast so, als würden sie nach etwas suchen, das der Tote vor seiner Lebensgefährtin geheim gehalten hatte. Und zweitens sah die Wohnung nach dem, was er bisher gesehen hatte, ziemlich klein aus. Sehr unwahrscheinlich, dass hier ein eigenes Zimmer für Stefan Schwamm zur Verfügung gestanden hatte. Aber er wurde eines Besseren belehrt.

»Ja. Das hatte er. Kommen Sie mit.« Andrea Lauber schien sich gefangen zu haben, ging voraus und öffnete ihnen die Tür zu einem kleinen Zimmer, nicht mehr als eine Abstellkammer. »Hier hatte sich Stefan sein kleines Reich eingerichtet. Bevor ich vor achtzehn Monaten bei ihm eingezogen bin, hatte er das riesige Wohnzimmer zur Verfügung. Aber mir zuliebe, damit wir auch mal zusammen auf der Couch sitzen und gemeinsam fernsehen konnten, hat er ganz viel von seinen Sachen weggegeben und alles andere hier reingezwängt.«

Häberle schaute in das winzige Zimmer. Beide Seitenwände waren bis unter die Decke von Bücherregalen bedeckt. Beim näheren Hinsehen konnte er kein einziges Buch entdecken, das nichts mit Pilzen zu tun hatte. In der Mitte des Zimmers war nur ein schmaler Gang zwischen den Büchern frei, keinen halben Meter breit, und an der Stirnseite stand ein alter Schreibtisch mit einer Stehlampe darauf. Auf dem Schreibtisch waren verschiedene Lupen aufgereiht, dazu Pinzetten und kleine Küchenmesser in allen Variationen. Der Schreibtisch hatte auf der einen Seite drei Schubladen, und auf der anderen Seite standen zwei relativ große Plastikbehälter.

»Hier hat Stefan unter anderem die Pilze sortiert und manche Exemplare auch genauer untersucht und hübsch gemacht.«

Häberle schaute Andrea Lauber fragend an.

»Zum Fotografieren«, erklärte sie. »Stefan wollte ein Pilzbuch schreiben, über Pilze im Schwarzwald. Dafür brauchte er hochauflösende Fotos. Hat er gesagt.«

Dupont hatte währenddessen die Buchrücken an den Wänden überflogen. »Frau Lauber, ein paar Bücher würden uns ganz besonders interessieren. Sie und Heike Schwamm haben uns bei unserem Treffen im Polizeipräsidium schon von denen erzählt. Die Bücher, in denen Herr Schwamm und seine Vorfahren die Pilzfundorte und vieles andere notiert haben. Sind die hier irgendwo?«

»Ja. Da oben.« Andrea Lauber drehte sich um und zeigte auf ein Regal über der Tür, auf dem verschiedenste Notizbücher standen und lagen, mindestens fünfzig Stück. Teilweise richtige kleine Bücher mit festem Einband, aber auch einfache Ringbücher.

Maria Dupont schaute sich suchend in dem kleinen Raum um und fand schließlich, wonach sie Ausschau gehalten hatte. Sie zog einen kleinen Trittschemel aus Holz unter einem Regal hervor, stieg darauf und schaute sich die Notizbücher aufmerksam an.

»Gut, was haben wir da. Mehrere Büchlein zu Steinpilzen und Pfifferlingen, Maronenröhrlinge, Champignons, Semmelporling, Flaschen-Stäubling, Totentrompete, Ziegenlippe, Sandpilz, Lachs-Reizker, Butterpilz, Spitzmorchel, Graublättriger Schwefelkopf, Große Riesenschirmlinge …« Sie murmelte weiter vor sich hin, während sie ein Büchlein nach dem anderen durchging. Schließlich legte sie auch das letzte wieder zurück.

»Frau Lauber, wir haben gehört, dass es auch mindestens ein Buch gibt, in dem Fundorte von Burgundertrüffeln hier in der Gegend aufgelistet und beschrieben sind. Ich finde hier aber nichts. Wissen Sie etwas darüber?«

Andrea Lauber zuckte erschrocken zusammen. »Was? Das Trüffelbuch? Liegt es nicht da oben? Sind Sie sich sicher?« Sie schaute nervös zu Maria Dupont.

»Ja. Ganz sicher, ich habe alle angeschaut.«

Andrea Lauber wirkte verwirrt. »Vielleicht hatte Stefan es bei sich? Oder es liegt noch im Wald, da, wo er gefunden wurde? Er hatte ja immer das Buch bei sich, mit dem er gerade arbeitete, also dessen Inhalt er zum Beispiel überprüfte. Wobei er mir mal erzählt hat, dass er keine Trüffel suche, das sei auch für ihn verboten.«

»Nein, wir haben es nicht bei ihm gefunden. Und die Spurensicherung hat den Fundort gut abgesucht, das wäre den Kollegen nicht entgangen«, sagte Dupont und schaute nachdenklich die restlichen Bücher in den Regalen links und rechts an den Wänden an. »Hier sind viele relativ neu aussehende Bücher zum Thema Trüffelzucht. Anscheinend hat ihn das sehr interessiert. Vielleicht wollte er sie ja gar nicht suchen, sondern züchten. Hat er mal mit Ihnen darüber gesprochen?«

Noch immer wirkte Andrea Lauber nervös. »Ja. Ein bisschen«, antwortete sie nach kurzem Zögern. »So nebenbei. Pilze waren seine Leidenschaft, nicht meine«, sagte sie fast entschuldigend. »Ich glaube, die Trüffelzucht fand er interessant, weil sein Opa früher, als das Sammeln noch erlaubt war, damit verhältnismäßig viel Geld verdient hat. Dass man die jetzt züchten kann, hat ihn einerseits fasziniert und andererseits gestört.«

»Warum das?« Dupont hatte sich zu ihr umgedreht und schaute sie fragend an.

»Na ja, wie gesagt, wir haben darüber nicht nächtelang gesprochen oder so. Aber ich weiß, dass Stefan nichts von Zuchtpilzen hielt. Pilze müssen aus dem Wald kommen, aus der freien Natur, hat er immer gesagt. Aber da Trüffel nun mal in Deutschland auf der Roten Liste stehen und somit absolut keine Möglichkeit besteht, sie in der freien Natur zu sammeln, fand er es wohl ganz okay, dass die Möglichkeit der Trüffelzucht um Freiburg herum so gehypt wird.«

»Und hatte er das selbst auch vor? Oder warum die ganzen Bücher über Trüffelzucht?«

Jetzt runzelte Andrea Lauber die Stirn. »Das weiß ich nicht, aber es wäre mir neu. Er hätte ja auch gar kein Grundstück dafür gehabt. Also, ich weiß ja nicht, was für so eine Trüffelzucht alles nötig ist, aber doch mal zumindest ein einigermaßen großes Grundstück, oder?« Sie schaute sie fragend an.

Häberle zuckte mit den Schultern, und auch Maria Dupont wusste dieses eine Mal keine Antwort auf die Frage. Sie schaute zu Häberle und dann wieder zu Andrea Lauber. »Das mag jetzt etwas ungewöhnlich klingen, aber wäre es okay, wenn wir unsere Spurensicherung hier vorbeischicken? Die haben einfach einen besseren Blick als wir und wissen, wo sie nachschauen können und müssen.«

Wieder zögerte Andrea Lauber. »Okay«, sagte sie langsam. »Wird da dann alles auseinandergenommen? Wie im Fernsehen?«

Häberle lächelte. »Nein, keine Angst. So wie ich unseren Chef der Spurensicherung kenne, wird er Ihre Wohnung aufgeräumter hinterlassen, als er sie vorgefunden hat.«

Damit schien Andrea Lauber beruhigt zu sein, zumindest

hatte sie keine Einwände mehr. Nach einem letzten prüfenden Blick durch das winzige Zimmer verabschiedeten sich die beiden Ermittler schließlich und gingen zu ihrem auf der anderen Straßenseite geparkten Auto.

Im Polizeipräsidium wartete bereits Julia Specht auf sie. »Na endlich, ich dachte schon, ihr seid verloren gegangen. Habt ihr etwas herausgefunden?«

Sie informierten sie kurz und knapp über die Ergebnisse des Nachmittags, und Häberle merkte dabei selbst, dass sie zwar viele Informationen gesammelt hatten, aber kaum etwas davon auf ein Motiv oder einen Verdächtigen, geschweige denn den Mörder hinwies. Nur das ominöse Trüffelbuch von Stefan Schwamm und jener Ferdinand Kleist, der wohl sehr interessiert daran war, waren Spuren, denen zu folgen sich lohnen könnte. Aber sonst?

Julia Specht hatte aufmerksam und still zugehört. Nur beim Ortsnamen Todtnauberg hatte sie es nicht lassen können, kurz einzuwerfen, dass sie jedes Jahr in Todtnau beim Schwarzwälder Kirschtortenfestival sei und die Waage danach immer zwei Kilo mehr anzeigen würde. Was Häberle ihr nicht glaubte. Er war sich sicher, dass die junge Kollegin auch nach einer zweiwöchigen Torten-Diät kein einziges Gramm mehr wiegen würde.

»Wie lief es denn bei dir? Irgendwelche Fensterbank-Aufpasser, die etwas Interessantes gesehen haben?« Er schaute Julia Specht auffordernd an. Vielleicht hatte ja zumindest sie eine heiße Spur. Aber er wurde enttäuscht.

»Nein. Nichts Interessantes. Oder doch, Moment! Frau Lieber, eine ältere Dame, die neben der Kirche wohnt, hat erzählt, dass die Nachbarin jetzt schon die dritte Katze innerhalb eines Monats aus dem Tierheim geholt hat und die ihr dauernd in den Vorgarten schei… fäkalieren würden. Kann man das so sagen?« Sie riss eine Tüte Gummibärchen auf, um sich gleich eine Handvoll davon in den Mund zu stopfen.

»Ich habe ihr gesagt, dass es sicher für keine gute nachbarschaftliche Beziehung sorgt, wenn ich als Polizistin mich um die Sache kümmere, und es vielleicht besser wäre, wenn sie einfach mal mit einem Kuchen rübergehen und das direkt mit der Nachbarin besprechen würde. Sie will sich das überlegen und hat versprochen, sich umzuhören, ob jemand vorgestern etwas Auffälliges oder Ungewöhnliches im Wald oder am Waldrand gesehen hat«, murmelte sie einigermaßen verständlich und schaffte es irgendwie, dass ihr dabei keines der Gummibärchen aus dem Mund fiel.

»Ansonsten wie gesagt nichts, keine auffälligen Autos gesehen, keine Fremden im Wald. Nur eine Frau meinte noch, dass an dem fraglichen Vormittag ein silberner Landrover oder Land Cruiser aus dem Wald herausgefahren kam, den sie noch nie zuvor gesehen hatte. Sie verwechselt die beiden Marken wohl immer. Aber ihr Mann hat aus dem Hintergrund gleich Entwarnung gegeben und gesagt, dass das bestimmt der neue Jagdpächter war, der fahre einen Landrover. Also keine Ausbeute. Vielleicht meldet sich ja aber jemand nach dem Aufruf im Gemeindeblatt.«

Häberle nickte. Okay, was galt es als Nächstes zu tun? »Ich werde auf dem Heimweg nachher mal bei der Adresse von diesem Pilzverrückten vorbeifahren, der so scharf auf das Buch von Stefan Schwamm war. Vielleicht ist er ja zu Hause. Außerdem rede ich gleich noch mit Peter Hahn, der hat vorhin versucht, mich zu erreichen, habe ich gerade auf meinem Handy gesehen. Bestimmt fluten die Journalisten ihn mit Anfragen und er will jetzt doch eine Pressekonferenz abhalten. Könntet ihr euch erst mal um den Papierkram kümmern? Und Maria, kannst du Heike Schwamm noch anrufen und über den Orangefuchsigen Pilzkopf als Ursache für den Tod ihres Vaters informieren?«

»Raukopf.« Maria Dupont griff in die Gummibärchentüte von Julia Specht. »Klar, mache ich. Ich bleibe da, wo die Verpflegung gesichert ist, geh du ruhig raus in die unfreundliche Welt.«

Sie lächelte ihrer Kollegin aufmunternd zu. »Na los, fangen

wir an. Du schreibst über Frau Lieber und die fäkalierenden Katzen – gibt es das Wort überhaupt? – und ich über den Forumsbetreiber und den Hundezüchter. Dann ist das erledigt. ›Müde macht uns die Arbeit, die wir liegen lassen, nicht die, die wir tun‹, hat schon Marie von Ebner-Eschenbach gesagt.«

»Was du immer für Sprüche kennst«, hörte Häberle seine junge Kollegin beim Rausgehen noch sagen. »Beim Thema Arbeit kann ich aber mit dem Lied von Pippi Langstrumpf kontern: ›Faulsein ist wunderschön, denn die Arbeit hat noch Zeit. Wenn die Sonne scheint und die Blumen blühn, ist die Welt so schön und weit.‹«

∗∗∗

Wieder einmal fluchte er lautstark vor sich hin, während er mit Fredo an der Leine durch den Wald lief. Er konnte sein Pech immer noch nicht fassen. Verdammter Mountainbiker! Was für eine verfluchte Scheiße! Stefan könnte schon längst unter der Erde liegen und wäre für die Polizei nur eine vermisste Person. Und kein Mordfall! Und um einen vermissten erwachsenen Mann würden sich die Bullen mit ziemlicher Sicherheit einen feuchten Kehricht scheren. Schließlich könnte Stefan einfach beschlossen haben, sein altes Leben hinter sich zu lassen und irgendwo neu anzufangen. Er hatte ja selbst nicht erst einmal darüber nachgedacht, es genauso zu machen. Der Mord wäre ohne den Mountainbiker so perfekt gewesen! Aber stattdessen wussten jetzt Gott und die Welt, dass Stefan ermordet worden war. Die Nachricht war im Forum wie eine Bombe eingeschlagen.

Vorhin hatte er die Meldung im Radio gehört:

»Wie die Polizei eben mitgeteilt hat, wurde Stefan S., der vorgestern im Wald oberhalb von Oberried tot aufgefunden wurde, ermordet. Zu den Hintergründen hält sich die Polizei bisher noch bedeckt. Wir melden es, sobald es weitere Einzelheiten zu dem Fall gibt.«

Bei dem Namen Stefan S. hatte es im Forum gleich die rich-

tigen Vermutungen gegeben. Stefan Schwamm alias Schwammerl. Jetzt rätselte jeder, der Stefan – wenn auch nur vom Namen her – gekannt hatte, wer der Mörder sein könnte. Darum musste er jetzt auch endgültig Stefans Buch verbrennen, wenn es ihm auch noch so schwerfiel. So viel Wissen war darin enthalten, so viel Geld könnte er damit verdienen! Aber es durfte keine Spuren geben, die zu ihm führten.

Wieder fluchte er. Und dachte dann nach. Apropos Spuren, welche Spuren gab es zu ihm? Was musste er tun, um ungeschoren aus der Sache rauszukommen? Momentan konnte ihm die Polizei nichts nachweisen, da war er sich ziemlich sicher. Und so wie er das sah, war sie auf der falschen Fährte. Aber wie lange noch?

In dem Moment klingelte sein Handy. Kurz überlegte er, den Anrufer wegzudrücken, aber als er sah, wer es war, nahm er doch ab.

»Hast du es schon gehört? Sie haben es sogar im Radio in den Nachrichten gebracht! Es war Mord! Die sagen, Stefan wurde ermordet!«

Er hielt das Handy etwas vom Ohr weg, so schrill war die Stimme dieses Weicheis.

»Meinst du, das hat etwas mit uns zu tun? Wegen den Trüffeln? Aber warum denn Mord? Soll ich zur Polizei gehen? Ich glaube, ich gehe zur Polizei.«

Er war alarmiert. »Moment. Ganz langsam. Wir besprechen das erst mal in aller Ruhe und überlegen, ob das etwas mit unserem oder besser gesagt jetzt eurem kleinen Nebengeschäft zu tun haben könnte. Hast du schon mit jemand anderem darüber gesprochen?«

»Nein. Du bist der Erste, den ich anrufe. Schließlich war das lange Zeit unser Geschäft. Es tut mir leid, dass ich dich damit behellige, du hast ja inzwischen leider nicht mehr viel damit zu tun. Aber ich wusste nicht, mit wem ich reden soll!«

Er atmete auf. Okay. Das bekam er in den Griff. »Beruhige dich. Es ist völlig in Ordnung, dass du anrufst. Aber ich denke nicht, dass du zur Polizei gehen musst. Warum sollte jemand wegen ein paar Trüffeln ermordet werden? Das macht keinen Sinn. Wo bist du jetzt? Zu Hause? Dann komme ich nachher durch, und wir reden.«

Am anderen Ende der Leitung hörte er lautes Atmen. »Ja, ich bin zu Hause, komm einfach vorbei. Aber ich finde immer noch, dass ich zur Polizei gehen sollte. Schließlich zählt bei einem Mordfall jeder Hinweis, auch wenn er noch so unwichtig erscheint. Vielleicht hat es ja doch etwas mit den Trüffeln zu tun. Bis später.« Damit legte er auf.

Er überlegte kurz. Dann steckte er sein Handy in die Tasche. Da gab es wohl keine andere Lösung. Falls die Heulsuse wirklich mit der Polizei reden sollte und sein Name in Zusammenhang mit Trüffeln fallen würde, käme er aus der Nummer nicht mehr raus. So dumm war die Polizei dann doch nicht. Und das Risiko konnte er nicht eingehen.

Dabei hatte er Stefan ja nicht einmal aufgrund der Trüffel getötet, die hatten das Fass nur zum Überlaufen gebracht! Egal. Zumindest wusste er jetzt nach dem Telefonat, was es als Nächstes zu tun galt. Das war nicht schön, aber unumgänglich, wenn er ungeschoren davonkommen wollte. Und vielleicht konnte er ja sogar eine falsche Spur für die Polizei legen.

✳✳✳

Als Häberle auf den Hof vor seiner Villa fuhr, war es bereits nach neunzehn Uhr, die Handwerker waren also schon eine Weile weg. Bei dem pilzverrückten Ferdinand Kleist hatte er niemanden angetroffen, da musste er morgen noch mal vorbei. Mit Peter Hahn hatte er nach dessen kurzer Rücksprache mit Twitter-Thorsten ausgemacht, dass er gleich morgen früh die Presse darüber informieren sollte, dass um elf Uhr eine Pressekonferenz zur »Soko Oberried« stattfinden würde. Der Polizeichef hatte »Soko Pilz« vorgeschlagen, aber das war Häberle schon wieder ein viel zu genauer Hinweis gewesen, worauf sich die Ermittlungen momentan konzentrierten. Zum Glück hatte Furtwängler das eingesehen.

Müde ging Häberle die Treppen zum Eingang hoch. Als er die Tür aufschloss, hörte er aus der Küche in voller Lautstärke The Strokes dröhnen. Er lächelte. Eine der Musikempfehlungen, die Lotte Merckheim von ihm angenommen hatte, während sie bei vielen anderen Bands, die er liebte, nur mit den Schultern gezuckt hatte. Aber mit The Strokes hatte er einen Volltreffer gelandet, inzwischen konnte die Köchin fast jeden Text mitsingen, zumindest die Refrains. Dabei kam ihr zugute, dass der Sänger auch nicht immer unbedingt jeden Ton traf, wodurch ihre eigenen, doch eher überschaubaren Gesangskünste nicht so auffielen.

»Aha, der Herr Häberle. Hunger?« Sie stand wie eigentlich immer, wenn sie nicht im Goldenen Hirschen war, am eigenen Herd, als er die Küchentür öffnete. Allerdings kochte sie nicht, sondern putzte.

»Nein, ich war gerade noch im Yepa Yepa und habe ein paar Tacos verputzt«, antwortete er und hatte dabei kein schlechtes Gewissen. Das winzige mexikanische Restaurant in der nahe gelegenen Merianstraße wurde von Lotte Merckheim als absolut empfehlenswert gelistet, auch wenn man es zur Kategorie Fast Food zählen konnte. Aber es gab eben gutes und mieses Fast Food. Und mieses Fast Food konnte Lotte Merckheim überhaupt nicht leiden.

Er hatte einmal erwähnt, dass er sich für den schnellen Hunger bei McDonald's einen Big Mac geholt hatte, und ihm klingelten von der lautstarken Empörung immer noch die Ohren. »Iss doch gleich vergammeltes Styropor!«, hatte sie ihn aufgebracht angeschrien und nicht sehr gut auf seinen Hinweis reagiert, dass Styropor seines Wissens nicht vergammelte. Aber das Yepa Yepa war okay, wie er auch jetzt wieder an ihrem huldvollen Nicken erkennen konnte.

»Da muss ich auch mal wieder hin. Sooo lecker!« Sie putzte weiter, und Häberle fragte sich, warum sie noch immer polierte. Für ihn sah der Herd bereits spiegelblank aus.

»Seid ihr bei eurem Pilzfall weitergekommen?«

Er überlegte, was er ihr erzählen durfte. Eigentlich so ziemlich alles, oder? Bisher wussten sie sowieso noch nichts, was nicht an die Öffentlichkeit durfte, was traurig genug war.

»Stefan Schwamm wurde mit einem Giftpilz umgebracht. Heute waren wir bei einem Pilzforum-Betreiber, der uns ein paar Sachen aus der Schwarzwälder Pilzszene erzählen konnte. Genauso wie ein Trüffelhundezüchter. Aber nichts, was uns wirklich weitergebracht hat. Apropos, wusstest du, dass es im Schwarzwald Trüffel gibt?«

»Pfff, Knallkopf.«

»Was denn? Glaubst du mir etwa nicht? Anscheinend gibt es die überall, nur darf man sie in Deutschland nicht sammeln!«

»Natürlich weiß ich, dass es im Schwarzwald Trüffel gibt!« Lotte Merckheim schaute Häberle empört an, und der befürchtete kurz, dass sie mit dem Putzlappen nach ihm warf. »Hast du vergessen, dass ich erstens aus dem Schwarzwald stamme und zweitens Köchin bin? Wie könnte ich da nicht wissen, dass es hier Trüffel gibt? Willst du mich beleidigen? Noch mal: Knallkopf!«

»'tschuldigung, für mich war das neu«, sagte er lahm. »Kochst du denn mit Trüffeln?«

Sie schüttelte den Kopf. »Noch nicht. Ich will mir demnächst aber mal ein oder zwei Exemplare von einer Trüffelfarm besorgen, die mir empfohlen wurde. Alte Rezepte gibt es genug, da würde ich schon mal gerne versuchen, das ein oder andere aufleben zu lassen. Oder auch etwas Neues zu kreieren. Burgundertrüffel besitzen ein herrlich erdig-pilzig-nussiges Aroma, das sich bestimmt gut einsetzen lässt.«

»Wie, alte Rezepte? Trüffelrezepte?«

»Ja, natürlich. Früher waren Trüffel ein alltäglicher Bestandteil der Schwarzwälder Küche. Ich würde jetzt nicht unbedingt sagen, dass es sogenanntes Arme-Leute-Essen war, schließlich mussten die Trüffel ja auch erst mal gefunden werden. Aber ich habe schon Rezepte gesehen, da müsste man heutzutage ein paar hundert, wenn nicht sogar tausend Euro investieren, um sie nachzukochen.«

»Echt? Sag mal eins.« Häberle war froh, dass seine Mitbewohnerin sich wieder beruhigt hatte, und fand diese Trüffelsache wirklich interessant.

Sie überlegte kurz. »Das nach heutigem Maßstab dekadenteste habe ich in einer uralten Rezeptesammlung meiner Großmutter bei uns auf dem Hof auf dem Speicher gefunden. ›Trüffelgans‹ heißt es, und da werden nicht etwa ein paar Flocken Trüffel über Tranchen von Gänsebrust geraspelt, wie man das heute vielleicht machen würde. Nein, da stand: ›Füllen Sie die Gans nun mit Trüffeln und erhitzen Sie sie danach langsam im Ofen.‹ Wahnsinn, oder? Hast du eine Ahnung, wie viele Trüffel in so eine Gans passen?« Sie schaute ihn fragend an, weshalb er sich aufgefordert fühlte zu antworten.

»Weiß nicht. Hundert Gramm?«

Sie verdrehte die Augen. »Du hast wirklich gar keine Ahnung. Je nach Größe der Gans locker ein halbes Kilo!«

»Und das willst du nachkochen?«

»Nein, natürlich nicht! Knallkopf! Dann könnte ich sie ja gleich auch noch mit Blattgold garnieren. Es gibt aber auch Rezepte, bei denen weniger Trüffel verwendet wurden, und die interessieren mich, dafür würde ich bei Gelegenheit ein paar Zuchttrüffel kaufen. Zum Ausprobieren. Für den Goldenen Hirschen. Ein paar andere sehr gute Restaurants haben bereits seit Längerem Trüffelgerichte auf der Karte. Wenn du mal so etwas probieren willst, dann empfehle ich dir den Landgasthof Rebstock in Egringen, die haben sogar eine eigene Trüffelplantage.«

Häberle überlegte. Ihm war gerade eine Idee gekommen. »Kann man eigentlich den Unterschied zwischen einem wild gewachsenen und einem gezüchteten Trüffel erkennen? Am Aussehen? Oder am Geschmack?«

»Nein, Trüffel ist Trüffel. Auch der gezüchtete Trüffel wächst ja unter der Erde an einem Baum in der nur für ihn passenden Erde. Ob da nun ein Zaun um den Baum gespannt ist oder der Baum mitten im Wald steht, ist dem Trüffel völlig wurscht.«

»Dann könnte man also heimlich im Wald gesammelte Trüffel als Zuchttrüffel verkaufen?«

»Theoretisch schon. Also zumindest den Schwarzwälder Burgundertrüffel, der auch gezüchtet wird. Andere Trüffel, wie beispielsweise der Albatrüffel, wurden, soviel ich weiß, noch nicht erfolgreich gezüchtet, die wachsen also nur in der Natur.« Lotte Merckheim überlegte kurz. »Allerdings wäre da noch die Frage der Herkunft bei den Burgundertrüffeln.«

Häberle sah sie fragend an.

»Wenn mir jemand, der keine Trüffelplantage besitzt, Schwarzwälder Burgundertrüffel verkaufen will, stellt sich mir natürlich die Frage, woher der Trüffel stammt«, erklärte sie. »Es sei denn, ich beziehe den Trüffel von einem Händler.«

»Dann ginge es?«

»Ja, klar. Wenn ich von einem Händler kaufe, gehe ich automatisch davon aus, dass er die Trüffel wiederum von einer Plantage bezogen hat.«

Häberle nickte. Perfekt. Er hatte das Gefühl, dass er einem Motiv immer näher kam. Es fehlten zwar noch einzelne Puzzlestücke, aber er hatte teure Trüffel, ein Buch des Mordopfers, in dem Trüffelvorkommen verzeichnet waren, und eine Möglichkeit, die illegalen Trüffel zu Geld zu machen. Damit ließ sich arbeiten.

Er wünschte Lotte Merckheim eine gute Nacht und ging durch die Baustelle nach oben in sein Zimmer. Er wollte früh schlafen, morgen musste er fit sein.

Tag 4

»Atemlos durch die Nacht …« Schon wieder wurde Häberle von Helene Fischer geweckt. Er griff schlaftrunken nach seinem Handy und schaute auf die Zeitanzeige. Kurz vor sechs Uhr. Das wurde so langsam zu einer festen Tradition, hatte er das Gefühl.

»Guten Morgen, Herr Palmer, schon wach?«, fragte er und unterdrückte ein Gähnen. Er hatte den Chef der Spurensicherung an der angezeigten Nummer erkannt.

»Schon wach, fragt er mich, der Schwabe!«, gab sich Palmer empört. »Wir Badener sind eigentlich immer wach, wir ruhen nur ab und zu unsere Augen aus, um danach die Welt noch schärfer betrachten zu können!«, klärte er ihn auf, um dann zum Grund seines Anrufs zu kommen.

»Ich bin hier gerade mit Ihrem Kollegen Lanz, der heute Nacht Dienst hat, in einer Wohnung in Elzach. Und jetzt raten Sie mal, was hier liegt: genau, eine Leiche. Und nachdem ich mir den verblichenen Herrn und seine Wohnung in der vergangenen halben Stunde genauestens angeschaut habe, habe ich Kollege Lanz gerade eben mit den Worten ›Gehen Sie schlafen, das übernimmt mit Freuden unser schwäbischer Ermittler‹ nach Hause geschickt.«

»Und warum das, bitte schön?« Häberle blieb ruhig. So locker und unbekümmert sich Palmer auch immer gab, war er doch durch und durch Profi und hatte bestimmt eine Erklärung für diese Entscheidung.

»Vor dem Toten auf dem Tisch liegt ein – wenn ich mich nicht sehr irre – Orangefuchsiger Raukopf. Und ein Zettel, auf dem der freundliche Hinweis ›Wer tötet, stirbt‹ steht. Da dachte ich mir, dass es ja mit dem Teufel zugehen müsste, wenn das nichts mit unserem vergifteten Toten aus dem Oberrieder Wald zu tun hat. Und da Frau Dupont aus Frankreich anfahren müsste und Frau Specht in ihrem zarten Alter noch ihren

Schlaf braucht, dachte ich mir, ich unterhalte mich mal wieder mit dem Herrn Häberle.«

Der war jetzt hellwach. »Was denken Sie, könnte es sein, dass der Tote auch mit einem Giftpilz umgebracht worden ist?«

»Hmm, mal überlegen.« Palmer schwieg kurz. »Nein, kann nicht sein.«

»Sind Sie sich sicher?«

»Ja. Bin mir sicher. Es sei denn, es gibt sehr stabile spaghettiförmige Giftpilze, mit denen man jemanden strangulieren kann.«

»Der Mann wurde zu Tode stranguliert?«

»Aber so was von zu Tode stranguliert! Da hatte jemand anscheinend eine richtige Wut im Bauch. Noch ein bisschen mehr, und dem wäre wahrscheinlich der Kopf wegstranguliert worden.«

Häberle hörte, wie Palmer tatsächlich über seinen eigenen makabren Spruch lachte, und musste sich nun doch sehr beherrschen, um ihn nicht durchs Handy hindurch anzuschreien. Statt ihm klipp und klar zu sagen, was vorlag, spielte dieser Kerl ein kleines Ratespiel mit ihm!

»Okay.« Er ermahnte sich zur Ruhe. »Wo genau sind Sie in Elzach? Geben Sie mir die Adresse durch, ich mache mich gleich auf den Weg.«

Nachdem er sich angezogen und Julia Specht aufgesammelt hatte, brauchten sie ungefähr dreißig Minuten bis zu der Wohnung des Toten in Elzach. Im Gegensatz zu Palmer hatte Häberle keine Skrupel gehabt, die junge Kollegin aus dem Schlaf zu reißen. Ganz einfach deshalb, weil er sie erstens brauchte und zweitens sicher war, dass sie geschmollt hätte, wenn er sie nicht informiert hätte. Sie war sehr ehrgeizig und brannte bei jedem neuen Fall lichterloh für Ermittlungsfortschritte. Das gefiel ihm gut, auch weil sie ihn mit ihrem Eifer irgendwie mitriss und zusätzlich motivierte, wenn das bei einer Mordermittlung überhaupt möglich war.

»Hereinspaziert, aber bitte die Schlumpfschuhe überziehen«, begrüßte Palmer sie am Eingang der Wohnung und reichte ihnen jeweils zwei Überzieh-Tüten für die Füße. Bei der Anfahrt hatte Häberle gesehen, dass sämtliche Wohnungen in dem Haus erleuchtet waren, er tippte auf sechs Mietparteien auf drei Stockwerken.

»Wer hat den Toten gemeldet?«, fragte Julia Specht.

»Die Kollegen von der Streife«, antwortete der Spurensicherer. »Der Mann hat einen Hund, laut Nachbarn trägt er den schönen Namen Fuzzi. Und der bellte wohl schon seit Stunden. Die Nachbarn hatten bei dem Toten geklopft, geklingelt, gerufen, es auf dem Handy probiert, aber er machte nicht auf und meldete sich nicht. Also riefen sie die Polizei. Auch weil es wohl sehr ungewöhnlich ist, dass der sonst sehr ruhige Fuzzi so lange und ausdauernd bellt. Letztendlich haben die Kollegen die Wohnungstür aufgebrochen, einen völlig verstörten Fuzzi im Schlafzimmer eingesperrt und den Toten in der Küche am Tisch sitzend gefunden. Dann den Herrn Lanz und mich verständigt. Ich wiederum Sie, und voilà, hier stehen wir um kurz vor sieben Uhr morgens in Elzach, und ich muss leider feststellen, dass Frau Specht entgegen meinen Hoffnungen nicht noch kurz beim Bäcker angehalten und Frühstück mitgebracht hat.«

Die Kommissarin griff in ihre Jackentasche und gab Palmer einen Schokoriegel. »Hier. Für den Blutzuckerspiegel. Aber nicht schlingen.«

Häberle überlegte. »Und warum brennt im ganzen Haus Licht? Lasst ihr die Leute nicht schlafen oder der Hund?«

Palmer wollte sich empört rechtfertigen, verschluckte sich aber an dem Schokoriegel und musste erst mal husten.

»Die waren wie gesagt schon alle wach, als ich kam«, sagte er schließlich und räusperte sich mehrfach. »Laut den Kollegen von der Streife hatten die sich vor der Tür des Toten versammelt, als sie eintrafen, und selbst überlegt, ob sie die Tür eintreten sollen. Die Kollegen haben sie nach dem Fund der Leiche alle zurück in ihre Wohnungen geschickt. Und da warten sie jetzt auf ihre Befragung und können natürlich kein Auge zutun, nachdem es einen Mord an einem Hausbewohner gegeben hat.«

»Okay. Gut«, sagte Häberle. »Julia, gehst du mit den Kollegen mal von Tür zu Tür und nimmst Personalien und Aussagen auf?«

Sie nickte. »Wo ist der Fuzzi jetzt?«, wollte sie von Palmer noch wissen.

Der runzelte die Stirn. »Ich glaube, den hat einer der Nachbarn zu sich genommen. Fragen Sie mal nach ihm.« Dann ging er Häberle hinterher, der bereits auf dem Weg in die Wohnung war.

Der Mann saß am Küchentisch und schien mit nach hinten gelegtem Kopf zu schlafen. Ein Blick auf den Hals machte aber schnell klar, dass es sich hier nicht um jemanden mit einem gesunden Tiefschlaf, sondern einem sehr ungesunden eingedrückten Kehlkopf handelte. Rund um den Hals verliefen zudem Würgemale und ein tief eingeschnittener Striemen, der dem Hauptkommissar rot entgegenleuchtete. Das Zimmer, in dem der Tote saß, sah aus, als hätte es hier einen Kampf gegeben.

»Schon erste Erkenntnisse, Herr Palmer?« Häberle sah ihn fragend an.

Der schaltete zur Abwechslung mal in den Profi-Modus und legte los. »Ich denke, dass sich die beiden kannten, da an der Tür und auch an den Außenfenstern keinerlei Hinweise auf einen Einbruch zu finden sind, soweit ich das bisher untersucht habe. Die Wache wurde um vier Uhr sieben über den bellenden Hund informiert, da hatte Fuzzi laut Nachbarn aber bereits zwei Stunden lang gebellt. Die Infos habe ich von den Streifenkollegen. Als sie schließlich gegen fünf Uhr in der Wohnung waren, war der Hund im Schlafzimmer eingesperrt. Ob dafür das Herrchen oder der Mörder verantwortlich ist, weiß ich nicht.« Er wandte sich der Leiche zu.

»Der Mann ist jedenfalls schon mindestens zehn Stunden tot, das kann ich auch ohne Dr. Endlich sagen, denn die Leichenstarre ist trotz der Wärme hier drin schon vollständig eingetreten. Wahrscheinlich hat Fuzzi also erst angefangen zu bellen, als er Hunger, Durst oder das Bedürfnis nach einem ausgedehnten Spaziergang verspürte. Das Opfer wurde nach einem Kampf, bei dem einiges zu Bruch ging, wie man sieht, auf dem Rücken liegend wahrscheinlich hier auf dem Boden mit den Händen erwürgt.« Er ging in eine Ecke des Raums.

»Danach hat der Mörder ihn vor dem Schreibtisch auf den Stuhl gesetzt. Und noch mal mit sehr viel Kraft mit der dünnen Hundeleine stranguliert, die da drüben liegt. Das Opfer wiegt locker hundert Kilogramm, das war also nicht einfach, ihn auf den Stuhl zu hieven, wir haben es mit einem kräftigen Täter zu tun. Vielleicht hat er das Herumwuchten der Leiche ja für die bessere Optik auf sich genommen, schließlich hat er auch extra einen Orangefuchsigen Raukopf mitgebracht und vor sein Opfer gelegt. So etwas trägt ja niemand einfach so mit sich herum.«

Palmer kam zum Schluss seines Vortrags: »Und deshalb denke ich, dass es vorsätzlicher Mord und kein Mord im Affekt war. Und nein, es waren nicht zwei Täter, die ihn gemeinsam auf den Stuhl gehievt haben, zumindest gibt es keinerlei Spuren, die das vermuten lassen.«

»Und wer ist denn nun unser Opfer?«, wollte Häberle wissen. Bei all den ausführlichen Informationen fehlte ihm diese ja nicht unwichtige noch.

Palmer schaute auf seinen Notizblock. »Infos aus dem Ausweis: Manfred Wegner, zweiundfünfzig Jahre alt. Infos von den Nachbarn: geschieden, arbeitete bei der Sick AG in Waldkirch und war immer sehr freundlich. Infos aus dem Kleiderschrank: stand auf karierte Hemden und braucht dringend neue Socken.«

Der Mann kann es nicht lassen, dachte Häberle. Immer diese Witzeleien in den unpassendsten Momenten. Aber in seinem Job war er eben extrem gut, deshalb konnte er sich das erlauben.

»Okay. Wo ist der Zettel mit dem Spruch?«, fragte er.

Palmer zeigte stumm auf den Tisch, und Häberle zog sich Einmalhandschuhe über, bevor er sich das näher anschaute. »Wer tötet, stirbt.« Er betrachtete nachdenklich den Text auf dem kleinen Zettel. Er war handgeschrieben, allerdings in großen Druckbuchstaben, für einen möglichen Handschriftenvergleich gab er nicht viel her.

In dem Moment schaute Julia Specht um die Ecke. »Thomas? Kurze Info von dem Nachbarn, der sich gerade um Fuzzi kümmert. Bei dem Hund handelt es sich um einen Lagotto Romagnolo. Du weißt schon, die Rasse, die für die Trüffelsuche prädestiniert ist. Du warst ja gestern mit Maria bei einem Züchter. Und der Tote hat dem Nachbarn wohl erst vor Kurzem erzählt, dass Fuzzi ein hervorragend ausgebildeter Trüffelschnüffler ist, der die Dinger wie nix aus dem Boden buddelt.«

»Okay. Danke für die Info.« Häberle betrachtete die Leiche. Spätestens jetzt war endgültig klar, dass es sich hier nicht um einen seltsamen Zufall handelte, sondern die beiden Morde definitiv miteinander zu tun hatten.

»Wer hat hier gerade etwas von Trüffelhund gesagt?« Palmer, der kurz rausgegangen war, steckte den Kopf durch die Zimmertür, in der Hand hielt er ein paar Seiten Papier.

»Dazu kann ich auch etwas beitragen. In den Bücherregalen stehen ziemlich viele Bücher zum Thema Trüffel und Trüffelsuche. Und Mister Meister hat mich gerade darüber informiert, dass im Kühlschrank des Toten eine große Tupperdose steht, gefüllt mit schwarzen runden Knollen. Hab sie mir eben angeschaut, das dürften Burgundertrüffel sein. Und dann noch was: Zwischen den Buchseiten eines Trüffelbuchs haben wir fünf DIN-A4-Seiten gefunden, die fünf abfotografierte Buchseiten zeigen. Handgeschrieben, größtenteils in Sütterlinschrift. Hatten Sie nicht erzählt, dass Stefan Schwamm so etwas mit sich geführt haben könnte?« Er hielt die Seiten in die Luft.

»Zeigen Sie her!« Neugierig betrachtete Häberle die Seiten. Die meisten waren tatsächlich in der alten Sütterlinschrift verfasst, und da die Seiten zudem eher schlecht abfotografiert worden waren, konnte er eigentlich nur raten, was da stand. Langsam ging er die Seiten durch. Auf einer fand er doch noch einen Eintrag in lateinischer Schrift und war nach einem kurzen Blick darauf wie elektrisiert. »Da steht ›Trüffel-Fundort‹! Ich verwette meinen hohlen Backenzahn darauf, dass das tatsächlich abfotografierte Buchseiten aus Stefan Schwamms sagenumwobenem Trüffelbuch sind.«

Julia Specht stieß einen Pfiff aus. »Na, holla, die Waldfee, jetzt wird es aber mal so richtig interessant. Und deinen Backenzahn darfst du gerne behalten.«

***

Häberle und seine junge Kollegin redeten gemeinsam mit den restlichen Nachbarn und machten sich danach auf den Weg zurück nach Freiburg. Es nieselte leicht, und Häberle hatte außer dem Scheibenwischer auch die Heizung eingeschaltet, da es draußen höchstens acht Grad hatte. Es schien ein eher ungemütlicher Herbsttag zu werden.

Unterwegs telefonierte Julia Specht mit Maria Dupont und gab auch Peter Hahn von der Pressestelle und Polizeidirektor Thorsten Furtwängler Bescheid. Der hatte natürlich bereits von Palmer die Information bekommen, dass es einen weiteren Toten gab. Der Chef der Spurensicherung hatte schon vor einiger Zeit die Anweisung erhalten, sämtliche Auffälligkeiten immer sofort an Twitter-Thorsten weiterzugeben. Und ein zweiter Mord innerhalb weniger Tage war definitiv eine Auffälligkeit. Um acht Uhr wollten sie sich treffen, und Thomas Häberle trat aufs Gas, um rechtzeitig im Polizeipräsidium zu sein.

»Schau mal, der Elzacher Mandolinenverein gibt bald ein Herbstkonzert!« Julia Specht war wie immer die Ruhe in Person. Sie schaute vom Beifahrersitz aus in die Gegend, als ob sie sich auf einer Schwarzwaldrundtour befinden würden und nicht gerade von einem Mord-Tatort kamen. Sie deutete auf ein Plakat am Ortsausgang von Elzach.

Häberle schaute kurz drauf. »Mandolinen? Sind das nicht

diese kleinen bauchigen Gitarren aus Italien? Ich dachte, hier spielen alle nur Tuba und Akkordeon.«

»Du bist ein Trottel, Thomas Häberle.« Sie schaute ihn erschrocken an. »Entschuldigung, das kam jetzt doch etwas heftig rüber. So war es nicht gemeint.«

Er nickte. »Schon gut. Erklär mir, warum ich ein Trottel bin.«

»Na, weil es im Schwarzwald sehr viele Musikvereine gibt, und in denen werden alle möglichen Instrumente gespielt. Und zwar nicht erst seit Kurzem. Den Elzacher Mandolinenverein gibt es zum Beispiel schon seit über hundert Jahren.

Überrascht schaute Häberle sie an. »Ernsthaft? Wie kam denn Anfang des 20. Jahrhunderts bereits die Mandoline in den Schwarzwald?«

»Maria weiß das bestimmt besser als ich, aber ich habe mal gelesen, dass damals viele italienische Gastarbeiter hier beim Bau der Elztalbahn geholfen haben. Die hatten ihre Mandolinen dabei, einheimische Kollegen haben sich zeigen lassen, wie man die spielt, und auch als die Italiener wieder gegangen sind, haben die Elzacher das Instrument weitergespielt und sogar einen Verein gegründet.«

Häberle war beeindruckt. Gastarbeiter bringen ein Instrument mit, Einheimische lassen sich das Spielen beibringen, gründen einen Verein, und hundert Jahre später gibt es den immer noch. Eine tolle Geschichte.

»Wenn du zu dem Konzert gehst, kannst du die kulturelle Erfahrung übrigens gleich mit einer kulinarischen verbinden. Hier in Elzach gibt es das Rössle, extrem gute Küche.«

Häberle lachte kurz auf. »Na also, jetzt sind wir bei einem Thema, bei dem ich dich im Gegensatz zur Mandolinenmusik eher als Expertin einschätze. Ich glaube, das Rössle hat mir auch Katrin vom Liebes Bisschen schon empfohlen.«

»Zu Recht! Da kannst du zum Beispiel badische Spezialitäten wie Rinderzunge oder saure Rinderleber essen, auf Badisch: suuri Leberle. Die steht nicht mehr allzu oft auf Speisekarten.«

Häberle verzog das Gesicht. »Vielleicht zu Recht?«

»Quatsch mit Soße, probiere das mal, superlecker! Wobei, vielleicht lieber nicht. Sonst hört das der Palmer, und dann weiß ich jetzt schon, was für ein Spruch kommen wird.«

Häberle runzelte die Stirn. »Welcher denn?«

»Na, ist das nicht offensichtlich? Dann wärst du wahrscheinlich nicht mehr der Schwabe, sondern der Leberle-Häberle!« Julia Specht kicherte, und Häberle musste zugeben, dass der schlechte Wortwitz definitiv von Palmer kommen könnte.

»Wenn es dir schmeckt, kannst du im Rössle ja demnächst deinen Fünfzigsten feiern. Die haben große Festsäle und auch Gästezimmer«, machte die junge Kommissarin weiterhin Werbung für das Elztäler Restaurant.

Häberle schaute sie empört an. »Also bitte! Demnächst? Mein Fünfzigster ist noch vier Jahre entfernt! Mach mich nicht älter, als ich bin!«

Sie zuckte mit den Schultern. »Ich sag's ja nur. Vier Jahre gehen vorbei wie nix, an einem Tag bist du noch jung und fühlst dich voll im Gommemode, und am nächsten bist du alt und weißt schon nicht mehr, was das Wort bedeutet.«

Häberle sah genau, dass seine junge Kollegin ihn aus den Augenwinkeln beobachtete, konnte sich aber trotzdem nicht zurückhalten und die Sache auf sich beruhen lassen. Er seufzte. »Okay, du hast mich. Was bedeutet Gommemode?«

Sie kicherte wieder. »Das ist ein Jugendwort, das ich vor Kurzem gelernt habe. Es bedeutet so viel wie unendlich stark, unbesiegbar. Glaube ich. Eigentlich bin ich auch schon zu alt dafür.«

»Na, dann lassen wir das Thema Alter jetzt am besten und konzentrieren uns wieder auf den Fall«, beendete Häberle das Gespräch. Eine Weile fuhren sie schweigend weiter.

»Was jetzt wohl aus Fuzzi wird?«, meldete Julia Specht sich kurz vor Freiburg und schaute ihn traurig an. »Der war komplett durch den Wind. Als ob er wüsste, dass für ihn jetzt alles anders wird.«

»Vielleicht spürt er ja, dass sein Herrchen tot ist, keine Ahnung. Dass etwas nicht stimmt, dürfte er auf jeden Fall gemerkt haben. Fuzzi. Lustiger Name.«

»Du hast ihn gar nicht gesehen, oder?«

»Nein. Er war mit den Kindern in einem anderen Zimmer, als ich mit dem Mann geredet habe, der ihn erst mal bei sich aufgenommen hat. Vielleicht nimmt ihn ja auch der Züchter Paul Bremer zu sich. Fuzzi scheint ja gute Schnüffelgene zu haben. Im schlimmsten Fall landet er wohl im Tierheim, wenn sich keine andere Möglichkeit findet.«

Julia Specht nickte traurig und schaute ihn dann plötzlich mit großen Augen an. »Moment mal: Du willst doch einen Hund! Das ist die Gelegenheit! Komm schon, der sah echt nett aus!«

Häberle sah sie an, als wäre sie verrückt geworden. »Spinnst du? Was soll ich denn bitte mit einem Lambretto-Romanpolo-Hund? Ich will nicht auf Trüffelsuche gehen! Und ich habe ihn ja nicht mal gesehen.«

»Lagotto Romagnolo«, verbesserte ihn Julia Specht. »Der ist mir mit dem Kopf bis etwa zum Oberschenkel gegangen, er hat Schlappohren, braune Locken und lustige schwarze Knopfaugen. Und solange du ihm Liebe gibst, braucht der keine Trüffel.« Sie sah ihn mit keckem Augenaufschlag an. »Komm schon, gib Fuzzi die Chance auf ein Leben in einer Villa.«

Häberle winkte ab. »Jetzt suchen wir erst mal den oder die Mörder. Im Moment sehe ich noch nicht ganz klar, wie der zweite Tote einzuordnen ist, sicher scheint nur zu sein, dass die beiden Morde etwas miteinander zu tun haben. Wie wir das der Presse gegenüber formulieren sollen, weiß ich noch nicht, ist aber eher eines meiner kleineren Probleme. Genauso wie Fuzzi, auch wenn ich Mitleid mit ihm habe. Wir reden jetzt mit den Kollegen, und dann sehen wir weiter.«

✳✳✳

Er hatte keine Gewissensbisse. Sicher, er hatte Manfred früher gemocht, war gern mit ihm im Wald unterwegs gewesen. Aber das war ja eh schon seit einer Weile vorbei, und seine weinerliche Kleingeistigkeit war ihm zuletzt ziemlich auf die Nerven gegangen. Genau die war dem Trüffelhundebesitzer nun auch zum Verhängnis geworden. Denn ihm war völlig klar, dass Manfred Wegner, falls er wirklich zur Polizei gegangen wäre, sofort alles ausgeplaudert und ihn somit ans Messer geliefert hätte.

Nein, Gewissensbisse konnte er sich nicht leisten, wenn er nicht für lange Zeit ins Gefängnis wandern wollte. Und schließlich hatte ihn Manfred vor ein paar Wochen sofort fallen gelassen, als Stefan genau das zur Bedingung für eine Zusammenarbeit gemacht hatte. Spätestens da musste Manfred klar gewesen sein, dass er und Stefan ein Problem miteinander hatten. Ein weiterer Grund, dass nach diesem Mistkerl auch Manfred sterben musste, bevor dem das in einem Verhör herausgerutscht wäre.

Es tat ihm nur leid um Fuzzi. Also nicht um den Hund an sich, sondern um dessen Talent. Der hatte einen Trüffel nach dem anderen erschnüffelt, da hatte sein Fredo nur neidisch zuschauen können. Der Hund war viele tausend Euro wert. Aber wer wusste schon, ob er jemals wieder sein Talent unter Beweis stellen oder sogar weitervererben durfte. Wirklich schade um Fuzzi – absolut bescheuerter Name, er hatte sich immer peinlich berührt umgeschaut, wenn Manfred im Wald nach ihm gerufen hatte.

Er überlegte. War die Idee mit dem Orangefuchsigen Raukopf und dem Zettel so gut gewesen, wie er anfangs geglaubt hatte? Würde die Polizei den Köder schlucken und Manfred für den Mörder Stefans halten? Und dass es sich bei dem zweiten Mord um einen Racheakt für den ersten gehandelt hatte? In den TV-Krimis klappte so etwas eigentlich immer und sorgte für Verwirrung, die er hoffentlich durch die zweite Strangulierung noch gesteigert hatte, nachdem er Manfred auf den Stuhl gesetzt hatte.

Aber so blöd wie die TV-Kommissare waren die Bullen in der Realität wahrscheinlich nicht, oder? Egal. Schaden konnte es eigentlich nicht, sollten sie sich doch die Zähne an dem Grund für den zurückgelassenen Pilz ausbeißen. Und die Trüffel im Kühlschrank? Erst hatte er sie mitnehmen wollen, aber dann hatte er es sich anders überlegt. Falls sich die Polizei auf das Thema Trüffel stürzen würde, sollte ihm das recht sein.

Jetzt konnte ihn nur noch eine Person mit Stefans Tod in Verbindung bringen, wenn er nichts übersehen hatte. Seine große Liebe. Damit war er aber leider auch schon beim nächsten Problem. Denn eigentlich müsste er sie schnellstmöglich besuchen, wenn er konsequent sein wollte. Und das Unvermeidbare erledigen. Aber ob er das übers Herz bringen würde, wusste er nicht. Sie hatte bis jetzt anscheinend geschwiegen, nichts verraten. Obwohl sie mit Sicherheit bereits mit der Polizei geredet hatte.

Ihr Schweigen lag aber wahrscheinlich darin begründet, dass sie noch gar nicht das ganze Ausmaß und die möglichen Hintergründe erkannt hatte. Wenn sie erst mal zur Ruhe kommen und darüber nachdenken würde, wer Stefan möglicherweise etwas antun wollte, würde ihr mit hoher Wahrscheinlichkeit früher oder später sein Name einfallen. Er wusste noch nicht, ob er es darauf ankommen lassen sollte. Er hatte in ihrem Fall tatsächlich Skrupel. Andererseits befürchtete er, dass es zu spät sein würde, wenn er zu lange wartete.

***

Sie saßen im kleinen Konferenzraum und schauten sich an. Häberle und Julia Specht hatten gerade ihre Berichte von den Vorkommnissen der letzten Stunden beendet, und Maria Dupont hatte Thorsten Furtwängler und Peter Hahn noch über die Erkenntnisse des gestrigen Tages auf den neuesten Stand gebracht. Jetzt war die Frage, wie es weitergehen sollte.

Häberle räusperte sich. »Ich denke, dass wir uns auf die Trüffelspur und auf das Buch von Stefan Schwamm konzentrieren sollten.« Er schaute in die Runde. »Woher stammen die fünf in der Wohnung von Manfred Wegner gefundenen abfotografierten Buchseiten des Trüffelbuchs von Stefan Schwamm? Wer hat sie abfotografiert? Hat Manfred Wegner zusammen mit Hund Fuzzi an den darauf aufgeführten Stellen nach den Trüffeln gesucht und welche gefunden? Und falls ja, waren die alle im Kühlschrank, oder wurden auch welche auf dem Schwarzmarkt verkauft? Falls er sie verkauft hat, an wen? Ich denke, das sind erst mal genügend Fragen, die beantwortet werden müssen. Oder gibt es noch weitere Ideen?«

»Eine weitere und sehr wichtige Frage ist, wem wir diese Fragen stellen«, gab Maria Dupont zu bedenken. »Vor allem die Sache mit den abfotografierten Buchseiten finde ich seltsam. Das Trüffelbuch ist ja noch immer nicht aufgetaucht, die Wahrscheinlichkeit ist meiner Meinung nach hoch, dass der Mörder es hat. Hat er die Seiten abfotografiert? Und sie Manfred Wegner gegeben? Oder ist Manfred Wegner der Mörder von Stefan Schwamm, und irgendwo in seiner Wohnung ist das komplette Buch versteckt? Laut Schwamms Lebenspartnerin Andrea Lauber hatte bis zu Schwamms Verschwinden ja niemand Zugriff auf die Bücher. Außer natürlich er selbst. Und sie. Ich denke, dass wir dringend noch mal mit ihr reden sollten.«

Julia Specht nickte. »Und dann sollten wir vielleicht mal mit einem Besitzer einer Trüffelplantage hier in der Gegend sprechen. Falls illegal gesammelte Trüffel auf den Markt kommen, weiß der vielleicht etwas. Schließlich ist das unliebsame Konkurrenz, und die hat man ja meistens im Blick. Außerdem haben wir immer noch nicht mit diesem seltsamen Forumsteilnehmer gesprochen, der eine ziemlich große Summe Geld für das Trüffelbuch geboten haben soll.«

Häberle zuckte zusammen. Stimmt, Ferdinand Kleist. Den hatte er gar nicht mehr auf der Rechnung gehabt, seit er ihn gestern nicht angetroffen hatte und die zweite Leiche aufgetaucht war.

Er räusperte sich. »Wir haben also einiges zu erledigen. Und was die Presse …« Häberle wurde von seinem Handy unterbrochen, das plötzlich »Atemlos durch die Nacht« ertönen ließ. Furtwängler hob erstaunt eine Augenbraue, während Julia Specht leise mitsummte.

»Ja? Herr Palmer? Noch was gefunden?« Häberle hoffte sehr, dass das Thema Klingelton nachher nicht diskutiert werden würde. Er hatte seiner Meinung nach einen Ruf als Musikexperte zu verteidigen – und den verlor er dank Julia Specht seit ein paar Tagen.

»Hallo, Herr Schwabe, besprechen Sie sich gerade mit den Kolleginnen und Kollegen? Dann stellen Sie mich mal auf Lautsprecher, sonst müssen Sie nachher alles wiederholen.«

Häberle drückte auf den entsprechenden Knopf. »Alles klar. Herr Furtwängler, Herr Hahn, Frau Dupont und Frau Specht hören jetzt mit.«

»Hui, so ein großes Publikum hatte ich gar nicht erwartet! Folgendes: Wir haben uns in der Wohnung noch ein bisschen umgeschaut. In einem lustigen Versteck – ausgehöhlte Pilzbücher, ich habe fast erwartet, James Bond um die Ecke kommen zu sehen – haben wir eine ziemlich große Menge Bargeld gefunden, 11.350 Euro, um genau zu sein. Ist jetzt nicht unbedingt ein Vermögen, aber vielleicht möchten die Ermittler ja ermitteln, warum diese Bargeldmittel mitten im Buch lagen. Jedenfalls wollte ich das kurz durchgeben, damit Sie es in Ihre weiteren Überlegungen miteinbeziehen können. Hat noch jemand Fragen, bevor ich mich wieder an die Arbeit mache?«

»Ja, ich«, meldete sich Maria Dupont. »Diese abfotografierten Seiten – wie alt sind die? Es geht mir darum, ob sie nach oder vor dem Verschwinden von Stefan Schwamm ausgedruckt wurden.«

Häberle nickte. Gute Frage. Waren sie erst nach dem Verschwinden des ersten Opfers gemacht worden, sprach es dafür, dass sie vom Mörder aus dem Buch abfotografiert worden waren.

Aber Palmer konnte das ausschließen. »Netterweise hat das Mordopfer mit Bleistift Notizen auf den Seiten hinterlassen«, antwortete er. »Demnach hat er mindestens eine Suche bereits vor drei Wochen durchgeführt, also mehrere Tage, bevor Stefan Schwamm am 21. September als vermisst gemeldet wurde. Da steht nämlich ›12. September, Fuzzi war erfolgreich‹. Mit drei großen Ausrufezeichen. Kann ich sonst noch irgendwie helfen?«

Keiner sagte etwas. »Na dann, tschüssikowski! Ich schreibe später einen Bericht, den jeder inhalieren darf, der es möchte.« Er legte auf.

»Okay, das Geld ist interessant. Aber ich habe momentan ehrlich gesagt keine Ahnung, wie diese Info einzuordnen ist. Die Buchseiten könnten auf jeden Fall noch interessant werden. Sie wurden anscheinend abfotografiert, als das Buch noch im Besitz von Stefan Schwamm war. Vorerst irgendwelche Gedanken dazu?« Häberle schaute in die Runde, aber alle sahen ihn ratlos an.

»Dann zum Thema Presse.« Er steckte sein Handy in die Hosentasche, nachdem er es vorsichtshalber auf Vibration gestellt hatte. Nicht auszudenken, wenn es bei der Pressekonferenz plötzlich »Atemlos durch die Nacht« ertönen lassen würde, während er von einem heute Nacht erwürgten Mordopfer berichtete. Er schaute fragend zu Peter Hahn. »Was sagen wir denen?«

»Den zweiten Mord habe ich heute Morgen schon in einer ganz kurzen Mitteilung verkündet. Schließlich haben den im Gegensatz zu dem einsam im Wald gefundenen ersten Toten sehr viele Leute mitbekommen. Ich musste also schnell reagieren, bevor irgendwelche hanebüchenen Vermutungen durch die sozialen Medien geistern und nicht mehr einzufangen sind. So viel dazu. Was die Todesarten angeht, müssen wir meiner Meinung nach mit ihnen rausrücken. Also Vergiftung durch Orangefuchsigen Raukopf und Strangulierung«, stellte der Pressesprecher klar.

»Meine Hoffnung ist, dass die Journalisten die Vergiftung so spektakulär finden, dass sie sich erst mal darauf konzentrieren und ein paar Sonderseiten zu den für viele unbekannten Gefahren in der Natur produzieren. ›Der Schwarzwälder Meuchelmörder‹ wird mit ziemlicher Wahrscheinlichkeit eine der Überschriften lauten. Dann müssen wir auch damit rausrücken, dass wir zu neunundneunzig Prozent sicher sind, dass die beiden Morde zusammenhängen. Die Frage, warum wir das glauben, können wir aber mit dem Hinweis auf ermittlungstaktische Gründe noch unbeantwortet lassen, da sehe ich kein Problem.«

Er überlegte. »Ich hätte gerne Dr. Endlich bei der Pressekonferenz dabei, da der Pilztod wie gesagt für viel Aufregung sorgen wird. Vielleicht merken die Journalisten dann gar nicht, dass wir ansonsten noch nicht allzu viel zu sagen haben. Dazu dann noch Herr Furtwängler und Frau Dupont oder Herr Häberle. Wer will dabei sein?«

»Von ›wollen‹ kann bestimmt keine Rede sein«, antwortete Maria Dupont. »Aber ich denke, dass Thomas die bessere Wahl ist, da er auch heute früh vor Ort war.«

Häberle knirschte mit den Zähnen. Sie hatte ja recht. Aber er hatte so gar keine Lust auf diese Veranstaltung. Trotzdem konnte er der Logik von Maria Dupont nicht widersprechen. »Alles klar. Bin dabei. Sagen wir irgendwas zu der Trüffelspur?«

»Ich würde erst mal darauf verzichten. Ich sehe keinen Grund, dass das nach außen weitergegeben werden muss«, antwortete Peter Hahn. »Vermutungen gehen die Presse nichts an, es könnte sich ja als falsche Spur herausstellen, und dann besteht die Gefahr, dass sich irgendwelche Idioten mal wieder über die ›unfähige Polizei‹ aufregen. Das müssen wir uns nicht antun.«

Dem wollte niemand widersprechen.

»Okay. Dann sehen wir uns kurz vor elf Uhr im großen Konferenzraum«, meldete sich zum ersten Mal an diesem Morgen Thorsten Furtwängler zu Wort.

Sehr gut, dachte Häberle. Er hat wohl selbst eingesehen, dass sich die Ermittlungen momentan nicht für Social Media eignen.

»Und nach der Pressekonferenz posten wir die neuesten Entwicklungen, die wir der Presse mitteilen, dann auch auf X – einst bekannt als Twitter –, Facebook und Instagram.«

Häberle seufzte lautlos. Zu früh gefreut.

Der Konferenzsaal war bis auf den letzten Platz gefüllt, zwei Morde innerhalb weniger Tage hatten wohl auch die verschlafenste Redaktion wachgerüttelt. Hinten hatten sich gleich mehrere TV-Teams mit ihren Kameras aufgestellt, die Radioleute hatten mit ihren hochsensiblen Mikrofonen vorn Platz genommen, und die schreibende Zunft saß mit hochgefahrenen Notebooks auf den mittleren Plätzen bereit, um die neuesten Informationen zu notieren und schnellstmöglich zu einem Artikel zu verarbeiten, der dann wenige Minuten später online gestellt werden konnte.

Fehlt nur noch, dass eine Drohne über uns kreist und uns filmt, dachte Häberle, als er sich zu Thorsten Furtwängler und Anne Endlich setzte. Er war unglaublich neidisch auf seine beiden Kolleginnen, die nicht hier sein mussten und stattdessen versuchten, einen Trüffelplantagenbesitzer zu erreichen, um möglichst schnell einen Termin für ein Hintergrundgespräch zu verabreden. Vielleicht hatte ja jemand spontan Zeit, und sie waren schon unterwegs.

»Guten Morgen, meine Damen und Herren, herzlich willkommen zu unserer Pressekonferenz zur Soko Oberried. Wie Sie ja bestimmt schon durch meine heute Morgen verschickte Meldung erfahren haben, ermitteln wir inzwischen nicht mehr in einem, sondern in zwei Mordfällen.« Peter Hahn machte eine kurze Pause, bis sich das aufgeregte Murmeln wieder gelegt hatte.

»Zum ersten Mordfall haben Sie ja schon eine ausführliche Pressemeldung von mir bekommen, dazu können Sie gleich gerne Fragen stellen. Zum zweiten Mord, der heute Nacht in einer Wohnung in Elzach verübt wurde, wird Ihnen Hauptkommissar Thomas Häberle kurz die Fakten mitteilen.«

Er nickte Häberle zu, und der rückte umständlich das Mikrofon vor sich zurecht, um dann in kurzen Worten über Ort,

Person und den Mord an sich zu informieren. Das Thema
Trüffel ließ er dabei wie besprochen komplett unter den Tisch
fallen. Solange nicht eindeutig klar war, dass diese Pilze mit
den beiden Morden in Verbindung standen, mussten die Journalisten das nicht wissen.

»Fragen?« Peter Hahn schaute in die Menge, nachdem Häberle geendet hatte. Natürlich ging sofort so ziemlich jede
Hand im Raum hoch, und viele riefen ihre Fragen auch einfach
nach vorn. »Langsam, bitte langsam, einer nach dem anderen«,
versuchte der Pressesprecher, Ordnung in die Aufregung zu
bekommen.

»Herr Häberle, ich denke, die Kollegen von der Presse
wollen vor allem gerne wissen, ob und, wenn ja, welchen Zusammenhang es zwischen den beiden Morden gibt.«

Sofort wurde es etwas ruhiger, und Häberle erklärte: »Mehrere am Tatort des zweiten Mordes aufgefundene Gegenstände
weisen auf einen Zusammenhang mit dem ersten Mord hin.
Welche das sind, können wir aus ermittlungstaktischen Gründen derzeit leider noch nicht sagen.«

Den zweiten Satz liebte er, der funktionierte immer. Jetzt
würden sich zwar alle aufregen, aber hinter diesen wenigen
Worten konnte er sich jederzeit mit einem »Kein Kommentar«
verstecken. Genau das tat auch Peter Hahn bei den nun fol-
genden Anschlussfragen. Häberle hörte aufmerksam zu und
machte dabei ein ernstes Gesicht, wie sich das gehörte.

»Besteht eine Gefahr für die Bevölkerung? Zwei Morde!
Ist es denn sicher, dass es nicht demnächst einen dritten gibt?«
Eine junge Journalistin hatte die Frage gestellt und schaute
Häberle direkt an. Darauf musste er wohl antworten, »kein
Kommentar« funktionierte hier leider nicht.

»Ich werde sicherlich nicht sagen, dass keine Gefahr besteht,
denn das kann ich nicht hundertprozentig ausschließen.« Er
hob die Hände und wurde etwas lauter, um den wieder auf-
kommenden Lärm zu übertönen. »Aber alle Indizien weisen
darauf hin, dass es sich um eine Auseinandersetzung in einem
ganz bestimmten Milieu handelt.«

Hahn schaute ihn überrascht an, und Häberle merkte sofort, dass er einen Fehler gemacht hatte. Mist, das klang zu sehr nach organisiertem Verbrechen, da dachten alle wahrscheinlich sofort an Drogen, Menschenhandel oder Prostitution, aber bestimmt nicht an Pilzsucher.

Und schon wurde die erste Frage in diese Richtung von ganz hinten in den Raum gerufen. »Dieser Meuchelmörder-Pilz, mit dem der erste Tote umgebracht wurde: Ist das so etwas wie ein Markenzeichen dieses bestimmten Milieus, von dem Sie reden?«

Häberle schüttelte den Kopf. »Nein. Ich habe mich da vielleicht missverständlich ausgedrückt. Wir reden nicht vom organisierten Verbrechen, es wird nicht die Mafia oder Ähnliches hinter den Morden vermutet. Es handelt sich um eine unserer Meinung nach regional ... also hier in der Gegend ... Wir haben Grund zur Annahme, dass eine Personengruppe uns Informationen bei der Suche nach ...«

Er schaute Hahn an und endete mit einem kleinlauten »Keine weiteren Kommentare«, als der hilflos die Schultern hob. Verdammt! Das war ihm noch nie passiert, dass er sich so verhaspelte und so unprofessionell wirkte!

»Hat vielleicht noch jemand Fragen zu dem ersten Mord? Dr. Endlich von der Gerichtsmedizin kann sie Ihnen gerne beantworten.« Hahn versuchte die Meute einzufangen, aber es war hoffnungslos. Alle möglichen irrwitzigen Vermutungen wurden nach vorn gerufen, und zu jeder wurde um einen Kommentar gebeten.

Auch der mehr als offensichtlich rechtsradikale Rolf Rauff war wieder vor Ort, um für seine Homepage ›Rauff und die Wahrheit‹ Unsinn zu verzapfen. Häberle wollte sich gar nicht ausmalen, was der aus der Steilvorlage, die er gerade ungewollt geliefert hatte, basteln würde.

»Trüffel. Wir vermuten, dass es um Trüffel geht.«

Alle Augen, auch die von Hahn, Endlich und Häberle, richteten sich erstaunt auf Thorsten Furtwängler, der diese Information gerade laut in den Raum gerufen hatte.

Er räusperte sich. »Im Schwarzwald wachsen Burgundertrüffel, die bis zu tausend Euro pro Kilo einbringen können. Da das Sammeln in der freien Natur in Deutschland aber strengstens untersagt ist, halten wir es für möglich, dass es einen Schwarzmarkt gibt. Und dass Sammler und/oder Händler in Streit geraten sind, dieser aus dem Ruder gelaufen ist und in zwei Morden gipfelte.«

Kurz war es ruhig. Die Presse musste diese komplett neue Information anscheinend erst mal einordnen, bevor sie wieder loslegen konnte. Ausgerechnet Rolf Rauff war der Erste, der sich fasste: »Osteuropäer sind ja bekanntlich begeisterte Pilzsammler. Suchen Sie in diese Richtung nach dem Mörder?«

Fast schon freute sich Häberle über die Frage. Jetzt konnte er seine Scham über seinen groben Fehler zumindest hinter einer wütenden Zurechtweisung dieses rechten Deppen verstecken.

»Nein. Wir suchen nicht in diese Richtung, wir suchen in alle Richtungen. Wir suchen nach dem oder den Mördern, unabhängig von Nationalität, Geschlecht, Alter, Spaß am Pilzesammeln, Größe, Gewicht, Haarfarbe, Schuhgröße.« Er sah den Mann wütend an.

»Mit anderen Worten: Sie haben nicht den geringsten Hinweis auf die Identität des Mörders?« Rauff grinste ihn herausfordernd an.

Häberle gab auf. Er konnte hier und heute nur verlieren. Erschöpft lehnte er sich zurück und sagte das Einzige, was ihm noch einfiel: »Kein Kommentar.«

Bei der Nachbesprechung der Pressekonferenz war es sehr ruhig. Hahn, Dr. Endlich und auch Furtwängler hatten noch mehrere Fragen, so gut es ging, beantwortet, nun galt es abzuwarten, was die Presse daraus machen würde. Ihnen schwante nichts Gutes.

»Ich möchte mich bei allen für den Bock, den ich geschossen habe, entschuldigen«, ergriff Häberle schließlich das Wort. »Und bei Ihnen, Herr Furtwängler, möchte ich mich bedanken. Dafür, dass Sie die Verantwortung übernommen und mit der Trüffelinformation meinen groben Fehler und die damit verbundenen Vermutungen wieder einigermaßen eingefangen haben.« Er schaute zerknirscht in die Runde.

Furtwängler nickte. »Ich denke, das ist meine Aufgabe als Polizeidirektor. Das war kein Ruhmesblatt, Herr Häberle, aber zumindest konnte ich mal beweisen, dass ich die vielen Berichte, die Sie und Ihre Kolleginnen und Kollegen täglich schreiben, auch wirklich lese und mir aus dem Inhalt eine Meinung bilden kann.« Jetzt lächelte er sogar. »Herr Hahn, wie geht es jetzt weiter?«

Der Pressesprecher sah ziemlich zerzaust aus. Ihm war anzusehen, dass ihm vor den nächsten Stunden und Tagen graute. »Wir können jetzt nur noch reagieren und nicht mehr agieren«, sagte er. »Ich denke, es werden unzählige Vermutungen aufkommen, und zu jeder wird die Presse um eine Stellungnahme bitten. Im Endeffekt ist die einzige Möglichkeit, hier schnellstmöglich Ruhe reinzubringen, die Aufklärung der Morde.«

Wieder waren alle still, und wieder war es schließlich Häberle, der das Wort ergriff. »Okay, dann mache ich mich mal an die Arbeit. Ich halte Sie über jeden Fortschritt auf dem Laufenden.« Er drehte sich um und flüchtete wie ein geprügelter Hund aus dem Raum.

»Was war denn bitte in der Pressekonferenz los? Im Radio überschlagen sie sich mit den verrücktesten Theorien!« Julia Specht platzte, gefolgt von Maria Dupont, ins Büro, warf eine prall gefüllte Bäckereitüte auf ihren Schreibtisch und stellte sich neugierig vor Häberle.

»Frag nicht. Ich hab's verkackt. Und noch schlimmer: Ich musste mich von Twitter-Thorsten retten lassen.« Er gab den Kolleginnen einen kurzen Abriss der Geschehnisse. Beide schauten ihn erst erschrocken und dann leicht amüsiert an.

»Nein, das hast du nicht gesagt!«, entfuhr es Julia Specht, als er zu dem Satz mit dem Milieu kam.

»Doch, hab ich gesagt. Und danach war natürlich die Hölle los.« Sie hörten sich den Rest an und lachten mitfühlend.

»Am Ende habe ich nur noch gestottert und mich verhaspelt und schlussendlich gar nichts mehr gesagt«, beendete er seinen Bericht.

»Dass das so einem Profi wie dir passiert, hätte ich ehrlich gesagt nicht gedacht«, sagte Maria Dupont. »Aber ich werde nicht darauf rumreiten, du bist genug damit gestraft, dass du der von dir so ungeliebten Presse solche Vorlagen gibst. Willst du wissen, wie es bei uns war?«

»Ja, bitte. Ich hoffe, es lenkt mich ab. Und kann ich was aus deiner Tüte haben, Julia? Ich habe noch nichts gegessen.«

Julia Specht hielt ihm ihren Proviant wortlos hin. Er nahm sich eine Brezel. Eine schwäbische, wie er ja erst vor Kurzem gelernt hatte. »Also, seid ihr bei einer Trüffelplantage gewesen? Irgendwas herausbekommen?«

»Ja, ein bisschen was schon«, antwortete die junge Kollegin. »Der Besitzer einer Trüffelfarm am Kaiserstuhl war so nett und hat uns heute Morgen spontan auf seine Plantage eingeladen. Und uns einiges erzählt. Erst mal ganz viel zum Trüffelanbau. Zum Beispiel, dass sie in enger Symbiose mit den Feinwurzeln von Laubbäumen und Sträuchern wie Eichen, Buchen und Haseln leben. Und dass es möglich ist, die Wurzeln der Bäume zu impfen. Bis die Bäume einer Plantage Früchte tragen, vergehen allerdings in der Regel sechs bis acht Jahre. Und dass in New York schon mal ein fast zwei Kilogramm schwerer Albatrüffel für über einundsechzigtausend Dollar versteigert worden ist. Verrückt, oder?«

Häberle nickte ungeduldig. »Ja, verrückt wie ein Hutmacher. Aber das hätten wir wahrscheinlich auch alles bei Wikipedia nachlesen können. Noch irgendwas über die hiesige Trüffelszene?«

»Ja. Ein Name. Ebenfalls verrückt: Don Funghi.« Julia Specht ließ sich von Häberles Ungeduld wie immer nicht die Laune vermiesen, steckte sich ein Stück Brezel in den Mund und überließ es nun Maria Dupont, weiterzuerzählen.

»Genau. Don Funghi. Wir fragten den Besitzer der Trüffelfarm, ob er von jemandem wüsste, der illegal im Wald gesammelte Trüffel anbietet. Und da nannte er diesen Namen. Mehr wusste er aber nicht, kein Klarname, keine Adresse oder Ähnliches. Wäre ja auch zu schön gewesen. Nur, dass er von ihm schon öfters im Zusammenhang mit illegal gesammelten Trüffeln gehört hat, auch von seinen Kollegen aus der Trüffelbranche. Und dass der sowohl aufkauft als auch verkauft.«

»Don Funghi? Ernsthaft?« Häberle schaute die beiden zweifelnd an. »Klingt eher nach einer Pizzeria.«

»Ich finde das ja auch seltsam, aber der Trüffelmann hat darauf bestanden, dass es diesen Typen gibt und er unter dem Namen bekannt ist.«

Häberle tippte den Namen auf seiner Tastatur ein. »Mal schauen, was Google dazu sagt. Moment. Hier: Don Funghi e Fratelli, eine Pizza in einem maltesischen Restaurant. Das ist der einzige Treffer. Wäre ja fast schon erschreckend gewesen, wenn die Suchmaschine tatsächlich die Adresse des Herrn Pilz ausgespuckt hätte.«

»Wer sind denn die Brüder von der Pizza Don Funghi?« Julia Specht lehnte sich über die Schulter von Thomas Häberle und schaute auf den Bildschirm.

»Was?«

»Na, die Brüder! Don Funghi e Fratelli, Herr Pilz und Brüder. Mit deinem Italienisch ist es ja nicht weit her, oder? Mal schauen. Ah, hier: Tomatensoße, Mozzarella, Oregano, Trüffelemulsion – da ist er wieder, der Trüffel –, Champignons und Parmesan. Klingt lecker!«

»Na klar, du denkst wieder mal nur ans Essen. Das bringt uns aber nicht weiter.« Häberle war nach seinem schlimmen Fauxpas bei der Pressekonferenz immer noch angefressen. »Was machen wir? Wer hat Ideen?«

»Ich denke, wir sollten erst mal kurz durchsprechen, wo wir stehen«, sagte Maria Dupont. »Mir ist das alles ein viel zu großes Durcheinander. Suchen wir nach einem Doppelmörder oder nach zwei Mördern? Konzentrieren wir uns auf die Trüffelspur, oder haben wir noch andere wichtige Anhaltspunkte? Wie steht es mit möglichen Motiven? Und erst dann kommt die Frage: Wie machen wir weiter?«

Häberle nickte. Seine Kollegin hatte recht. Im Moment rannten sie wie aufgescheuchte Hühner von einem Ereignis zum anderen und brachten nichts richtig zu Ende. »Okay. Dann mal los. Erste Frage: Ein oder zwei Mörder? Wer hat Gedanken dazu?«

»Für einen Mörder spricht, dass beide Morde definitiv über die Trüffelspur verbunden sind«, sagte Julia Specht. »Dagegen spricht der am zweiten Tatort gefundene Zettel mit dem Spruch ›Wer tötet, stirbt‹. Das klingt, als ob das zweite Mordopfer das erste ermordet hat und aus Rache jetzt selbst ins Gras oder – um beim Thema zu bleiben – in den Pilz beißen musste.«

»Ja, das stimmt. Aber es könnte natürlich auch ein relativ plumper Versuch des Doppelmörders sein, uns auf eine falsche Spur zu lenken«, gab Maria Dupont zu bedenken. »Was ist denn mit diesen abfotografierten Buchseiten, die in der Wohnung von Manfred Wegner gefunden wurden?«

»Wir müssen noch sicherstellen, dass sie wirklich aus Stefan Schwamms Buch stammen«, sagte Häberle. »Seine Tochter könnte das wissen, vielleicht auch die Lebensgefährtin. Falls es, wie wir vermuten, Seiten aus dem Trüffelbuch sind, wäre eine mögliche Theorie, dass sie Stefan Schwamm auf welche Art und Weise auch immer geklaut wurden. Der kam dahinter, stellte Wegner zur Rede, und dieser ermordete ihn. Der zweite Mord wäre dann tatsächlich Rache für den ersten Mord. Von wem auch immer verübt. Halte ich aber für eine sehr zweifelhafte Theorie.«

»Ich auch«, sagte Maria Dupont. »Dass es um Trüffel geht, halte ich für wahrscheinlich, aber ich glaube nicht an zwei Mörder. Denn das würde bedeuten, dass da draußen ein Irrer herumgelaufen ist, der Stefan Schwamm über Tage hinweg an überaus schmerzhaftem Nierenversagen hat sterben lassen, und ein zweiter Irrer, der den ersten Irren aus Rache brutal erst mit den Händen erwürgt und dann anscheinend aus purem Spaß noch mit einer Hundeleine stranguliert hat. Nein, so viele Irre auf einmal haben wir hoffentlich nicht in unserem schönen Schwarzwald. Ich glaube, dass es ein und derselbe Irre ist.«

Der Hauptkommissar sah Maria Dupont stirnrunzelnd an. »Also ein Doppelmörder, der uns mit dem Orangefuchsigen Raukopf und dem Zettel mit ›Wer tötet, stirbt‹ in Manfred Wegners Wohnung auf eine falsche Spur lenken will?«

»Ja. Aber beweisen können wir es nicht. Noch nicht. Gehen wir mal weiter zum Motiv und klammern dabei Rache als möglichen Grund für den zweiten Mord aus. Was haben wir dann?«

»Moos. Peseten. Schotter. Zaster. Bimbes. Flocken. Geld.«

»Beeindruckend, wie viele Synonyme du kennst, Julia«, kommentierte Häberle. »Und jetzt noch ein passender Spruch von Maria?«

»Sehr gerne: ›Wer der Meinung ist, dass man für Geld alles haben kann, gerät leicht in den Verdacht, dass er für Geld alles zu tun bereit ist.‹ Zum Beispiel einen oder zwei Morde verüben, wie ich noch dem Zitat von Benjamin Franklin hinzufügen möchte.«

»Gut, dann ist das auch geklärt.« Häberle seufzte laut. War er hier der Einzige, der die Ermittlungen ernst nahm? »Aber falls wirklich nur Habgier das Motiv sein sollte, was ich bei der grausamen Art und Weise, auf die vor allem Stefan Schwamm ermordet wurde, bezweifle: Wie viel Geld kann man mit der illegalen Trüffelsuche denn verdienen, was denkt ihr?« Er schaute seine beiden Kolleginnen an. »Ich meine, klar, ein paar tausend Euro werden da bestimmt umgesetzt, aber dafür zwei Morde begehen?«

»Ein paar tausend Euro klingt bei dir nach wenig, aber es gibt Menschen, die hatten noch nie tausend Euro auf der Bank, von daher halte ich es durchaus für ein gutes Motiv«, gab Julia Specht zu bedenken. »Und ein anderes, zu dem wir ermitteln könnten, haben wir momentan nicht, oder?«

Maria Dupont nickte. »Sehe ich auch so. Und das beantwortet auch schon meine dritte Frage, nämlich die, ob wir uns jetzt komplett auf die Trüffelspur konzentrieren sollen. Oder ob wir noch andere wichtige Anhaltspunkte haben. Antwort: Haben wir nicht. Zumindest fallen mir keine ein. Also: Wie geht es weiter?«

»Erstens«, Häberle holte seinen Notizblock raus und zückte einen Kugelschreiber, »wir haben die abfotografierten Buchseiten, die höchstwahrscheinlich aus dem Trüffelbuch von Stefan Schwamm stammen. Um das abzuklären, können wir nur die beiden Personen fragen, von denen wir mit Sicherheit wissen, dass sie das Buch schon mal gesehen haben: Tochter und Lebenspartnerin. Und sie sind meiner Meinung nach auch sehr verdächtig, wenn es um die Frage nach der Person geht, die die Fotos gemacht hat. Denn außer ihnen hatte nach bisherigen Erkenntnissen niemand außer Stefan Schwamm selbst auf das Buch Zugriff.«

Er schaute zu Julia Specht und Maria Dupont, die beide zustimmend nickten.

»Zweitens haben wir immer noch nicht mit diesem Pilzkoch aus dem Pilzforum gesprochen. Ferdinand Kleist, der viel Geld für das Pilzbuch geboten hat, wie ernst es ihm damit auch gewesen sein mag. Wir sollten auf jeden Fall mal mit ihm reden, auch wenn ich ihn nur aufgrund seines Interesses nicht gleich als Verdächtigen führen würde.«

Wieder nickten beide.

»Und drittens hat mir Lotte vorhin eine WhatsApp geschickt mit dem Inhalt: ›Hab Informationen zu Trüffeln.‹ Was immer das auch bedeutet. Aber als Kontakt in die Pilz-Gastronomie ist sie definitiv eine gute Quelle.«

»Prima. Wie teilen wir uns auf?« Maria Dupont war bereits aufgestanden. »Ich würde vorschlagen, dass Julia und ich erneut die beiden Damen besuchen, und du fährst auf dem Weg zu deiner Mitbewohnerin noch mal bei Ferdinand Kleist vorbei. Um siebzehn Uhr treffen wir uns wieder hier, okay? Auf geht's.«

Julia Specht schnappte sich ihre Bäckereitüte und lief mit

einem mit vollem Mund gemurmelten »Tschüss« hinter ihrer Kollegin her, während Häberle erst noch den Rechner runterfuhr, bevor er sich seine Jacke schnappte und ging.

✳✳✳

Bei der Adresse von Ferdinand Kleist öffnete wieder niemand die Tür, auch wenn Häberle glaubte gesehen zu haben, dass an einem der Fenster im obersten Stock ein Vorhang gewackelt hatte. Außerdem hatte ein Hund angefangen zu bellen, war dann aber abrupt verstummt, als ob ihm jemand den Befehl dazu gegeben hätte.

Häberle überlegte. War der Mann tatverdächtig? Konnte er mit irgendwelchen Rechtsmitteln vorgehen, um die Tür zu öffnen oder nach ihm fahnden zu lassen? Nein, konnte er nicht. Er hatte nichts gegen ihn in der Hand und wollte ihm ja auch nur ein paar Fragen stellen. Also musste er wohl noch mal kommen und hoffen, dass ihm dann jemand aufmachte.

Er drehte sich um und wollte gerade gehen, als sich auf der anderen Straßenseite eine Haustür öffnete und ein älterer weißhaariger Mann ihm zuwinkte. Er hatte eine alte Jogginghose und ein noch älteres Poloshirt an, was bei immer noch unter zehn Grad bestimmt für Gänsehaut auf seinen Armen sorgte. Das schien ihn aber nicht aufzuhalten, er trat in Socken auf die regennasse Straße vor seinem Haus.

»Wollen Sie zu Herrn Kleist? Der müsste eigentlich da sein, vorhin ist er mit seiner Dreckschleuder in die Garage gefahren.« Er schaute Häberle entgegen, der zu ihm rüberging und sich zu ihm stellte.

Hier hatte er es wohl mit einem Seelenverwandten von Julias Tante Renate in Merdingen zu tun, sozusagen dem Straßensheriff. Und wie es klang, war er nicht gut auf Ferdinand Kleist zu sprechen.

»Wann war denn das ungefähr?«, fragte Häberle.

Der Mann schaute ihn jetzt misstrauisch an. Anscheinend hatte er nicht damit gerechnet, dass seine Information so dankbar angenommen wurde. »Wer will das wissen? Ich will ja keinen Ärger bekommen, wenn ich hier irgendwelche Beobachtungen rausgebe.«

Häberle zückte seinen Dienstausweis. »Hauptkommissar Thomas Häberle vom Kriminaldezernat. Sie können mir also ruhig alles sagen, was Sie wissen.«

Die offizielle Vorstellung tat ihre Wirkung, genau wie Häberle sich das gedacht hatte. Der Mann ging sofort in Habachtstellung und zog sogar seinen dicken Bauch ein bisschen ein. »Aha. Sehr gut. Walter Pritz mein Name. Kriminaldezernat? Wirklich? Was hat der Herr Kleist denn angestellt?« Er schaute Häberle aufgeregt an.

»Herr Kleist wird in keinster Weise verdächtigt, etwas angestellt zu haben. Ich hätte nur ein paar Fragen an ihn. Er scheint aber selten zu Hause zu sein.«

Walter Pritz lachte gehässig. »Der? Der ist doch immer zu Hause. Arbeitet ja nichts, der feine Herr.«

Darauf wollte Häberle nicht eingehen, aber ein paar zusätzliche Informationen konnten bestimmt nicht schaden. »Was wissen Sie denn noch so über den Herrn Kleist?«

Der dicke Nachbar ließ sich nicht zweimal bitten. »Wie gesagt, der arbeitet nichts, dabei ist der noch keine vierzig Jahre alt. Der hat, glaube ich, irgendwelche reichen Eltern und hält sich ansonsten anscheinend für einen Koch, der war sogar schon mal im Fernsehen bei ›Das perfekte Dinner‹. Das schaue ich immer, und ich fand ihn wirklich schlecht.«

Zufrieden schaute er Häberle an. »Jedenfalls ist er vor etwa einer Stunde mit seinem riesigen Geländewagen in die Garage gefahren. Wahrscheinlich war er wieder mit seinem Hund unterwegs, den er seit Neuestem hat. Mit dem sehe ich ihn manchmal hier auf der Straße spazieren gehen, ich passe dann immer auf, dass mir die Töle nicht in den Vorgarten scheißt. Wobei es eher so aussieht, als ob der Hund mit dem Herrchen Gassi geht und nicht umgekehrt. Die hässliche Töle macht, was sie will.« Wieder lachte er gehässig.

Häberle ging nicht darauf ein. »Und Sie glauben, dass er

seitdem nicht mehr weggefahren ist? Vielleicht haben Sie es ja nicht mitbekommen.«

Walter Pritz schüttelte entschieden den Kopf. »Nein. Das hätte ich bemerkt. Schon alleine am Motorgeräusch seines riesigen Autos. Und das in Zeiten des Klimawandels. Unverantwortlich, so etwas. Finden Sie nicht?«

Häberle hätte gern gefragt, was Pritz denn selbst für ein Auto fuhr, denn er sah nicht wirklich wie ein Klimaschützer aus. Aber vielleicht tat er dem Mann ja unrecht, also ließ er es auf sich beruhen.

»Danke für die Infos. Falls Sie ihn demnächst mal wegfahren sehen oder besser gesagt wieder herfahren, könnten Sie mir dann Bescheid geben?« Er gab Walter Pritz seine Karte, die der Mann mit glücklich aufleuchtenden Augen entgegennahm.

»Natürlich, Herr Hauptkommissar! Sie können sich auf mich verlassen, ich melde mich, sobald der Herr Kleist mal wieder unterwegs ist. Aber wie gesagt, der ist auch jetzt zu Hause!«

Häberle winkte ab. »Vielleicht schläft er. Wie gesagt, es geht nur um ein paar Informationen. Auf Wiedersehen, Herr Pritz.«

Der nächste Halt war seine Villa für ein kurzes Gespräch mit Lotte Merckheim. Bevor er losfuhr, schrieb er ihr eine Nachricht: »Apfelkuchen?« Keine zehn Sekunden später schickte sie das Emoji eines erhobenen Daumens zurück. Also machte er einen kurzen Stopp beim Café Liebes Bisschen, wo er die letzten beiden Stücke Apfelkuchen ergatterte. Glück gehabt, dachte er. Bei dem heutigen miesen Herbstwetter war die Terrasse vor dem Café nicht bestuhlt, sonst wäre die Kuchentheke um diese Uhrzeit bestimmt schon leer gewesen.

Nicht auszudenken, wenn nur noch ein Stück übrig gewesen wäre. Er verstand sich mit seiner Mitbewohnerin inzwischen zwar wirklich gut, aber seinen absoluten Lieblingskuchen wollte er nicht mit ihr teilen. So weit ging die Freundschaft dann doch nicht.

Lotte Merckheim wartete zu seiner Freude bereits mit zwei großen Cappuccinos aus ihrer riesigen Siebträgermaschine auf ihn, als er in die Küche kam, und er verteilte schnell die beiden Kuchenstücke auf die bereitgestellten Teller.

»Also? Was hast du für uns?«

Sie grinste. »Ich komme mir vor wie eine verdeckte Ermittlerin. Zwei Dinge habe ich herausgefunden. Erstens: Bei den Stichworten ›Trüffel‹ und ›illegal‹ ist bei Gesprächen mit Kollegen mehrfach ein Name gefallen: Don Funghi.«

Häberle hatte sich gerade ein großes Stück des Apfelkuchens mit der Gabel in den Mund stecken wollen, hielt jetzt aber inne. »Okay. Dann muss wohl doch etwas dran sein. Das ist heute schon das zweite Mal, dass ich den Namen höre.«

Seine Mitbewohnerin schaute ihn enttäuscht an. »Wirklich? Und ich dachte, ich hätte Neuigkeiten für euch ermittelt.«

»Nein, keine Neuigkeiten. Aber die Bestätigung eines Hinweises von einem Trüffelfarmer. Das ist genauso wichtig«, tröstete er sie. »Was ist die zweite Information, die du hast?«

Sie nahm einen Schluck aus ihrer Tasse, bevor sie antwortete. »Dazu muss ich erst noch erklären, dass dieser Don Funghi eine große Nummer zu sein scheint, und zwar nicht nur bei Trüffeln, sondern überhaupt bei Pilzen aus dem Schwarzwald. Der kann wohl immer liefern. Die Namen der Kollegen, die von dem schon gekauft haben, darf ich dir aber nicht sagen. Das habe ich versprochen.«

Häberle runzelte die Stirn. »Das werden wir dann noch sehen. Das sind Mordermittlungen, wir suchen hier einen Mörder, nicht jemanden, der falsch geparkt oder einen Kaugummiautomaten geknackt hat.«

Lotte Merckheim wischte seinen Einwand beiseite. »Wie auch immer. Jedenfalls gibt es wohl seit Kurzem außer diesem Don Funghi noch einen weiteren mysteriösen Mann auf dem Parkett. Drei Kollegen sind von jemandem angesprochen worden, der wohl extrem ungeschickt gefragt hat, ob sie Interesse an frischen Burgundertrüffeln hätten. Und so wie er sich benahm, gehen sie fest davon aus, dass er nicht von in Frankreich gesammelten Trüffeln sprach. Einen Namen hat der Mann nicht genannt. Den Beschreibungen nach war es aber definitiv immer derselbe. Das Angebot haben sie alle drei abgelehnt, auch weil sie den Verdacht hatten, dass es sich um einen verdeckten Ermittler von der Naturschutzbehörde handeln könnte.«

Sie lachte. »Ich glaube ja nicht, dass die so arbeiten, wahrscheinlich haben die Kollegen zu viele Krimis im Fernsehen angeschaut.«

»Okay. Und du kannst mir die Beschreibung dieser Person geben?«

»Besser!« Ihre Enttäuschung darüber, dass Don Funghi für Häberle keine Neuigkeit gewesen war, war anscheinend überwunden. Sie holte einen Zettel aus der Tasche ihrer Latzhose und legte ihn vor Häberle auf den Tisch.

»Das ist das Autokennzeichen des Mannes. Einer meiner Kollegen ist extrem misstrauisch und hat es sich notiert, als der Trüffelanbieter mit seinem Wagen von seinem Restaurant weggefahren ist.«

Die Ermittlungen kommen endlich ins Laufen, dachte sich Häberle, während er wieder ins Auto stieg. Das Kennzeichen hatte er gleich ans Präsidium durchgegeben und erwartete jeden Moment einen Anruf mit Infos zum Halter des Wagens. Vielleicht hatten ja Stefan Schwamm oder Manfred Wegner oder beide versucht, selbst Trüffel zu suchen und zu verkaufen, und waren dabei dem Platzhirsch – höchstwahrscheinlich diesem Don Funghi – in die Quere gekommen. Ergo tötete er die unwillkommenen Konkurrenten. Die Theorie war noch nicht ganz rund, aber immerhin ein Ansatz.

Jetzt war er auf dem Weg zu Andrea Lauber. Sie hatte anscheinend gerade irgendwelche Angaben gemacht, die Julia Specht und Maria Dupont für wichtig genug hielten, dass sie ihn angerufen und um seine Anwesenheit gebeten hatten.

Als er gegenüber der Wohnung in Kirchzarten parkte, kam Maria Dupont aus dem Haus und wartete, bis er ausgestiegen war.

»Kurzes Update. Wir waren schon bei der Tochter Heike Schwamm, die sich hundertprozentig sicher ist, dass die Fotos Seiten aus dem Trüffelbuch ihres Vaters zeigen. Sie war sehr bestürzt, als sie das gesehen hat. Wie jemand in den Besitz der Fotos kommt, kann sie sich nicht erklären, und ich und Julia sind uns sehr sicher, dass sie die Wahrheit sagt. Anders sieht es bei Frau Lauber aus.«

Sie waren inzwischen an der Haustür angekommen, und Häberle blieb stehen und sah seine Kollegin fragend an.

»Sie sagt ebenfalls, dass sie keine Ahnung hat, wie die abfotografierten Seiten aus dem Buch in Umlauf gekommen sind. Aber sie ist keine gute Lügnerin, wenn ich das mal so offen sagen darf. Auch wenn sie die Fotos nicht selbst gemacht haben sollte, weiß sie zumindest etwas darüber. Die Idee ist jetzt, dass sie ihre ganze seltsame Geschichte noch mal dir erzählen soll und wir sie dabei vielleicht bei ein paar widersprüchlichen Aussagen erwischen. Ich weiß, klingt nach dem berühmten Griff nach dem Strohhalm. Aber wenn wir sie aufs Revier vorladen, macht sie eher noch mehr dicht, so wie ich sie einschätze.«

Das waren interessante Infos, vielleicht kamen sie hier ja endlich weiter. Inzwischen standen sie in der Wohnung, wo eine tränenüberströmte Andrea Lauber gegenüber von Julia Specht am Küchentisch saß.

»… und das Buch hatte er ja eigentlich immer entweder bei sich, oder es lag in seinem Zimmer auf dem Regal. Ich weiß wirklich nicht, wie es möglich sein soll, dass jemand Seiten abfotografiert hat. Vielleicht irrt sich Heike ja einfach. Ja, bestimmt sogar, das ist doch die einzige Erklärung!«, hörte er Andrea Lauber beim Eintreten sagen.

»Hallo, Frau Lauber, entschuldigen Sie meine Verspätung.« Häberle gab ihr die Hand, und sie schaute ihn erschrocken an. »Keine Angst, ich will nichts Böses, nur mal kurz selbst hören, ob Sie eine Idee haben, wie die Fotos von den Buchseiten in Umlauf gekommen sind.« Er versuchte es mit einem netten Lächeln.

»Ja, aber das habe ich Ihren Kolleginnen doch gerade ausführlich erzählt!« Andrea Lauber klang fast schon verzweifelt. »Ich habe keine Ahnung, was das für Fotos sein sollen! Die können ja eigentlich gar nicht aus Stefans Buch sein, bestimmt sind es Fälschungen!«

»Mhm. Aber warum sollte denn jemand Fälschungen von alten Buchseiten anfertigen, Frau Lauber? Zudem ist sich Frau Schwamm sehr sicher, dass die Fotos die echten Seiten zeigen, und sie ist ja ein bisschen so etwas wie unsere einzige Expertin, sozusagen.« Häberle schaute sie fragend an.

»Heike Schwamm ist sich, wie wir Ihnen schon erzählt haben, wirklich sehr sicher, Frau Lauber.« Maria Dupont war hinter Häberle getreten. »Sie sagt, dass ihr Vater mit ihr schon als Kind immer wieder die Bücher durchblätterte und ihr von den Pilzen an den verschiedenen Orten, die in dem Buch beschrieben sind, erzählt hat.«

Andrea Lauber brach wieder in Tränen aus. »Aber das kann nicht sein! Wieso sollten diese Fotografien denn im Zusammenhang mit Stefans Tod stehen?«

Häberle horchte auf. Das hatten sie eigentlich nicht behauptet, oder? »Denken Sie denn, dass sie es tun? Dass das Abfotografieren der Seiten zum Tod Ihres Lebensgefährten geführt hat?«

Sie schaute ihn verwirrt an. »Ja? Deswegen sind Sie doch hier, oder? Hier geht es doch um Stefans Tod, oder nicht?«

»Doch, schon. Wir denken, dass die abfotografierten Seiten bei dem Mord an Herrn Schwamm und auch an dem zweiten Opfer zumindest eine Rolle spielen könnten – haben Sie mitbekommen, dass es einen zweiten Toten gab?«, fragte Häberle.

Sie nickte. »Ja. Im Radio. So richtig schlau bin ich aber nicht daraus geworden, da wurde von möglichen Verbrecherbanden und was weiß ich allem erzählt. Nur am Rande habe ich mitbekommen, dass da auch etwas von Trüffeln gesagt wurde. Aber hat das wirklich etwas mit Stefan zu tun?«

Häberle ärgerte sich erneut über die Presse, aber immer noch vor allem über sich selbst. Wie sollten die Journalisten nach seinem Auftritt auch einen Sinn ergebenden Bericht abliefern? Er musste sich eingestehen, dass das ganze Durcheinander vor allem seine Schuld war. Umso wichtiger war jetzt, dass sie bald etwas Ordnung in die Mordermittlungen bringen konnten.

»Wir gehen davon aus, dass der oder die Mörder zumindest von den Fotografien gewusst haben. Deshalb müssen wir auch unbedingt wissen, wer die Fotos gemacht hat und wie sie in den Besitz von Manfred Wegner gekommen sind.«

Sie schaute ihn überrascht an. »Wer ist denn Manfred Wegner? Der hatte die Fotos doch gar nicht.«

Häberle und seine beiden Kolleginnen sahen sich an. Jetzt hatten sie sie. Duponts Plan war aufgegangen, Andrea Lauber hatte sich verraten. Sie wusste etwas.

»Darf ich das so verstehen, dass Sie sehr wohl etwas von abfotografierten Buchseiten wissen?« Julia Specht schaute Frau Lauber ernst an, und die hob erschrocken die Hand vor den Mund. Kurz war es still im Raum, dann gab sie auf.

»Ja«, sagte sie leise.

Wieder war es ruhig.

»Können wir dann davon ausgehen, dass Sie die Fotos gemacht haben?« Diesmal hatte Maria Dupont gefragt.

Wieder kam ein leises »Ja« von Andrea Lauber.

»Frau Lauber, erzählen Sie uns jetzt bitte alles, was Sie wissen. Sie können sich sicher vorstellen, wie wichtig das für die Ermittlungen zum Mord an Ihrem Lebensgefährten ist.« Häberle war bereit, die Samthandschuhe auszuziehen, hoffte aber, dass das nicht nötig werden würde. Und das war es auch nicht, Andrea Lauber begann leise zu erzählen.

»Ich wollte das alles nicht. Wirklich nicht. Wir brauchten einfach Geld, und das schien mir eine Gelegenheit zu sein, ohne großen Aufwand und ohne Schaden für irgendjemanden welches zu bekommen.«

Sie saß jetzt ganz ruhig auf ihrem Stuhl und schaute vor sich auf den Boden. Die drei Ermittler warteten, bis sie von selbst weitersprach.

»Er hat mich vor ungefähr einem halben Jahr beim Einkaufen angesprochen. Ich weiß nicht, woher er wusste, dass ich und Stefan ein Paar waren. Als er mir zum ersten Mal das Angebot gemacht hat, habe ich ihn empört weggeschickt und wollte nichts davon wissen. Auch Stefan habe ich nichts davon erzählt – obwohl ich insgeheim schon gedacht habe, dass uns das bei unseren Problemen helfen könnte.«

»Welche Probleme, Frau Lauber?«, fragte Dupont leise.

»Geldprobleme. Wir hatten nicht viel.« Sie schaute kurz auf. »Und Stefan hatte immer Angst, dass ich ihn verlassen würde, weil ich vor der Zeit mit ihm mit meinem Exmann ein relativ luxuriöses Leben geführt habe. Damals habe ich aufgehört, als Krankenschwester zu arbeiten. Und das immer bereut. Stefan hat nie verstanden, dass er mir mit seiner Aufmerksamkeit und Liebe so viel mehr gegeben hat als Gerd mit all seinem Geld.« Sie schaute traurig.

»Aber Herr Schwamm hat doch mit dem Wildpilzhandel aufgrund der Sondergenehmigung sicher jeden Herbst viel Geld verdient, oder nicht?«, fragte Häberle nach.

Sie zuckte mit den Schultern. »Die gibt es nicht mehr«, sagte sie dann.

»Was? Die Sondergenehmigung? Aber davon haben wir doch jetzt schon von mehreren Seiten gehört, auch von seiner Tochter!«

»Ja. Heike weiß ja auch nichts davon. Er hat sie schon seit zehn Jahren nicht mehr. Aber da immer alle glaubten, dass er diese Sondergenehmigung noch hat, wurde auch nie danach gefragt. Wissen Sie, das ist wie bei einem dieser Fälle, von denen man manchmal liest. In dem jemand dreißig Jahre lang ohne Führerschein fährt, weil alle davon ausgehen, dass er einen hat, und er daher einfach nie kontrolliert wird.«

»Aber Herr Schwamm wurde kontrolliert?«

»Ja. Vor circa einem Jahr. Sein Vater hatte so wie sein Großvater tatsächlich eine solche Sondergenehmigung. Ich glaube, damals lief das noch anders ab, da bekam der Landrat eben mal ein paar gut gefüllte Pilzkörbe, und dann klappte das. Und bis vor zehn Jahren hatte auch Stefan noch diese verdammte Sondergenehmigung!« Sie war zuletzt lauter geworden, und man hörte ihr an, dass sie den Entzug der Genehmigung für alles folgende Unheil verantwortlich machte.

»Die wurde einfach immer automatisch verlängert, da hat sich kein Mensch drum geschert, hat Stefan mir erzählt. Bis er vor etwa zehn Jahren von einem neuen Revierförster mit mehreren gefüllten Pilzkörben im Auto angehalten wurde. Als Stefan ihm die Genehmigung gezeigt hat, hat der sich sehr gewundert. Der Förster hat dann bei der Unteren Naturschutzbehörde nachgefragt, was das soll, und die sind anscheinend aus allen Wolken gefallen und haben die Genehmigung sofort entzogen. So etwas sei mit den heutigen Gesetzen in keiner Weise mehr zu vereinbaren, haben die damals gesagt. Dabei hat Stefan denen so wie allen anderen, die gefragt haben, immer bei allem geholfen, was irgendwie mit Pilzen zu tun hatte!«

Häberle nickte. Lotte Merckheim war diese Sondergenehmigung gleich seltsam vorgekommen, und das zu Recht, wie sich jetzt zeigte. »Erzählen Sie weiter«, forderte er Andrea Lauber auf, die inzwischen wieder ruhiger geworden war und auf den Boden starrte.

»Ja. Also. Stefan hat damals, nach dem Entzug der Sondergenehmigung, trotzdem weiter Pilze gesammelt und verkauft. Es wusste ja niemand, dass er keine mehr hatte, alle gingen einfach davon aus. Und Stefan hatte keine Ahnung, wie er sonst Geld verdienen sollte. Dann wurde er wie gesagt vor einem Jahr erwischt. Mit mehreren Körben voller Steinpilzen. Er bekam nur eine Geldstrafe aufgebrummt und wurde verwarnt. Aber bei einem weiteren Mal hätte er vor Gericht landen können. Davor hatte er natürlich Angst, denn dann wäre auch sein guter Ruf ruiniert gewesen, und der war ihm sehr wichtig. Darum hat er dann irgendwann angefangen, Pilze aus dem Ausland zu kaufen und als heimische Pilze aus dem Schwarzwald weiterzuverkaufen.«

Fast hätte Häberle einen Pfiff ausgestoßen. Na, das war ja ein Ding! Eine ziemlich dreiste Betrugsmasche, basierend auf dem Glauben der Käufer, dass der Verkäufer die Erlaubnis hatte, Schwarzwälder Waldpilze zu sammeln. Deshalb gingen sie natürlich davon aus, dass es sich auch um solche handelte, und waren bereit, für diese Pilze sehr viel mehr zu bezahlen als für ausländische.

»Stefan wusste nicht, dass ich das mit dem Zwischenhandel mitbekommen habe. Aber ich bin nicht blöd, ich habe ja Augen im Kopf. Er war viel seltener im Wald, er war unglücklich und unzufrieden, und wir konnten uns plötzlich viel weniger leisten. Denn die Gewinnspanne war natürlich nicht besonders groß. Und deshalb habe ich schließlich doch das Angebot angenommen.«

»Und das war?«, wollte Julia Specht wissen.

»Ich sollte zwanzig Seiten aus dem Trüffelbuch abfotografieren. Welche, war egal. Ich hätte ja eh nicht gewusst, ob es Seiten mit guten oder schlechten Fundorten sind. Das habe ich getan. Und dafür zehntausend Euro bekommen.«

Sie sprach jetzt sehr leise. »Ich dachte, dass das niemand merkt. Auch Stefan nicht. Er hat sich ja immer an das Trüffelsammelverbot gehalten und dieses Buch also gar nie benutzt«, versuchte sie sich zu rechtfertigen. »Und jetzt ist Stefan tot, und Sie sagen, dass die Trüffel und die Buchseiten, die ich Kleist gegeben habe, damit zu tun haben.«

»Wem?«, fragte Häberle nach und hoffte sich verhört zu haben.

»Kleist. Ferdinand Kleist. Der hat mir das Geld gegeben.«

Häberle stöhnte auf. Verdammte Mistkacke, ging heute denn alles schief?

In dem Moment sang Helene Fischer mal wieder ihren größten Hit in Häberles Hosentasche, und gleichzeitig piepste eine ankommende WhatsApp. Er nahm ab.

»Herr Hauptkommissar?« Häberle erkannte die Stimme von Walter Pritz und wollte schon auflegen, als ihm klar wurde, dass er ja vielleicht Infos zum ab sofort Hauptverdächtigen Nummer eins haben könnte.

»Ja, Häberle am Apparat. Herr Pritz, was gibt es?«

»Ich wollte nur sagen, dass der Herr Kleist gerade mit seinem hässlichen Hund und zwei gepackten Koffern weggefahren ist. Wohin, weiß ich leider nicht.«

Häberle bekam nicht mehr als ein »Danke« raus und drückte den Nachbarn von Ferdinand Kleist weg. Wie betäubt schaute er danach auf die WhatsApp, die vom Revier gekommen war: »Antwort auf Anfrage Kennzeichen: Kfz ist auf einen Herrn Ferdinand Kleist zugelassen.«

Häberle musste sich setzen. Gerade hatten sie von Andrea Lauber mit ziemlicher Sicherheit den Namen eines Mörders oder sogar Doppelmörders erfahren. Und er selbst hatte noch vor einer Stunde vor dessen Haus gestanden und war sich ziemlich sicher gewesen, dass der Mann zu Hause war. Aber jetzt war er weg. Wahrscheinlich spurlos verschwunden. Dieser Tag würde als der beschissenste seiner Laufbahn in die Geschichte eingehen, da war sich Häberle absolut sicher.

Teil 2

Tag 5

Ferdinand Kleist war abgetaucht. Und zwar ohne eine Spur zu einem möglichen Aufenthaltsort zu hinterlassen. Zumindest hatten sie bisher keine gefunden. Noch gestern Abend war Manuel Palmer mit einem Spurensicherungsteam in die Wohnung des hochgradig Tatverdächtigen gegangen, während Häberle mit seinen Kolleginnen eine groß angelegte Fahndung nach Person und Fahrzeug gestartet hatte. Ergebnis: null Komma null. Auch Palmer hatte bis zum späten Abend nichts Hilfreiches gefunden. Gleich am Morgen war Häberle selbst hingefahren und sah sich jetzt die Vier-Zimmer-Wohnung des Gesuchten an.

Ferdinand Kleist hatte anscheinend zwei große Leidenschaften: sich selbst und Pilze. Von beidem waren an sämtlichen Wänden in der Wohnung großformatige Fotos zu sehen. Und seine Buchsammlung schien größtenteils aus Kochbüchern zu bestehen, die meisten davon mit Rezepten für Pilzgerichte. Ansonsten war die Wohnung sehr stylisch eingerichtet, soweit Häberle das beurteilen konnte. Zwanglos verteilt standen Designermöbel zwischen in die Jahre gekommenen Holzmöbeln auf alten Dielenböden, die Wände und Decken waren komplett weiß gehalten. Er erkannte den Expo-Sessel nach dem Entwurf von Mies van der Rohe, von Charles und Ray Eames standen vier der berühmten Plastic Side Chairs um einen alten Holztisch, und natürlich durfte auch die Chaiselongue von Le Corbusier nicht fehlen, auf die er sich am liebsten gleich draufgelegt hätte, so bequem sah sie aus.

Die Designermöbel konnte Häberle als solche erkennen, weil er im Sommer das gar nicht so weit von Freiburg entfernte Vitra Design Museum in Weil am Rhein besucht hatte. Er war von dem Museum begeistert gewesen. Mit Malerei und Bildhauerei konnte er wenig anfangen, wie er gern zugab. Aber Tische, Stühle, Sofas, die zu Recht als Kunstobjekte angesehen wurden und dennoch ihre grundsätzliche Aufgabe behielten, nämlich Abstell- oder Sitzgelegenheit zu sein, hatten ihn schon immer fasziniert. Und ein paar der schönsten standen hier in dieser Wohnung verteilt.

Häberle schaute sich die Fotos an den Wänden genauer an. Zwei davon waren anscheinend bei Kleists Teilnahme an der Kochsendung im Fernsehen entstanden. Andere zeigten kunstvoll drapierte Pilzgerichte und im Wald fotografierte Pilze. Dazwischen Landschaftsbilder. Auf manchen war Kleist mit einem Häberles Einschätzung nach türkischstämmigen jungen Mann zu sehen, mehrere davon mit einem See im Hintergrund, zu verschiedenen Jahreszeiten, anscheinend alle vom selben Standort aus fotografiert.

Er ging zum Schreibtisch des Gesuchten und machte nacheinander die Schubladen auf. Er stutzte. Die waren alle leer. Hatte Kleist sie vor seiner Flucht ausgeräumt, oder hatte er als Privatier, der anscheinend nur Mieteinnahmen zu verwalten hatte und das wahrscheinlich ohnehin einem Steuerberater überließ, einfach keine Dokumente, die er griffbereit haben musste? Häberle zog die unterste Schublade auf. Na bitte, da war etwas. Er nahm ein Buch heraus.

»Auf Trüffelsuche mit dem Lagotto Romagnolo«, las er leise den Titel vor. Da war es wieder, das Thema Trüffel. Er schaute, was sich noch in der Schublade befand, und nahm ein ganzes Bündel ausgedruckter Internetseiten heraus. Nach einer kurzen Durchsicht war klar, dass es auch hier um die Ausbildung von Trüffelsuchhunden und weitere Tipps zur Trüffelsuche ging. Der Mann war definitiv auf der Suche nach den teuren Pilzen, und zwar mit allem Drum und Dran – bis hin zu den für zehntausend Euro von Andrea Lauber gekauften Seiten aus dem Buch von Stefan Schwamm mit Hinweisen auf Trüffelvorkommen. Die Buchseiten waren allerdings nicht in der Schublade, und Palmer hatte sie auch sonst nirgends in der Wohnung gefunden, die hatte Kleist anscheinend mitgenommen.

Ob die fünf Seiten, die sie bei Manfred Wegner gefunden hatten, Teil dieser zwanzig Seiten waren? Wie war Wegner dann in deren Besitz gelangt? Hatte Ferdinand Kleist weitere Kopien verkauft, um die zehntausend Euro wieder einzunehmen und vielleicht sogar noch Gewinn damit zu machen? Unwahrscheinlich, dachte Häberle. Geld schien der Mann nicht zu brauchen, und allem Anschein nach wollte er selbst auf Trüffelsuche gehen, warum also mögliche Trüffelfundplätze mit anderen teilen? Waren ihm die Seiten also von Manfred Wegner geklaut worden?

Häberle schüttelte den Kopf. Hier kam er nicht weiter. Er schaute auf sein Handy. Acht Uhr. Zeit, ins Büro zu fahren und mit Maria und Julia das weitere Vorgehen zu besprechen.

»Also, was machen wir? Konzentrieren wir uns nur auf die Suche nach Ferdinand Kleist? Gehen wir davon aus, dass er ein Mörder oder sogar Doppelmörder ist? Oder haben wir noch weitere Spuren?«

Häberle saß an seinem Schreibtisch und schaute seine beiden Kolleginnen an. Er rechnete es ihnen hoch an, dass sie kein Wort über seine Fehleinschätzung Kleist betreffend verloren hatten. Aber sie hatten sowieso keine Zeit, um über vergangene Fehler nachzugrübeln. Da draußen war mindestens ein Mörder unterwegs, und den mussten sie finden, bevor möglicherweise ein dritter Mord geschah. Denn das Motiv für die beiden Morde kannten sie noch immer nicht, es war also durchaus möglich, dass es weitere Tote geben könnte. Es deutete zwar alles darauf hin, dass illegal gesammelte Trüffel eine Rolle spielten, aber Häberle weigerte sich weiterhin zu glauben, dass die damit zu verdienenden paar tausend Euro das Motiv sein sollten. Da steckte noch mehr dahinter, das sagte ihm sein Bauchgefühl.

»Für Kleist als Doppelmörder würde die Theorie sprechen, dass es um Trüffel und die Seiten aus Stefan Schwamms Buch geht«, fing er an, seine Gedanken zu dem Fall darzulegen. »Folgendes Szenario: Ferdinand Kleist hat zwanzig Seiten. Stefan Schwamm hatte aber das ganze Buch, inklusive dieser zwanzig Seiten. Also musste Schwamm sterben, da er Kleist bei der Trüffelsuche in die Quere hätte kommen können. Manfred Wegner hatte fünf Seiten, woher auch immer. Also musste auch Wegner sterben, weil Kleist alle Plätze für sich wollte. Macht das Sinn?« Er schaute seine beiden Kolleginnen zweifelnd an.

Maria Dupont blickte zu Julia Specht hinüber und beschloss, den Anfang zu machen, da die Kollegin gerade damit beschäftigt war, einen der Schokoküsse zu essen, von denen sie fünf in Reih und Glied vor sich aufgestellt hatte.

»Sinn macht das schon irgendwie, trotzdem finde ich die Theorie nicht sehr wahrscheinlich. Der grausame erste Mord und der mit viel Aggression durchgeführte zweite Mord lassen vermuten, dass es hier um mehr als Trüffel und das damit verbundene Geld geht. Da sind Gefühle mit im Spiel, beim ersten Mord würde ich sogar so weit gehen, von Hass zu sprechen. Das passt irgendwie nicht. Außerdem passt bei Kleist auch das Motiv Geld nicht, davon scheint er genug zu haben.«

Häberle nickte. Maria hatte wohl das gleiche Bauchgefühl wie er. »Weiter«, forderte er sie auf.

»Meiner Meinung nach müssen wir in zwei Richtungen ermitteln. Erstens, wo hält sich Ferdinand Kleist auf? Also mit Bekannten und Familie reden und mit den Mietern in seinem Haus, das sind ja gleichzeitig auch seine Nachbarn. Und dann müssen wir unabhängig von ihm auch weiterhin unter der Prämisse ermitteln, dass Ferdinand Kleist nicht der Mörder oder Doppelmörder ist. Denn dass er es ist, ist ja nicht erwiesen, nur weil er sehr plötzlich und offensichtlich überstürzt verreist.«

Maria Dupont überlegte kurz. »Außerdem sollten wir Andrea Lauber die fünf bei Manfred Wegner gefundenen Fotos der Buchseiten zeigen und fragen, ob sie ein Teil der zwanzig von ihr abfotografierten Seiten sind. Falls nicht, haben wir ein weiteres Rätsel. Dann hat nämlich noch jemand Seiten des Buchs in Umlauf gebracht. Möglicherweise erst, nachdem Stefan Schwamm verschwunden war. Und dann würde ich auch gerne herausfinden, um wen es sich bei diesem mysteriösen Don Funghi handelt. Mit dem würde ich mich gerne mal unterhalten, schließlich ist sein Name jetzt schon zweimal während unseren Ermittlungen gefallen. Wie wir den finden, weiß ich allerdings nicht. Vielleicht kann ja Lotte noch mal helfen?«

Julia Specht, die inzwischen drei der fünf Schokoküsse verdrückt hatte, nickte. »Ja, der interessiert mich auch, dieser Don Funghi. Was Ferdinand Kleist angeht, sollte sich jemand mit den Eltern unterhalten, und ich würde gerne auch mal selbst die Wohnung anschauen. Nichts für ungut, Thomas, aber du weißt ja, vier Augen sehen mehr als Hauptkommissar Häberle. Daher würde ich vorschlagen, ich gehe mit Maria in die Wohnung, wir unterhalten uns bei der Gelegenheit mit den Mietern, und du gehst zu den Eltern.«

Zufrieden steckte sie sich Nummer vier in den Mund, als ihr doch noch etwas einfiel. »In welchem Umkreis läuft übrigens die Fahndung?«

Ihr tägliches Training zeigt erste Ergebnisse, dachte Häberle. Sie sprach trotz komplettem Schokokuss im Mund absolut verständlich. Erstaunlich.

»Deutschlandweit. Und im schweizerischen und französischen Grenzgebiet. Schließlich ist er ein Mordverdächtiger. Foto und Kennzeichen liegen allen Polizeiposten vor, falls irgendetwas aufpoppt, werden wir sofort verständigt. Bisher ist es aber leider komplett ruhig.«

»Keine Sorge, da kommt schon noch was«, tröstete ihn Maria Dupont. »Julia, schnapp dir deinen letzten Schokokuss, wir fahren in die Stadt und schauen uns die Wohnung von Ferdinand Kleist an. Und du, Thomas, besuchst seine Eltern, die Adresse ist bestimmt leicht herauszufinden. Wir treffen uns wieder um vierzehn Uhr, würde ich sagen. Passt das für alle?«

Häberle und Specht nickten, und sie machten sich auf den Weg.

Als Häberle durch das Wohnviertel am Titisee fuhr, musste er mal wieder feststellen, dass er zwar eine phantastische Villa in Freiburg geerbt hatte, dass es zu diesem »phantastisch« aber immer noch Steigerungen gab. Vor allem, was die Aussicht betraf. Große Häuser standen hier, alle mit Blick auf den Titisee. Wunderschön, vor allem bei dem heutigen Wetter. Die Sonne schien vom Himmel, und da es absolut windstill war, war auch die Temperatur von um die fünfzehn Grad angenehm.

Er musste an die See-Fotos an den Wänden in der Wohnung von Ferdinand Kleist denken. Waren die vielleicht hier gemacht worden, im Garten seiner Eltern? Möglich, aber der Winkel schien nicht ganz zu stimmen, die Häuser hier lagen nicht hoch genug über dem Wasser. Er schaute sich weiter um.

Im Sommer war Häberle einmal mit der Bahn von Freiburg zum See gefahren, hatte es aber schnell bereut. Der ganze Ort Titisee am gleichnamigen See war von Touristen völlig überlaufen gewesen, die auf Dampfern und in Tretbooten über den eigentlich recht kleinen See schipperten. In unzähligen Souvenirshops wurden Kuckucksuhren in allen Farben und Größen verkauft und in den Cafés am Nordostufer überteuerter Kaffee getrunken und natürlich Schwarzwälder Kirschtorte gefuttert. Nein, das war nichts für ihn. Er hatte den Schwarzwald zwar in den wenigen Monaten, die er hier lebte, schon lieben gelernt, aber für ihn bedeutete er Ruhe, Natur und Abgeschiedenheit, nicht diesen Trubel.

Zudem hatten viele Touristen, die im Zug mit ihm hochgefahren waren, jedes Mal wie kleine Schulkinder gekichert, wenn der Zugbegleiter mal wieder den Endpunkt »Titisee« durchgegeben hatte. Gut, er hatte früher als Kind bei dem Namen auch gelacht, aber wie er inzwischen gelernt hatte, gab es für die Herkunft des seltsamen Namens mehrere Möglichkeiten, und keine davon hatte etwas mit der weiblichen Brust zu tun. Am schönsten fand er die, wonach Teti im alemannischen Dialekt Kind bedeutet und einer Sage nach alle Kinder aus dem See stammen. So wie andernorts erzählt wird, dass sie vom Klapperstorch gebracht werden.

Sagen gab es im Schwarzwald ohnehin unfassbar viele, und um Touristen zu unterhalten, wurden sie auch gern auf hübsche Holztafeln geschrieben und in die Landschaft gestellt. Häberle verpasste es nie, sie zu lesen, wenn er beim Mountainbiken oder Wandern an einer vorbeikam. Er musste immer wieder darüber staunen und manchmal auch lachen, was den Berggipfeln und Tälern in all den zurückliegenden Jahrhunderten für teils wirklich seltsame Geschichten angedichtet worden waren.

Hier am Titisee hatte er zum Beispiel auf einer Infotafel gelesen, dass sich laut einer Sage eine versunkene Stadt im See verbarg, die untergegangen war, weil ihre Bewohner Brotlaibe ausgehöhlt und sie als Schuhe verwendet hätten. Warum sie das getan hatten und warum das so schlimm war, hatte allerdings nicht dabeigestanden. Hätte er das als Kind gelesen, wäre ihm jedenfalls nichts Besseres eingefallen, als sich bei nächster Gelegenheit Schuhe aus Brot zu basteln, da war sich Häberle sicher. Dadurch wäre zwar keine Stadt untergegangen, aber mit seinen Eltern hätte es bestimmt Ärger gegeben.

Er schaute auf sein Handy, in das er die Meldeadresse von Ferdinand Kleists Eltern eingetippt hatte. Noch dreißig Meter, dann musste er da sein. Hier oben im Wohnviertel war keine Spur von Touristen zu entdecken, alles wirkte sehr ruhig und gediegen. Hohe Hecken umgaben die Grundstücke, hinter denen sich die Häuser verbargen. Schließlich parkte er und ging zu einem von der Hecke eingerahmten schmiedeeisernen Tor. »Wolfgang und Martha Kleist«, stand auf dem gusseisernen Namensschild. Hier war er richtig.

Er klingelte, und kurz darauf summte es. Er drückte das Tor auf. Okay, hier herrschte anscheinend noch Vertrauen in die Menschheit, keine Gegensprechanlage, kein Nachfragen, wer da Einlass begehrte. Häberle ging einen schmalen, mit alten Betonplatten belegten Weg entlang und schaute sich ein bisschen um. Der Garten machte einen etwas verwahrlosten Eindruck, der Rasen war von der Sonne des Sommers teilweise verbrannt und hätte an anderer Stelle, wo er im Schatten großer Bäume lag, dringend gemäht werden müssen. Überhaupt hätte hier mal jemand mit einer großen Heckenschere durchgehen und alles zurechtstutzen sollen.

Am Haus war die Tür aufgegangen, und ein älterer Herr mit einem weißen Haarkranz um den ansonsten kahlen Kopf schaute ihm freundlich durch seine Hornbrille entgegen. Häberle schätzte ihn auf knapp achtzig Jahre, er war barfuß, trug kurze Hosen, wodurch seine schneeweißen Beine zu sehen waren, und ein verwaschenes kurzärmliges Hemd. Der Mann war ziemlich dünn, und zwar nicht auf eine durchtrainierte, sondern eher auf eine kränkliche Art.

»Guten Tag. Kommen Sie wegen des Gartens?«, fragte er.

Häberle lächelte. »Nein, tut mir leid, da muss ich Sie enttäuschen. Mein Name ist Thomas Häberle, ich bin Hauptkommissar bei der Kripo Freiburg. Sind Sie Herr Kleist?«

Der freundliche Blick verblasste und wich einem verbitterten Gesichtsausdruck. »Kommen Sie wegen unseres Sohns? Das gab es ja schon lange nicht mehr, aber er hat sich wohl immer noch nicht geändert. Wir können nichts sagen, wir haben seit vielen Jahren keinen Kontakt mehr zu ihm. Es war also vergebene Liebesmüh, hier hochzufahren. Gehen Sie bitte, es macht meine Frau immer sehr traurig, wenn es um Ferdinand geht.«

Häberle, der während seiner Vorstellung in die Jackentasche gegriffen hatte, um seinen Dienstausweis zu zücken, war stehen geblieben, um die in den wenigen Sätzen verpackten Informationen erst mal zu verarbeiten. Dann räusperte er sich. »Nichts für ungut, Herr Kleist, aber Ihr Sohn steht unter Verdacht, ein schwerwiegendes Verbrechen begangen zu haben. Daher würde ich darum bitten, dass ich kurz mit Ihnen und Ihrer Frau reden kann.«

Der alte Mann schaute ihn alarmiert an. »Ein schwerwiegendes Verbrechen? Sicher wieder etwas mit Drogen, oder? Seit seiner Jugend gab es das dauernd, immer wieder war die Polizei früher da, und als ihm Gertrud – meine Schwester – dann das große Stadthaus vererbt hat, hatten wir überhaupt keinen Einfluss mehr auf ihn. Ist er jetzt endgültig abgerutscht? Dealt er etwa?«

Das Wort »dealt« hatte er regelrecht ausgespien, voller Abscheu und Ekel. Häberle erwartete fast, dass es den Mann erleichtern würde, wenn er erfuhr, dass es nicht um Drogen, sondern »nur« um Mord ging.

»Darüber weiß ich nichts, Herr Kleist. In seiner Polizeiakte hat er aber seit fünfzehn Jahren keine Eintragungen mehr, und bis dahin ging es eigentlich immer nur um Kleinstmengen an Kokain und Cannabis.«

Der Mann nickte grimmig. »Genau. Kokain. Das hat er mit seinen Freunden genommen, das schnieft man. In die Nase!«

Häberle nickte, wollte sich aber jetzt nicht über den Konsum von Drogen unterhalten. »Herr Kleist, Sie haben gerade gesagt, dass Sie seit Jahren keinen Kontakt mehr zu Ihrem Sohn haben. Also auch nicht in den vergangenen Tagen?«

»Nein. Wir haben ihn rausgeworfen, als er zwanzig Jahre alt war. Immer diese Drogengeschichten, das konnten wir nicht länger dulden. Meine Frau wurde natürlich immer wieder weich, aber ich war früher Richter am Amtsgericht. Da musste ich ja auch auf meinen Ruf achten!«

»Und seitdem hatten Sie wirklich keinen Kontakt mehr zu ihm?« Das schien Häberle doch sehr hart zu sein, er konnte sich das gar nicht vorstellen.

»Nein. Also ich nicht. Meine Frau aber schon. Wie gesagt, wurde sie immer wieder weich, wie ich später herausfand. Sie hat ihn öfters bei meiner Schwester besucht. In der Stadt.« Auch das Wort »Stadt« sprach er ähnlich abfällig wie »dealen« aus, so als ob es sich bei Freiburg um eine berüchtigte No-go-Area handelte, in der man sich seines Lebens nicht sicher sein konnte.

»Könnte ich dann bitte kurz mit Ihrer Frau sprechen?«

»Nein. Das regt sie nur auf.«

»Ich muss aber leider darauf bestehen.« Langsam verlor Häberle die Geduld. Der Mann hatte zu Beginn wirklich sehr freundlich gewirkt, wurde ihm aber mit jedem Wort unsympathischer.

Wolfgang Kleist nickte verkniffen. »Wie schon erwähnt: Ich war Richter. Ich kenne meine Rechte. Aber ich will der Polizei natürlich auch nicht im Weg stehen.« Mit diesen Worten drehte er sich um. »Martha? Kommst du mal? Hier will jemand von der Polizei etwas über deinen Sohn wissen.«

Häberle hörte Schritte näher kommen, und schließlich zeigte sich eine ältere zierliche Frau mit kurzen weißen Haaren an der Tür. Sie wirkte etwas verhärmt, aber man konnte ihr noch immer ansehen, dass sie mal eine schöne Frau gewesen war. Sie trug einen lila Hausanzug und schaute ihn erschrocken an.

»Guten Tag? Was ist mit Ferdinand? Geht es ihm gut? Braucht er Hilfe?«

Ihr Mann ging in das Haus zurück, wobei er laut »Ob er Hilfe braucht? Natürlich braucht er Hilfe. Sein ganzes Leben lang braucht der schon Hilfe!« vor sich hin brummelte.

Häberle ignorierte ihn. »Guten Tag, Frau Kleist. Ich bin auf der Suche nach Ihrem Sohn. Haben Sie in den vergangenen Tagen etwas von ihm gehört? Haben Sie vielleicht mit ihm telefoniert?«

Sie schaute ihn nervös an. »Nein?«

»Ist das eine Frage oder eine Antwort? Frau Kleist, es ist wirklich wichtig, dass wir ihn finden.«

»Was ist denn mit ihm? Braucht er Hilfe?«, fragte sie erneut.

Häberle atmete tief durch. »Das wissen wir nicht. Darum geht es hier aber auch nicht. Frau Kleist, wir suchen Ihren Sohn wegen Mordverdacht.«

»Wegen Mordverdacht?« Der Ehemann, der wohl hinter der Tür mitgehört hatte, stand plötzlich wieder neben seiner Frau. »Ist jetzt einer seiner Freunde endgültig an seinen Drogen verreckt? Martha, ich habe dir immer gesagt, dass das ein schlimmes Ende nehmen wird, aber du hast ihn ja immer in Schutz genommen!«

»Herr Kleist, jetzt hören Sie doch endlich mal mit diesen Scheißdrogen auf! Meines Wissens hatte Ihr Sohn seit vielen Jahren nichts mehr mit denen zu tun.« Häberle war ziemlich laut geworden, aber das war ihm egal. Vielleicht konnte Maria Dupont bei so einem engstirnigen Menschen ruhig bleiben, aber er konnte es definitiv nicht.

»Frau Kleist, noch mal, haben Sie etwas von ihm gehört?«, wandte er sich jetzt wieder mit ruhiger Stimme an die Frau.

»Jetzt lassen Sie gefälligst meine Frau in Ruhe! Kommen hierher, reden von Mord, bezichtigen mich der Lüge, wobei doch alle wissen, dass Ferdinand Drogen nimmt, und –«

»Ich habe zuletzt vor etwa drei Wochen mit ihm telefoniert«, sagte Martha Kleist ruhig. »Es ging ihm gut. Er nimmt seit vielen Jahren schon keine Drogen mehr. Und er hat bestimmt niemanden ermordet. Niemals. Mein Ferdi ist ein guter Mensch. Er mag nicht immer einfach im Umgang sein, aber er ist ein guter Mensch. Das weiß ich.«

Sie hatte ruhig und bestimmt gesprochen, sie war bei dem Wort Mordverdacht nicht einmal zusammengezuckt, wie Häberle beobachtet hatte. Wohl einfach aus dem Grund, dass es für sie eine Anschuldigung war, die unmöglich der Wahrheit entsprechen konnte.

»Du hast schon wieder mit Ferdinand telefoniert? Ich habe dir das doch untersagt! Wir haben keinen Sohn mehr!«, rief ihr Mann aufgebracht.

»Du hast keinen Sohn mehr! Du, Wolfgang! Ich habe einen, den Ferdi! Und er ist ein guter Junge!« Sie schrie ihren Mann unvermittelt an, und der wankte verdutzt zurück. »So weit kommt es noch, dass ich mir von dir verbieten lasse, mit meinem Sohn zu telefonieren! Du griesgrämiger, alter Bock!«

Häberle hielt die Luft an. Hier hatte er wohl etwas losgetreten. Und er war sich nicht sicher, ob es ihm leidtat. Das Gesicht des »alten Bocks« war jetzt so weiß wie seine Beine, und er schaute seine Frau ungläubig an. Der war das jedoch völlig egal.

»Geh rein! Na los, hau ab! Lass mich mit dem Herrn Polizisten alleine, du kannst ja eh nicht helfen. Das konntest du noch nie, du Nichtsnutz. Na los!«

Und Wolfgang Kleist gehorchte tatsächlich. Er ging ins Haus und schaute nur noch einmal erschrocken und ungläubig über die Schulter zurück.

»So. Jetzt zu Ihnen.« Das Gesicht von Martha Kleist machte nun einen entschlossenen Eindruck, keine Spur mehr von Müdigkeit oder Erschöpfung. »Was reden Sie da für einen Unsinn von Mordermittlungen gegen Ferdinand, wie kommen Sie denn bitte darauf, dass er irgendjemandem etwas angetan haben könnte?«

Fast fühlte sich Häberle genauso eingeschüchtert wie der Ehemann. Er räusperte sich kurz. »Frau Kleist, entschuldigen Sie bitte, aber ich bin hier derjenige, der die Fragen stellt. Ihr Sohn wird gesucht, weil in seinem Umfeld zwei Morde geschehen sind, und bei beiden gibt es direkte Verbindungen zu ihm. Können Sie mir bitte sagen, worüber Sie zuletzt mit ihm gesprochen haben und ob Sie eine Idee haben, wo er sich aufhalten könnte.«

Martha Kleist hatte bei jedem Wort von Häberle den Kopf geschüttelt. »Neinneinnein, Sie irren sich, glauben Sie mir. Ferdinand ist ein braver Junge. Er lebt sehr zurückgezogen, kümmert sich nicht um viel, ist gerne in der Natur unterwegs. Er hat sich sogar einen Geländewagen gekauft, um auch in unwegsames Gelände fahren zu können. Da wandert er dann. Als mein Mann ihn damals rausgeworfen hat und er zu meiner Schwägerin Gertrud gezogen ist, hat er eine Ausbildung als Koch gemacht, weil er schon immer gerne gekocht hat. Ist das nicht schön?« Sie machte eine Pause und schien einen Kommentar von Häberle zu erwarten, aber der ließ sie weiterreden.

»Ich weiß, dass er jetzt nicht mehr arbeitet, aber durch die Erbschaft nach Gertruds Tod muss er das ja auch nicht mehr, warum sollte er also, wenn er anderweitig seinen Tag sinnvoll verbringen kann? Und das kann er! Bei einem unserer letzten Telefonate hat er mir erzählt, dass er sich einen Hund zugelegt hat, sogar einen adligen, er heißt Bernhard von Braunstein. Den erzieht er gerade und bringt ihm Kunststückchen bei.«

Häberle hatte aufmerksam zugehört und versucht, die wenigen hilfreichen Hinweise aus der Erzählung von Frau Kleist herauszuziehen. Er hatte einen Geländewagen. Er hatte den Beruf Koch gelernt, hatte also Beziehungen zur Gastronomie. Er war gerne im Wald. Das war nicht viel.

»Vielen Dank für die Informationen, Frau Kleist. Aber noch

mal zum momentanen Aufenthaltsort: Haben Sie eine Idee, wo wir Ihren Sohn finden könnten?«

Sie runzelte die Stirn. »Na, zu Hause. In seiner Wohnung. Oder im Wald.«

»Zu Hause ist er leider nicht. Er wurde gestern dabei beobachtet, wie er mit mehreren Gepäckstücken und seinem Hund sehr übereilt in sein Auto gestiegen ist und davonfuhr. Seitdem fehlt jede Spur von ihm, wir müssen davon ausgehen, dass er auf der Flucht ist.«

Gerade als Martha Kleist antworten wollte, klingelte Häberles Handy.

»Wolfgang, mach dein blödes Radio leiser, ich rede noch immer mit dem Herrn Polizisten«, schrie sie ins Haus.

»Ähm, nein, das bin ich.« Häberle fluchte einmal mehr innerlich über seine verlorene Wette. Helene Fischer als Klingelton bei einer Mordermittlung, das ging eigentlich wirklich nicht. Er nahm ab, noch bevor er geschaut hatte, wer eigentlich anrief. »Ja? Häberle hier?«

»Hallo, Thomas, bist du noch bei den Eltern von Ferdinand Kleist?« Die Verbindung war ziemlich schlecht, sodass er Julia Specht nur undeutlich verstehen konnte.

»Ja, ich stehe hier mit seiner Mutter. Was gibt es?«

»Ich bin mit Maria gerade in seiner Wohnung, und uns sind die Fotos an den Wänden aufgefallen.«

»Ja, habe ich auch gesehen. Er mag wohl vor allem sich selbst und Pilze.« Er warf der Mutter einen entschuldigenden Blick zu.

»Die meine ich nicht. An einer Wand sieht man auf mehreren Fotos einen See im Hintergrund. Ferdinand Kleist scheint an dem Ort, an dem er bei all den Fotos immer wieder steht, viel Zeit verbracht zu haben. Zum Teil wohl mit einem Freund. Beim ältesten Foto schätze ich Kleist auf dreizehn Jahre, und das neueste dürfte noch keine zwei Jahre alt sein.«

»Die Eltern wohnen am Titisee, wobei die Fotos nicht vom Elternhaus aus aufgenommen worden sein können, das habe ich schon ausgeschlossen.«

»Auf dem Foto ist ja auch nicht der Titisee zu sehen, sondern der Schluchsee. Maria und ich sind uns sicher. Die Fotos müssen auf einer Höhe von etwa zweihundert Metern oberhalb des Sees auf der Südseite aufgenommen worden sein. Frag Frau Kleist mal, ob da irgendwas bei ihr klingelt.«

Häberle ließ das Handy sinken und sah die Mutter des Gesuchten an. »Frau Kleist, gibt es am Schluchsee vielleicht einen Rückzugsort, an dem Ihr Sohn sich aufhalten könnte?«

Sofort wurde er aufmerksam, denn sie setzte einen trotzigen Gesichtsausdruck auf. »Nein. Nicht dass ich wüsste«, sagte sie knapp.

»Natürlich gibt es den! Die Hütte, die Gertrud diesem Nichtsnutz ebenfalls vererbt hat!«

Martha Kleist drehte sich zu ihrem Mann um, der offensichtlich erneut gelauscht hatte und wieder hinter ihr aufgetaucht war. »Weißt du was, Wolfgang?«, sagte sie diesmal nicht laut, sondern auffallend ruhig. »Ich bin jetzt achtundsiebzig Jahre alt, und gleich morgen werde ich tun, was ich schon vor dreißig Jahren hätte tun sollen. Ich reiche die Scheidung ein.« Damit drehte sie sich um und ging an ihrem Mann vorbei in die Wohnung.

Thomas Häberle merkte, dass hier gleich ganz andere Themen besprochen werden würden, und versuchte dem noch schnell zuvorzukommen. »Herr Kleist«, sagte er zu dem Mann, der seiner Frau mit einem verwirrten Gesichtsausdruck hinterherschaute. Er hatte definitiv noch nicht verarbeitet, was er gerade zu hören bekommen hatte. »Wo genau ist diese Hütte? Und was für eine Hütte ist das?«

Kleist schaute immer noch seiner Frau nach, antwortete aber zu Häberles Erleichterung gleich. »Das ist eine kleine Waldhütte, so etwas gibt es heute eigentlich nicht mehr, also, dass so etwas einer Privatperson gehört. Keine Ahnung, wie das die Behörden durchgehen lassen können. Ich vermute ja, dass mein Sohn da oben Drogen anbaut.«

»Herr Kleist, bitte bleiben Sie beim Thema. Wo ist die Hütte?«

»Oberhalb des Südwestufers. Wenn Sie von der Vesperstube Unterkrummenhof Richtung Ahamerhalde fahren, können Sie sie gar nicht verfehlen. Liegt ein bisschen zurückgesetzt im Wald, ohne Strom- und Wasseranschluss. Zum See hin eine tolle Aussicht, ansonsten Wald ringsum.«

Häberle nahm sein Handy wieder ans Ohr. »Julia? Bingo, da oben ist eine Hütte, in der er sein könnte. Fahrt ihr gleich los? Ich rufe noch Verstärkung, damit wir die Hütte umstellen können, und sage dann Bescheid, wo wir uns treffen.«

Nach kurzer Bestätigung durch seine Kollegin legte er auf. »Herr Kleist, vielen Dank für Ihre Hilfe, ich melde mich, wenn ich noch Fragen habe. Und Frau Kleist«, rief er in die Wohnung, »bitte warnen Sie Ihren Sohn nicht vor! Das würde alles nur noch schlimmer machen.«

»Keine Angst, da oben gibt es keinen Handyempfang«, sagte Wolfgang Kleist an ihrer Stelle.

Martha Kleist war wieder an die Tür gekommen und schaute ihren Mann, der so beflissen Auskunft gab, mit einem entnervten Gesichtsausdruck an. »Du widerst mich an, Wolfgang. Ich packe mir jetzt einen Koffer und ziehe ins Seehotel.«

Dann drehte sie sich zu Häberle. »Natürlich würde ich ihn warnen, wenn ich es könnte. Was wäre ich denn sonst für eine Mutter? Aber es gibt da oben tatsächlich keinen Empfang. Das macht aber nichts, Sie werden schnell merken, dass Sie falschliegen, falls Sie Ferdinand oben in der Hütte finden. Ich habe einen guten Jungen großgezogen. Was nicht einfach war, mit so einem Vater.« Damit drehte sie sich um und ging, gefolgt von ihrem Noch-Ehemann, zurück ins Haus.

✳✳✳

Sie hatten sich am Wanderparkplatz in Aha getroffen, am Westufer des Sees. Es gab die Ortsteile Unter-Aha, Vorder-Aha, Ober-Aha und Aha-Aeule, wie Maria Dupont erklärt hatte, während sie noch kurz auf die Verstärkung hatten warten müssen. Fast hätte Häberle mit dem Ausruf »Aha!« reagiert, hatte sich aber gerade noch zurückhalten können. Er wollte schließlich nicht auf das Niveau von Manuel Palmer sinken.

Jetzt fuhr er mit seinem alten Passat mit Maria Dupont auf dem Beifahrersitz und Julia Specht auf dem Rücksitz voraus, während drei Polizeiwagen mit jeweils vier Mann Besatzung ihnen folgten. Das mochte übertrieben erscheinen, aber er wollte kein Risiko eingehen. Der erste Mord war zwar nicht mit Brutalität, sondern Grausamkeit durchgeführt worden, aber beim zweiten Mord waren definitiv viel Wut und auch Entschlossenheit im Spiel gewesen. Und wer wusste schon, ob Kleist nicht eine Waffe hatte oder sein Hund für den Angriff abgerichtet war.

Sie fuhren auf Wald- und Feldwegen langsam am Südufer des Sees entlang, Maria Dupont gab ihm mit Blick auf eine Karte auf ihrem Handy Richtungsanweisungen.

»Nicht besonders viel Wasser in dem See, oder?« Häberle schaute nach links auf das Gewässer und versuchte die Anspannung, die er verspürte, mit etwas Small Talk zu überdecken.

»Na ja, der Sommer war trocken«, antwortete Maria Dupont. »Und da es ein Stausee ist, der auch zur Stromgewinnung genutzt wird, muss natürlich immer auch Wasser abfließen, was die umliegenden Gemeinden nicht so toll finden. Schließlich kommen die Touristen zum Baden, und wenn der Wasserspiegel ein paar Meter fällt, sieht das Ufer nicht besonders schön aus. Er ist aber dreiundsechzig Meter tief und kann über hundert Millionen Kubikmeter speichern, es ist also noch genügend Wasser da.«

»Ja, trotz Niedrigwasser ziemlich groß, der Schluchsee«, sagte Häberle.

»Ist ja auch der größte See in Baden-Württemberg.«

Häberle schaute seine Kollegin erstaunt an. »Der ist doch nie und nimmer größer als der Bodensee!«

»Der Bodensee liegt ja auch nicht in, sondern grenzt an Baden-Württemberg«, belehrte ihn seine Kollegin. »Genauso wie an Bayern, Österreich und die Schweiz.«

»Wir waren im Sommer manchmal hier, man kommt nämlich viel besser ans Ufer als am Titisee, und das Wasser ist immer schön kühl. Schließlich sind wir hier fast auf tausend Metern Höhe«, gab Julia Specht vom Rücksitz aus ihren Senf dazu, während sie Kekse aß, die sie aus dem scheinbar unerschöpflichen Essensvorrat ihres Rucksacks hervorgeholt hatte. Häberle schaute in den Rückspiegel. Die junge Kollegin saß so locker und entspannt da, als wären sie auch jetzt nur für einen Badeausflug hier – und nicht, um einen wegen Mordverdacht gesuchten Flüchtigen zu stellen. Er hingegen vibrierte regelrecht vor Anspannung.

»Mein Vater hat den See früher immer Schlucksee genannt«, erzählte sie im Plauderton weiter. »Den Namen hat anscheinend eine bekannte deutsche Boulevardzeitung dem See Anfang der achtziger Jahre verpasst. Ihr wisst schon, die, bei der man nach der Lektüre immer ein bisschen dümmer ist als davor. Jedenfalls hat sich hier wohl damals die deutsche Fußballnationalmannschaft auf die Weltmeisterschaft in Mexiko vorbereitet, und ein paar Journalisten hatten herausgefunden, dass es dabei ziemlich feuchtfröhlich zugegangen ist.«

»Da vorne dann rechts den Waldweg hoch«, lenkte Maria Dupont das Gespräch wieder auf den eigentlichen Grund ihrer Anwesenheit am See zurück. »Wie gehen wir vor? Fahren wir einfach mit allen Fahrzeugen vor die Hütte und hoffen, dass der Überraschungseffekt reicht, um Kleist zur Aufgabe zu bewegen? Oder umstellen wir die Hütte?«

Häberle überlegte. »Also erst mal muss er tatsächlich da sein. Wir vermuten bisher ja nur, dass er sich hier versteckt hält. Gibt es denn Fluchtmöglichkeiten? Also mehrere Waldwege, die von der Hütte aus wegführen?«

Dupont zoomte kurz aus der Karte, die sie sich heruntergeladen hatte, heraus. »Wenn es die Hütte ist, die ich hier auf der Karte sehe, dann nicht. Ein Hauptweg führt etwa dreißig Meter entfernt vorbei, ein schmaler Weg zweigt ab und führt direkt vor die Hütte. Mit dem Auto wird er also nicht fliehen können. Aber zu Fuß natürlich immer, und im Wald gibt es viele Versteckmöglichkeiten.«

»Ich bin trotzdem dafür, dass wir einfach vorfahren. Ansonsten müssten wir mindestens zweihundert Meter entfernt parken, und unsere gesamte Verstärkung müsste eine halbe Stunde durch den Wald schleichen. Das ist mir zu gefährlich. Ein Blick zur falschen Zeit aus dem Fenster, und Kleist rennt los. Dann doch lieber der Überraschungseffekt, wenn wir mit vier vollgepackten Polizeiautos ankommen.«

Dupont nickte. »Einverstanden.« Sie rief kurz einen der hinter ihnen fahrenden Beamten an, um ihm die Planung mitzuteilen und ihn darum zu bitten, die Infos an die anderen weiterzugeben.

»Was denkt ihr, besteht die Möglichkeit eines Schusswechsels?« Julia Specht wechselte von ihren Kindheitserinnerungen wieder zurück in die jetzige Situation und beugte sich zu ihren Mitfahrenden vor. »Ich meine, er ist ja Pilzsammler und kein Jäger. Meint ihr, dass er eine Waffe bei sich hat?«

»Das weiß man nie«, antwortete Häberle. »Er ist auf der Flucht, wer weiß, was er aus seiner Wohnung mitgenommen hat oder in der Hütte gebunkert ist. Wir gehen auf jeden Fall davon aus, also äußerste Vorsicht und die eigene Waffe immer im Anschlag haben.«

Die restlichen zehn Minuten bis zur Hütte herrschte bis auf wenige Richtungshinweise von Maria Dupont Ruhe, alle drei bereiteten sich innerlich auf die bevorstehende Aktion vor. Wenn alles glattlief, würden sie den wegen zweier Morde dringend Tatverdächtigen Ferdinand Kleist stellen und damit hoffentlich den Fall lösen. Der Chef wäre zufrieden, die Presse wäre zufrieden, und Lotte Merckheim würde ihnen ein leckeres Pilzgericht kochen.

Das klang zu schön, um wahr zu sein. Und tief drinnen war sich Häberle auch ziemlich sicher, dass es nicht so kommen würde. An dem Fall war noch mehr dran, er wusste nur noch nicht, was.

Als sie vor die Hütte fuhren, fiel ihnen zuallererst der direkt davor geparkte grüne Landrover Defender auf. Kleist war also hier. Ein Geländewagen, das passte zu den Angaben der Spurensicherung am Fundort von Stefan Schwamm.

Die Hütte selbst war winzig, Häberle konnte sich nicht vorstellen, dass sie aus mehr als einem Raum bestand. Sie war im Blockhausstil aus Stämmen errichtet, die schon ziemlich mitgenommen aussahen. Die Hütte stand schon sehr lange hier, das konnte man sehen. Tür, Fenster und Dach machten aber einen ziemlich neuen Eindruck, da war Geld investiert worden. Und aus dem kleinen Kamin stieg Rauch. Hier konnte man vielleicht nicht auf Dauer leben, aber allemal ein paar schöne Tage verbringen. Und wie Häberle bei einem kurzen Blick an der Hütte vorbei gesehen hatte, war die Aussicht auf den Schluchsee wirklich phänomenal.

»Herr Kleist? Sind Sie da? Hier spricht die Polizei, kommen Sie mit erhobenen Händen heraus«, rief Häberle mit lauter Stimme. Maria Dupont stand links von ihm, Julia Specht rechts. Er blickte kurz über die Schulter zurück. Hinter ihm hatten sich zwölf uniformierte Polizisten im Halbkreis in Stellung gebracht, alle die Hand an der Waffe im Gürtelhalfter. »Wenn ihn das nicht einschüchtert, dann weiß ich auch nicht«, murmelte er.

Aus der Hütte war kein Mucks zu hören. Häberle schaute kurz zu Dupont und machte dann drei Schritte nach vorn, um die Türklinke hinunterzudrücken. Abgeschlossen. Und mit mehreren Schlössern gesichert, wie er jetzt sah, was bei einer einsam mitten im Wald stehenden Hütte ja auch Sinn ergab. Vorsichtig ging Häberle um die Hütte herum, um durch eines der wenigen Fenster hineinzuschauen. Die Fensterläden aus massivem Holz waren nicht geschlossen.

Wie er vermutet hatte, bestand die Hütte aus einem einzigen Raum, und der war verlassen. In einer Ecke stand ein alter Holztisch, in einer anderen ein schmales Bett und mitten im Raum ein großer, mit Holz befeuerter gusseiserner Herd, der wohl gleichzeitig als Ofen fungierte. Ansonsten waren die Wände komplett mit Regalen bedeckt, die teils mit Lebensmitteln, größtenteils aber mit Büchern vollgestellt waren. Der perfekte Rückzugsort, wenn man mal allein sein will, dachte Häberle. Dazu kam, dass es keinen Handy- und Internetempfang gab, nur ungestörte Ruhe.

Er drehte sich zu den anderen um. »Niemand zu Hause.«

Alle entspannten sich und schauten sich dann fragend an. Was nun?

»Vielleicht ist er wandern?« Julia Specht deutete Richtung wolkenloser Himmel. »Perfektes Wetter, um Pilze zu suchen.«

»Ein Mann begeht zwei Morde, flüchtet vor der Polizei Hals über Kopf in eine kleine Hütte im Wald und geht dann gemütlich Pilze suchen?« Einer der Polizisten, Häberle hatte seinen Namen vergessen, obwohl sich bei der Lagebesprechung auf dem Wanderparkplatz vorhin alle kurz vorgestellt hatten, schaute sie skeptisch an.

»Wir wissen nicht, ob er einen, zwei oder gar keinen Mord begangen hat«, stellte Dupont noch einmal klar. »Er ist unser Hauptverdächtiger, und die plötzliche Flucht ist natürlich sehr auffällig. Aber wirkliche Beweise, dass Ferdinand Kleist gemordet hat, haben wir noch nicht.«

»Okay. Wenn Sie meinen. Und was machen wir jetzt? Ebenfalls Pilze suchen?« Der Mann fühlte sich vor seinen Kollegen wohl etwas in seiner Ehre gekränkt und hatte einen trotzigen Gesichtsausdruck aufgesetzt. Häberle konnte ihn ein Stück weit verstehen. Sie rückten hier mit einem Großaufgebot an, um einen möglichen Mörder festzunehmen, und jetzt standen sie mitten im Wald und wussten nicht, wie es weitergehen sollte. Dreizehn Männlein und zwei Weiblein stehen im Walde und schauen dumm, würde Palmer jetzt wahrscheinlich singen.

»Wir warten«, beschloss er. »Sein Auto steht hier, ich glaube nicht, dass er zu Fuß flüchtet, sondern tatsächlich nur unterwegs ist und wieder hierher zurückkommt. Allerdings warten nicht alle, nur wir drei. Die Besatzungen der drei Autos patrouillieren bitte durch den Wald. Fahren Sie die Waldwege ab, schauen Sie nach dem Verdächtigen, ein Foto von ihm haben wir Ihnen ja vorhin gezeigt.«

Er überlegte kurz. »Hat jemand ein Walkie-Talkie für mich? Handyempfang haben wir leider nicht. Sobald jemand den Verdächtigen sichtet, bitte Bescheid geben. Falls keine Gefahr besteht, er also nicht bewaffnet ist, den Mann festsetzen. Noch Fragen?«

Allgemeines Verneinen. Einer der Beamten reichte Häberle ein Walkie-Talkie, dann stiegen die zwölf Männer in ihre Fahrzeuge und fuhren langsam davon.

»Das sind ja tolle Bäume hier«, murmelte Häberle, während er langsam mit seinen Kolleginnen um die Hütte ging. Einfach nur davorzusitzen und tatenlos zu warten hatten sie nicht ausgehalten, sie waren voller Adrenalin und hofften, in den nächsten Stunden oder sogar Minuten ihren Mörder verhaften zu können.

»Ja, wirklich schön«, antwortete Maria Dupont, die seine Bemerkung gehört hatte. »Hier scheint man schon seit vielen Jahrzehnten auf Naturverjüngung zu vertrauen.«

»Was ist denn eine Naturverjüngung?« Häberle konnte sich schon denken, dass das mal wieder eine typische Frage eines Großstadtbewohners und das Wort hier im Schwarzwald ansonsten jedem ein Begriff war. Julia Specht bestätigte diesen Verdacht, als sie anstelle von Maria Dupont antwortete.

»Für die im Moloch von Berlin Großgewordenen eine kurze Einführung in die Waldwirtschaft«, legte sie los. »Bis vor wenigen Jahren wurden vor allem Bäume gepflanzt, mit denen so schnell wie möglich so viel wie möglich verdient werden konnte. Im Falle des Schwarzwalds bedeutete das vor allem die schnell wachsende Fichte in Reih und Glied, so weit das Auge reicht, also Monokultur. Und somit extrem anfällig für Krankheiten und eine Klimaveränderung, wie wir sie jetzt haben. Inzwischen hat es ein Umdenken gegeben, man vertraut wieder der Natur, es wachsen größtenteils die Bäume, die hier auf natürliche Art vorkommen würden, zum Beispiel die Buche. Und das ist die Naturverjüngung.« Sie schaute ihn zufrieden an.

»Es wurde zudem festgestellt, dass Bäume, die zum Beispiel in der Rheinebene in einer Baumschule gezogen wurden, hier oben am Hang einer Schwarzwalderhebung nicht besonders gut wachsen. Zumindest sehr viel schlechter als direkte Abkömmlinge der Bäume, die hier schon stehen. Die sind erstens genetisch dafür prädestiniert, und zweitens erholt sich so ein Baum, wenn seine Wurzeln gekappt werden und er verpflanzt wird, nie mehr so richtig von diesem Eingriff.«

»Verstehe ich nicht.« Häberle schaute Julia Specht fragend an.

Die seufzte, überlegte kurz und setzte neu an. »Versuchen wir es so: Du wirst ja auch nie ein richtiger Badener werden, nur weil du dich selbst aus Berlin nach Baden verpflanzt hast. Ein Freiburger vielleicht, aber kein Badener. Falls du aber jemals Kinder haben solltest, am besten natürlich mit einer waschechten Badenerin, würden sie hier ganz natürlich als Badener aufwachsen und dabei stark, intelligent und wunderschön werden – siehe Anschauungsobjekt Maria Dupont. Und genauso ist es eben mit Bäumen. Wenn sie erst im Rheintal aufgezogen und dann hoch in den Schwarzwald verpflanzt werden, können sie nie so stark und gesund werden wie die Bäume, die dort von Anfang an gewachsen sind. Das hat man irgendwann kapiert. Dass nicht einfach fremde Bäume eingepflanzt werden können und dann alles Friede-Freude-Eierkuchen ist. Im Wald arbeitet alles zusammen, ist eins. Vom Springschwanz bis zur mächtigen Eiche, deshalb ist es wichtig, dass ein Baum von klein auf hier wächst und nicht erst später eingepflanzt wird. Und bevor du fragst: Springschwänze sind winzig kleine Lebewesen, die aber trotzdem enorm wichtig für die Fauna sind. In einem Quadratmeter Waldboden leben in den obersten dreißig Zentimetern zwischen zehntausend und über hunderttausend von ihnen. Krass, oder?«

Häberle schaute sie nicht mehr fragend, sondern eher verwirrt an. Badener? Eierkuchen? Springschwänze? Er beschloss, zu einer einfachen Frage zurückzukehren. »Ja. Echt krass. Es werden also gar keine Bäume mehr gepflanzt?«

»Doch«, antwortete jetzt wieder Maria Dupont. »Aber in viel geringerer Anzahl. Und viele verschiedene Baumarten, nicht mehr nur eine. Fichten werden kaum noch gesetzt, ihre Zeit im Schwarzwald ist aufgrund des Klimawandels wohl vorbei. Douglasien werden zurzeit bevorzugt, soviel ich weiß. Sie wachsen auch schnell und sind ziemlich klimatolerant. Dazu Lärchen, Eichen, Buchen, Ahorn. Auch Exoten, ich habe gehört, dass Tulpenbäume und Atlaszedern hier und da im Wald zu finden sind.«

»Kann man denn mit dem Wald so viel Geld verdienen, dass sich diese viele Arbeit lohnt?«

»Aber hallo lohnt sich das, wenn man es richtig macht. Frag mal deine Mitbewohnerin!«

»Was hat denn Lotte damit zu tun?« Häberles Verwirrung wuchs mit jedem weiteren Satz seiner jungen Kollegin.

»Na, was glaubst du denn, wo Lotte das zugeschossene Geld für eure Bauarbeiten herhat? Hat sie dir das nicht erzählt?«

»Sie hat gesagt, dass sie vor einiger Zeit geerbt hat. Wald, glaube ich. Von einem Onkel.«

»Genau, und zwar ein paar Hektar. Und da ihr Onkel wohl nie auf die Fichten-Monokultur setzte, gab es da ein paar Leckerbissen drin, die sie verkauft hat.«

»Leckerbissen?« Häberle kam sich von Minute zu Minute dümmer vor.

»Bäume«, erklärte Dupont. »Große, gerade gewachsene, alte Bäume. Eichen zum Beispiel. So ein Baum kann über zehntausend Euro einbringen.«

»Ein einzelner Baum ist über zehntausend Euro wert?«, fragte Häberle ungläubig nach. »Das kann doch nicht wahr sein, ich bin hier also von vielen Millionen Euro umgeben?«

»Natürlich nicht jeder Baum«, relativierte Maria Dupont. »Die, die zu Brennholz, Dachlatten oder Sperrholzplatten verarbeitet werden, natürlich nicht. Aber die Leckerbissen, wie Julia sie genannt hat, werden beispielsweise von Schreinern ersteigert, die daraus Möbel herstellen, die wiederum viele tausend Euro kosten. Oder hauchdünne Furniere. Und von denen hatte Lotte wohl einige in ihrem Wald stehen. Das ist ein bisschen wie ein Sparbuch, und wenn man Geld braucht, hebt man ab, beziehungsweise fällt die Bäume und verkauft sie.«

»Das ist aber schade um den Baum.«

Julia Specht zuckte mit den Schultern. »Dafür wurden sie schließlich großgezogen. Und Lottes Onkel hätte sich sicher gefreut, dass sie sich durch seine Arbeit und Mühe etwas leisten kann. Das ist ja das Tolle am Wald. Man lebt von dem, was die Vorgängergeneration geleistet hat, und hinterlässt seinen Nachfolgern etwas, indem man wieder neue Bäume großzieht. Schließlich braucht so ein Baum locker hundert Jahre und mehr, um groß und dick zu werden.«

Häberle warf einen Blick um sich. »Und das alles ist hier im Schwarzwald Allgemeinwissen? Ich meine, dass Maria mir sofort alles Wissenswerte zur Forstwirtschaft erzählen kann, hatte ich ja fast vermutet. Aber du scheinst dich auch auszukennen.«

»Mein Opa war Förster«, antwortete Julia Specht. »Als Kind war ich mit ihm und seinem Hund oft im Wald, und er hat mir alles erklärt.«

Häberle hatte beim letzten Satz nicht mehr richtig zugehört. Er war abgelenkt worden. Irgendwo hatte etwas geknackt. Mehrfach. Er war sicher, sich nicht verhört zu haben. Da kam jemand auf sie zu. Vor lauter Waldwissen hatte er fast vergessen, warum sie eigentlich hier waren. Sie mussten sich wirklich besser konzentrieren, so gut die Ablenkung auch tat, sie warteten hier schließlich auf einen mutmaßlichen Mörder.

Und genau in dem Moment sah er ihn. Den Hund. Er kam in voller Geschwindigkeit auf ihn zugerannt. Häberle ließ einen Schrei los. »Achtung!«

Dupont und Specht drehten sich erschrocken um und griffen reflexhaft an ihre Waffen, Häberle hatte seine Pistole bereits gezogen. In dem Moment bremste der Hund etwa zehn Meter vor ihnen ab und bellte sie an. Eigentlich sah er ganz nett aus, fand Häberle. Definitiv nicht aggressiv. Er schaute genauer hin. »Noch einer?«, murmelte er überrascht. Oder?

»Julia, Maria, das ist doch so ein Trüffelhund, oder täusche ich mich? Ein Langnese Ricotta? So wie Fuzzi?« Er zielte noch immer auf den Hund, hatte aber nicht die Absicht zu schießen.

»Lagotto Romagnolo«, verbesserte die junge Kommissarin ihn. »Ich bin mir nicht sicher. Er hat ziemlich kurze Beine, finde ich. Und er hat eine andere Farbe als Fuzzi. Der ist ja braun und nicht schwarz-weiß wie unser Freund hier.«

»Unser Freund hier ist mit ziemlicher Sicherheit der Hund von Ferdinand Kleist. Na du, wo ist denn dein Herrchen?«, fragte Häberle in Richtung des Hundes, der nun langsam näher kam. Er hatte aufgehört zu bellen und wedelte jetzt so stark mit dem Schwanz, dass sein ganzes Hinterteil hin und her wackelte.

In dem Moment hörten sie Rufe. »Benno? Benno, hierher! Benno, wo bist du denn schon wieder? Hierher, Benno, sofort!«

Häberle und seine beiden Kolleginnen gingen langsam in die Richtung, aus der die Stimme kam, alle drei mit ihrer Waffe im Anschlag. Benno, wie der Hund anscheinend hieß, kümmerte sich nicht um die Rufe und lief mit ihnen mit. Er beschnupperte nacheinander ihre Beine, wovon sie sich aber nicht ablenken ließen.

»Benno! Jetzt komm schon her, du doofer Hund!«

Häberle hob die Hand, und alle drei blieben stehen. Zwischen den Bäumen kam eine Person in einem roten Anorak direkt in ihre Richtung.

»Herr Kleist? Hier spricht die Polizei, bleiben Sie stehen und nehmen Sie die Hände über den Kopf. Wir kommen jetzt langsam näher.«

Der Mann vor ihnen, der immer noch teilweise von Bäumen verdeckt war, hatte schon beim ersten Wort so abrupt angehalten, als ob er gegen eine Wand gelaufen wäre.

»Bewegen Sie sich nicht, Herr Kleist.« Häberle und seine beiden Kolleginnen verteilten sich, sodass sie nun aus drei

Richtungen auf den Mann zugingen und zumindest einer von ihnen einen hoffentlich guten Blick auf den Gesuchten hatte, ohne Baum im Sichtfeld.

Ferdinand Kleist hatte getan, was von ihm verlangt wurde, und stand nun stockstеif mit den Händen über dem Kopf da, wie Häberle mit Erleichterung feststellte. Hier schien es keine Probleme zu geben. In dem Moment drehte sich der Verdächtige um und sprintete los.

»Verdammte Mistkacke«, fluchte Häberle und rannte ebenfalls los, genau wie Dupont und Specht. Schon nach fünf Metern wurde er von dem begeistert bellenden Benno überholt, der das Ganze wohl für ein Spiel hielt und schnell zu seinem Herrchen aufschloss.

Genauso wie Maria Dupont, wie Häberle mit einem Blick nach links bemerkte. Sie flog regelrecht hinter dem Flüchtenden her und machte einen Meter nach dem anderen gut. Fast hätte sie ihn gehabt, als der einen Haken nach rechts schlug und Dupont beim Versuch, an ihm dranzubleiben, ausrutschte und mit einem lauten Schrei hinfiel.

»Alles in Ordnung?« Häberle rannte an ihr vorbei und sah ihr schmerzverzerrtes Gesicht. Anscheinend war nicht alles in Ordnung. Er lief weiter und versuchte näher an den Flüchtenden zu kommen. Zum Glück lag hier im Wald nicht viel Unterholz, er kam einigermaßen gut voran und holte langsam auf. Benno war inzwischen bei seinem Herrchen angekommen und sprang begeistert an ihm hoch, wodurch der aus dem Tritt kam und immer langsamer wurde, während er seinen Hund wegzuscheuchen versuchte. Häberle war nur noch zehn Meter hinter ihm, und von rechts sah er Julia Specht heransprinten. Gleich hatten sie ihn.

Das hatte wohl inzwischen auch Ferdinand Kleist bemerkt, denn er wurde langsamer, blieb schließlich stehen, ging auf die Knie und hob resigniert die Hände über den Kopf. »Ach Benno, du bist so ein doofer Hund«, hörte Häberle ihn seufzen, während der Hund seinem Herrchen als Dankeschön für das tolle Spiel begeistert über das Gesicht leckte.

»Herr Kleist, Sie sind hiermit wegen Mordverdachts festgenommen. Julia, legst du ihm bitte Handschellen an?« Häberle war schwer schnaufend stehen geblieben und überließ es seiner Kollegin, den Mann über seine Rechte aufzuklären. Er machte sich Sorgen um Maria Dupont, die noch immer nicht bei ihnen war. Sie schien sich ernsthaft verletzt zu haben.

»Ich weiß, wie das alles aussieht, aber ich habe niemanden umgebracht! Das müssen Sie mir glauben!« Kleist war ebenfalls außer Atem und schaute sie verzweifelt an.

»Jemandem, der sich in einer abgelegenen Hütte versteckt und vor der Polizei durch den Wald flüchtet, glaube ich prinzipiell erst mal gar nichts«, erwiderte Häberle. »Wir gehen jetzt zu Ihrer Hütte und halten dort ein Schwätzchen. Vorher kümmern wir uns aber um unsere Kollegin und sagen den Beamten, die gerade den Wald nach Ihnen durchsuchen, Bescheid, dass wir Sie haben. Auf geht's.«

Sie saßen zu dritt in der Hütte, und Ferdinand Kleist versicherte zum wiederholten Male, dass er nichts mit den Morden zu tun habe.

»Ja, ich habe die Trüffelseiten aus Schwammerls Buch gekauft. Von seiner Freundin. Andrea Lauber. Ohne sein Wissen, das gebe ich zu. Und ja, ich habe im Schwarzwald verbotenerweise Trüffel gesucht und ausgegraben. Aber das ist auch schon alles, mehr war da nicht!«

»Das haben Sie jetzt schon des Öfteren gesagt, Herr Kleist. Aber wenn da nicht mehr ist, warum sitzen wir dann nach einer Verfolgungsjagd, bei der sich meine Kollegin höchstwahrscheinlich den Knöchel gebrochen hat, mitten im Schwarzwald in einer abgelegenen Hütte, statt in Freiburg in Ihrer Wohnung gemütlich ein Tässchen Tee zu trinken?«

Häberle war genervt. Sehr. Sie hatten zwar ihren Tatverdächtigen, aber der war weit davon entfernt, irgendwelche Geständnisse abzulegen. Und auch die Verletzung von Maria Dupont trug nicht unbedingt dazu bei, seine Stimmung zu verbessern.

Als er zu ihr gegangen war, um ihr aufzuhelfen, hatte sie mit zusammengebissenen Zähnen dagelegen und jeweils zwischen zwei kurzen Atemzügen »Der Knöchel« und »Wahrscheinlich gebrochen« gezischt. Die Schmerzen mussten höllisch gewesen sein, sie hatte Tränen in den Augen, und das bedeutete bei einer so taffen Frau wie Maria Dupont einiges.

Mit zwei der Polizisten, die sie über Funk zur Hütte zurückbeordert hatten, hatte er die Kollegin schließlich vorsichtig zu einem der Polizeiautos getragen, wobei sie immer wieder kurze Schmerzensschreie ausgestoßen hatte, wenn sie sie bewegt hatten. Jetzt war sie auf dem Weg in die Freiburger Uniklinik, während Julia Specht und er hier die Vernehmung durchführten. Die zwei Beamten, die aufgrund der von Maria Dupont belegten Rückbank zurückgeblieben waren, passten vor der Hütte auf Benno auf.

»Ich wusste doch gar nicht, dass die Polizei mich sucht!«, rechtfertigte sich Kleist wieder.

»Das ist doch Unsinn! Ich war schon zweimal vor Ihrem Haus in Freiburg. Mindestens einmal davon waren Sie zu Hause und haben nicht auf mein Klingeln reagiert. Und dann flüchten Sie Hals über Kopf hier in diese Hütte und rennen vor uns weg, als Sie uns sehen!« Häberle war unbewusst laut geworden und schaute Kleist wütend an.

»Ja, aber ich bin doch nicht vor der Polizei geflüchtet! Warum sollte ich? Ich habe nichts Verbotenes getan! Also, bis auf die Trüffelsuche.«

»Und vor was sind Sie dann geflüchtet?«, fragte Julia Specht.

»Na, vor dem Mörder natürlich!«

Häberle schaute ihn überrascht an. »Wie kommen Sie denn darauf, dass der Mörder Sie sucht?«

Jetzt schaute Kleist ebenso überrascht. »Wie bitte? Sie wissen doch bereits, dass ich abfotografierte Trüffelseiten aus Schwammerls Buch habe!«

Verständnislos schauten sich Häberle und Julia Specht an. Übersahen sie hier etwas? »Und?«, fragte Häberle schließlich.

»Und anscheinend macht da jemand Jagd auf Leute, die

diese Seiten haben!« War Kleist bis eben noch ruhig geblieben, wurde er jetzt laut. »Erst der Schwammerl, dem das Buch ja gehörte. Und dann der Manfred Wegner, der auch ein paar der Seiten hatte. Da ist es doch wahrscheinlich, dass ich mit meinen zwanzig Seiten der Dritte bin!«

Häberle schaute erneut zu Julia Specht. Sie war genauso blank wie er, stellte er an ihrem Blick fest. »Moment, Herr Kleist. Mal langsam. Sie glauben also, dass der Mörder ein Trüffelsucher ist, der unliebsame Konkurrenz aus dem Verkehr räumt? Gut, so weit sind wir einer Meinung, deshalb verdächtigen wir ja Sie. Aber wie kommen Sie selbst auf diese Theorie? Können Sie das näher ausführen?«

Kleist seufzte. »Okay. Ich habe wahrscheinlich mehr Infos als Sie, deshalb sehen Sie das vielleicht nicht so klar wie ich. Also noch mal: Ich bin kein Mörder. Zu meiner Vermutung, dass ich in Gefahr bin: Ich habe, wie schon gesagt und wie Sie ja auch schon herausgefunden haben, zwanzig Seiten mit den Trüffelfundortangaben aus Schwammerls Buch von seiner Freundin gekauft. Somit hatten ich und Schwammerl die Infos.« Er überlegte kurz.

»Wobei ich viel Zeit gebraucht habe, um die Angaben aus dem Buch bestimmten Orten zuzuordnen, das ist ein bisschen wie eine Geheimsprache, noch dazu in Sütterlinschrift, und manche Waldwege haben inzwischen auch andere Namen, oder es gibt sie gar nicht mehr, weil sie komplett zugewachsen sind. Als ich ein paar der Orte auf den Karten gefunden hatte, wollte ich loslegen. Aber leider ist mein Hund nicht besonders gut im Trüffelsuchen.« Er schaute durch das Fenster, wo Benno mit den beiden Polizisten gerade Stöckchenholen spielte.

»Und mit ›nicht besonders gut‹ meine ich, dass er noch keinen einzigen gefunden hat. Aber das ist nicht seine Schuld. Nachdem ich so viel Geld für die Buchseiten ausgegeben hatte, wollte ich beim Hund sparen. Was ein Fehler war, wie ich jetzt weiß. Benno habe ich bei eBay Kleinanzeigen gekauft, die Anzeige lautete ›Voll ausgebildeter Trüffelsuchhund, Lagotto

Romagnolo, abzugeben. Festpreis 1000 Euro‹. Nur ist Benno weder ein reinrassiger Lagotto Romagnolo noch in irgendeiner Weise ausgebildet. Ich glaube, er weiß gar nicht, was ich von ihm will, wenn ich ihm den Befehl gebe zu suchen.«

Wieder schaute er aus dem Fenster, und man sah ihm an, dass er einerseits von seinem Hund enttäuscht war, ihn aber dennoch ins Herz geschlossen hatte. »Ich habe mich trotzdem gleich in ihn verliebt und wollte ihn nicht mehr hergeben. Hätte wahrscheinlich sowieso nichts gebracht, es gab keine Quittung oder so was in der Art. Aber als klar war, dass Benno nichts findet, war natürlich die Frage, wie ich herausfinden kann, ob an den jahrzehntealten Trüffelfundorten aus Schwammerls Buch noch Trüffel zu finden sind. Und da habe ich mich an Manfred Wegner und seinen Fuzzi gewandt.«

»Weil Fuzzi ein guter Trüffelhund ist.«

»Nicht nur gut. Der beste! Der findet sogar Trüffel, die richtig tief im Boden sind.«

»Okay. Sie sind dann also mit Herrn Wegner Trüffel suchen gegangen. Und weiter?« Häberle wurde mal wieder ungeduldig.

»Genau. Als Manfred gehört hat, dass ich Seiten aus Schwammerls Buch habe, war er natürlich sofort bei der Trüffelsuche dabei. Obwohl es ja verboten ist. Aber da gerät man dann in einen richtigen Rausch. Wissen Sie, man hat diese Buchseiten, von denen wir im Forum so oft gesprochen haben, und einen super Trüffelhund – da will man los und schauen, was sich an den Orten finden lässt!«

»Und Herr Wegner hat da einfach so mitgemacht? Allein aus Neugier?« Julia Specht schaute Kleist zweifelnd an.

»Er wollte natürlich einen Anteil. Das war ein hartes Verhandeln. Schließlich haben wir uns auf zwanzig Prozent der gefundenen Trüffel und Kopien von drei der abfotografierten Buchseiten geeinigt.«

»Drei? Nicht fünf?« Häberle hatte gehofft, dass zumindest die Frage um die Herkunft der bei Manfred Wegner gefundenen fünf Seiten jetzt geklärt würde.

Aber Kleist schaute ihn verwirrt an. »Nein, drei. Wieso denn fünf?«

»In der Wohnung von Manfred Wegner wurden fünf abfotografierte Buchseiten gefunden. Aber das ist unser Problem, nicht Ihres. Also weiter im Text: Wurden Sie fündig?«

Kleist schaute noch immer etwas verwirrt, aber beim Gedanken an die Trüffelsuche fingen seine Augen an zu glänzen. »Und ob. Fuzzi hat eine Knolle nach der anderen ausgegraben, das hat gar nicht mehr aufgehört!«

»Und was haben Sie mit den vielen Trüffeln gemacht? Alle selbst gegessen?«

»Nein. Das waren zu viele. Und ich wollte ja auch irgendwie die zehntausend Euro wieder reinbekommen, die ich für die Buchseiten bezahlt hatte. Als ich die Suche noch alleine mit Benno durchziehen wollte, hatte ich mich schon bei dem ein oder anderen Restaurantbesitzer vorsichtig umgehört, ob er Trüffel von mir kaufen würde. Irgendwie hat das aber nicht so richtig funktioniert, die waren alle sehr misstrauisch. Aber Manfred hatte eine andere Idee. Er meinte, dass er jemanden kennt, der sie für uns verkaufen könnte. Zu dem bringt er wohl auch immer die Trüffel, die er in Frankreich findet oder zufällig bei Wanderungen im Schwarzwald, hat er erzählt. Bei ›zufällig‹ hatte Manfred grinsend Anführungszeichen in die Luft gemalt.«

»Okay. Und wie lief das ab?«

»Manfred hat diesen Aufkäufer gleich aus dem Wald angerufen. Und ihm alles erzählt. Und der hat sich anscheinend furchtbar aufgeregt. Hat richtig geschrien, sodass sogar ich ihn gehört habe, obwohl kein Lautsprecher am Handy eingestellt war.«

»Worüber hat er sich denn aufgeregt?«

»Anscheinend macht er öfters Geschäfte mit Manfred. Die hatten wohl irgendeinen Deal. Dass Manfred mit mir losgezogen ist und Zugriff auf Seiten aus Schwammerls Buch hatte, hat den anderen wohl maßlos geärgert, weil er sich außen vor sah. Und nicht mitverdienen konnte. So habe ich mir das zumindest aus den wenigen Bruchstücken, die ich verstehen konnte, zusammengereimt.«

»Und weiter?«

»Manfred hat versucht ihn zu beruhigen, hat gesagt, dass er ja beim Verkauf mitverdienen könne. Aber der hat weiter rumgeschrien, anscheinend ein echter Choleriker.«

»Fiel denn ein Name? Wissen Sie, wer die Person war, die angerufen wurde?«

»Nein. Die haben sich geduzt, mehr kann ich nicht sagen.«

Häberle schaute Kleist enttäuscht an. Hier kamen sie also nicht weiter.

Julia Specht dachte wohl das Gleiche, wollte sich aber nicht damit zufriedengeben. »Und Manfred Wegner hat ihn nie beim Namen genannt? Immerhin waren die anscheinend Geschäftspartner, kannten sich also gut. Da fällt doch auch mal ein Name. Überlegen Sie noch mal.«

Kleist ließ sich Zeit mit der Antwort. »Es ist ja schon ein paar Wochen her. Aber jetzt, wo Sie fragen. Ich hatte das Gefühl, dass Manfred sehr darauf achtete, keinen Namen zu nennen. Aber irgendwann bei dem Gespräch ist ihm etwas rausgerutscht. Ich glaube, er hat ihn einmal Gerd genannt, als er ihn beruhigen wollte. Ganz sicher bin ich mir aber nicht.«

»Nur Gerd? Kein Nachname?«

»Nein. Nur Gerd.«

»Sonst irgendwelche Hinweise auf die Person? Vielleicht ein Dialekt, die Nennung eines Orts, tiefe Stimme, hohe Stimme?«

Kleist schüttelte nur den Kopf.

Na prima, dachte Häberle und schnaufte. Das brachte nichts. »Okay. Weiter. Ich habe immer noch nicht ganz verstanden, warum Sie glauben, dass Sie der Nächste auf der Liste des Mörders sind.«

»Ist das denn nicht offensichtlich?« Ferdinand Kleist schaute sie ungläubig an.

»Nein«, erwiderte Häberle. »Erleuchten Sie uns bitte.«

»Na, ich tippe mal, dass der, den Manfred angerufen hat, scharf auf diese Buchseiten ist, weil er selbst die Trüffel finden will. Und ich vermute, dass Manfred ihm seine drei gegeben hat, also müssen jetzt nur noch die Konkurrenten weg, die ebenfalls von den Trüffelfundorten wissen. Und das war nun mal der Schwammerl – und das bin ich!«

Einen Moment lang waren alle ruhig. Dann schaute Häberle zu Julia Specht. »Deine Meinung?«

»Meine Meinung?« Sie überlegte kurz. »Meine Meinung ist, dass diese Theorie so sehr wackelt wie der Schwanz von Benno da draußen, wenn ihm das Stöckchen geworfen wird. In dieser Theorie sind so viele ›falls‹ und ›wenn‹ verbaut, dass kaum noch Platz für andere Wörter ist. Selbst wenn es um Trüffel und Geld geht, Herr Kleist: Wegen dieser drei Buchseiten wird niemand umgebracht. Und darum ist meine nächste Frage eine ganz einfache: Wo waren Sie gestern Nacht zwischen einundzwanzig Uhr abends und drei Uhr morgens?«

Genau das waren auch Häberles Gedanken. Für ihn blieb Ferdinand Kleist Verdächtiger Nummer eins. Seine Flucht in ein Versteck mitten im Wald mit dieser Räuberpistole zu rechtfertigen, erschien ihm in keinster Weise logisch.

Allerdings hatte der eine andere Meinung, die er auch lautstark zum Ausdruck brachte. »Was? Wieso denn? Das liegt doch alles klar auf der Hand, da gibt es doch gar keine Zweifel! Der Unbekannte vom Telefonat will mich töten!«

»Und dass niemand weiß, wer das ist, ist natürlich sehr praktisch, nicht wahr? Also noch mal: Wo waren Sie in dem fraglichen Zeitraum?«

»Na, zu Hause! Wo soll ich denn sonst um diese Zeit sein?«

»Kann das jemand bestätigen?«

»Nein! Wer denn? Benno?« Er schien kurz zu überlegen, aber außer Benno konnte er wohl wirklich niemanden nennen. »Ich wohne alleine, wie Sie bestimmt wissen, verdammt noch mal!«

Häberle nickte. »Herr Kleist, ich nehme Sie fest aufgrund des Verdachts, dass Sie mindestens einen Mord begangen haben, und zwar den an Manfred Wegner. Wir werden jetzt zusammen ins Polizeipräsidium fahren, und dann sehen wir weiter. Es steht Ihnen natürlich frei, einen Anwalt zu informieren.«

Kleist schaute ihn ungläubig an. »Das ist doch jetzt nicht Ihr Ernst! Ich bin unschuldig! Um Gottes willen, ich bin doch kein Mörder!« Er stockte. »Und was wird aus Benno?«

Okay, das macht ihn mir jetzt fast sympathisch, dachte Häberle. »Sie fahren mit mir und Kollegin Specht in meinem Wagen mit zurück nach Freiburg. Die beiden Kollegen draußen fahren mit Ihrer Erlaubnis Ihr Auto zu Ihnen nach Hause und stellen es dort ab. Den Hund nehmen sie mit. Kann der vielleicht zu Ihren Eltern?«

Kleist schaute ihn fast noch entgeisterter an als nach dem Mordvorwurf. »Zu meinen Eltern? Sind Sie wahnsinnig? Mein Vater würde ihn wahrscheinlich der Drogensucht verdächtigen, weil er mir gehört. Er hat Ihnen doch bestimmt auch verraten, wo ich bin, oder?«

Häberle antwortete nicht darauf. »Dann muss Benno erst mal ins Tierheim, bis alles geklärt ist, tut mir leid. Fahren wir.«

✳✳✳

Sie hatten Ferdinand Kleist in die gar nicht weit von Häberles Villa liegende Justizvollzugsanstalt in der Hermann-Herder-Straße zur Untersuchungshaft eingeliefert. Häberle war immer wieder beeindruckt und auch durchaus eingeschüchtert von dem teilweise fast hundertfünfzig Jahre alten, riesigen JVA-Gebäude. Unter anderem hatte die Wehrmacht den Gebäudekomplex als Militärgefängnis verwendet, und auch sonst hatte er bestimmt eine bewegte Geschichte.

Jetzt saßen sie in ihrem Büro. Häberle hatte Furtwängler darüber informiert, dass sie einen Verdächtigen verhaftet hatten, aber davon abgeraten, gleich damit an die Presse zu gehen. Dafür waren zu viele Fragen offen, die sie erst mal sortieren mussten und hoffentlich bald beantworten konnten. Leider ohne Maria Dupont, die in der Uniklinik war und spätestens morgen früh operiert werden sollte, wie Julia Specht von einem

Arzt mitgeteilt bekommen hatte. Der Verdacht des Knöchelbruchs hatte sich bestätigt, zudem waren sämtliche Bänder gerissen. Ihr musste eine Metallplatte eingesetzt werden, die verschraubt wurde, und dann würde sie für ein paar Wochen an Krücken durch die Gegend humpeln müssen.

Häberle hatte geflucht, als Julia Specht es ihm erzählt hatte. Ausgerechnet jetzt! Er hatte schon bei vergangenen Fällen neidlos anerkennen müssen, dass Maria Dupont ihm beim Ordnen verschiedener Spuren, Aussagen und Vermutungen haushoch überlegen war. Bei dem momentanen Durcheinander wäre sie eine große Hilfe gewesen. Dazu kam seine Sorge, dass die Presse über Kleists Anwalt doch noch von der Verhaftung erfahren und ihnen die Hölle heißmachen würde. Aber das hatte er nicht in der Hand. Jetzt galt es erst mal, alles zu ordnen und hoffentlich eine wasserdichte Anklage gegen Kleist aufzubauen. Damit wäre schon viel gewonnen.

»Wo fangen wir an?« Er schaute Julia Specht an.

»Ich versuche im Kopf gerade das mit den Buchseiten auf die Reihe zu bekommen«, antwortete sie. »Also, Ferdinand Kleist hat zwanzig abfotografierte Seiten des Buchs, in dem es ausschließlich um Trüffelfundorte geht, von Andrea Lauber gekauft. Manfred Wegner hatte fünf Seiten des Buchs. Drei davon stammen von Ferdinand Kleists zwanzig Seiten, wie wir inzwischen wissen. Bei den anderen beiden wissen wir allerdings nicht, wie sie in Wegners Besitz gekommen sind. So weit richtig?«

Sie wartete gar nicht auf das Nicken von Häberle, sondern fuhr gleich fort. »Ich habe vorhin die fünf Seiten aus Manfred Wegners Wohnung mit den zwanzig Seiten verglichen, die uns Ferdinand Kleist gegeben hat. Wir müssen also nicht mehr Andrea Lauber fragen. Das Ergebnis ist einwandfrei: Bei zwei der fünf Seiten gibt es keine Übereinstimmung. Es muss also noch eine weitere Quelle geben, über die Seiten aus dem Buch an andere – oder zumindest einen – Trüffelsammler gelangt sind. Sie könnten natürlich ebenfalls von Andrea Lauber aus dem Buch abfotografiert worden sein. Aber ich glaube nicht, dass sie uns das verheimlicht hätte. Und sie war aufrichtig überrascht, als wir ihr gestern erzählt haben, dass bei Manfred Wegner Seiten des Buches gefunden worden sind.«

»Alles so weit richtig«, bestätigte Häberle. »Weiter: Was könnte das Motiv von Ferdinand Kleist für einen oder beide Morde sein?« Er folgte den Gedankengängen seiner Kollegin und versuchte daraus die richtigen Fragen abzuleiten.

»Na, das gleiche Motiv, das er diesem mysteriösen Telefon-Typen unterstellt. Er wollte die Trüffel für sich. Ob er Stefan Schwamm deswegen getötet hat, weiß ich nicht, aber ich finde, bei Manfred Wegner passt das Motiv. Schließlich hat der ihm zwanzig Prozent der Trüffelfunde abgenommen, die sie mit den zwanzig Buchseiten gefunden haben. Und Kopien von drei Buchseiten, mit denen er dank Fuzzi ohne Kleist auf Trüffelsuche gehen konnte. Nachdem der immerhin zehntausend Euro für die Seiten bezahlt hatte. Irgendwie hat Ferdinand Kleist dann herausgefunden, dass Wegner zwei weitere Buchseiten hat, mit denen er Trüffel finden kann, von denen er ebenfalls nichts abbekommt. Das kann einen schon wütend machen.«

»Das stimmt. Auch wenn mir Ferdinand Kleist eigentlich nicht sehr aggressiv vorkam. Und er brauchte ja Wegner für die Suche, oder besser gesagt Fuzzi. Bleiben wir weiter bei den Buchseiten. Könnte noch jemand außer Andrea Lauber die zwei Seiten, für deren Herkunft wir keine Erklärung haben, aus dem Buch abfotografiert haben?«

Sie überlegten beide. »Ich sehe nur eine einzige Möglichkeit«, sagte Häberle schließlich. »Stefan Schwamm selbst. Der brauchte ja auch Geld. Und wie wir durch die Bücher in seiner winzigen Kammer wissen, hat er sich in letzter Zeit sehr für Trüffel interessiert. Vielleicht hatte er ja so wie Ferdinand Kleist ein illegales Trüffelgeschäft mit Manfred Wegner und seinem Wunderhund Fuzzi laufen und nichts davon seiner Freundin gesagt.«

Julia Specht runzelte die Stirn. »Nichts für ungut, aber das ist eine ziemlich wackelige Theorie. Und der Telefon-Typ passt da nicht rein. Den müssen wir finden, ich glaube, der ist eine Schlüsselfigur.«

Sie überlegte und seufzte dann. »Wie wir es auch drehen und wenden, es bleibt uns im Moment nur Ferdinand Kleist als Verdächtiger. Allerdings werden wir wohl maximal für den zweiten Mord einen Fall aufbauen können. Er hat kein Alibi, war im Besitz der Buchseiten und hat ein – wenn auch etwas schwaches – Motiv. Reicht uns das?«

Häberle seufzte ebenfalls. »Ganz ehrlich? Eigentlich nicht. Das ist alles sehr unbefriedigend. Es fühlt sich an, als würden wir nicht zusammenpassende Puzzlestücke mit Gewalt zusammenhämmern.«

»Und was machen wir jetzt?«

»Jetzt schreiben wir unsere Berichte. Dann werden wir erneut mit Andrea Lauber sprechen, um sicherzugehen, dass sie niemandem sonst Seiten aus dem Buch und speziell die zwei bei Manfred Wegner gefundenen verkauft hat, für die wir bisher keine Erklärung haben. Wenn sie das glaubhaft verneinen kann, bleibt nur eine Möglichkeit übrig: Wegner hatte die Seiten direkt von Stefan Schwamm. Oder Stefan Schwamm hatte noch mit einer anderen Person Kontakt, möglicherweise einem Händler, der die Seiten dann zur Trüffelsuche an Wegner weitergegeben hat. Sein Fuzzi scheint ja regelrecht berühmt zu sein, das ist also gar nicht so weit hergeholt. Vielleicht ist ja sogar dieser Don Funghi ein Teil der Geschichte. Wer auch immer das ist.«

Tag 6

Thomas Häberle wälzte sich auf seiner Matratze hin und her. Noch immer sah es in seinem Zimmer aus, als wäre er erst vor wenigen Tagen eingezogen, noch immer standen überall seine Umzugskartons herum. Manche genauso, wie er sie bei seiner Ankunft in der Villa vor zehn Monaten hingestellt hatte.

Er hatte beschlossen, dass es keinen Sinn ergab, sein Zimmer jetzt noch in irgendeiner Weise einzurichten. Schließlich würde es in absehbarer Zeit komplett renoviert werden, ein zweites kam dazu, und auch ein Bad sollte eingebaut werden. Wozu also die Mühe? Was die unberührten Kartons anging, hatte er sich vorgenommen, den Inhalt zu verschenken oder wegzuschmeißen. Was er in den bisherigen Monaten nicht benötigt hatte, würde er auch in Zukunft nicht brauchen. Es war nur Ballast.

Er schaute an die Decke und dann auf sein Handy. Vier Uhr zweiunddreißig. Seit kurz vor zwei lag er wach. Das ging ihm oft so, wenn er in einem kniffligen Fall ermittelte, einen richtigen Feierabend gab es dann nicht. Er arbeitete in seinem Kopf weiter, versuchte neue Theorien auf ihre Wahrscheinlichkeiten hin auszuloten, Zeugenaussagen mit anderen Ermittlungsergebnissen zu vergleichen und zu überprüfen, ob er irgendetwas übersah.

Vor allem Letzteres hielt ihn jetzt schon seit über zwei Stunden wach. Da war etwas in seinem Hinterkopf, irgendetwas, das aus seinem Unterbewusstsein in sein Bewusstsein aufsteigen wollte. Und es machte ihn fast wahnsinnig. Was war es nur?

Es war auf jeden Fall etwas, das gestern passiert war, da war er sich sicher. Vielleicht etwas in der Hütte, das er aus dem Augenwinkel gesehen hatte? Oder irgendeine Bemerkung in der Aussage ihres einzigen Tatverdächtigen? Er richtete sich auf und lehnte seinen Rücken gegen die Wand. Ja. Da war etwas. Wenn er sich die Stimme von Ferdinand Kleist ins Gedächtnis rief, hatte er das Gefühl, dass er auf der richtigen Spur war.

Okay. Ferdinand Kleist also. Was hatte er gesagt? Er hatte zugegeben, die Buchseiten gekauft und mit Manfred Wegner und Fuzzi Trüffel gesucht und gefunden zu haben. Und Wegner hatte sie für ihn verkauft. Wahrscheinlich an den Händler, den er gleich aus dem Wald angerufen hatte, um von dem großen Fund zu berichten.

Plötzlich wusste er es. Natürlich! Wie hatte er das übersehen können! Er stöhnte laut auf und verfluchte seine Dummheit. Dann überlegte er kurz. Half ihm das wirklich weiter? Es gab nur einen Menschen, der ihm das beantworten konnte. Also musste er ihn anrufen. Jetzt. Auch wenn er ihn aus dem Bett werfen musste. War ja mal interessant zu sehen, ob der werte Herr seine gute Laune auch dann noch behielt, wenn er kurz vor fünf Uhr morgens geweckt wurde.

Er nahm sein Handy, suchte die Nummer in der Kontaktliste und rief an. Es klingelte ein paarmal, dann wurde abgenommen.

»Palmer. Was gibt's?« Er klang müde, aber nicht genervt, das musste ihm Häberle lassen.

»Häberle hier, Herr Palmer. Ich habe eine Frage, die nicht warten kann, tut mir leid. Es geht um den Mord an …«

»Wer ist denn da dran?«, hörte er eine weibliche, verschlafene Stimme im Hintergrund fragen, wahrscheinlich Palmers Frau.

»Hauptkommissar Thomas Häberle«, antwortete Palmer.

»Der Schwabe?«

»Genau der.«

Na prima, im Hause Palmer wurde er also offiziell als der Schwabe geführt. Häberle wusste nicht, ob er lachen oder weinen sollte.

»Also, was gibt es so Wichtiges? Schießen Sie los.« Inzwischen schien Palmer wach zu sein, seine Stimme klang jetzt so gut gelaunt wie immer.

»Haben Sie in der Wohnung von Manfred Wegner sein Handy gefunden?«

»Ja, haben wir.«

»Wo ist das jetzt?«

»Hab ich bei eBay eingestellt, steht momentan bei hundertvierundfünfzig Euro.«

»Was? Sind Sie wahnsinnig geworden?«

»Ganz ruhig, war nur ein Scherz.« Palmer lachte vergnügt. »Das Handy liegt zusammen mit dem Laptop des Opfers in meiner Abteilung und wird gerade auf Inhalte ausgewertet, die bei den Ermittlungen helfen könnten. Bisher haben wir nichts Auffälliges gefunden, sonst hätte ich mich natürlich schon gemeldet. Warum fragen Sie?«

»Bisher wussten Sie ja auch noch nicht, wonach Sie suchen müssen. Das Opfer hat mit einem weiteren Tatverdächtigen telefoniert. Ich denke, wir können morgen von unserem inhaftierten Verdächtigen das Datum und die ungefähre Uhrzeit des Telefonats erfahren. Der Anruf und somit auch die Nummer müssten ja im Handy gespeichert sein.«

»Ja, und selbst wenn die Daten gelöscht worden sind, kann meine Mitarbeiterin – Schrägstrich: Hackerin – das rekonstruieren, da bin ich mir sicher. Soll ich sie jetzt gleich darauf ansetzen? Treffen wir uns im Präsidium?« Palmer schien tatsächlich kein Problem mit der Uhrzeit zu haben, wirklich erstaunlich.

Häberle überlegte kurz. »Nein. Lassen Sie sie schlafen, das reicht in zwei oder drei Stunden. Die Info genügt erst mal. Vielen Dank, Herr Palmer. Und entschuldigen Sie die Störung mitten in der Nacht, aber ich musste das jetzt unbedingt wissen, ich hoffe, Sie verstehen das.«

»Natürlich, kein Problem. So etwas hält einen ewig wach, kenne ich. Ich konnte mich mal nicht mehr an die Pointe eines Schwabenwitzes erinnern und hab deshalb tatsächlich zwei Nächte fast nicht geschlafen. Am Ende ist sie mir Gott sei Dank eingefallen. Wollen Sie den Witz hören? Ist ein Klassiker.«

»Der mit Genie und Wahnsinn?«, hörte Häberle die Frauenstimme wieder aus dem Hintergrund.

»Exakt.«

»Der ist super, erzähl ihn dem Schwaben, da muss er bestimmt lachen!«

»Nicht jetzt, Herr Palmer, versuchen wir lieber noch etwas Schlaf zu bekommen«, versuchte Häberle abzuwiegeln, aber es war schon zu spät.

»Nichts da, Sie wecken mich mitten in der Nacht, ich helfe Ihnen, und jetzt müssen Sie sich auch den Witz anhören. Also: Wo liegt die Grenze zwischen Genie und Wahnsinn? Na?«

»Keine Ahnung«, seufzte Häberle.

»Irgendwo bei Pforzheim! Verstehen Sie?«

Häberle hörte Palmer und seine Frau laut lachen. Da hatten sich ja anscheinend zwei gesucht und gefunden. »Ja, ich verstehe. Der ist gut. Gute Nacht, Herr Palmer. Bis später.«

»Bis später, Herr Schwabe!«

Häberle beendete die Verbindung und streckte sich langsam auf der Matratze aus. Das konnte sie sein, die wichtige Spur! Jetzt musste nur noch Ferdinand Kleist mitspielen und außerdem das Handy die nötigen Informationen ausspucken. Wieder sah er auf die Uhr. Vier Uhr sechsundfünfzig. Er seufzte und stellte den Wecker auf sechs Uhr. Eine Stunde noch, dann ging es weiter.

Häberle saß mit einer Tasse scheußlichem Polizeipräsidium-Kaffee im Büro und wartete sehnsüchtig auf die Hacker-Mitarbeiterin von Manuel Palmer. Er hatte ihr eine Nachricht auf die Voicemail gesprochen und ihr zudem eine E-Mail geschickt mit der Bitte, sich sofort bei ihm zu melden, wenn sie das hörte oder las. Und am besten gleich mit dem Handy des zweiten Mordopfers bei ihm vorbeizukommen.

Es war erst sieben Uhr, er hatte nicht mehr richtig geschlafen, merkte von der Müdigkeit aufgrund des Adrenalinschubs aber nichts. Vor zwanzig Minuten hatte er mit Ferdinand Kleist in der Justizvollzugsanstalt gesprochen. Erst hatte der ihm ruhig und sachlich erklärt, dass er von seinem Anwalt die Anweisung bekommen hatte, ohne dessen Beisein nichts mehr zu sagen. Bei der Frage nach dem ungefähren Zeitpunkt des fraglichen Telefonats hatte er sich dann aber zum Glück doch kooperativ gezeigt. Und nicht nur das, er hatte sogar ziemlich genaue Angaben machen können! Freitag vor drei Wochen, zwischen vierzehn und fünfzehn Uhr. Er könne sich so gut erinnern, weil er am Tag davor Geburtstag gehabt hatte.

Jetzt brauchte Häberle nur noch das Handy von Manfred Wegner. Er glaubte immer weniger daran, dass Ferdinand Kleist einen oder sogar beide Morde begangen hatte, irgendwie passte das alles nicht richtig zusammen.

»Guten Morgen. Herr Häberle?«

Er schaute auf und sah in der Bürotür eine junge Frau in grauer Bundfaltenhose, makellosem weißem Hemd und teuer aussehenden flachen Lederschuhen stehen. Er schätzte sie auf Mitte dreißig, sie war groß, hatte die braunen Haare zu einem Dutt gebunden und sah alles in allem aus wie eine taffe Anwältin, fand er. »Ja, der bin ich. Sie wünschen?«

»Irene Meißner mein Name. Herr Palmer schickt mich, und außerdem habe ich Ihre Nachrichten bekommen. Es geht um dieses Handy?« Sie hielt ein Smartphone in die Höhe. »Hab es gestern Nachmittag geknackt, für ein Privathandy war es ziemlich gut gesichert. Was genau brauchen Sie?«

»Super, kommen Sie rein, Frau Meißner!« Verstohlen schaute Häberle sie noch mal genauer an. So hatte er sich die von Palmer so oft gerühmte Hackerin der Spurensicherung in keinster Weise vorgestellt. Irgendwie war er davon ausgegangen, dass es sich um eine kleine, dünne, tätowierte Zwanzigjährige handelte, die verrückte bunte Haare und mindestens ein Piercing in der Oberlippe hatte. Ich sollte weniger US-Krimiserien schauen, nahm er sich vor.

»Ich brauche die Verbindungsdaten des Handys vom Freitag vor drei Wochen, zwischen vierzehn und fünfzehn Uhr. Der Ermordete hat in diesem Zeitraum jemanden mit diesem Handy angerufen, und ich hoffe sehr, dass uns die Nummer weiterbringt.«

Irene Meißner tippte kurz auf dem Handy, wischte ein paarmal drüber und hielt es ihm dann hin. »Alles klar, hier sind Ihre Daten schon. Das ist die Nummer eines Prepaid-Telefons, das kann ich Ihnen jetzt schon sagen. Und zwar die eines nicht registrierten. In Deutschland gilt zwar die Registrierungspflicht für Prepaid-Karten, aber wer ein bisschen Zeit und Arbeit investiert, findet online noch genügend Möglichkeiten, sich so eine aus dem Ausland zu beschaffen. Die Nummer können wir also keiner Person zuordnen, tut mir leid. Gespeichert ist sie unter dem Namen ›D.F.‹, falls Ihnen das weiterhilft. Wir könnten versuchen, den ungefähren Standort des Handys zu ermitteln. Geht aber nur, wenn es eingeschaltet ist. Soll ich das in die Wege leiten?«

»Das wäre prima.« Häberle war enttäuscht und stand gleichzeitig unter Strom. Ein Prepaid-Handy, also kein zur Nummer gehörender Name, über den auch eine Adresse hätte ermittelt werden können. Dafür aber die sehr aufschlussreiche Namensabkürzung, bei deren Nennung er kurz die Luft angehalten hatte.

»Vielen Dank, Frau Meißner, das hat mir sehr geholfen. Melden Sie sich bitte, sobald Sie etwas zum Aufenthaltsort des Nummerninhabers haben. Und natürlich auch, falls Sie noch etwas für den Fall Wichtiges auf dem Handy oder dem Laptop des Opfers finden.«

Als Meißner aus dem Büro ging, kam ihr Julia Specht entgegen. »Guten Morgen, Schrecken eines jeden Sicherheitscodes«, grüßte die junge Kommissarin sie grinsend.

»Guten Morgen, Schrecken eines jeden All-you-can-eat-Büfetts«, erwiderte Meißner, ebenfalls grinsend. Sie kannten sich anscheinend.

»Guten Morgen, Thomas, warum siehst du denn zu dieser frühen Stunde so gut gelaunt aus? Mit einer verletzten Kollegin im Krankenhaus?«

Stimmt, dachte Häberle schuldbewusst. Heute Morgen wurde Maria Dupont operiert, das hatte er in der Aufregung ganz vergessen. »An was denkst du bei der Abkürzung D.F.?«, fragte er, anstatt eine Antwort zu geben.

Julia Specht zuckte mit den Schultern, während sie ein Käsebrötchen aus ihrem Rucksack zog und abbiss. »Keine Ahnung. Dicke Fische? Dreckige Füße? Düsseldorfer Festkomitee?«

»Nein, ein Name! Für welchen Namen könnte die Abkürzung stehen?« Häberle schaute sie ungeduldig an.

»Dieter Fingerhut? Dorothea Feigenblatt? Doo Fnase?«

»Don Funghi!« Häberle hatte genug von der Raterei. »Ganz klar Don Funghi! Die Abkürzung D.F. wurde auf dem Handy von Manfred Wegner gefunden, und der hat die unter D.F. gespeicherte Nummer nach der Trüffelsuche mit Ferdinand Kleist angerufen. Leider gehört die Nummer zu einem Prepaid-Telefon.«

»Na, das sind ja auch Informationen, die du mir geben musst, bevor du mit mir so ein Ratespiel veranstaltest!« Julia Specht verteilte Krümel ihres Käsebrötchens auf ihrem Laptop, den sie gerade hochfuhr, während sie sich mit vollem Mund bei Häberle beschwerte. »Aber selbst mit den Informationen ist es ja nicht sicher, dass es sich um Don Funghi handelt, oder?«

»Aber wahrscheinlich, finde ich. Beim Thema Pilze und vor allem Trüffel ist der Name jetzt schon so oft gefallen, dass es mich wundern würde, wenn es nicht so wäre.«

Julia Specht überlegte. »Okay, aber bringt uns das weiter? Ich meine, da es eine Prepaid-Nummer ist, können wir sie keinem Besitzer zuordnen. Also keinen richtigen Namen finden und dadurch natürlich auch keine dazugehörige Adresse.«

»Die Spurensicherung kann aber zumindest das Handy orten.«

»Aber auch nur, wenn es eingeschaltet ist. Und selbst wenn es sich hier in Freiburg mit den relativ vielen Funkmasten befindet, wird der ermittelte Standort nicht hundertprozentig exakt sein. Wir bräuchten also einen Verdächtigen, um dann festzustellen, ob er und das Handy sich im selben Gebiet aufhalten. Um so zumindest einen Ansatz für die Vermutung zu haben, dass es sich bei dem Verdächtigen um Don Funghi handelt. Aber auch wenn wir ihn finden sollten, haben wir bisher ja keinerlei Beweise, dass er der Mörder ist.«

Häberle schaute Julia Specht konsterniert an. Sie hatte recht. Sein toller Einfall aus der Nacht war nichts wert. Zumindest noch nicht. Trotzdem, er war sich sicher, dass sie mit Don Funghi auf der richtigen Spur waren. Entweder er konnte ihnen bei den Ermittlungen entscheidend helfen, oder er entpuppte sich selbst als Mörder.

»Okay, das stimmt alles«, sagte er. »Aber wir müssen ja irgendwie weitermachen. Vorschlag: Du kümmerst dich um Ferdinand Kleist. Schau, ob du etwas findest, das sein Alibi bestätigt oder entkräftet. Sprich mit den Bewohnern in seinem Haus. Vielleicht hat ihn jemand in der Nacht des Mordes aus dem Haus gehen sehen oder hat ihn in seiner Wohnung gehört. Das Haus ist schließlich ein Altbau, also wahrscheinlich sehr hellhörig.«

»Mach ich. Und du? Schreibtischarbeit?«

»Ja, erst mal. Später gehe ich zu Maria ins Krankenhaus, um zu schauen, wie es ihr geht. Und um sie über alles zu informieren, was wir inzwischen herausgefunden haben. Du kennst sie ja, selbst wenn sie gerade erst aus der Narkose erwacht, würde ich ihr zutrauen, dass sie noch irgendwelche Verbindungen findet, die wir bisher übersehen haben.«

»Alles klar. Willst du ein Käsebrötchen, um etwas im Magen zu haben? Du siehst irgendwie hungrig aus.«

Er winkte ab. »Nein, alles gut, ist noch zu früh für mich. Ich fahre nachher beim Liebes Bisschen vorbei, um die Erinnerung an diesen ekelhaften Kaffee hier mit einem guten Cappuccino zu überdecken, und werde mir bei der Gelegenheit ein leckeres Frühstück gönnen. Ich melde mich, bevor ich zu Maria gehe, vielleicht bist du dann schon durch mit der Befragung und kannst mitkommen. Sind ja vor allem Studenten, die im Haus von Ferdinand Kleist wohnen, soweit ich das mitbekommen habe. Die schlafen wahrscheinlich alle noch, du wirst sie also bestimmt antreffen.«

»Immer diese Vorurteile der alten weißen Männer. Du solltest dich schämen!« Julia Specht wedelte empört mit ihrem Käsebrötchen vor Häberles Gesicht herum.

»Das ›alt‹ will ich überhört haben. Und jetzt los, du kannst meine Vorurteile ja gerne widerlegen.«

***

Häberle hatte die Schreibtischarbeit mehr schlecht als recht erledigt und war nun auf dem Weg in die Uniklinik. Falls es bei der Operation keine Komplikationen gegeben hatte, sollte Maria Dupont inzwischen aus der Narkose erwacht und ansprechbar sein. Er würde sie also auf den neuesten Stand bringen können. Dass sie Ferdinand Kleist festgenommen hatten und er sich in Untersuchungshaft befand, hatte Julia Specht ihr gestern Abend bereits am Telefon mitgeteilt. Aber die Handynummer-Sache war neu. Insgeheim hoffte er, dass ihr irgendetwas dazu einfallen würde.

Er fuhr gerade auf den Parkplatz der Uniklinik, als Helene Fischer ihm mal wieder von ihrer Atemlosigkeit in der Nacht vorsang. Er nahm über die Freisprechanlage ab, ohne zu wissen, wer anrief.

»Ja, hallo, Hauptkommissar Häberle.«

»Ich bin es, Julia. Wo bist du?«

»Bin gerade auf dem Uniklinik-Parkplatz angekommen. Kommst du auch?«

»Nein, komm du in die Justizvollzugsanstalt. Ich habe eine eidesstattliche Erklärung, dass Ferdinand Kleist in der fraglichen Nacht zu Hause war. Er kann nicht unser Killer sein. Zumindest nicht beim zweiten Mord, dem an Manfred Wegner.«

»Eidesstattliche Erklärung? Von wem denn, bitte schön?« Häberle kurbelte am Lenkrad, fuhr an den Straßenrand und hielt an. So ein Mist! Was waren denn das jetzt für seltsame Neuigkeiten?

»Einer von Kleists Mitbewohnern ist mehr als nur ein Mitbewohner. Er ist sein Lebensgefährte. Und der war die ganze Nacht bei ihm.«

»Und du glaubst ihm das? Warum hat Kleist denn dann nichts davon erzählt?«

»Jetzt komm einfach in die JVA, ich erkläre dir dann alles, wenn wir bei Kleist sind.« Damit legte sie auf.

»Verdammte Mistkacke!« Häberle fluchte laut, schaute dann in den Rückspiegel und wendete. Was war denn das jetzt wieder für eine Geschichte? Warum ging Kleist freiwillig ins Gefängnis, wenn er doch anscheinend ein perfektes Alibi hatte? War der etwa so verklemmt, dass er lieber in den Knast ging, als sich zu seiner Homosexualität zu bekennen? Das konnte doch wohl nicht wahr sein, immerhin lebten sie im 21. Jahrhundert und nicht in den fünfziger Jahren des vergangenen, verdammt noch mal. Er gab Gas und fluchte weiter vor sich hin.

»Denis Doruk heißt der Lebensgefährte«, erklärte Julia Specht, während sie vom Parkplatz, auf dem sie sich getroffen hatten, zum Zellenkomplex gingen. »Du hast ihn schon gesehen, auf den Fotos in Kleists Wohnung. Er wohnt offiziell in der Wohnung unter Kleist, aber eigentlich schon seit Jahren mit ihm zusammen. Er hat sich nicht gemeldet, weil er seinen Freund nicht verärgern wollte und der außerdem – ich zitiere – endlich mal die Eier haben soll, sich zu ihm zu bekennen. Er war ziemlich wütend, als ihm klar geworden ist, dass Kleist lieber ins Gefängnis geht, als zuzugeben, dass er einen Freund hat.«

Sie mussten kurz an einer Tür warten und sich ausweisen, bevor sie ihnen aufgeschlossen wurde.

»Herr Doruk hat mir lang und breit erklärt, dass Kleist seiner Meinung nach durch seinen Vater völlig verkorkst wurde und bis heute an Komplexen leidet. Dass er mit einem Mann zusammenlebt, noch dazu mit einem türkischstämmigen, würde den Vater direkt ins Grab bringen, glaubt Kleist angeblich. Und auch wenn er und sein Vater seit vielen Jahren keinen Kontakt mehr haben, scheint Ferdinand Kleist immer noch Angst vor dessen Meinung zu haben. Die Mutter hingegen weiß wohl Bescheid.«

»Okay«, knurrte Häberle. »Dann schauen wir mal, was Ferdi dazu sagt. Es ist mir ja wurscht, dass er sich als unschuldig herausstellt, ich hatte ohnehin große Zweifel an ihm als Täter. Die Motive waren doch sehr fragwürdig. Aber dass er uns nichts von einem Zeugen für sein Alibi erzählt und flüchtet, Maria sich bei der Verfolgung den Knöchel bricht, und das alles völlig unnötigerweise, das kotzt mich an.«

»Er sagte ja, dass er aus Angst vor dem Mörder geflüchtet ist, nicht vor der Polizei.«

»Mir schnurzpiepegal. Auch falls wir ihn gleich freilassen werden, bekommt er eine Anzeige, da kannst du dich drauf verlassen. Das ist hier schließlich kein Kinderspiel. Wir suchen einen Mörder!«

Sie waren an der Zelle angekommen und ließen sich von dem Gefängnisaufseher, der sie begleitete, aufschließen.

»Herr Kleist, viele Grüße von Herrn Doruk, er vermisst Sie. Wie wäre es, wenn Sie uns jetzt einfach kurz und bündig die Wahrheit sagen, wo Sie in der Nacht des Mordes an Herrn Wegner waren, den armen Benno aus dem Tierheim holen und sich dann auf einen Kuchen mit Ihrem Freund treffen?« Häberle hatte die Schnauze voll, er wollte jetzt Antworten haben.

Kleist war von seiner Pritsche aufgesprungen und starrte sie an. Dann räusperte er sich und schaute plötzlich sehr ruhig und bestimmt. »Ja, das stimmt. Denis ist mein Freund. Und wir waren in der Nacht zusammen.«

Häberle war jetzt doch etwas erstaunt. Das ging ja plötzlich ganz locker, leicht und fluffig.

»So? Und warum erzählen Sie uns das erst jetzt und nicht schon vor unserer kleinen Verfolgungsjagd durch den Wald? Oder bei unserem Gespräch in der Hütte? Oder spätestens bei der Fahrt zurück nach Freiburg? Halten Sie das hier für ein Spiel?«

Jetzt wurde Kleist doch kleinlaut. »Es tut mir leid. Ich habe noch immer große Probleme damit, mich zu Denis zu bekennen. Und zu meiner Homosexualität. Das widerspricht alles irgendwie – ich weiß nicht – meiner Erziehung?«

»Und da gehen Sie lieber ins Gefängnis, Herr Kleist? Und woher kommt jetzt der Sinneswandel?« Julia Specht schaute ihn fragend an.

»Na ja, erstens haben Sie ja anscheinend mit Denis gesprochen und wissen Bescheid. Zweitens hat mir mein Anwalt vorhin gesagt, als ich ihm alles erzählt habe, dass das für ihn kein Fall sei, da ich ja ein Alibi habe und er nicht dazu da sei, verklemmte Schwule zu behüten. Das waren genau seine Worte. Und drittens ist meine Mutter endlich bei meinem Vater ausgezogen, wie sie mir vorhin am Telefon mitgeteilt hat.«

»Und was hat das damit zu tun?«, fragte Julia Specht.

Jetzt lächelte Kleist. »Meine Mutter weiß schon lange von Denis und mag ihn sehr. Und sie drängt mich seit vielen Jahren dazu, das offiziell zu machen, mich mit ihm zu zeigen und mich nicht zu verstecken. Ich habe halb im Spaß und halb im Ernst immer erwidert, dass ich das machen würde, sobald sie sich von meinem Vater trennt. Die beiden haben nichts gemeinsam, hatten sie noch nie. Keine Ahnung, wie diese Ehe mal zustande gekommen ist und wie sie so lange halten konnte. Na ja, und jetzt hat sie den Schritt endlich gewagt. Irgendwie hatte Ihr Besuch bei meinen Eltern etwas damit zu tun, Herr Häberle. Ich bin nicht ganz schlau daraus geworden, was meine Mutter erzählt hat, sie war verständlicherweise ziemlich aufgeregt. Jedenfalls sei jetzt ich dran, ebenfalls den großen Schritt zu wagen, hat sie gesagt. Und das werde ich. Ich habe ja mit der Nennung meines Alibis schon damit angefangen.«

Er schaute sie fragend an. »Kann ich denn jetzt gehen?« Plötzlich schien er es sehr eilig zu haben, sein neues, in jeder Hinsicht freieres Leben zu beginnen.

Häberle lachte genervt auf. »Jetzt mal ganz langsam, Herr Kleist. Wir werden das jetzt alles zu Papier bringen. Übrigens auch für diese zusätzliche und völlig unnötige Arbeit vielen Dank. Dann unterschreiben Sie das, und ja, dann können Sie gehen. Am liebsten würde ich Sie für die Nummer vor Gericht stellen, aber leider gibt es kein Gesetz, das Dummheit und Irreführung der Polizei bestraft. Schließlich hätten Sie den Verdacht ganz einfach mit Ihrem Alibi entkräften können, was uns viel Arbeit gespart hätte. Und Sie bleiben in Freiburg und sind immer erreichbar.«

»Was ist denn nun mit Ihrer Angst vor dem Mörder? Ist die einfach weg?« Julia Specht hatte den Kopf schief gelegt und schaute Kleist an.

Der zuckte die Schultern, nachdem er bei den Ausführungen von Häberle die ganze Zeit eifrig und ungeduldig genickt hatte. »Nein. Ich glaube immer noch, dass ich in Gefahr bin, auch wenn Sie anderer Meinung sind. Aber die Flucht war Blödsinn. Ich gehe jetzt in meine Wohnung, mit Benno, setze mich mit Denis und meiner Mutter zusammen, und dann schauen wir mal, wie es weitergeht.«

Wieder war Häberle auf dem Weg zur Uniklinik, diesmal mit Julia Specht auf dem Beifahrersitz. Sie hatte darauf bestanden, noch bei einem Foodtruck anzuhalten, und trainierte nun ein weiteres Mal, ihr Mundfassungsvermögen zu vergrößern. Diesmal mit einem Burger.

»Julia, ganz ehrlich, das ist ekelhaft. Iss doch langsam!« Häberle schaute sie mit angewidertem Gesichtsausdruck von der Seite an, während er seinen Passat durch den Freiburger Verkehr steuerte.

Seine Kollegin schüttelte den Kopf und konzentrierte sich auf ihren Mundinhalt. Zwei Minuten später konnte sie wieder sprechen. »Du verstehst das nicht, einen Burger muss man so essen. Das mit den Croissants ist mein kleines Hobby, aber hier geht es um den Geschmack!«

»Ach ja? Erklär mal, warum muss man einen Burger in drei Bissen essen, wenn man den vollen Geschmack haben möchte?«

»Schön, dass du fragst. Es freut mich immer, wenn meine Mitmenschen etwas dazulernen wollen.« Sie schaute ihn todernst an.

»Also: Auf einem Burger sind ja viele Zutaten. Da ist natürlich das Fleisch, aber in diesem Fall hier auch eine Scheibe Speck, Gurkenscheiben, Zwiebeln, Käse, verschiedene Soßen und sogar ein bisschen Rotkraut. So weit alles klar?«

»Klar wie Windschutzscheibenflüssigkeit.«

»Okay, sehr gut. Wenn ich jetzt nur vom Rand abbeißen würde, dann hätte ich mit großer Wahrscheinlichkeit nur Stücke von der unteren und oberen Brötchenhälfte, ein bisschen was vom Fleisch und mit etwas Glück noch ein Fitzelchen Zwiebeln. Eine sehr trockene Angelegenheit. Gleichzeitig würde ich durch das zaghafte Abbeißen auf der einen Seite viele der Zutaten auf der anderen Seite herausschieben. Das Ergebnis wäre die Dekonstruktion des Burgers, alles würde auseinanderfallen, nichts würde mehr passen, eine echte Katastrophe!« Sie schaute ihn mit aufgerissenen Augen an.

»Und du hast eine Möglichkeit gefunden, diese Katastrophe abzuwenden?«

»Richtig. Aber eigentlich weiß das jeder gute Burgeresser. Der Trick ist, den Burger so weit in den Mund zu schieben, dass die Zähne möglichst nahe am Mittelpunkt sind. Dann wird er erst mit den Lippen zusammengepresst, und mit deinen Fingern übst du Gegendruck von der anderen Seite aus. Denn wenn Druck und Gegendruck gleich groß sind, bleibt alles an Ort und Stelle. Einfache Physik. Dann beißt du zu, und eins, zwei, Spiegelei hast du einen perfekten Burgerbissen mit sämtlichen Zutaten im Mund.« Sie schaute ihn triumphierend an und schien ihrem Gesichtsausdruck nach zu urteilen ein Lob von Häberle zu erwarten.

»Prima. Ganz große Kunst. Herzlichen Glückwunsch«, tat er ihr den Gefallen, während Julia Specht mit einem weiteren Bissen von ihrem Burger dem theoretischen nun erneut den praktischen Teil des Seminars »Burger essen leicht gemacht« folgen ließ.

Häberle schüttelte resigniert den Kopf und konzentrierte sich wieder auf den Verkehr.

Als sie in das Einzelzimmer von Maria Dupont kamen, standen ein Mann und ein Junge an ihrem Bett. Häberle vermutete, dass es sich um ihren Ehemann und ihren vierzehnjährigen Sohn handelte, was sich gleich darauf auch bestätigte.

»Hallo, Thomas und Julia«, begrüßte die Hauptkommissarin sie matt. »Darf ich vorstellen, mein Mann Bernard und mein Sohn Pierre. Bernard und Pierre, das sind mein Kollege Thomas Häberle und meine Kollegin Julia Specht.«

Alle gaben sich die Hand und brummelten eine Begrüßung.

»Wie geht es dir, Maria? Alles gut so weit?« Julia war ans Bett getreten und betrachtete besorgt den dick verbundenen Knöchel ihrer Kollegin.

»So gut es eben gehen kann. Die OP verlief zufriedenstellend, ich habe jetzt eine Metallplatte und fünf Schrauben im Bein und werde wohl in den nächsten Wochen oder Monaten nur auf Krücken unterwegs sein.«

Häberle stieß einen Pfiff aus. »Verdammte Mistkacke, so lange. Da wird es wohl eine Weile dauern bis zum nächsten Marathon.« Er hatte es in einem mitfühlenden Ton gesagt und hoffte, dass der blöde Spruch nicht falsch rüberkam.

Dupont lachte freudlos. »Wenn es nur das wäre. Wir haben ja auch einen Bauernhof, auf dem ich mitarbeite. Das kann ich jetzt erst mal vergessen. Tja, Pierre, da musst du wohl ran.« Sie fuhr ihrem Sohn, der neben ihr auf der Bettkante saß, durch das Haar.

»*Pas de problème*«, murmelte er. »Hauptsache, du wirst wieder gesund.«

»Bis ich wieder so rennen und springen kann wie vorher, werde ich bestimmt eine kleine dicke Pummelfee sein, ich kann mich ja kaum bewegen auf den Krücken«, seufzte Dupont.

»Keine Angst, das wirst du sicher nicht«, tröstete ihr Mann sie auf Deutsch mit französischem Akzent und fügte nach einer kurzen Pause hinzu: »Durch viel Essen und wenig Bewegung wird man ja nicht kleiner, du wirst also höchstens eine große dicke Pummelfee.« Er lächelte sie an, und sie streckte ihm die Zunge raus.

»Na ja, zumindest haben wir den Kerl erwischt, nicht wahr?«, seufzte sie dann. »Irgendetwas Neues von ihm?«

Häberle und seine junge Kollegin schauten sich an. »Ja«, sagte Julia Specht schließlich. »Er ist gerade auf dem Weg nach Hause. Ferdinand Kleist hat jetzt doch ein Alibi, und zwar ein wasserdichtes.«

»*Merde alors*, wie bitte?« Dupont hatte sich im Bett etwas aufgerichtet und schaute sie ungläubig an. »Könnt ihr mir das bitte etwas genauer erklären? Wie kann das denn sein?«

Sie taten ihr den Gefallen und erzählten, was sich gerade im Gefängnis abgespielt hatte. Dass Ehemann und Sohn dabeisaßen, störte sie nicht sonderlich, schließlich war Kleist kein Verdächtiger mehr.

»Das heißt, wir sind wieder am Anfang und haben gar nichts?«, fragte Dupont schließlich ernüchtert.

»So ziemlich, ja«, erwiderte Häberle. »Obwohl, eine Sache haben wir. Wir glauben, dass Wegner bei seinem Trüffelausflug mit Kleist mit dem ominösen Don Funghi telefoniert hat.«

Duponts Sohn lachte leise. »Don Funghi, so ein doofer Name.«

»Das stimmt, und den vergisst du jetzt wieder«, sagte Dupont. »Bernard, ist es okay, wenn ihr uns jetzt alleine lasst? Es ist ja eh schon spät. Kommt ihr mich morgen wieder besuchen?«

Ihr Mann lächelte und küsste sie auf die Stirn. »*Naturellement.* Komm, Pierre. Ab nach Hause.« Die beiden nickten allen zu und schlossen die Tür hinter sich.

»So«, sagte Dupont, »immerhin ist das eine Mordermittlung, da sollten sie nicht länger mithören. Wie kommt ihr darauf, dass Kleist mit Don Funghi telefoniert hat?«

»Es geht um Trüffel, richtig?«, fing Julia Specht an, bevor Häberle die Chance hatte, seine Theorie darzulegen. »Kleist und Wegner hatten die Pilze mit Hilfe der Seiten aus Schwammerls Pilzbuch und des Wunderhunds Fuzzi eimerweise gefunden. Auf dem Weg zurück zum Auto soll laut Kleists Aussage Wegner jemanden angerufen haben, mit dem er den

Weiterverkauf geregelt hat. In Richtung Trüffelhandel sind wir ja schon öfter auf den Namen Don Funghi gestoßen. Und als wir mit Hilfe der Spurensicherung auf Manfred Wegners Handy geschaut haben, wen er zur fraglichen Zeit angerufen hat, stand da die Abkürzung D.F. als Kontakt. Das ist doch sehr auffällig, oder?«

Dupont runzelte die Stirn. »Ja, den Gedankengang kann ich nachvollziehen. Aber hilft uns das, näher an diesen Don Funghi heranzukommen?«

Häberle hob genervt die Arme. »Den Einwand hatte Julia auch. Leider ist es die Nummer eines Prepaid-Telefons, wir können also maximal den ungefähren Standort anpeilen. Falls es eingeschaltet ist. Aber mehr haben wir nun mal nicht! Kleist kann sich leider nur daran erinnern, dass die Person am anderen Ende wohl sehr wütend gewesen ist, vermutlich, weil die Trüffelsuche ohne seine Beteiligung lief. Und dass Wegner die Person irgendwann während des Gesprächs mal Gerd genannt hat. Aber ich denke mal, dass es mehr als einen Gerd in Freiburg und Umgebung gibt, also bringt uns der Name nichts.«

»Doch. Der Name könnte uns etwas bringen.«

Häberle hatte sich in Rage geredet und registrierte den Einwand von Dupont erst gar nicht. Dann schaute er sie fragend an. »Inwiefern?«

»Erinnert ihr euch nicht? Den Namen hatten wir schon mal bei unseren Ermittlungen. Andrea Laubers Exmann heißt so.«

»Bist du sicher?« Julia Specht schaute sie mit großen Augen an.

»Natürlich bin ich mir sicher. Vielleicht kann ich momentan nicht mehr rennen, aber denken kann ich noch. Sie hat den Namen fallen lassen, da ging es darum, dass sie mit Stefan Schwamm so glücklich gewesen sei, viel glücklicher als mit ihrem Exmann Gerd mit all seinem Geld.«

Häberle dachte nach. Er erinnerte sich nicht an den Namen, aber wenn Maria Dupont das mit ihrem phänomenalen Gedächtnis sagte, war er sich sicher, dass es stimmte. »Okay. Das könnte natürlich ein Zufall sein. Aber vielleicht steckt mehr dahinter. Was denkt ihr, ist diese ganze Pilzgeschichte Humbug und es handelt sich in Wirklichkeit um eine Beziehungstat? Eifersüchtiger Exmann tötet neue Liebe der Exfrau? Wäre das möglich?«

»Möglich ist alles«, erwiderte Dupont. »Ihr müsst herausfinden, ob es auch plausibel ist. Und ob auch der Mord an Manfred Wegner in diese Theorie passt. Sprecht morgen noch mal mit Frau Lauber und dann natürlich auch mit dem Exmann. Der muss ja zu finden sein. So, und jetzt raus. Die Schmerzen werden gerade wieder stärker, und ich werde mir noch mal so eine Tablette geben lassen, durch die alles so herrlich schummrig wird. Aber haltet mich auf dem Laufenden, ich will alles wissen!«

✳✳✳

So eine Scheiße! Kleist war raus aus den Ermittlungen! Dabei hatte das doch so gut gepasst! Mit dem Angebot, zehntausend Euro für das Trüffelbuch zu bezahlen, das nach Stefans Tod verschwunden war, war er der perfekte Verdächtige gewesen. Im Forum gab es seit ein oder zwei Tagen sogar eine Diskussion darüber, ob Kleist etwas mit den Mordfällen zu tun haben könnte. Ein richtiger Klatsch-und-Tratsch-Austausch war das gewesen. Eigentlich hasste er das, aber in dem Fall hatte er die Gerüchte natürlich befeuert. Doch leider hatte der Trottel wohl ein Alibi.

Eben hatte er im Forum eine ewig lange Nachricht geschickt und ungefragt erklärt, dass sämtliche Gerüchte, er habe etwas mit Schwammerls Tod zu tun, falsch seien. Und seltsamerweise auch noch dazu offenbart, dass er schwul ist. Es hatte wie eine richtige Lebensbeichte geklungen, als ob er sich alles von der Seele schreiben würde. In der Nacht von Manfred Wegners Tod sei er mit seinem Freund zusammen gewesen, und Stefan habe er nicht ermorden müssen, um an das Buch zu kommen, da er zwanzig daraus abfotografierte Seiten gekauft habe.

Die Nachricht hatte im Forum wie eine Bombe eingeschla-

gen, niemand interessierte sich mehr dafür, ob Kleist ein Mörder oder schwul war, nur noch der Inhalt der Seiten war für die Forumsmitglieder von Interesse. Auch er war überrascht, dass Stefan anscheinend Seiten an Ferdinand Kleist verkauft hatte. Er musste wirklich große Geldprobleme gehabt haben. Aber egal, das war jetzt nicht wichtig. Denn langsam wurde es eng für ihn, daran gab es keinen Zweifel. Die Polizei musste nur mit den richtigen Leuten reden, und dann würde schnell klar sein, dass mit ihm etwas nicht ganz in Ordnung war.

Diese Leute auch noch zu beseitigen, würde nicht helfen, wie er inzwischen am Beispiel Manfred Wegner hatte lernen müssen. Zwar gab es dadurch keine direkte Verbindung mehr zu ihm, aber auf Umwegen konnte die Polizei dennoch zu ihm finden.

Er überlegte nicht zum ersten Mal, ob es ein Fehler gewesen war, die Polizei nicht von der Trüffelspur abzubringen. Oder es zumindest zu versuchen. Zuerst hatte er es für eine gute Sache gehalten, schließlich führte diese Spur vom eigentlichen Grund für den Mord weg. Und vielleicht würden ja ein paar dieser Scheißtypen, die plötzlich ohne ihn das große Geld verdient hatten, erwischt werden. Sozusagen als kleiner Bonus. Aber langsam sah es so aus, als könnte das alles als Bumerang zu ihm zurückkommen.

Sollte er also flüchten? Er überlegte. Nein. Scheiß drauf. Er wollte in ihrer Nähe bleiben, sie weiterhin sehen, auch wenn dieser Wunsch momentan mit Sicherheit nicht auf Gegenseitigkeit beruhte. Noch nicht.

Falls sie ihn allerdings erwischten und er ins Gefängnis musste, dann würde er sie wahrscheinlich nie wiedersehen, und sie würde möglicherweise erneut einen anderen Mann wählen und ihn darüber endgültig vergessen. Er gab sich einen Ruck. Nein. Das konnte nicht sein. Das durfte nicht sein! Sollten sie ihn doch ins Gefängnis stecken, das war ihm egal. Aber niemand würde sie bekommen!

Sie war immer für ihn bestimmt gewesen, basta, das hatte er in dem Moment gewusst, als er sie zum ersten Mal gesehen *hatte. Sein Leben hatte plötzlich wieder einen Sinn ergeben. Wenn er sie nicht haben konnte, dann auch niemand anders. Und da er jetzt schon so weit gegangen war, war der nächste Schritt seiner Meinung nach der einzig logische.*

In dem Moment klingelte es an seiner Haustür. Er schreckte auf. War das etwa die Polizei? Hatten sie ihn schon? Alarmiert ging er zur Tür, schaute durch den Spion und wich erstaunt zurück. Fast hätte er gelacht. Wenn das kein Wink des Schicksals war, was dann? Er drehte den Schlüssel und öffnete die Tür.

»Hallo, Andrea, das ist ja eine schöne Überraschung. Komm doch rein!«

∗∗∗

Häberle war auf dem Weg nach Hause. Er hatte Andrea Lauber telefonisch nicht erreicht, und sie war auch nicht zu Hause gewesen, als er kurz entschlossen zu ihr gefahren war. Im Standesamt hatte er auch niemanden mehr erreicht, die Suche nach Laubers Exmann Gerd, bei dem es sich im besten Fall um Don Funghi handelte, musste also wohl oder übel bis morgen warten.

Er war noch nicht davon überzeugt, dass Don Funghi und der Exmann der Freundin des ersten Opfers ein und dieselbe Person waren. Allerdings musste er zugeben, dass bei ihm zu dem schwachen Motiv Trüffel plus Habgier möglicherweise noch das Motiv Eifersucht hinzukäme, und das war ein starkes, das sich schon bei vielen Morden als das entscheidende herausgestellt hatte.

Die Konstellation war der Theorie nach nun also folgende: Don Funghi bringt zunächst aus Eifersucht den neuen Lebenspartner seiner Exfrau um. Der zudem auch noch ein Geschäftspartner sein könnte, da beide im Pilzgeschäft waren beziehungsweise sind. Das geheimnisvolle verschwundene Trüffelbuch des Opfers ist für Don Funghi einfach nur Beifang. Die Eifersucht als Hauptmotiv könnte erklären, warum so ein grausamer und langsamer Tod durch einen Giftpilz gewählt wurde, bei Beziehungsmorden ging es ja eigentlich immer auch um Rache. So weit, so gut.

Aber wie passte der zweite Mord in das Bild? Warum hatte Manfred Wegner sterben müssen? War er ein unliebsamer Zeuge gewesen und musste deshalb verschwinden? Oder war er mit seinem Trüffelhund Fuzzi vielleicht ein störender Geschäftskonkurrent, der wegmusste? Nein, die Möglichkeit strich Häberle sofort wieder. Laut der Aussage von Ferdinand Kleist war bei dem Telefonat zwischen Wegner und Don Funghi klar geworden, dass die beiden zusammenarbeiteten. Wegner fand mit Fuzzi die Trüffel, Don Funghi machte sie zu Geld. Also doch der unliebsame Zeuge?

Häberle seufzte. Mit dem Exmann von Andrea Lauber hatten sie zumindest eine neue Spur, der sie morgen nachgehen konnten. Er durfte sich allerdings nicht in diese Theorie verrennen und andere Möglichkeiten ausschließen. Nicht, solange nicht sicher war, dass es sich bei dem Exmann namens Gerd um Don Funghi handelte. Und zudem war auch überhaupt nicht erwiesen, dass Don Funghi der Mörder von Stefan Schwamm und Manfred Wegner war.

Er war inzwischen bei seiner Villa angekommen und parkte im Hof auf einem der Parkplätze. Es war erst neunzehn Uhr, aber schon fast dunkel, die schönen langen Sommertage waren endgültig vorbei. Die Handwerker hatten alle längst Feierabend gemacht, der Hof war leer, und außer den vielen Reifenspuren im Kies und zu Häberles Leidwesen auch auf dem Rasen wies nichts darauf hin, dass hier jeden Tag fleißig an der Renovierung und dem Umbau der Villa gearbeitet wurde. Und somit auch jeden Tag viel Geld von seinem Konto auf die Konten der Bauunternehmen floss. Er stieg aus und ging hinein.

Lotte Merckheim war bei der Arbeit im Goldenen Hirschen, wie er an der dunklen Küche erkannte. Wenn sie hier war, brannte eigentlich immer Licht und es roch im Haus nach irgendetwas Schmackhaftem. Häberle hatte noch nichts gegessen und ging in die Küche, um einen Blick in den Kühlschrank zu wagen. Vielleicht waren ja irgendwelche Reste zu finden. Egal was, Hauptsache, etwas, das den Bauch füllte. Er war todmüde. Nachdem er in der vergangenen Nacht so gut wie gar nicht geschlafen hatte, wollte er so schnell wie möglich ins Bett.

Er wurde fündig. Es war noch Wurst von ihrem »bayerischen Vesper« übrig, dazu eine Tüte mit der Aufschrift »Glut und Späne«, in der er geräucherten Fisch fand, außerdem Senf und Meerrettich, und in der Brotkiste lagen vier Brötchen. Perfekt. Die Brötchen waren zwar schon ein bisschen älter, aber das war ihm völlig egal.

Er trug alles zum Tisch, holte sich ein alkoholfreies Bier und fing an zu essen. Lecker. Vor allem der Fisch war phänomenal, Lachs und Forelle, wenn er das richtig erkannte. Hoffentlich bekam er keinen Ärger mit seiner Mitbewohnerin, so gut wie das schmeckte, war es bestimmt etwas Besonderes.

Langsam aß er alles auf, trank sein Bier leer und entspannte sich etwas. Dann etwas mehr. Und schließlich sank sein Kopf auf seine auf dem Tisch gekreuzten Arme. Nur zehn Minuten, dann gehe ich hoch ins Zimmer, dachte er noch, bevor er einschlief.

»Fällt das unter Mundraub, oder ist das schon ein richtiger Diebstahl? He, Herr Häberle, aufwachen, du sabberst den ganzen Küchentisch voll!«

Er öffnete langsam die Augen und brauchte ein paar Sekunden, um sich zu orientieren. Küche, dachte er benommen. Wütende Lotte, registrierte er als Nächstes.

»Hallo. Wie spät ist es?«, murmelte er schließlich.

»Dreiundzwanzig Uhr dreißig. Und außerdem Zeit, dass du mir den teuren Fisch ersetzt. Ich sehe ja ein, dass du lieber meinen Kühlschrank plünderst, als deine sogenannten Ravioli aus der Dose zu essen, aber das war Fisch von ›Glut und Späne‹ im Wert von vierzig Euro, und ich bin extra nach Mußbach gefahren, um den zu holen!«

»Mußbach? Das gehört zu Freiamt, oder? Kenne ich, da

oben hat ein Mordopfer in einem Fall gewohnt, in dem wir Anfang des Jahres ermittelt haben.« Er war noch immer nicht richtig wach.

»Das ist ja prima, ändert aber nichts an der Tatsache, dass du mir Geld schuldest. Das war kalt geräucherter Lachs und Saibling allerbester Qualität, was du da höchstwahrscheinlich einfach in dich reingeschaufelt hast. Für seine Räucherkunst hat ›Glut und Späne‹ sogar schon einen Seafood Star verliehen bekommen. Das ist so etwas wie ein Fisch-Oscar. Du scheinst also langsam zum Gourmet zu werden, wenn auch unbewusst.«

Sie versuchte weiterhin grimmig zu schauen, war wohl aber doch nicht so wütend, wie Häberle erst angenommen hatte. Schließlich lächelte sie sogar. »Hattest du so einen harten Tag, dass du in der Küche einschläfst?«

»Entschuldige, dass ich deinen Fisch gegessen habe, ich hatte so einen Hunger. Ja, der Tag war anstrengend, und ich habe letzte Nacht fast nicht geschlafen. Der Fall mit dem Schwammerl ist echt verzwickt. Übrigens habe ich aber auch etwas Gutes getan und beim Resteverwerten geholfen, das ist dir ja immer so wichtig. Die angebrochene Dosenwurst ist weg und die vier alten Brötchen auch.«

Sie sah ihn fassungslos an. »Du hast meine Weckle gegessen? Na prima, die waren für meine Badischen Weckknödel gedacht. Das hat sich also auch erledigt.«

»Die waren aber schon alt!«, verteidigte sich Häberle. »Ich geh gleich morgen früh zum Bäcker und hol dir frische.«

»Die müssen alt sein! Sonst werden die Weckknödel nix! Frische Weckle bringen mir also gar nichts, außer dass ich sie wieder zwei bis drei Tage in den Brotkasten legen und hoffen kann, dass niemand vorbeikommt und sie isst!«

Sie schüttelte den Kopf, und Häberle sah ihr an, dass sie nicht glauben konnte, dass jemand so wenig Ahnung von Weckknödeln haben konnte. Von Badischen Weckknödeln, korrigierte er sich in Gedanken.

»Entschuldigung. Tut mir leid. Ich hol dir bei Gelegenheit

den Fisch aus Mußbach und werde in Zukunft nur noch frische Brötchen essen. Wie war dein Abend?«, fragte er versöhnlich und sah erleichtert, dass sie darauf einging.

»Gut. Volles Haus, alle zufrieden bis auf einen Gast, der nicht einsehen wollte, dass wir keine Pommes auf der Karte haben, und deshalb unbedingt den Chef sprechen wollte, nachdem er mir gegenüber sehr ausfallend geworden war. Der hat ihm freundlich den Weg zum nächsten McDonald's erklärt und ihn dann genauso freundlich gebeten, mit seiner aufgedonnerten Tussi das Restaurant zu verlassen, nachdem ich ihm erzählt hatte, mit welchen Worten der Typ mich betitelt hat. Ich mag meinen Chef.« Sie grinste. »Und ihr? Seid ihr weitergekommen bei der Trüffelgeschichte?«

»Vielleicht, vielleicht auch nicht. Das wird sich erst morgen entscheiden. Und wir sind uns auch gar nicht mehr sicher, ob es wirklich eine Trüffelgeschichte ist oder doch eher ein Eifersuchtsdrama. Mehr kann ich nicht sagen, tut mir leid.«

Er streckte sich und gähnte ausgiebig. Dann fiel ihm noch etwas ein. »Ach übrigens, das weißt du ja noch gar nicht. Maria liegt im Krankenhaus, sie hat sich gestern bei der Verfolgung eines Verdächtigen im Wald das Sprunggelenk gebrochen und musste operiert werden.«

»Oh du meine Güte!« Lotte Merckheim hielt sich erschrocken die Hand vor den Mund.

»Ernsthaft? ›Oh du meine Güte‹?« Häberle schmunzelte. »Kein ›Fuck‹ oder ›Scheiße‹ oder zumindest ›Mist‹? Du bist wirklich extrem gut erzogen.«

»Halt die Klappe. Ich fluche nicht, meine Oma hat immer gesagt, wenn Mädchen fluchen, weint die heilige Maria.« Sie lachte, anscheinend kamen bei dem Spruch Erinnerungen an ihre Kindheit zurück. Dann wurde sie wieder ernst.

»Aber es geht Maria so weit gut, ja? Ich packe ihr morgen gleich einen Fresskorb und bring ihn ihr vorbei. Am besten passend zum Fall, mit Trüffelsalami und Trüffelöl.«

»Ja, es geht ihr gut, sie hat alles gut überstanden und sorgt sich jetzt um ihre Figur und ihre Fitness. So viel zu deinem

Fresskorb.« Er zog eine Grimasse. »Aber sag mal, wo du gerade von Trüffelsalami sprichst: Ich habe mich die letzten Tage beim Thema Trüffel und den Preisen, die dafür aufgerufen werden, schon öfters gefragt, wie diese ganzen Trüffelprodukte so günstig sein können. Das sind doch Massenprodukte, da müssen eigentlich Unmengen an Trüffel dafür verarbeitet werden.«

Sie schnaubte. »Ich denke mal, dass der Trüffelverbrauch bei der Herstellung von Trüffelsalami und Trüffelöl so ziemlich gegen null geht. Zumindest bei den Produkten aus dem Supermarkt. Trotzdem lecker, gebe ich zu.«

»Wie das denn? Beim Öl kenne ich mich ja nicht aus, aber vor Kurzem habe ich eine Trüffelsalami gekauft, und die war echt gut und hat nach Trüffeln geschmeckt. Also, soweit ich das beurteilen kann.«

»Das kannst du aber nicht, wenn du glaubst, dass deine Trüffelsalami nach Trüffeln geschmeckt hat«, stellte Lotte Merckheim trocken klar. »Trüffelprodukte enthalten nämlich in den seltensten Fällen frische Trüffel, und wenn, dann nur in mikroskopisch kleinen Mengen. Der Geschmack wird primär über den Zusatz synthetischer Aromen erreicht. Bei einem frischen Trüffel kombinieren sich bis zu zweihundertzwanzig flüchtige organische Verbindungen zum typischen Trüffelaroma. Vor allem Ester, Alkohole und Aldehyde. Und das nimmt nach ein paar Tagen natürlich ab, das Aroma verflüchtigt sich im wahrsten Sinne des Wortes. Darum können Salamis und Öle echten Trüffelgeschmack auch gar nicht lange konservieren, das ist nicht möglich. Deshalb die synthetischen Aromen, die aber diese Geschmackskomplexität nur sehr unzureichend imitieren können.«

Häberle war beeindruckt. »Wow. Bist du etwa auch noch Chemikerin?«

Sie zuckte mit den Schultern. »Eine gute Köchin kennt ihre Produkte. Und ich hatte ja schon erzählt, dass ich demnächst auch mal mit dem Schwarzwälder Burgundertrüffel experimentieren möchte, darum habe ich mich schlaugemacht.«

»Wenn du dich so schlaugemacht hast zum Thema Trüffel:

Fällt dir bei den Stichworten Trüffel, Pilze, Freiburg, Händler irgendetwas zu dem Namen Gerd ein?« Es war ein Schuss ins Blaue, und Häberle rechnete nicht mit einer Antwort, aber wenn er hier schon eine Expertin aus der Freiburger Pilz-Gastronomie sitzen hatte, musste er es zumindest versuchen.

»Gerd? Wie Gerd Müller?« Sie überlegte kurz. »Nein, da klingelt nichts. Tut mir leid.« Sie fing an den Tisch abzuräumen, und Häberle beeilte sich, ihr zu helfen und nicht einfach nur nutzlos sitzen zu bleiben.

»Schade. Wäre ja aber auch zu schön gewesen. Wir suchen einen Gerd, der höchstwahrscheinlich mit Trüffeln handelt. Nach den bisherigen Kenntnissen auch mit illegal im Schwarzwald gesammelten Burgundertrüffeln. Meine Vermutung ist, dass er ein offizieller Händler ist, dem es relativ leichtfällt, unter die Trüffel von den Plantagen auch die illegalen zu schmuggeln und sie einfach mit zu verkaufen.«

»Mhm, wie gesagt, da klingelt bei mir nichts. Außer …« Sie hatte gerade die leere Fischtüte in den Mülleimer werfen wollen, hielt jetzt aber inne und überlegte. »Wie lautet der italienische Name für Gerd?«

»Wie meinst du das? Heißen die deutschen Gerds in Italien nicht Gerd?«

»Doch, aber anders. Du weißt schon, so wie Richard Ricardo heißt. Oder Julia Giulia. Oder Alexander Alessandro.«

»Keine Ahnung. Gerdino? Warum fragst du?« Häberle wusste nicht, worauf seine Mitbewohnerin hinauswollte.

»Ach, wahrscheinlich ist es nur Blödsinn. Aber es gibt in Freiburg einen Händler für Pilze und Weine und sonstige teure Lebensmittel. Er führt vor allem italienische Produkte, anscheinend, weil er ein großer Italien-Fan ist. Deshalb nennen ihn alle Bello Gerardo, natürlich nur hinter seinem Rücken. Dabei soll er gar nicht so *bello* sein, ist aber wohl im maßgeschneiderten Anzug unterwegs, trägt die Haare lang und zurückgegelt, hat immer lederne Slipper an und bei jedem Wetter eine Sonnenbrille auf. Ein Kollege hat ihn mir mal so beschrieben, der war nicht gut auf ihn zu sprechen.«

Lotte Merckheim räumte inzwischen weiter auf. »Anscheinend hatte Bello Gerardo ihm mehrere Kisten Steinpilze verkauft, die alle nicht mehr frisch waren und direkt in der Mülltonne landeten. Als sich der Kollege daraufhin beschwerte und sich weigerte zu bezahlen, machte Bello Gerardo eine Riesenszene. Mit allem Drum und Dran, Beschimpfen, Bedrohen … Als ob er von der Mafia wäre.«

Häberle dachte nach. Das passte doch, oder? Ferdinand Kleist hatte doch auch erzählt, dass der Gerd beim Telefonat mit Manfred Wegner total ausgeflippt wäre und ihn aufs Übelste beschimpft hätte. Und zumindest der zweite Mord ließ ja auch viel Aggression vermuten. »Meinst du, dass du den Kollegen morgen früh anrufen und ihn nach dem echten Namen von Bello Gerardo fragen kannst?«

Lotte Merckheim schaute auf die Uhr. »Kurz vor Mitternacht, da ist der noch wach. Die haben bis dreiundzwanzig Uhr warme Küche, sind bestimmt noch am Putzen.« Sie zog ihr Handy raus, wischte ein paarmal darüber und hielt es sich schließlich ans Ohr. Häberle hörte, wie jemand abnahm und sich meldete.

»Hallo, Holger, zwei Salami-Pizzen mit Béchamelsoße bitte. Und als Dessert ein gemischtes Eis, aber nur Erdbeer.« Lotte Merckheim lachte, und ihr Kollege anscheinend auch.

Sie hielt die Hand über das Handy. »Wir haben mal für ein paar Monate zusammen als Jungköche in einem guten Freiburger Restaurant gearbeitet und sind nach den langen Abenden oft noch in eine Kneipe und haben das dort bestellt. War extrem ekelhaft«, flüsterte sie Häberle zu.

Dann sprach sie wieder mit diesem Holger. »Du, pass auf, ich habe gerade einem Freund von Bello Gerardo erzählt, du erinnerst dich? Weißt du, wie der richtig heißt?« Sie war kurz still. »Nein, keine Angst, niemand will bei dem etwas kaufen. Wir würden nur gerne seinen Namen wissen.« Wieder hörte sie zu. »Okay, das hilft uns schon weiter. Vielen Dank! Und immer daran denken: Auch unter den Küchenschränken putzen!« Damit legte sie auf.

»Und?«

»Den Namen von dem Typen weiß er nicht mehr, aber sein Laden heißt wohl Feinkost Specialità. Komisch, ich glaube, das ist das italienische Wort für Feinkost. Der Laden heißt dann wohl Feinkost Feinkost.« Sie schüttelte amüsiert den Kopf. »Gib das mal bei Google ein, er hat sein Geschäft hier in Freiburg.«

Häberle hatte den genannten Namen bereits eingegeben und bekam auch gleich den richtigen Treffer. »Feinkost Specialità. Alles für die feine italienische Küche«, las er vor. Er drückte auf den Button Impressum.

»Bingo!« Er ballte die Faust. »Inhaber ist Gerd Mielke. Klingt nicht sehr italienisch. Ich warte mal noch das Gespräch morgen früh mit Andrea Lauber ab, aber das ist doch eine super Spur. Vielen Dank!«

»Immer gerne, immer zu Diensten.« Lotte Merckheim deutete eine Verbeugung an. »Als gute Mitbewohnerin versucht man ja zu helfen. Ob mit teurem Fisch gegen den Hunger oder guten Hinweisen auf einen möglichen Mörder. Und jetzt raus aus meiner Küche, ich muss morgen früh aufstehen. Und du ja wohl auch. Gute Nacht.«

Teil 3

Tag 7

Häberle hatte Andrea Lauber immer noch nicht erreicht, obwohl er bereits um sieben Uhr bei ihr angerufen hatte. Und sie war auch nicht zu Hause gewesen, als er auf dem Weg ins Büro erneut bei ihr vorbeigefahren war. Aber wie sich herausgestellt hatte, benötigte er sie gar nicht, um abzuklären, ob dieser Gerd Mielke tatsächlich ihr Exmann war. Als er ins Büro gekommen war und Julia Specht von den Erkenntnissen des Gesprächs mit Lotte Merckheim erzählt hatte, hatte die sich sofort an den Rechner gesetzt und angefangen zu googeln.

»Wenn das so ein großer Möchtegern-Zampano ist, wie du ihn gerade mit den Worten von Lotte beschrieben hast, dann ist der sicherlich auch gerne im Rampenlicht und bei jedem Event in der Stadt dabei«, hatte sie erklärt. »Und das Internet vergisst nicht, da sollte doch ein Foto zu finden sein.«

Und tatsächlich war sie fündig geworden. Bei einem Empfang der Stadt Freiburg für eine Delegation der italienischen Partnerstadt Padua vor ein paar Jahren hatte Gerd Mielke mit einer eher traurig aussehenden Andrea Lauber am Arm in vorderster Front gestanden und in die Kamera gegrinst. Zum Glück hatte der Fotograf, so wie es sich gehörte, nach den Namen der Fotografierten gefragt und diese in die Unterzeile geschrieben: »Auch Gerd Mielke, Inhaber des für seine italienischen Spezialitäten bekannten Freiburger Ladens Feinkost Specialità, war mit seiner Frau Andrea beim Empfang der Freunde aus Padua dabei.«

Mit dieser Bestätigung, dass es sich bei Gerd Mielke tatsächlich um den Ex von Andrea Lauber handelte, hatten sie die Spurensicherungsmitarbeiterin Irene Meißner darauf angesetzt herauszufinden, ob das Handy mit der auf Manfred Wegners Smartphone unter »D.F.« gespeicherten Nummer momentan eingeschaltet war und sich in dem Gebiet von Mielkes Feinkostladen befand. In Rekordzeit hatten sie die Antworten erhalten: Ja, ist momentan eingeschaltet. Ja, befindet sich in dem Gebiet.

Jetzt war Häberle mit Julia Specht unterwegs zu ebendiesem Laden. Sie hatten sich nicht angemeldet und hofften, dass sie ihren neuen Verdächtigen antreffen würden.

»Wie gehen wir vor? Reinlaufen und ihn mit einem herzlichen ›Buongiorno, Don Funghi, come stai oggi?‹ überrumpeln?« Julia Specht schaute ihn fragend an.

»Was heißt das? Sprichst du Italienisch?«

»Guten Morgen, werter Herr Pilz, wie geht es Ihnen heute? Ja, ein bisschen. Also, wie machen wir es?«

Häberle runzelte die Stirn. »Weiß noch nicht so richtig. Jetzt hoffen wir erst mal, dass er da ist. Wir sprechen ihn auf jeden Fall auf seine Ex Andrea Lauber an. Mal schauen, wie er reagiert. Und ja, wir werden auch unserer Vermutung nachgehen, dass wir in ihm endlich unseren Don Funghi gefunden haben, und ihn nach einem Alibi für die Nacht des zweiten Mordes fragen.«

Er hatte inzwischen seinen Passat in einer Nebenstraße geparkt. Der Laden hatte eine gute Lage ganz in der Nähe der Freiburger Fußgängerzone. Er sah ziemlich klein aus, eingezwängt zwischen einem Reisebüro und einem Friseursalon, mit einem Schaufenster, in dem vor allem Wein und Nudeln zu sehen waren. Sie gingen hinein.

»Buongiorno, kann ich Ihnen helfen?« Eine dunkelhaarige, elegant in Schwarz gekleidete schlanke Frau um die vierzig kam mit einem freundlichen Lächeln auf sie zu.

»Guten Morgen. Wir sind von der Kriminalpolizei, Thomas Häberle mein Name, das ist meine Kollegin Julia Specht. Wir würden gerne mit Herrn Mielke sprechen. Ist der hier?«

Das freundliche Lächeln wich einem verwirrten Gesichtsausdruck. »Gerardo? Ja. Moment bitte. Ich hole ihn.« Sie ging durch eine Tür im hinteren Teil des Ladens.

»Ihrem Akzent nach dürfte es sich hier im Gegensatz zu Gerardo wirklich um jemanden mit italienischen Wurzeln handeln«, raunte Julia Specht Häberle zu.

Einen Augenblick später kam sie auch schon zurück, mit einem großen und ziemlich beleibten Mann hinter sich. Gerd Mielke hatte einen schicken Anzug mit passender Krawatte an, das zurückgekämmte Haar war offensichtlich schwarz gefärbt, genau wie der dünne Oberlippenbart.

»Guten Morgen, Gerd Mielke. Sie wollen mich sprechen?« Er sah sie fragend und mit einer gewissen Arroganz an.

Wenn er nervös sein sollte, lässt er sich das jedenfalls nicht anmerken, dachte Häberle. »Guten Morgen, Herr Mielke, Hauptkommissar Thomas Häberle und Kommissarin Julia Specht. Wir ermitteln zu den Morden an Stefan Schwamm und Manfred Wegner und hatten gehofft, Sie könnten uns bei ein paar Fragen weiterhelfen. Gibt es vielleicht einen Ort, an dem wir uns ungestört unterhalten können?«

Jetzt war doch eine gewisse Unsicherheit in den Augen von Gerd Mielke zu sehen, die Arroganz war jedenfalls verschwunden. Er schaute kurz die Verkäuferin an und nickte dann. »Natürlich. Wir wohnen oben, über dem Laden. Kommen Sie, wir gehen hoch.«

»Cosa sta succedendo qui? Sei stato beccato nei tuoi loschi traffici? Ti avevo avvertito, idiota, che non sarebbe andata bene!« Die Verkäuferin redete plötzlich aufgeregt auf Gerd Mielke ein, als der an ihr vorbeigehen wollte.

»Calmati, mia cara. Tutto va bene. Nessuno è stato sorpreso qui in alcun affare losco«, antwortete der Feinkosthändler beschwichtigend, während Julia Specht Häberle mit hochgezogenen Augenbrauen anschaute.

Sie folgten Mielke durch die gleiche Tür, durch die vorhin die Verkäuferin verschwunden war, die ihnen nun besorgt nachschaute. Durch ein enges Treppenhaus ging es nach oben und schließlich in eine schöne geräumige Wohnung. Alles war mediterran eingerichtet, und Häberle musste zugeben, dass er sich genau so eine Wohnung irgendwo in der Toskana vorstellte.

»Wollen Sie einen Espresso? Oder einen Cappuccino?« Sie waren in der Küche, wo in einer Ecke ein kleiner Holztisch mit vier einfachen Holzstühlen stand. Häberle schaute sehnsüchtig zu der sehr teuer aussehenden Siebträgermaschine auf der Anrichte, die bestimmt phantastischen Kaffee machte. Aber dafür waren sie nicht hier. Leider.

»Nein, danke, Herr Mielke. Wollen wir uns setzen?« Sie gingen zu dem Tisch und nahmen Platz.

»Herr Mielke, ist es richtig, dass Sie mit Andrea Lauber verheiratet waren?«

Mielke schaute sie verblüfft an und musste dann lachen. »Entschuldigen Sie, aber mit der Frage habe ich jetzt wirklich gar nicht gerechnet. Aber ja, ich war mit Andrea verheiratet, das ist kein Geheimnis. Warum fragen Sie?«

»Na ja, so ungewöhnlich ist die Frage ja nicht, oder?« Julia Specht schaute ihn aufmerksam an. »Immerhin wurde Frau Laubers Lebensgefährte Stefan Schwamm getötet. Und wir suchen nach dem Mörder. Da muss natürlich auch abgeklärt werden, ob es eine Beziehungstat gewesen sein könnte. Verstehen Sie?«

Mielke nickte. »Na klar, verstehe ich. Aber warum fragen Sie denn nicht Andrea selbst, wie das mit uns ablief? Ich meine, sosehr ich den Tod von Stefan bedauere, ist ja wohl doch eher sie die richtige Ansprechpartnerin dafür, oder nicht?«

»Wir haben Frau Lauber heute Morgen leider nicht erreichen können, und es eilt ein bisschen«, übernahm jetzt wieder Häberle. »Also, würden Sie uns bitte sagen, ob Sie irgendwelche Probleme miteinander hatten?«

»Gerne.« Mielke schien sich zu entspannen, was Häberle seltsam vorkam. »Andrea und ich sind im Guten auseinandergegangen. Keine bösen Gedanken, beidseitiges Einsehen, dass unsere Ehe gescheitert ist. Sie ist dann auch relativ schnell mit Stefan zusammengekommen, den sie übrigens durch mich kennengelernt hat. Und ich habe bald darauf Donatella getroffen, die Sie unten ja bereits kennengelernt haben. Meine Begeisterung für Italien hat sich am Ende auch in der Liebe gezeigt.« Er lächelte.

Häberle schaute zu Julia Specht. Das lief anders als erwartet. Keine Spur von Eifersucht. Was nun?

»Wir werden das von Frau Lauber bei Gelegenheit bestätigen lassen«, sagte er und beschloss, das Thema erst mal ruhen zu lassen. Nächster Versuch.

»Was wissen Sie über Trüffel, Herr Mielke?«, fragte Häberle und dachte im nächsten Moment: Aha, Treffer! Denn plötzlich war die Anspannung wieder ins Gesicht des Ladenbesitzers zurückgekehrt.

»Relativ viel«, sagte er vorsichtig. »Ich handle damit. Vor allem mit dem weißen Albatrüffel aus dem italienischen Piemont. Und falls es gerade ein gutes Angebot gibt, auch mit dem schwarzen Périgord-Trüffel aus Südfrankreich.«

»Und was ist mit dem Schwarzwälder Burgundertrüffel?« Mielke rutschte unruhig auf seinem Stuhl hin und her. »Ja. Auch. Aber natürlich nur mit denen von den Trüffelplantagen«, fügte er schnell hinzu.

Häberle beschloss, aufs Ganze zu gehen. »Was würden Sie denn sagen, Herr Mielke, wenn ich behaupte, dass Sie unter dem Namen Don Funghi auch illegal im Schwarzwald gesammelte Burgundertrüffel auf- und unter falschen Angaben weiterverkaufen? Und dass Sie auch Geschäfte mit Stefan Schwamm und Manfred Wegner gemacht haben? Die nun beide tot sind. Was bedeutet, dass Sie ein Bekannter der beiden Opfer sind, Sie gemeinsam illegale Geschäfte betrieben haben und Sie, Herr Mielke, dadurch höchst verdächtig sind, etwas mit dem Tod der beiden zu tun zu haben.«

Er hatte Gerd Mielke, während er redete, genau beobachtet. Zuerst war Erschrecken in seinem Gesicht zu sehen gewesen, das zum Ende hin aber in Ungläubigkeit umgeschlagen war.

»Moment! Stopp!«, rief er nun. »Das ist doch absoluter Blödsinn! Ich bringe doch keine Menschen um! Was glauben Sie denn, wer ich bin? Etwa die Mafia?« Er schaute sie entgeistert an.

»Dass Sie Don Funghi sind, streiten Sie also nicht ab? Hat Donatella vielleicht genau darauf angespielt, als sie Sie eben unten im Laden Idiot genannt hat? Und Sie darauf hinwies, dass sie Sie gewarnt hat, dass Ihre zwielichtigen Geschäfte auffliegen werden?«, fragte Julia Specht trocken. »Vielleicht ist ja doch nicht ›*tutto va bene*‹, oder was denken Sie?«

Mielke schaute sie erschrocken an. »Was? Nein! Ich meine doch, ich streite natürlich ab, dass ich Don Funghi bin!«

Häberle zog schweigend sein Smartphone aus der Tasche und drückte auf eine Taste. Er sprach vielleicht kein Italienisch, aber das hier sollte Mielke jetzt endgültig brechen. Und es klappte tatsächlich. Irgendwo in der Wohnung fing ein Handy an zu klingeln. Leise, aber dennoch war es gut zu hören. Häberle glaubte, die Melodie des italienischen Songs »Azzurro« zu erkennen.

»Herr Mielke, ich habe gerade eine Nummer angerufen, die auf dem Handy von Manfred Wegner unter dem Namen D.F. gespeichert ist. Und unter der er laut Zeugenaussage von Ferdinand Kleist ein Streitgespräch über den An- und Verkauf von Trüffeln geführt hat. Wollen wir mal zusammen das irgendwo in ihrer Wohnung klingelnde Handy suchen und schauen, ob es das ist, das ich gerade angerufen habe?«

Gerd Mielke schaute mit aufgerissenen Augen von ihm zu Julia Specht und wieder zurück und sackte schließlich in sich zusammen. »Nein. Nicht nötig. Sie haben mich«, sagte er leise. Und dann lauter: »Aber ich habe weder Stefan noch Manfred umgebracht, das ist totaler Unsinn! Wir waren Geschäftspartner. Gute Geschäftspartner. Wir haben voneinander profitiert!«

»Geschäftspartner beim Finden und Verkaufen von Schwarzwälder Trüffeln, Don Funghi? Können Sie das bitte klipp und klar bestätigen?« Julia Specht hatte offenbar nicht vor lockerzulassen, und Häberle ließ sie gewähren.

»Ja. Richtig. Wir hatten da ein kleines Geschäft laufen. Mit Schwarzwälder Burgundertrüffeln.«

»Bitte erklären Sie uns kurz das Geschäftsmodell. Sie können sich sicher sein, dass eine Anzeige auf Sie zukommt. Aber wenn Sie kooperieren, wird das von Vorteil für Sie sein.« Häberle schaute ihn ernst an.

Mielke überlegte kurz, nickte dann aber. »Also gut. Ihren

Fragen nach zu urteilen, wissen Sie ja, dass es im Schwarzwald Burgundertrüffel gibt. Die sind nicht so teuer wie der Alba oder der Périgord, aber lecker sind sie trotzdem. Und gefragt. Und die liegen überall im Schwarzwald einfach so in der Erde. So richtig kann niemand erklären, warum sie nicht geerntet werden dürfen. Tausende von Euro im Wald, einfach so, den Schatz muss doch jemand heben!«

Er schaute sie an und schien auf Zustimmung zu warten. Die er nicht bekam. Er seufzte. »Jedenfalls haben wir uns alle in einem Forum kennengelernt. Ich, Stefan, Lothar, Manfred und noch ein paar Leute. Schon vor vielen Jahren. In dem Forum sind ganz viele Pilzsucher aus der Region aktiv und tauschen sich aus. Ich bin da unter dem Pseudonym Peter Pilz unterwegs. Vor allem erzählen sie sich natürlich, wie erfolgreich sie sind und was sie wieder alles gefunden haben. Ich lese da nur ein bisschen mit, einfach aus Interesse. Ich darf die Pilze ja nicht aufkaufen.«

Häberle glaubte ihm kein Wort. Bestimmt hatte er mehr als einmal Angebote gemacht, und wahrscheinlich waren nicht nur Schwarzwälder Trüffel, sondern auch andere Pilzsorten aus dem Schwarzwald im Portfolio von Don Funghi.

»Jedenfalls kam Stefan irgendwann in mein Geschäft – da war er schon mit Andrea zusammen – und hat gefragt, ob ich ihm Steinpilze, Pfifferlinge und eine größere Anzahl eher unbekannter Speisepilze unter der Hand verkaufen könnte. Weil … ach, das tut nichts zur Sache.«

»Weil Herr Schwamm keine Sondererlaubnis mehr für das Handeln mit im Schwarzwald gefundenen Pilzen hatte und welche aus dem Ausland brauchte, die er dann als heimische weiterverkaufte«, half Julia Specht ihm aus. »Wir wissen das bereits. Frau Lauber hat es uns erzählt.«

»Andrea wusste das?«, fragte Mielke erstaunt. »Okay, dann kennen Sie ja die Gründe. Ich habe zugestimmt, ist ja von meiner Seite nicht verboten. Ich verkaufte Pilze an Stefan, die ich legal im Ausland gekauft habe. Was der damit machte, ging mich nichts an.«

Häberle war sich nicht sicher, ob das so einfach war, sagte aber nichts.

»Ich habe natürlich gemerkt, dass Stefan knapp bei Kasse war.« Er schaute sie an. »Und, na ja, so fing das dann an. Ich wusste durch das Forum von seinen Pilzbüchern, und auch, dass in mindestens einem davon Trüffelfundorte aufgelistet sind. Und da habe ich ihm ein Angebot gemacht.«

»Und das war?«, hakte Häberle nach.

Mielke seufzte. »Ich könnte jetzt echt eine Zigarette brauchen. Und einen Grappa.« Dann richtete er sich auf seinem Stuhl auf und erzählte weiter. »Das Angebot war, dass er mir für einen Festpreis von dreihundert Euro pro Seite plus einen Anteil am Gewinn von eventuell gefundenen Trüffeln einzelne Buchseiten verkauft. Ich wollte mich um das Suchen und Ausgraben kümmern, er hätte also nichts damit zu tun gehabt. Er hat relativ schnell zugestimmt. Dann wollte ich wegen eines Trüffelhunds Paul Bremer ansprechen, das ist ein Züchter, wohnt in Todtnauberg. Aber der hatte gerade keine ausgebildeten Hunde zum Verkauf. Außerdem ist unsere Wohnung hier in der Stadt nicht dafür geeignet, einen so bewegungsfreudigen Hund zu halten. Das gleiche Problem hatte übrigens Stefan. Der hat sich bei Bremer wohl auch nach einem Hund erkundigt, musste dann aber einsehen, dass sie erstens zu teuer sind und er zweitens in seiner kleinen Zwei-Zimmer-Wohnung mit Andrea keinen Hund halten konnte.«

»Danke, Herr Mielke. Wir wissen jetzt also, dass Lotto Macchiatos viel Platz brauchen. Kommen wir bitte zurück zu Ihrem Trüffelgeschäft mit Herrn Schwamm.«

»Lagotto Romagnolo«, warf Julia Specht ein und erntete dafür einen genervten Blick von Häberle.

»Ja. Also.« Gerd Mielke überlegte kurz. »Ich habe mich dann an Lothar gewandt, den Betreiber des Pilzforums. Der hat einen guten Trüffelsuchhund, den Fredo. Aber Stefan war auf Lothar nicht gut zu sprechen und wollte ihn nicht bei dem Geschäft dabeihaben. Anscheinend irgendwas mit Andrea, vielleicht Eifersucht, was weiß ich. Also habe ich Manfred

Wegner gefragt. Der hatte den Fuzzi, einen eigentlich noch besseren Trüffelsuchhund als Fredo, der Wahnsinn. Manfred hat sofort zugestimmt. So wie ich das sehe, war er so wie Stefan ebenfalls knapp bei Kasse und brauchte dringend Geld. Danach war alles ganz einfach.«

Er blickte kurz über die Schulter, als wollte er sich vergewissern, dass es keine heimlichen Zuhörer gab.

»Stefan hat mir abfotografierte Seiten aus seinem Buch gegeben, immer nur zu einem Fundort. Ich habe ihm pro Seite dreihundert Euro gegeben und die Seiten an Manfred weitergereicht. Sobald der Trüffelfundort von Fuzzi abgesucht und die Trüffel geerntet worden waren, hat Manfred mir die Trüffel gebracht, ich habe sie als Plantagentrüffel verkauft und den Gewinn aufgeteilt. Dann hat Manfred die abfotografierten Seiten zurückgegeben, ich sollte sie auf Stefans Geheiß verbrennen, und es gab neue Seiten mit einem neuen Trüffelfundort. Und so ging das immer weiter. Bis erst Stefan und jetzt auch Manfred umgebracht wurden. Dabei war es eine Win-win-win-Situation, alle profitierten!«

Er schaute sie wieder an, als ob er Zustimmung oder sogar Beifall erwartete, aber der wurde ihm weiterhin verwehrt. Stattdessen blickte er in alarmierte Gesichter.

»Moment mal, meinen Sie mit Lothar etwa Lothar Biesig? Den Forumsbetreiber?«, fragte Häberle nach.

»Ja. Warum? Kennen Sie ihn?«

»Lothar Biesig hat einen Trüffelsuchhund?«

»Ja. Den Fredo. Hab ich doch gesagt. Fredo und Fuzzi sind übrigens Brüder und stammen aus der Zucht von Paul Bremer. Wenn ich hier schon mein Gewissen erleichtere, kann ich auch gleich zugeben, dass ich früher auch schon Trüffel von Lothar gekauft habe, die er hin und wieder mit Fredo gefunden hat. Allerdings kaufe ich seit einer Weile nichts mehr von ihm. Seit ich Stefans Buchseiten und Manfreds Fuzzi zur Verfügung hatte, hatte ich mehr als genug Burgundertrüffel. Mehr konnte ich beim besten Willen nicht einigermaßen unauffällig verkaufen.«

Häberle dröhnte der Kopf. Das ging ja plötzlich alles in eine ganz andere Richtung als erwartet.

»Stopp«, sagte Julia Specht in dem Moment. »Und wie passt Ferdinand Kleist da rein? War der auch Teil Ihrer Partnerschaft?«

Mielke schüttelte den Kopf. »Nein. Anscheinend hatte Andrea ohne das Wissen von Stefan ebenfalls beschlossen, die begehrten Trüffelinformationen zu Geld zu machen. Habe ich aber erst mitbekommen, als Manfred mich anrief und mir die mit Ferdinand Kleist gefundenen Trüffel verkaufen wollte.«

»Und das hat Ihnen nicht gepasst?«

»Natürlich nicht! Ich habe ja auch Geld in den Aufkauf der Buchseiten investiert! Wenn da plötzlich ein weiterer Player mitspielt und die Fundorte abräumt, ohne dass ich am Gewinn beteiligt bin, stinkt mir das natürlich!«

»Also hatten Sie guten Grund, sauer auf Manfred Wegner mit seinem Hund Fuzzi zu sein, der Sie ja sozusagen hintergangen hat, oder?«

»Ja, natürlich war ich sauer! Aber wir haben uns geeinigt, ich bekam durch den von mir durchgeführten Verkauf meinen Anteil. Stefan habe ich nichts davon erzählt, ich wollte nicht seine Beziehung mit Andrea gefährden, die hinter seinem Rücken die Buchseiten verkauft hatte. Und Ferdinand Kleist hatte ja nur zwanzig Seiten, darauf waren ohnehin nur sieben Fundorte sehr ausführlich beschrieben. Kleine Fische.«

Mielke strich sich aufgeregt durch seine schwarz gefärbten Haare. »Ich habe wirklich weder Stefan noch Manfred getötet! Mir geht durch deren Tod schließlich viel Geld durch die Lappen, ich bekomme keine Buchseiten mehr von Stefan und hab keinen Hund mehr zur Verfügung, der die Trüffel sucht! Ich bin Geschäftsmann, ich schade mir doch nicht selbst!«

Häberle und Julia Specht schauten sich an. Das machte tatsächlich Sinn. Leider. Also wieder ein Verdächtiger, den sie von der Liste streichen mussten?

»Okay, Herr Mielke. Wir glauben Ihnen jetzt erst mal. Wegen den Trüffeln werden sich die Kollegen bei Ihnen melden.

Was können Sie uns denn noch zu Lothar Biesig sagen, dem Forumsbetreiber?«

Trotz des Hinweises, dass er sich demnächst für den illegalen Handel mit Schwarzwälder Burgundertrüffeln zu verantworten hatte, schien Mielke sich wieder etwas zu entspannen.

»Lothar? Wie gesagt, er hat einen Trüffelsuchhund, hat mir auch Trüffel verkauft. Seit ich das Ding mit Stefan laufen hatte, nehme ich ihm aber keine mehr ab. Mehr kann ich eigentlich nicht über ihn sagen, ich habe ihn nur über das Forum und durch das Trüffelgeschäft gekannt, ansonsten finde ich ihn relativ unsympathisch, wenn ich ehrlich bin. Er war ein- oder zweimal bei mir im Laden. Schon lange her, damals war ich noch mit Andrea zusammen. Hat gar nicht seine Augen von ihr lassen können, was ihn mir auch nicht sympathischer gemacht hat.« Er strich sich mit den Händen die Haare an seinen Schläfen nach hinten, was unnötig war, da sie wie festgeklebt am Kopf anlagen.

»Ich glaube, dass Andrea sich nach unserer Trennung sogar ein- oder zweimal mit ihm getroffen hat, bevor sie dann mit Stefan zusammenkam. Es gab wohl einen ziemlichen Krach, weil Lothar sich mehr erhofft hatte. Zumindest hat Stefan das erzählt, als es darum ging, jemanden zu finden, der für uns die Trüffel sucht, und ich erst Lothar vorgeschlagen habe.«

»Lothar Biesig kannte also auch Stefan Schwamm ganz gut?«

»Gut ist vielleicht zu viel gesagt, aber ja, die hatten schon hin und wieder miteinander zu tun.«

Häberle überlegte kurz. »Noch eine Frage, Herr Mielke: Wie viele abfotografierte Seiten hatte Manfred Wegner zuletzt aus dem Trüffelbuch von Stefan Schwamm?«

Mielke überlegte. »Zwei, glaube ich«, sagte er schließlich.

Richtige Antwort, dachte Häberle und stand auf.

»Gut. Danke für diese Informationen. Wir werden jetzt zu Herrn Biesig fahren. Sollten Sie den Wunsch verspüren, ihn in irgendeiner Weise vorzuwarnen, dann unterdrücken Sie den bitte. Wir würden dahinterkommen, glauben Sie mir.«

»Hast du unseren Bericht über meinen und Marias Besuch bei Lothar Biesig gelesen? Du warst ja nicht dabei.« Häberle schaute angespannt nach vorn, während er den Passat beschleunigte und die Gänge reinrammte.

»Ja. Da stand nichts von einem Trüffelhund, wenn ich mich richtig erinnere.«

Häberle nickte. »Genau. Wir hatten zwar aus einer Scheune Hundegebell gehört, ich hielt es aber nicht für erwähnenswert. Jetzt sieht es anders aus. Biesig hat beim Thema Trüffel absolute Ahnungslosigkeit vorgespielt, er sagte, dass er sich für die kein bisschen interessiere. Dabei hat er einen waschechten Ravioli-Campagnolo in der Scheune! Und zum Thema Stefan Schwamm hat er gesagt, dass er ihn nur aus dem Forum kennt. Was ebenfalls gelogen war.«

»Lagotto Romagnolo«, warf Julia Specht ein, aber Häberle beachtete sie nicht.

»Ich erwarte ja nicht, dass er beim Namen Stefan Schwamm sofort erzählt, dass er sich mal in dessen Freundin verguckt hat. Aber das Verheimlichen seines Trüffelwissens und vor allem die glatte Lüge, dass er Stefan Schwamm nicht näher kennt, macht ihn zu unserem Verdächtigen Nummer eins. Auch in Ermangelung einer Alternative.« Häberle zog eine Grimasse. »Stimmst du mir zu?«

»Absolut. Das ist schon alles sehr merkwürdig.« Julia Specht überlegte kurz. »Folgende Theorie: Lothar Biesig ist komplett in Liebe entbrannt für Andrea Lauber. Vielleicht schon seit vielen Jahren. Aber sie ist mit Don Funghi verheiratet, der beim illegalen Trüffelhandel sein Geschäftspartner ist, deshalb lässt er die Finger von ihr. Dann, oh welch ein Glück, lassen sich die beiden scheiden. Der Weg ist also frei, er macht ihr den Hof und trifft sie sogar das ein oder andere Mal. Er glaubt sich am Ziel seiner Träume. Plötzlich, Auftritt Stefan Schwamm. So wie Andrea Lauber erzählt hat, war er ihre große Liebe. Lothar Biesig wird also fallen gelassen – falls er überhaupt je eine Chance hatte.«

Häberle nickte. »Ja, passt so weit. Nur: Warum tötet er

Stefan Schwamm erst jetzt? Die Abfuhr von Andrea Lauber muss ja schon vor zwei oder drei Jahren erfolgt sein.«

»Kennst du nicht den Spruch ›Eifersucht ist eine Leidenschaft, die mit Eifer sucht, was Leiden schafft‹? Man kann sich in etwas hineinsteigern. Überleg mal, die sind ja alle in Pilzkreisen unterwegs, ich denke, da hört man voneinander und trifft sich auch ab und zu. Und mit ansehen zu müssen, wie die Frau, die man zu seiner großen Liebe erklärt hat, mit einem anderen Mann ein offensichtlich glückliches und erfülltes Leben führt, kann einen schwachen Menschen vielleicht verrückt machen, oder? Dann die richtige Gelegenheit, ein Plan, der vielleicht über all die Jahre im Kopf immer weiter perfektioniert wurde und endlich ausgeführt werden will – und dann macht Biesig die Pläne wahr, um sich für all den Schmerz, für den er Stefan Schwamm verantwortlich macht, zu rächen.«

»Die Sprüche überlassen wir in Zukunft bitte wieder Maria. Ich bin mir ziemlich sicher, dass sie einen sehr viel besseren zum Thema Eifersucht hat. Ansonsten gebe ich dir recht.« Häberle hupte ungeduldig, weil ein Auto vor ihm seiner Meinung nach viel zu langsam fuhr.

»Der Mord war geplant, vielleicht seit Jahren. Und jetzt hat er es nicht mehr ausgehalten und musste ihn ausführen. Das lässt Biesig in gewisser Weise als Psychopath erscheinen, und so locker-leicht, wie er Maria und mir seine Überraschung über Schwamms Pilztod vorgespielt hat, ohne mit der Wimper zu zucken, ist er das wahrscheinlich auch.«

»Wir sind uns also einig, dass er unser Mörder ist?« Julia Specht sah ihn fragend an.

»Wir sind uns einig, dass er hochgradig verdächtig ist. Beweise haben wir nicht, nur Theorien, und die auch nur zum ersten Mord.«

❊❊❊

Häberle hielt sich nicht damit auf, irgendwo vor dem Haus nach einem Parkplatz zu suchen, sondern fuhr in Himmelreich direkt auf den Hof von Lothar Biesig. Als sie ausstiegen, hörten sie einen Hund in der Scheune bellen.

»Herr Biesig? Hallo? Ist jemand zu Hause?« Häberle ging direkt zur Hintertür und drückte die Klinke hinunter. Abgeschlossen. Er hämmerte gegen die Tür, aber es sah so aus, als ob das Haus verlassen wäre.

Bitte nicht, dachte er, während er versuchte, durch eines der Fenster zu schauen. Nicht noch eine Flucht. Er machte sich Vorwürfe, anscheinend hatte er mit dem Täter oder zumindest einem Tatverdächtigen zusammengesessen und geredet, ohne etwas zu bemerken. Sein einziger kleiner Trost war, dass es Maria Dupont nicht anders ergangen war.

»Thomas? Komm mal her!« Julia Specht war nach ihrer Ankunft gleich in der Scheune verschwunden und winkte ihn nun vor dem offenen Tor stehend zu sich. »Ist ziemlich interessant hier drinnen.« Damit verschwand sie wieder in der Scheune, und Häberle ging neugierig hinterher.

Als er durch das Tor trat, war er überrascht. So wie sie von außen aussah, hatte er auch im Innern mit einer alten dunklen Scheune gerechnet, aber das Dach hatte mehrere große Fenster, und auch die Hinterwand bestand fast vollständig aus Glas. Es gab einen großen Hundezwinger, alles sah neu und gut gepflegt aus.

Aus dem Zwinger schaute ihm ein Hund freundlich entgegen und ließ nur hin und wieder ein kurzes Bellen hören. Definitiv ein Vitello Tonnato, dachte Häberle grimmig. Wahrscheinlich Fredo.

Durch die Glasfront konnte er in einen riesigen umzäunten Garten blicken, in dem mehrere Bäume wuchsen und das ein oder andere Hundespielzeug im Gras lag. Was auch immer Lothar Biesig verbrochen hatte, Tierquälerei gehörte anscheinend nicht dazu. Soweit Häberle es beurteilen konnte, war das eine schöne Umgebung für einen Hund.

»Thomas? Hier drinnen.« Julia Spechts Stimme kam aus einem kleinen abgetrennten Bereich, der auf den ersten Blick wie ein improvisiertes Büro aussah. Seine Kollegin stand an einem riesigen silbernen Aluschrank und schaute hinein. Beim zweiten Blick erkannte Häberle, dass es sich um einen Kühlschrank handeln musste.

»Schau mal. Ich sehe ja ein, dass man für die Arbeit mit einem Lagotto Romagnolo Trüffel benötigt, damit er das Suchen nicht verlernt. Aber bestimmt nicht in der Menge, oder?«

Häberle blickte ihr über die Schulter und staunte. In mehreren kleinen Kisten lagen runde schwarze Knollen, die merkwürdig geriffelt waren. So sahen also Burgundertrüffel aus. Er schätzte, dass das mindestens fünf bis sechs Kilogramm waren.

Er bemerkte beim Blick ins Innere des Schranks auch, dass das kein normaler Kühlschrank war, sondern eher so etwas wie ein Weintemperierschrank, wie er im Sommer einen auf einem Weingut gesehen hatte. »Was meinst du, haben die sich hier angesammelt, seit Gerd Mielke alias Don Funghi keine Geschäfte mehr mit Lothar Biesig macht? Dadurch entgeht dem Herrn Biesig aber einiges an Geld.«

Julia Specht nickte. »Ja. Definitiv. Also, fassen wir noch mal zusammen: Lothar Biesig ist Pilzsammler. Ein ziemlich passionierter, würde ich sagen, schließlich hat er ein Pilzforum im Internet ins Leben gerufen. Dort ist hin und wieder die Rede von Stefan Schwamm, der mit seiner Sondererlaubnis und natürlich den Pilzbüchern mit Fundorten, die über mehrere Generationen sorgsam eingetragen wurden, gutes Geld verdient. Er kann also mit dem geliebten Hobby seinen Lebensunterhalt bestreiten, der Traum schlechthin, wenn auch normalerweise eher von Fußballern aus der Kreisliga als von einem Pilzsammler. Damit haben wir das erste Motiv: Neid.« Sie hatte einen der Trüffel aus der Kiste genommen und betrachtete ihn nachdenklich.

»Dazu kommt Motiv zwei: Eifersucht. Was auch die grausame Art des ersten Mordes etwas verständlicher macht. Denn ausgerechnet Schwamm schnappt Biesig die Angebetete weg. Ab da hat der vielleicht bereits Mordphantasien. Und die setzt er um, als Schwamm schließlich auch noch sein Trüffelgeschäft mit Don Funghi platzen lässt, ihm also Geld flöten geht. Damit haben wir Motiv drei: Habgier. Das bringt das Fass zum

Überlaufen, den Kragen zum Platzen, die Hutschnur zum Reißen und den Topf zum Überkochen.«

Häberle nickte zufrieden. »Aber warum musste Manfred Wegner sterben?«

»Manfred Wegner, genau. Lass mich überlegen.« Julia Specht ging kurz in die Denkerpose. »Wie wäre es damit: Ich denke, dass er zu viel wusste. Für Biesig läuft der illegale Trüffelverkauf super, bis Stefan Schwamm als neuer Player erscheint, durch dessen Trüffelbuch der Schwarzmarkt mit Schwarzwaldtrüffeln regelrecht geflutet wird. Biesig fragt sich natürlich, wie all die Trüffel gefunden werden können, dazu braucht es ja auch einen guten Hund. Zack, und schon sind wir bei Wunderhund Fuzzi. Wahrscheinlich hat Manfred Wegner mit Biesig zusammengearbeitet, bevor Don Funghi Biesig fallen ließ. Zwei Superhunde finden ja nun mal mehr Trüffel als ein Superhund.« Sie hatte den Trüffel inzwischen wieder zurückgelegt und roch misstrauisch an ihrer Hand.

»Und wenn die oft zusammen durch den Schwarzwald gestreunt sind, hat Biesig in einem romantischen Moment, ich denke da an einen sommerlichen Sonnenuntergang auf einem einsamen Schwarzwaldgipfel, dem Manfred Wegner vielleicht von seiner an Stefan Schwamm verlorenen Liebe Andrea Lauber erzählt. Ergo ist Manfred Wegner eine Gefahr, falls der auf die Idee kommt, mit der Polizei zu sprechen. Ergo muss Manfred Wegner auch sterben. Puh, macht das alles Sinn? Mir schwirrt der Kopf.«

»Kein Wunder, du haust hier ja auch eine komplette Erklärung für zwei Morde raus, Kompliment«, sagte Häberle anerkennend.

Sie standen vor dem Schrank und schauten weiterhin auf den wertvollen Inhalt, während hinter ihnen der Hund immer lauter bellte. Bestimmt roch er die Trüffel.

»Und wie geht es jetzt weiter?« Julia Specht sah fragend zu Häberle. »Haben wir uns alles so weit zusammengereimt, dass wir eine Fahndung nach Lothar Biesig einleiten können? Haben wir Beweise für unsere Vermutungen und Theorien?«

So ganz klar ist in meinem Kopf immer noch nicht alles, nichts für ungut. Ich vermisse echt Maria. Die würde jetzt alles in fünf Sätzen zusammenfassen, und ich wüsste, was zu tun ist.«

»Keine Angst, geht mir genauso«, gab Häberle zu. »Maria ist darin einsame Spitze. Aber wir haben sie nicht hier, und uns fehlt die Zeit, um erst mal ins Krankenhaus zu fahren und gemütlich mit ihr zu plauschen. Also geben wir jetzt die Fahndung raus, ich übernehme die Verantwortung.«

Er schaute sich noch mal um. »Ich glaube allerdings nicht, dass Biesig auf der Flucht ist. Er mag ein zweifacher Mörder sein, und ein besonders grausamer dazu, aber so gepflegt, wie das hier alles aussieht, würde er seinen Hund nicht sich selbst überlassen. Wir warten also einfach, während die Kollegen Automarke und Nummernschild herausfinden und zusammen mit Lothar Biesig zur Fahndung ausschreiben sollen.«

Häberle telefonierte und gab alles durch. Dann setzten sie sich in die Sonne. Am liebsten wäre er in die Scheune gegangen und hätte mit dem Hund gespielt, der immer noch ziemlich aufgeregt war. Aber so wie es aussah, befanden sie sich hier an einem Ort, der demnächst Besuch von Manuel Palmer und seinem Spurensicherungsteam bekommen würde, also würde er nichts anfassen oder verändern.

Aus dem gleichen Grund widerstand er auch der Versuchung, sich irgendwie Zutritt zu dem Haus von Lothar Biesig zu verschaffen. Das musste jetzt alles den Regeln entsprechend ablaufen, sonst konnte ihnen ein unbedachtes Vorgehen später vielleicht auf die Füße fallen.

Sie warteten also, auch wenn es ihnen schwerfiel. Aber beiden war klar, dass die Wahrscheinlichkeit, Biesig durch sinnloses Herumkurven im Schwarzwald zu finden, sehr viel kleiner war, als ihn in den nächsten Stunden hier anzutreffen.

Nach etwa zwanzig Minuten sang mal wieder Helene Fischer in Häberles Hosentasche, und er beeilte sich ranzugehen.

»Noch drei Tage, dann bekommst du einen neuen Song«, tröstete Julia Specht ihn grinsend. Nur um hinzuzufügen: »Ich

habe schon tolle Ideen!«, und bei Häberle die Erkenntnis aufkommen zu lassen, dass er mit »Atemlos durch die Nacht«
möglicherweise ganz gut bedient war.

»Häberle«, meldete er sich und hörte kurz zu. »Silberner
Land Cruiser, Baujahr 2017, FR-TL 333, alles klar, danke.« Damit legte er auf. »Das Auto passt schon mal, ein Geländewagen.«

Sie warteten weiter. Kurz darauf klingelte Julia Spechts
Handy. Sie schaute auf die Nummer und nahm ab. »Ja?« Sie
hörte zu und sah erstaunt zu Häberle. »Ja, Frau Lieber aus
Oberwinden kenne ich, ich hatte das Vergnügen.«

Stirnrunzelnd hörte sie zu, was der Anrufer zu erzählen
hatte. Dann war sie plötzlich sehr aufgeregt. »Das ist ja wohl
der Oberknaller! Alles klar, wir sind auf dem Weg! Schicken
Sie bitte Verstärkung, der Fahrer wird verdächtigt, zwei Morde
begangen zu haben.« Damit legte sie auf.

Sie war schon während der letzten Sätze Richtung Auto
gegangen, und Häberle war ihr gefolgt, da ihm klar war, dass
hier gerade etwas passierte. Als sie einstiegen, sah er seine
Kollegin fragend an.

»Auf nach Oberried. Meine Informantin dort, die Fenster-
bank-Politesse Frau Lieber, die sich bei mir über die Katzen
der Nachbarin beschwert hatte, hat gerade bei der im Gemeindeblatt angegebenen Hotline-Nummer angerufen und
nach mir verlangt. Man solle mir ausrichten, dass eben ein
silberner Geländewagen aus Richtung Wald an ihrem Haus
vorbeigefahren ist. Den habe sie vorher noch nie gesehen. Er
hat wohl vor der Dorfschenke geparkt, einem Restaurant. Ich
weiß nicht, ob Frau Lieber zu viele Agatha-Christie-Krimis
gelesen hat, aber auf jeden Fall ist sie tatsächlich hingelaufen
und hat sich wie eine echte Hobbydetektivin das Nummernschild notiert. FR-TL 333.«

Häberle drehte den Schlüssel, legte den Gang ein und gab
Gas.

***

Als sie vor dem Restaurant Dorfschenke auf den Parkplatz fuhren, sahen sie den Land Cruiser sofort. Häberle parkte direkt neben dem breiten Auto.

»Ziemlich dreckig, und vor allem auch zerkratzt. Schau mal, die Kratzer sind richtig tief, das bekommt man nicht einfach wieder rauspoliert.« Julia Specht zeigte auf ein paar besonders auffällige Stellen am linken Kotflügel, nachdem sie einmal um den Land Cruiser herumgegangen war.

Häberle ging gefolgt von seiner Kollegin zur Eingangstür. Das Auto konnten sie sich später anschauen, jetzt wollte er mit Lothar Biesig reden. Über Trüffel. Über Stefan Schwamm. Und über Don Funghi. Er drehte sich um. »Wie machen wir es? Brechstange oder Lehrbuch?«

»Das ist nicht meine Entscheidung, du bist der Boss«, stellte Julia Specht klar. »Aber du solltest mich inzwischen gut genug kennen, um zu wissen, dass ich lieber mit der Tür ins Haus falle, als um den heißen Brei herumzureden.«

Er überlegte kurz. Hätten sie Maria Dupont dabei, wäre sie bestimmt für die Lehrbuch-Methode. Aber wie hieß es so schön? Hätte meine Oma Räder, wäre sie ein Fahrrad. Maria war nicht hier, basta, und er war auch eher der Einfach-machen-Typ. Er gab sich einen Ruck. »Dann lass uns mal mit der Tür ins Haus fallen. Mal schauen, ob wir Biesig aus der Reserve locken können.«

Als sie reingingen, sahen sie ihn sofort. Er saß an der Theke, trank ein Bier und hatte einen Teller vor sich. Badisches Dreierlei, erkannte Häberle. Eine der Spezialitäten hier in der Gegend, die er selbst für sich entdeckt hatte. WuBiBrä – Wurstsalat, Bibeleskäs und Brägele. Einfach, aber sehr lecker. Ansonsten konnte er niemanden in dem Gasthaus sehen, es war allerdings auch schon kurz vor fünfzehn Uhr, zu spät fürs Mittagessen, aber noch zu früh für Kaffee und Kuchen.

»Hallo, Herr Biesig, schmeckt's?« Er hatte sich rechts neben den Forumsbetreiber gesetzt, Julia Specht stellte sich auf die andere Seite von ihm.

Biesig hatte gerade einen Schluck Bier aus seinem Glas

genommen und stellte es nun langsam wieder ab. Er hatte sie beide nur kurz angeschaut und widmete sich jetzt wieder seinem Teller.

»Aha, der Herr von der Kriminalpolizei. Und eine neue Kollegin. Ziemlich jung, oder? Macht sie ein Praktikum bei Ihnen?« Er schob sich mit dem Messer betont langsam ein paar der Brägele genannten Bratkartoffeln auf seine Gabel und fügte etwas Bibeleskäs hinzu. »Kann ich Ihnen irgendwie helfen?«, fragte er, bevor er sich die Kombination in den Mund steckte.

»Das können Sie ganz sicher, Herr Biesig.« Häberle ging nicht auf seine Stichelei bezüglich Julia Specht ein. »Wir waren gerade bei Ihnen zu Hause und haben Fredo kennengelernt, Ihren Loretto Valpucciano. Und ja, ich weiß, die Rasse heißt anders, ist mir aber völlig egal. Er stammt jedenfalls aus der Zucht von Paul Bremer, wie wir von Gerd Mielke erfahren haben. Alias Don Funghi, um hier mal ein paar Namen fallen zu lassen. Er hat uns auch erzählt, dass Sie Stefan Schwamm doch etwas besser kannten, als Sie mir und meiner Kollegin bei unserem Treffen in Himmelreich erzählt haben. Und da dachten wir uns, dass es vielleicht Zeit für ein weiteres Gespräch ist.«

Biesig hatte die ganze Zeit weitergegessen, nur hin und wieder genickt und einmal sogar geschmunzelt. Jetzt nahm er noch einen großen Schluck Bier aus seinem Glas und wischte sich dann den Mund mit einer Serviette ab. »Okay. Reden wir. Was wollen Sie wissen?«

»Um es ganz einfach zu machen: Wir denken, dass Sie Stefan Schwamm und Manfred Wegner ermordet haben.« Julia Specht hatte es ganz ruhig und emotionslos gesagt und sich dabei nur ein bisschen zu Biesigs linkem Ohr vorgebeugt.

Der schmunzelte erneut. »Erwarten Sie jetzt etwa ein Geständnis von mir, junge Dame? Hätten Sie denn irgendwelche Beweise für eine solche Anschuldigung?«

»Wir wissen, dass Sie illegale Trüffelgeschäfte mit Don Funghi gemacht haben und Stefan Schwamm Ihnen die vermasselt hat«, fing Häberle an, ihre neuen Erkenntnisse aufzuzählen.

»Wir wissen auch, dass Stefan Schwamm Sie ganz und gar nicht mochte und dies vermutlich mit seiner Freundin Andrea Lauber zu tun hatte, an der Sie vor einiger Zeit Interesse hatten. Und wir vermuten, dass Manfred Wegner darüber zu viel wusste und daher eine Gefahr für Sie darstellte.«

Biesig hatte aufmerksam zugehört und ab und zu genickt. »Das ist schön, was Sie alles wissen und vermuten.« Er nahm wieder einen Schluck Bier. »Ich denke mal, dass Sie meinen Trüffelvorrat in der Scheune gefunden haben. Obwohl Sie streng genommen ja gar nicht hätten hineingehen dürfen. Aber ist okay, ich sehe von einer Anzeige ab. Die Trüffel habe ich mit Fredo übrigens in Frankreich gefunden. Von dem hatte ich Ihnen nicht erzählt, stimmt, muss mir entfallen sein, und Sie haben mich ja auch nicht gefragt, ob ich einen Hund besitze. Einen Don Funghi kenne ich nicht, Andrea Lauber ist eine gute Freundin, Stefan Schwamm war ein entfernter Bekannter, und Manfred Wegner – ich glaube, der ist in meinem Forum aktiv. Sonst noch etwas?«

Häberle ließ sich von der Unverfrorenheit Biesigs nicht beeindrucken. Er war ihr gesuchter Mörder, da war er sich sicher. »Wir nehmen Sie fest, Herr Biesig. Es besteht der begründete Verdacht, dass Sie die Morde an Stefan Schwamm und Manfred Wegner begangen haben. Herr Mielke wird bestimmt gerne gegen Sie aussagen, schließlich haben Sie sein florierendes Trüffelgeschäft zerstört und uns indirekt auf ihn aufmerksam gemacht, dafür wird er sich bestimmt gerne revanchieren. Was den Mord an Stefan Schwamm angeht, kann uns sicher Andrea Lauber ein paar interessante Dinge aus Ihrer gemeinsamen Vergangenheit erzählen. Und was Manfred Wegner betrifft, freue ich mich schon auf Ihr Alibi.«

Häberle war während seiner Ansprache aufgestanden und hatte ein Paar Handschellen aus der Jackentasche gezogen. Julia Specht belehrte Biesig über seine Rechte, während sie seine Arme nach hinten zog, und Häberle ließ die Handschellen an den Handgelenken des dringend Tatverdächtigen einrasten.

»Echt jetzt? Handschellen? Wird hier gerade mit versteckter

Kamera ein ›Tatort‹ gedreht, oder was soll das?« Biesig schaute sie spöttisch an, ehe er weiterredete.

»Sie fragen nach meinem Alibi für den Abend des Mordes an Wegner? Ich habe mit Fredo eine Aufzeichnung von ›Martin Rütter – die Welpen kommen‹ angeschaut. Fredo ist total verrückt nach der Sendung, der bellt immer ganz aufgeregt, wenn er den Hundenachwuchs auf der Mattscheibe sieht. Und was Andrea angeht, bin ich mir sicher, dass sie nicht für ein Gespräch zur Verfügung stehen wird.« Er grinste sie herausfordernd an.

Häberle fragte nicht nach, was Biesig damit meinte, es war ihm auch egal. Er schob ihn vom Stuhl in Richtung Tür.

»Hallo, Entschuldigung? Und wer bezahlt das jetzt? Ich habe hier auch noch die bestellte zweite Portion Badisches Dreierlei zum Mitnehmen. Wenn wir schon um die Zeit extra die Küche öffnen, dann hätte ich doch zumindest gerne das Geld für das Bier und die zwei Essen!«

Häberle drehte sich um. In der Küchentür stand eine junge Frau, die sie freundlich, aber bestimmt anschaute. Dass ihr Gast gerade in Handschellen abgeführt wurde, schien sie nicht weiter zu interessieren, wohl aber die unbezahlte Rechnung. Sie hielt eine Tüte in die Höhe, aus der es verlockend nach Bratkartoffeln duftete.

»Der Herr Kommissar legt mir das bestimmt aus, Frau Wirtin. Und das Badische Dreierlei zum Mitnehmen brauche ich nicht mehr, tut mir leid.« Biesig schaute Häberle auffordernd an.

»Das wäre ja noch schöner«, knurrte der. Er griff in Biesigs Innentasche und fand, was er suchte. Er nahm dreißig Euro aus dem Portemonnaie und legte sie auf den Tresen. »Hier. Stimmt so. Das übrig gebliebene Essen können Sie gerne jemandem schenken.«

»Moment, ich nehme es.« Julia Specht kramte fünfzehn Euro aus der Hosentasche und steckte sie in Biesigs Jackentasche. »Ich habe ohnehin Hunger. Und zu Badischem Dreierlei aus der Oberrieder Dorfschenke sage ich bestimmt nicht Nein.«

Als sie aus dem Restaurant traten, traf gerade die Verstärkung in Form von zwei Streifenwagen ein. »Hallo, Kollegen, das ist Lothar Biesig, er steht unter dem dringenden Verdacht, unser Doppelmörder in den Fällen Schwamm und Wegner zu sein. Fahrt ihr ihn bitte in die JVA? Untersuchungshaft. Wir kommen gleich nach, müssen auf dem Weg nur noch kurz eine Zeugin befragen.«

Zwei der Beamten schnappten sich den bereitwillig mitgehenden Biesig und setzten ihn auf den Rücksitz ihres Wagens. Während sie davonfuhren, stiegen Häberle und Julia Specht in den Passat.

»Auf zu Andrea Lauber?«, fragte Julia Specht, während sie ihr Badisches Dreierlei to go auspackte, aus ihrem Rucksack eine Gabel zauberte und anfing, sich riesige Mengen Wurstsalat und Brägele mit Bibeleskäs in den Mund zu stopfen.

»Genau.« Häberle schaute ihr fassungslos zu, beschloss aber, nicht schon wieder über ihre, vorsichtig ausgedrückt, ungewöhnlichen Essgewohnheiten zu diskutieren. Er ließ das Auto an und fuhr los. »Was hältst du von Biesigs Auftritt?«

Sie wackelte mit dem Kopf und hörte kurz auf zu essen. »Er ist unser Mörder. Ein eiskalter noch dazu. Was mich wundert, ist, dass er sich so sicher zu fühlen scheint. Dabei haben wir mit Don Funghi einen hervorragenden Zeugen für Biesigs Verwicklungen in die Trüffelsache. Und es würde mich doch sehr wundern, wenn Andrea Lauber beim Namen Lothar Biesig nichts Belastendes einfallen würde. Warum also tut er so, als hätte er und nicht wir alle Trümpfe in der Hand?«

»Ich habe auch ein ungutes Gefühl«, bestätigte Häberle. »Biesig machte nicht den Eindruck, als würde er gleich zusammenbrechen und ein umfassendes Geständnis ablegen. Wir müssen also Beweise finden, und zwar eindeutige.«

Er dachte kurz nach. »Rufst du schnell Maria an und erzählst ihr von unseren neuesten Erkenntnissen? Vielleicht fällt ihr ein Grund ein, warum Biesig sich so sicher fühlt.«

Julia Specht wischte sich ihre rechte Hand, die etwas Bibeleskäs abbekommen hatte, an ihrer Hose ab und zückte ihr

Handy. »Wird gemacht. Bis wir in Kirchzarten sind, weiß Maria Bescheid und hat vielleicht ein paar gute Ideen geliefert.«

✻✻✻

Sie standen vor der Wohnungstür von Andrea Lauber und schauten sich ratlos an. Niemand hatte auf ihr Klingeln und Klopfen geöffnet. Auch ans Telefon ging sie nicht, und jetzt war die Frage, wie es weitergehen sollte.

»Sollen wir die Nachbarn fragen? Oder machen wir damit nur die Pferde scheu?«

Häberle überlegte. »Lass uns die nette Frau von nebenan befragen, die sich zu Frau Lauber gesetzt hat, als wir ihr die Nachricht vom Tod von Stefan Schwamm überbracht haben. Die beiden scheinen sich näher zu kennen, vielleicht weiß sie etwas.«

Häberle ging eine Wohnungstür weiter und drückte auf die Klingel, auf der »Disch« stand. Sofort hörten sie Schritte, und ein paar Sekunden später wurde geöffnet.

»Hallo? Kann ich Ihnen helfen? Ach, Sie sind es!« Die junge Frau sah etwas gehetzt aus, lächelte aber freundlich. Auf dem rechten Arm hatte sie ein Kleinkind, das den Besuch argwöhnisch anschaute, mit der linken Hand strich sie sich eine Strähne ihrer langen dunklen Haare hinters Ohr.

»Hallo, Frau Disch, wir kennen uns ja bereits«, übernahm Häberle. »Wir sind auf der Suche nach Frau Lauber, eigentlich schon seit gestern Abend. Haben Sie eine Ahnung, wo sie sich aufhalten könnte?«

Die Nachbarin hatte schon angefangen, den Kopf zu schütteln, während Häberle noch seine Frage stellte, und schaute sie jetzt besorgt an. »Nein, keine Ahnung. Und ich mache mir ehrlich gesagt Sorgen, auch wenn das vielleicht übertrieben ist. Aber ich habe sie seit gestern nicht mehr gesehen und vor allem auch nicht gehört. Wissen Sie, die Wände hier sind ziemlich dünn, ich bekomme normalerweise mit, wenn Andrea kommt und geht. Und seit gestern Nachmittag war es drüben komplett ruhig, meiner Meinung nach war sie heute Nacht nicht zu Hause.«

Julia Specht runzelte die Stirn. »Kommt das denn ab und zu vor, dass sie nicht zu Hause übernachtet?«

Wieder verneinte die Nachbarin. »Selbst als Stefan noch gelebt hat, waren sie eigentlich nie über Nacht weg. Und ich habe gestern Morgen noch mit Andrea gesprochen, da hätte sie mir doch bestimmt erzählt, dass sie plant, irgendwo anders zu übernachten, oder?«

Häberle war alarmiert. Das klang nicht gut. Trotzdem versuchte er ruhig zu bleiben. »Frau Disch, sagt Ihnen der Name Lothar Biesig etwas?«

Sie überlegte kurz. »Irgendwas klingelt da in meinem Kopf, ja. Ich glaube, ganz am Anfang, als Andrea hierher zu Stefan gezogen ist, habe ich den Namen ab und zu gehört. Und zwar nicht in einem positiven Zusammenhang. Ich glaube, es ging um Stalking oder etwas in der Art.« Sie machte eine kurze Pause und wechselte den Arm, mit dem sie das Kind hielt.

»Damals war die Tochter von Stefan, die Heike, noch öfters hier, vielleicht weiß die ja mehr? Hat dieser Herr Biesig denn etwas damit zu tun, dass Andrea verschwunden ist?« Sie schaute sie beunruhigt an.

Häberle hob abwehrend die Arme. »Von Verschwinden würde ich hier noch nicht reden, schließlich ist es noch nicht einmal dreißig Stunden her, dass Sie mit Frau Lauber gesprochen haben, Frau Disch. Und sie ist ja eine erwachsene Frau, wir müssen also nicht gleich vom Schlimmsten ausgehen. Auf jeden Fall danke für den Hinweis, wir reden mal mit Frau Schwamm. Tschüss!«

Im Auto herrschte erst mal Stille, während Häberle zurück nach Freiburg fuhr. Den Weg zur Wohnung von Heike Schwamm kannte er. Schließlich sprach Julia Specht aus, was sie beide befürchteten. »Denkst du, Biesig hat Andrea Lauber etwas angetan? Ist sie möglicherweise sein drittes Opfer?«

Häberle schaute starr geradeaus. Was sollte er sagen? »Ich

weiß es nicht. Mich beunruhigt weniger, dass Andrea Lauber seit gestern nicht gesehen wurde, als vielmehr, dass Biesig so ruhig geblieben ist und erkennen ließ, dass er etwas über sie weiß. Wie hat er es ausgedrückt? Erinnerst du dich noch?«

»Er sei sich sicher, dass sie nicht für ein Gespräch zur Verfügung steht«, murmelte Julia Specht. »Ich fand das schon in der Dorfschenke seltsam, aber nachdem Andrea Lauber jetzt vermisst wird, lässt es das Schlimmste vermuten.«

Was war zu tun? Falls Biesig Andrea Lauber getötet hatte, kamen sie zu spät, dann konnten sie nur noch nach ihrer Leiche suchen. Ein furchtbarer Gedanke. Aber was, wenn Biesig sie auch mit einem Orangefuchsigen Raukopf vergiftet hatte und sie noch gerettet werden konnte? Dann zählte jede Minute!

Er nahm sein Handy, verband es mit der Freisprechanlage im Auto und wählte.

»Herr Schwabe, was gibt es? Kommen wir voran beim Meuchelmörder-Fall?« Manuel Palmer war natürlich wie immer bestens gelaunt, aber Häberle war nicht nach einem netten Gespräch zumute.

»Hallo, Herr Palmer, Folgendes: Wir glauben, dass wir den Mörder von Stefan Schwamm und Manfred Wegner haben, Lothar Biesig wurde vorhin von den Kollegen zur Vernehmung in die JVA gebracht. Das Problem ist, dass wir befürchten, es könnte ein drittes Opfer geben. Eine wichtige Zeugin, die Freundin des ersten Toten, wird vermisst. Und es spricht einiges dafür, dass der Verdächtige etwas mit ihrem Verschwinden zu tun hat.«

Er war kurz ruhig, um Palmer zu Wort kommen zu lassen, falls der etwas sagen wollte. Aber es kam nur ein konzentriertes »Weiter« vom Chef der Spurensicherung.

»Wir brauchen jeden Hinweis auf ein mögliches Versteck. Können Sie bitte sofort zur Adresse von Lothar Biesig nach Himmelreich fahren und alles durchsuchen? In Oberried vor dem Gasthaus Dorfschenke steht außerdem sein Land Cruiser. Uns sind tiefe Kratzer im Lack aufgefallen, bitte auch das

Auto untersuchen, vielleicht wurde Frau Lauber damit in ein Versteck gefahren. Alles verstanden? Klappt das?«

Häberle hatte noch nie erlebt, dass Palmer so lange nichts sagte, und befürchtete schon, dass die Verbindung abgebrochen war.

»Alles klar, Herr Häberle. Ich trommele meine gesamte Mannschaft zusammen und mache mich auf den Weg. Frau Meißner wird sich Handy und Computer dieses Herrn Biesig vornehmen. Ich melde mich, sobald ich irgendetwas für Sie habe.«

Häberle bedankte sich, legte auf und schaute zufrieden zu Julia Specht.

»Er hat dich am Ende nicht mal Herr Schwabe genannt. Der Mann meint es ernst«, sagte sie.

Vierzig Minuten später parkten Häberle und Julia Specht vor dem Polizeipräsidium und eilten in den Besprechungsraum. Noch von unterwegs hatten sie Polizeidirektor Thorsten Furtwängler und Pressesprecher Hahn zu einer dringenden Sitzung gebeten. Als sie in den Raum kamen, waren bereits alle anwesend, Hahn hatte über Skype eine Verbindung ins Krankenhaus zu Maria Dupont aufgebaut. Häberle grüßte in die Runde.

»Wir haben ein Problem, und zwar ein großes«, begann er zu erklären und schilderte in kurzen Worten die Festnahme Biesigs, warum er in seinen Augen mit an Sicherheit grenzender Wahrscheinlichkeit der Doppelmörder war und was ihre Befürchtungen in Bezug auf Andrea Lauber waren.

»Und diese Befürchtungen sind leider mehr als begründet, wie wir eben bei einem Gespräch mit der Tochter des ersten Opfers herausgefunden haben«, kam er schließlich zu der Stelle, wegen der er und Julia Specht sich dazu entschlossen hatten, diese Notfallsitzung einzuberufen.

»Heike Schwamm hat uns erzählt, dass ihr Vater, die verschwundene Andrea Lauber und der dringend Tatverdächtige Lothar Biesig eine gemeinsame Vergangenheit haben. Und zwar keine schöne.« Er schaute grimmig in die Runde.

»Biesig hatte wohl ernste Absichten bei Frau Lauber, um es mal so auszudrücken. Sie kam aber mit Stefan Schwamm zusammen, anscheinend die große Liebe. Biesig kam laut Heike Schwamm überhaupt nicht mit der Zurückweisung zurecht, stalkte die Angebetete wochenlang, bedrohte Schwamm und machte ihnen insgesamt das Leben schwer. Sie wissen schon, die Klassiker: Reifen zerstochen, nächtliche Anrufe, Herumlungern vor dem Haus.«

Häberle schaute in die Runde und wartete kurz, ob jemand etwas dazu sagen wollte. Aber alle hörten ihm angespannt zu, keiner meldete sich zu Wort.

»Warum es nie zu einer Anzeige kam, kann ich nicht erklären. Hätte es die gegeben, wäre Biesig vielleicht schon vorher auf unserer Liste der Verdächtigen gelandet. Frau Schwamm meinte aber, dass Andrea Lauber keine Anzeige erstatten wollte, obwohl sie und ihr Vater sie dazu gedrängt hätten. Irgendwann hat sich das Ganze dann wohl einigermaßen beruhigt, oder zumindest hatte es den Anschein. In Wirklichkeit ist es meiner Meinung nach eskaliert und gipfelte in der Ermordung von Stefan Schwamm, dem möglichen Mitwisser Manfred Wegner und jetzt auch noch in der Entführung von Andrea Lauber. Wobei wir nur hoffen können, dass es wirklich eine Entführung und kein dritter Mord ist.«

Thorsten Furtwängler sah alarmiert auf, sagte aber nichts.

»Was zufällig auch noch herauskam, ist, dass Biesig nicht etwa ein trauernder Witwer ist, wie er uns erzählt hat, sondern ein geschiedener Mann, der wohl auch in seiner Ehe schon zu Gewalt neigte. Das hat uns ebenfalls Heike Schwamm erzählt, anscheinend war das damals auch Thema, als Biesig Andrea Lauber gestalkt hat.«

Häberle holte tief Luft. So lange und schnell hatte er ewig nicht mehr gesprochen.

»Manuel Palmer ist mit der Spurensicherung bereits losgezogen und untersucht Haus, Grundstück und Auto des Verdächtigen«, übernahm Julia Specht. »So gelassen, wie Lothar Biesig sich bei der Verhaftung gegeben hat, sehen wir aber wenige Chancen, Frau Lauber schnell zu finden. Und zwar hoffentlich lebend.«

Einen Moment lang herrschte Stille im Besprechungsraum. Schließlich meldete sich Maria Dupont über Skype zu Wort. »Okay, wenn ich etwas sagen darf. Das wäre jetzt meiner Meinung nach der richtige Zeitpunkt für eine volle Breitseite Presse und Social Media. Wir brauchen ein Foto von Andrea Lauber, und das muss überall veröffentlicht werden. Wer hat diese Frau gesehen? Wo hat er oder sie sie gesehen? Dazu das Foto von Lothar Biesig – war sie in Begleitung dieses Mannes? Und ein Foto des Land Cruisers mitsamt Nummernschild und Nahaufnahmen des verkratzten Lacks, der könnte aufgefallen sein. Das mag nicht ganz sauber sein in Bezug auf die Persönlichkeitsrechte von Lothar Biesig, aber darauf lassen wir es jetzt ankommen. Hier geht es möglicherweise um das Leben von Andrea Lauber.«

Alle nickten, auch Thorsten Furtwängler. »Keine Angst, das mit dem möglichen Verstoß gegen Persönlichkeitsrechte nehme ich auf meine Kappe. Herr Hahn, wir machen das genau so, wie Frau Dupont es gerade gesagt hat. Schießen Sie aus allen Rohren.«

Hahn nickte.

»Herr Häberle, Frau Specht, fahren Sie in die JVA für eine weitere Vernehmung. Sobald Sie etwas haben, melden Sie sich. Genau das Gleiche werde ich Herrn Palmer sagen. Spätestens morgen früh kommen wir hier wieder zusammen, bei einer heißen Spur natürlich früher. Ich denke mal, dass momentan niemand hier an Schlaf denkt.« Furtwängler schaute in alle Gesichter. Keiner widersprach. »Na dann, viel Erfolg. Hoffen wir, dass wir Frau Lauber lebend finden.«

✻✻✻

Häberle und Julia Specht saßen im Vernehmungsraum und warteten auf Lothar Biesig, der jeden Moment von einem der Justizvollzugsbeamten hereingeführt werden würde. Sie hingen beide ihren Gedanken nach. Plötzlich stieß Julia Specht einen kleinen Schrei aus und schaute Häberle aufgeregt an. »Thomas! Das Badische Dreierlei!«

Häberle schaute sie verwundert an. »Was ist? Liegt es dir schwer im Magen?«

»Quatsch mit Soße, mir liegt nie etwas schwer im Magen. Das zweite Badische Dreierlei! Das Biesig zum Mitnehmen bestellt hatte! Das war sicher nicht für ihn selbst bestimmt, so dünn wie der ist. Und sicherlich auch nicht für seinen Hund Fredo!«

Jetzt wusste Häberle, was sie meinte. »Du hast recht. Es war für Andrea Lauber gedacht. Wenn das stimmt, würde es bedeuten, dass sie noch lebt.«

In dem Moment wurde Lothar Biesig in den Raum geführt. Er setzte sich ihnen lässig gegenüber an den Tisch, schaukelte mit dem Stuhl und legte sogar einen Fuß auf die Tischplatte. »Na? Habt ihr schon mit Andrea gesprochen?«, fragte er mit einem abfälligen Grinsen.

Häberle schaute Biesig unbeeindruckt an. Jetzt nur nicht provozieren lassen. »Also erst mal, wenn wir schon beim Duzen sind: Nimm deinen Huf vom Tisch. Und da das jetzt klargestellt ist, wird ab sofort wieder gesiezt. Was Ihre Frage angeht: Nein, wir haben Andrea Lauber bisher nicht gesprochen. Was schade ist, denn dann hätten wir ihr bei der Gelegenheit gleich das Badische Dreierlei geben können, das Sie in der Dorfschenke für sie bestellt hatten.«

Es war ein Risiko, das war ihm klar, und Julia Specht schaute ihn überrascht von der Seite an. Was, wenn sie mit ihrer Vermutung falschlagen? Dann würde er ihnen jetzt einfach ins Gesicht lachen.

Aber die Reaktion von Lothar Biesig zeigte, dass sich Häberle richtig entschieden hatte. Das schmierige Grinsen, das der Tatverdächtige bisher aufgesetzt hatte, war plötzlich wie aus seinem Gesicht gewischt. Er nahm wie gewünscht seinen Fuß vom Tisch, setzte sich aufrecht hin und schaute sie abwartend an. Sie hatten jetzt seine volle Aufmerksamkeit.

»Aber auch wenn wir noch nicht mit Andrea Lauber gesprochen haben, konnten wir doch zumindest von Stefan
Schwamms Tochter Heike eine Menge über Sie erfahren«,
übernahm Julia Specht. »Sie wissen schon, Stalking, Bedrohun-
gen, Ausrasten. Sie scheinen mir ja ein richtiger Heißsporn zu
sein. Wenn Sie jemanden erwürgen, dann bestimmt so richtig
mit Kraft und Wut, habe ich recht?«

Biesig schaute sie verkniffen an. Man sah ihm an, dass es ihm
gar nicht gefiel, wie die junge Kommissarin mit ihm sprach.

»Haben Sie eigentlich in Ihrer Ehe hin und wieder auch
die Kontrolle verloren und Ihre Frau geschlagen? Sie wissen
schon, die, die Sie verlassen hat. Nicht die, die an Krebs gestorben sein soll. Schwer, sich einzugestehen, dass ein Mensch
nicht mehr mit einem zusammenleben möchte, nicht wahr? Da
lässt man sie anderen gegenüber doch lieber an Krebs sterben.
Klingt viel besser beim Erzählen, als wenn sie vor dem gewalt-
tätigen Ehemann die Flucht ergriffen hat, das muss ich Ihnen
zugestehen.«

Biesig lief vor Wut rot an. Sie wussten inzwischen einiges
über ihn, und das sorgte dafür, dass seine Selbstsicherheit endgültig wie weggeblasen war. Und Häberle ließ seine junge
Kollegin gewähren. Sie machte das gut.

Der mit viel Gewalt und Emotionen ausgeführte Mord an
Manfred Wegner ließ vermuten, dass der Täter eine Neigung
zum Jähzorn hatte, solche Menschen rasteten bei Sticheleien
und Spott oft aus. Und bei einem Verhör erhöhten sich die
Chancen auf wichtige Erkenntnisse durch den Verlust der Beherrschung des Tatverdächtigen um einiges.

»Apropos sterben, wie war das denn genau mit Stefan
Schwamm, war das noch Eifersucht oder schon Hass? Schnappt
der Ihnen einfach die Frau Lauber weg, das ist schon heftig.«
Julia Specht schaute Biesig freundlich an, fast schon kumpel-
haft. Was den Mann wahrscheinlich noch wütender machte,
als es ein schreiender und drohender Häberle getan hätte.

»Das war ja aber auch wirklich ein toller Typ, der Stefan
Schwamm, das muss ich schon sagen«, schlug sie weiter in die

gleiche Kerbe. »Da hätten Sie sich doch nicht grämen müssen, dass Andrea Lauber Ihnen den vorzog, der war einfach ein paar Klassen besser als Sie! Sah gut aus, lebte vom Pilzesammeln, was ich persönlich ja total romantisch finde, und war wohl im Gegensatz zu Ihnen sehr einfühlsam. Gut, dass er Ihnen dann auch noch das Trüffelgeschäft verdorben hat, war nicht nett, aber hey, nach all dem Ärger, den er durch Ihre Stalkerei hatte, ist es doch nur verständlich, dass er Sie nicht dabeihaben wollte.«

Lange kann es nicht mehr dauern, dachte Häberle. Biesig kochte innerlich, er konnte sich kaum noch zurückhalten, das sah man ihm an. Und dann war es auch schon so weit.

»Ich habe sie zuerst gesehen!«, schrie er plötzlich los. »Bei Don Funghi, als sie noch seine Frau war! Und nach der Scheidung war ich am Zug, und das hätte auch geklappt, aber dann kam der Schwammerl und hat sie mir weggeschnappt! Das dumme Dreckschwein!« Er schaute sie wild an.

Julia Specht reagierte kaum auf den Ausbruch, zog nur eine Augenbraue leicht nach oben. »Echt jetzt? Das ist Ihr Argument dafür, zwei Menschen getötet und Andrea Lauber entführt zu haben? ›Ich habe sie zuerst gesehen‹? Das habe ich zuletzt im Kindergarten gehört, als ich dem doofen Michel Schalupke im Sandkasten ein Schäufelchen direkt vor der Nase weggeschnappt habe. Und schon damals fand ich es total bescheuert.« Sie lehnte sich auf ihrem Stuhl zurück und schien kurz zu überlegen.

»Sind Sie vielleicht geistig etwas zurückgeblieben, Herr Biesig? Steckt in Ihrem erwachsenen Körper womöglich die geistige Reife eines Vierjährigen? Oder ist das eine Masche, um vor Gericht als unzurechnungsfähig zu gelten? Ganz ehrlich, ich würde es Ihnen abnehmen. So einen Schwachsinn habe ich nämlich wirklich selten gehört.«

Julia Spechts Stimme klang zwar immer noch freundlich, aber sie schaute Biesig mit einem mitleidigen und so herablassenden Gesichtsausdruck an, dass Häberle sich vornahm, seine Kollegin niemals zu verärgern. Verdammt, die konnte einen wirklich fertigmachen, die wollte man definitiv nicht als Feindin! Dass sie dabei wie eine naive Zwanzigjährige vom Land aussah, machte es fast noch schlimmer.

Und Biesig war tatsächlich fertig. Da war keine Gegenwehr mehr, keine Beherrschung, keine Stimme im Kopf, die ihn ermahnte, ruhig zu bleiben und nichts preiszugeben. Sobald Julia Specht das letzte Wort gesagt hatte, holte er tief Luft und legte los.

»Jetzt pass mal auf, du kleine Schlampe! Wenn ich hier raus bin, dann wirst du deines Lebens nicht mehr froh! Weißt du eigentlich, wie jämmerlich das Dreckschwein verreckt ist? Das kannst du auch haben! Den Meuchelmörder finde ich jederzeit im Schwarzwald, und wann immer du in Zukunft irgendwas isst, pass lieber auf, dass er da nicht druntergemischt ist! Zwischen Pfifferlingen in einer leckeren Soße mit Knödeln zum Beispiel. So hat sie Schwamm, der Idiot, gegessen, ha! Selbst schuld! Dachte der wirklich, ich sperre ihn in mein Verlies, um ihn dann zu bekochen?«

Er hatte Spuckebläschen auf den Lippen und jegliche Kontrolle verloren. »Dieser ach so tolle selbst ernannte Pilzexperte hat es nicht anders verdient! Die Frau ausgespannt, das Geschäft kaputtgemacht, und dann steht er plötzlich bei mir in der Scheune und verbietet mir, mich Andrea zu nähern. Noch ein Mal, hat er gesagt, noch ein Mal, dann geht er zur Polizei, egal ob Andrea Mitleid mit mir hat. Mitleid! Mit mir! Nur weil ich in letzter Zeit wieder ab und zu bei denen an der Wohnung vorbeigefahren bin! Andrea hat es ja nicht mal bemerkt! Aber der tolle Stefan, klar, der große Beschützer, der hat seine Augen natürlich überall. Aber so spricht man nicht mit mir, verstanden? Der wollte mir verbieten, durch ihre Straße zu fahren! Aber ich lasse mir nichts verbieten! Also habe ich ihm eins mit einem Holzscheit übergezogen und das gemacht, was ich schon so lange hatte tun wollen und längst vorbereitet hatte. Und es war herrlich, ihn so jämmerlich krepieren zu sehen, einfach herrlich! Ich bereue es keine Sekunde!«

Dann war er ruhig. Erschöpft von seinem Ausbruch, lehnte er sich zurück und legte den Kopf in den Nacken, während er schwer atmete.

»Herr Biesig, Ihnen ist klar, dass das ein Geständnis für den Mord an Stefan Schwamm war?« Häberle schaute ihn ernst an. »Sie werden für viele Jahre ins Gefängnis gehen. Es bringt Ihnen also nichts, wenn Sie uns jetzt nicht sofort verraten, wo Sie Frau Lauber hingebracht haben. Und auch dass Sie Manfred Wegner ermordet haben, werden wir Ihnen noch nachweisen können.«

»Ach, lasst mich doch mit Manfred in Ruhe.« Lothar Biesig winkte erschöpft ab. »Macht einen auf Freundschaft, und sobald es um ein paar Trüffel geht und die Chance, mit Stefans Buch auf die Suche zu gehen, ist ihm alles andere egal. Außerdem hatte ich ihm mal von meinem Ärger mit Stefan erzählt. Manfred war zwar nicht der Hellste, aber irgendwann hätte er eins und eins zusammengezählt. Und wäre zur Polizei gegangen. Das konnte ich ja wohl nicht riskieren, oder?«

Häberle staunte. Ein zweites Geständnis gleich hinterher, dem Mann schien alles egal zu sein. Er hatte wohl aufgegeben. Jetzt brauchten sie nur noch eine einzige Information, dann war der Fall hoffentlich aufgeklärt.

»Herr Biesig«, sagte er leise, »wo ist Frau Lauber?«

Biesig schaute ihn an. Lehnte sich zurück. Und dann grinste er gehässig. Verdammt, dachte Häberle. Er ahnte, was nun kommen würde.

»Ich hatte mir geschworen, dass, sollte ich ins Gefängnis wandern, niemand anders Andrea bekommen wird. Wenn ich sie nicht haben kann, dann bekommt sie niemand«, sagte Biesig in dem Moment auch schon. »Wie schrecklich wäre es, in einer Zelle zu sitzen und zu wissen, dass irgendein Arschloch da draußen mit ihr zusammen sein kann, hmmm? Und aus diesem Grund sage ich: Leck mich.«

»Ihnen ist schon klar, dass Andrea Lauber kein Gegenstand ist, den man besitzen kann, oder?« Julia Specht schaute ihn verständnislos an. »Wie können Sie behaupten, etwas für sie zu empfinden, wenn Sie sie lieber sterben als ohne Sie leben zu lassen?«

Aber Lothar Biesig hatte dichtgemacht. Er starrte zwischen ihnen hindurch auf die Wand hinter ihnen und blieb stumm.

Häberle überlegte. »Komm, Julia. Das bringt momentan nichts, soll er sich in seiner Zelle darüber klar werden, was er seiner sogenannten großen Liebe antut. Vielleicht hat Palmer inzwischen etwas entdeckt und kann uns einen Tipp geben, wo wir suchen müssen.« Sie standen auf und gingen zur Tür des Raums.

»An Ihrer Stelle würde ich mich beeilen«, rief ihnen Biesig hasserfüllt hinterher. »Da ich Andrea durch Ihr Eingreifen ja nicht mehr das Badische Dreierlei und auch kein Wasser bringen konnte, dürfte sie nicht allzu lange durchhalten.«

»Okay, was haben wir?« Häberle schaute in die Runde. Es war kurz nach zwanzig Uhr, er und Thorsten Furtwängler hatten beschlossen, eine weitere kurze Besprechung durchzuführen, bevor die Nacht kam. Auch Julia Specht war natürlich dabei, Pressesprecher Hahn war anwesend, Maria Dupont wieder per Skype zugeschaltet. Außerdem hatte Häberle auf seinem Handy Manuel Palmer auf Lautsprecher gestellt, sodass sie einander hören konnten.

»Wir wissen auf jeden Fall, dass Andrea Lauber momentan noch lebt. Das ist eine gute Nachricht«, fing Julia Specht an. »Und wir haben definitiv unseren Doppelmörder hinter Gittern. Gut ist ebenfalls, dass Lothar Biesig Frau Lauber nicht wie Stefan Schwamm vergiftet hat, zumindest lassen das seine wenigen Andeutungen nicht vermuten. Damit hat es sich aber auch schon mit den guten Nachrichten.«

Häberle nickte. »Genau. Wir haben keine Ahnung, wo Frau Lauber sich aufhalten könnte. Sie hat laut Aussage von Biesig nichts zu essen und nichts zu trinken. Und so selbstbewusst, wie er sich gibt, ist Frau Lauber an einem Ort, von dem er sich sicher ist, dass wir ihn nicht finden werden.«

Furtwängler räusperte sich. »Können wir dem Mann etwas

anbieten, damit er das Versteck verrät? Vielleicht Hafterleichterung? Oder doch an sein Gewissen appellieren? Wie schätzen Sie ihn ein?«

Häberle schüttelte den Kopf. »Der hat seine Entscheidung getroffen. Und was können wir ihm schon anbieten? Er ist ein zweifacher Mörder und meiner Meinung nach ein Psychopath. Der wird höchstens als sehr alter Mann wieder Freiheit schnuppern können. Da ist es dem völlig egal, ob wir ihm zwei Jahre Straferlass bieten. Was wahrscheinlich die Staatsanwaltschaft eh nicht zulassen würde. Biesig hat gesagt, wenn er ins Gefängnis muss – woran es keinen Zweifel gibt –, soll Andrea Lauber sterben. Damit – und ich zitiere – niemand sie haben kann, wenn er sie nicht bekommt. So viel zu dem Vorschlag, an sein Gewissen zu appellieren.«

»Was hat denn die Spurensicherung bisher?«, fragte Maria Dupont von ihrem Bett in der Freiburger Uniklinik. »Herr Palmer? Können Sie mich hören?«

Kurz war es ruhig, dann tönte Palmers Stimme etwas verzerrt aus Häberles Handy. »Ja, ich kann Sie hören. Eine heiße Spur können wir bisher leider nicht anbieten. Auf seinem Grundstück ist nichts zu finden, weder im Haus noch in der Scheune. Aber das wäre ja auch zu einfach gewesen, wenn er die Entführte da versteckt hätte. Auch Stefan Schwamm ist da nicht gestorben, wir haben keinen Raum gefunden, der sich als Gefängnis oder Verlies, oder wie immer man das auch nennen mag, eignen würde. Unter dem Haus ist ein Kellerraum mit gestampftem Lehm als Boden, aber außer Kartoffeln war da unten schon ewig nichts und niemand mehr. Ansonsten haben wir natürlich schon einiges, was die illegale Trüffelsuche angeht. Dürfte nach dem Geständnis von Biesig jetzt aber ja keine Rolle mehr spielen.«

Palmer machte eine kurze Pause, er schien mit jemand anderem zu sprechen. »Was interessant sein könnte, ist sein Auto«, sagte er nach der kurzen Unterbrechung. »Im Kofferraum wurde definitiv eine Person transportiert, wir haben mehrere Haare gefunden, die nach Länge und Farbe zu urteilen zu Frau

Lauber gehören könnten. Wirklich aufschlussreich ist aber der Zustand des Autolacks.«

Wieder war kurz Ruhe, dann sprach er weiter. »Da sind extrem tiefe Kratzer drin, teilweise schon älter, und damit meine ich, ein paar Wochen alt, teilweise aber auch sehr frisch. Ich würde vermuten, dass Biesig mit dem Auto auf einem sehr alten, schon fast zugewachsenen Waldweg unterwegs war. Und da man nicht einfach aus Spaß und guter Laune seinem Auto so etwas antut, wage ich die Vermutung, dass das Versteck, in dem sich Andrea Lauber aufhält, irgendwo im Wald zu finden ist. Das ist nicht wirklich hilfreich, ich weiß, aber mehr haben wir momentan nicht.«

»Kann man das denn irgendwie einengen? Vielleicht über Erdrückstände im Reifenprofil des Autos?«, fragte Dupont über Skype nach. Häberle kam sich etwas blöd vor, dabei zuzuhören, wie sich Peter Hahns Laptop mit seinem Handy unterhielt, aber zum Glück gab es diese Möglichkeit, sonst hätten die beiden gar nicht erst an der Besprechung teilnehmen können.

»Aha, die Frau Dupont beweist mal wieder, dass sie die Cleverste im Team Schwabe ist«, antwortete Palmer. »Das ist genau der Ansatz, den wir momentan verfolgen. Wir haben tatsächlich Erdrückstände gefunden und versuchen gerade Informationen zu bekommen, in welche Gegend des Schwarzwalds diese passen könnten. Außerdem habe ich mir die Schuhe von Lothar Biesig aus der JVA ins Labor liefern lassen, da schaue ich heute Nacht mal mit den Kollegen nach, ob sich in ihrem Profil etwas findet. Ich habe bei Dr. Endlich angefragt, ob sie mit ihrem Mikroskop zur Verfügung steht, schließlich können wir jede Hilfe brauchen.«

»Okay, vielen Dank für die Infos, Herr Palmer, dann viel Glück bei der weiteren Suche nach verwertbaren Spuren.« Furtwängler wandte sich an Pressesprecher Hahn. »Hat unsere Medienoffensive bisher etwas gebracht? Irgendwas über die Telefonhotlines oder über Twitter, Instagram oder Facebook?«

Hahn nickte. »Wir haben tatsächlich über Twitter Kontakt zu einer Zeugin aufgenommen, die den Land Cruiser von Biesig am Abend des Mordes an Manfred Wegner vor dessen Wohnung in Elzach gesehen hat. Er sei ihr aufgrund der vielen tiefen Kratzer im Lack aufgefallen, hat sie zu Protokoll gegeben. Wir haben bereits das Geständnis von Biesig für die zwei Morde. Sollte er das allerdings zurückziehen wollen, haben wir inzwischen wohl genügend Beweise, Indizien und Zeugen, die eine Verurteilung auch ohne Geständnis mehr als wahrscheinlich machen.«

Furtwängler nickte zufrieden. Dass der Hinweis ausgerechnet über Twitter gekommen war, gab ihm als großem Fan der sozialen Medien natürlich Auftrieb. In Zukunft würde es noch schwerer werden, Twitter-Thorsten auf den verschiedenen Kanälen unter Kontrolle zu halten, da war sich Häberle sicher.

»Okay, sonst noch etwas? Erkenntnisse oder Vorschläge?«, fragte er.

Julia Specht meldete sich wie ein Schulkind mit nach oben gestrecktem Finger. Kaum zu glauben, dass sie vor zwei Stunden noch einen Doppelmörder komplett auseinandergenommen hat, dachte Häberle. »Ja, Julia? Du hast eine Frage?«, tat er ihr den Gefallen und rief sie auf.

»Das Ergebnis der Untersuchung der Erde aus den Reifenprofilen sollten wir unbedingt auch den Forstämtern hier in der Gegend mitteilen. Und vielleicht den Umweltbehörden. Die Förster kennen ihren Wald sehr genau und wissen auch über die Bodenzusammensetzung bestens Bescheid. Da ist die Chance groß, dass wir einen hilfreichen Tipp bekommen.«

»Sehr guter Hinweis, danke. Ansonsten wie gehabt: Morgen früh um sieben Uhr ist die nächste Besprechung, es sei denn, vorher tut sich etwas. Was ich sehr hoffe.« Thorsten Furtwängler nickte allen zu. »Also auf keinen Fall heute Nacht das Handy ausschalten!«

Tag 8

Häberle saß in seinem Büro und dachte nach. Es war kurz nach drei Uhr, aber an Schlaf war nicht zu denken, deshalb wäre es Blödsinn gewesen, nach Hause zu fahren.

Vor ihm auf dem Schreibtisch stand ein halb geleertes alkoholfreies Bier, das irgendwie nicht schmecken wollte, und daneben lagen sein Schreibblock und ein Kugelschreiber, damit er sich Notizen machen konnte, falls ihm etwas einfiel, das bei der Suche nach Andrea Lauber helfen konnte. Das Problem war nur, dass ihm nichts einfiel. Gar nichts.

Sicher, sie hatten mit Lothar Biesig den Doppelmörder gefasst. Ein großer Erfolg, den Peter Hahn auch bereits an die Presse weitergegeben hatte, natürlich ohne den Namen des Täters zu nennen. Aber obwohl Biesig im Knast saß, konnte er immer noch zum Dreifachmörder werden, und Häberle suchte verzweifelt nach einer Möglichkeit, das zu verhindern.

Er erinnerte sich an einen ähnlichen Fall Anfang der 2000er Jahre in Frankfurt am Main. Damals hatte die Polizei auch einen Entführer gefasst, der das Versteck nicht preisgeben wollte, in dem sein Opfer sich befand. Die Ermittler hatten ihm damals verbotenerweise Folter angedroht, weswegen sie später auch vor Gericht gestellt und verurteilt worden waren. Der Entführer hatte dadurch allerdings tatsächlich sein Versteck preisgegeben, doch leider konnte das Opfer nur noch tot gefunden werden. Furchtbar.

Häberle hatte vollstes Verständnis für die Folterandrohungen, empfand es aber auch als richtig, dass die Kollegen vor Gericht gestellt worden waren. Und er war sich sicher, dass auch die betroffenen Kollegen so empfanden. Sie hatten es in Kauf genommen, als Polizisten gegen das Gesetz zu verstoßen, um die Chance zu bekommen, ein Menschenleben zu retten. Dafür mussten sie die Konsequenzen tragen.

Leider war sich Häberle sicher, dass Biesig ihm ins Gesicht lachen würde, wenn er ihm Folter androhte. Sonst würde er es ernsthaft in Erwägung ziehen. Schließlich waren auch die sofortige Hausdurchsuchung und die Veröffentlichung der Fotos von Andrea Lauber und Lothar Biesig ohne richterliche Beschlüsse nicht einwandfrei nach Lehrbuch durchgeführt worden. Aber das war ihm völlig egal.

Er konnte den Gedanken kaum ertragen, dass irgendwo im Schwarzwald gerade Andrea Lauber eingesperrt saß, stand oder lag und langsam, aber sicher die Hoffnung auf Rettung verlor. Was, wenn sie sie nicht finden würden? Oder zu spät? Was wäre schlimmer, sie tot zu finden oder für immer damit leben zu müssen, dass irgendwo in den Wäldern der Umgebung die Überreste einer Frau lagen, die er nicht hatte retten können? Beides war unvorstellbar, beides durfte nicht passieren! Sie mussten sie finden!

Er seufzte und schaute auf die Uhr. Kurz vor vier. Er wusste, dass er irgendwann schlafen musste, ansonsten würde er schon bald zusammenklappen und für die Ermittlungen nicht mehr von Nutzen sein. Aber es ging nicht. Schon beim Gedanken, die Augen zu schließen, wusste er, dass das nichts bringen würde. Dann lieber im Sitzen grübeln und weiter an dem lauwarmen und abgestandenen Bier nuckeln. Er versank wieder in Gedanken.

»Atemlos durch die Nacht, bis ein neuer Tag erwacht …«, plärrte plötzlich sein Handy los, und Häberle musste zugeben, dass der Text ziemlich gut zur derzeitigen Situation passte. Schnell nahm er es in die Hand. Palmer.

»Herr Palmer? Haben Sie etwas gefunden?«

»Guten Morgen, Herr Häberle«, meldete sich der Chef der Spurensicherung, und Häberle rechnete es ihm hoch an, dass er angesichts der ernsten Situation absolut professionell klang.

»Ich bin hier mit Dr. Endlich in meinem kleinen Labor, und wir haben gerade eine interessante Entdeckung gemacht. Und zwar haben wir übereinstimmende Proben aus dem Profil

von Biesigs Schuhen und der Jacke von Stefan Schwamm gefunden.«

Häberle überlegte fieberhaft. Was bedeutete das? Half es
ihnen weiter?

»Ich gehe deshalb davon aus, dass Frau Lauber im selben
Versteck ist, in dem schon Herr Schwamm war. Ich weiß, das
hilft uns bei der Suche auf den ersten Blick nicht weiter. Aber
Dr. Endlich sollte eigentlich Dr. Unendlich heißen, da sie in
ihrer unendlichen Weisheit ein paar interessante Schlüsse ziehen konnte. Ich gebe sie Ihnen mal, dann kann sie Ihnen ihre
Ergebnisse selbst präsentieren.«

Jetzt war Häberle gespannt. Verhalf ihnen der Dreck an der
Jacke des ersten Opfers tatsächlich zum Durchbruch bei der
Suche nach Andrea Lauber?

»Herr Häberle? Hallo, Anne Endlich hier. Folgendes: Auf
der Jacke des ersten Mordopfers ist mir damals neben den
Spuren von Erde und Pflanzen auch der graue Staub aufgefallen. Der kam mir seltsam vor, passte nicht zum Fundort
Wald. Als Herr Palmer sich meldete und meinte, wir suchen
eine vermisste Person, die möglicherweise am gleichen Ort
gefangen gehalten wird, an dem das erste Opfer gestorben
ist, habe ich mich daran erinnert. Dann haben wir an den
Schuhen des Verdächtigen den gleichen grauen Staub gefunden. Also haben wir Proben davon unter das Mikroskop
gelegt. Ergebnis: Das ist Gesteinsstaub. Und zwar komplett
durchgetrocknet, was aufgrund der heftigen Regenfälle vor
Auffinden des ersten Opfers unserer Meinung nach für einen
Stollen sprechen könnte.«

»Was meinen Sie mit Stollen?« Häberle runzelte die Stirn.

»Na, eben ein Stollen! Bergwerkstollen, Loch im Berg, so
etwas in der Art«, meldete sich jetzt wieder Palmer. »Ich würde
sagen, Sie rufen Kollegin Specht an und kommen in mein Reich
in der Abteilung Spurensicherung. Ich gebe Twitter-Thorsten
Bescheid, und dann schauen wir mal, was wir mit dieser Erkenntnis anfangen können. Bis gleich!«

Bevor Häberle noch etwas fragen konnte, hatte Palmer bereits aufgelegt. Schnell stand er auf, trank den letzten Schluck des warmen Biers aus, verzog angeekelt das Gesicht und rief im Hinausgehen Julia Specht an. Noch vor dem zweiten Klingelton nahm sie ab.

»Julia? Palmer und Endlich haben vielleicht etwas für uns, wir treffen uns in der Spurensicherung.«

Nach einem kurzen »Okay« hatte sie auch schon wieder aufgelegt, er steckte das Handy zurück in die Hosentasche und lief los.

»Ich wiederhole meine Frage: Was für ein Stollen?« Häberle stand mit Julia Specht im Büro von Manuel Palmer, Anne Endlich saß in einer Ecke auf einem Stuhl. Es waren erst fünfzehn Minuten seit ihrem Telefonat vergangen, Specht hatte wahrscheinlich mehrere rote Ampeln überfahren, um so schnell ins Polizeipräsidium zu kommen, während Häberle nur drei Stockwerke nach unten hatte gehen müssen.

Thorsten Furtwängler war noch nicht da, was den Hauptkommissar nicht davon abhielt, sofort mit der Besprechung anzufangen, vor allem, da er auch tatsächlich Maria Dupont ans Telefon bekommen hatte, die jetzt per Lautsprecher dazugeschaltet war.

»Und ich wiederhole meine Antwort: Bergwerkstollen, Loch im Berg, so was in der Art«, erwiderte Palmer trocken.

»Geht es etwas genauer? Jetzt lassen Sie sich doch die Informationen nicht aus der Nase ziehen!« Häberle war laut geworden.

»Ganz ruhig, Thomas, ich erkläre es dir«, meldete sich Maria Dupont über den Lautsprecher seines Handys. »Herr Palmer, vergessen Sie nicht, dass Herr Häberle aus Berlin kommt, der kennt sich hier immer noch nicht so gut aus.«

Palmer zuckte nur mit den Schultern.

»Also, pass auf. Hier bei uns in der Gegend gibt es zwar keinen Bergbau mehr, aber über viele Jahrhunderte wurde in den Tälern Erz abgebaut. Eisen, Kupfer, Blei und Silber.«

»Silber? Im Schwarzwald? Echt jetzt?« Häberle wusste

nicht genau, warum, aber bei Silber dachte er eher an weit entfernte wilde Gegenden in Süd- und Nordamerika, ganz sicherlich aber nicht an den Schwarzwald.

»Ja, auch Silber. Bei Sexau gibt es zum Beispiel eines der ältesten zugänglichen Erzbergwerke im Schwarzwald, die Carolinengrube. Da wurde schon im 13. Jahrhundert Silber abgebaut. Wundert mich, dass du da noch nie mit dem Mountainbike vorbeigekommen bist. Aber auch in vielen anderen Gegenden im Schwarzwald, zum Beispiel im Münstertal, bei Badenweiler, im Glottertal und – das dürfte für uns am interessantesten sein – am Schauinsland, wurden teilweise Hunderte Meter tiefe Stollen in den Berg gegraben.«

»Direkt bei Oberried gibt es sogar den berühmtesten Stollen Deutschlands«, warf Julia Specht ein.

»Was meinst du mit berühmt? Redest du vom Christstollen, wurde der hier erfunden?« Häberle war verwirrt, zu viele Informationen, die er erst mal verarbeiten musste.

Julia Specht rollte mit den Augen. »Nein. Ich rede vom Barbarastollen. Neben dem Vatikan und dem Reichsmuseum in Amsterdam der einzige Ort mit der höchsten Schutzstufe der Vereinten Nationen.«

»Was redest du jetzt vom Vatikan?« Häberles Verwirrung wuchs.

»Bring Thomas nicht weiter durcheinander, Julia, das hilft uns nicht«, schaltete sich Dupont ein – und konnte es doch nicht lassen: »Ganz kurz, damit wir uns wieder auf die Suche nach Frau Lauber konzentrieren können: Im Barbarastollen lagert das sogenannte Langzeitgedächtnis der deutschen Kultur. In vierhundert Metern Tiefe, atombombensicher, sind auf Mikrofilm kopierte Unikate aus der deutschen Geschichte gelagert. Verträge, Handschriften, Karten, Texte. Ich glaube, es sind bereits über eine Milliarde Aufnahmen in etwa tausendfünfhundert Fässern. Du findest da zum Beispiel die Krönungsurkunde Ottos des Großen von 936, die Baupläne des Kölner Doms und die Ernennungsurkunde Adolf Hitlers zum deutschen Reichskanzler. Und die haben eben den gleichen

Schutzstatus wie der Vatikan, falls es jemals wieder zu einem Krieg in Deutschland kommen sollte.«

Häberle konnte nicht glauben, was er da hörte. »Und ist das bekannt? Ich habe davon nämlich noch nie gehört.«

»Inzwischen ist das bekannt, ja. Als das Archiv in den siebziger Jahren angelegt wurde, hat man allerdings nicht verraten, was da passierte. Das war während des Kalten Kriegs, da wurden Atomwaffen und alles Mögliche vermutet. Die Bewohner in der Gegend fanden das nicht besonders lustig, wie du dir vorstellen kannst. Inzwischen kannst du die Infos aber sogar bei Wikipedia finden.«

»Okay. Dann lese ich mir den Artikel dazu bei Gelegenheit durch. So richtig verstehe ich nämlich den Sinn nicht.«

»Na, zur Bewahrung der deutschen Geschichte«, erklärte Julia Specht. »Hast du eine Ahnung, wie viele Bibliotheken und Archive im Zweiten Weltkrieg zerstört wurden, und somit auch viel Wissen? Das soll eben nicht noch einmal passieren!«

»Verstehe ich, einverstanden. Aber warum auf Mikrofilm? Warum nicht auf Festplatten oder CDs oder irgendetwas anderem Modernen?«

»Wie alt ist die älteste CD in Ihrem Passat, Herr Schwabe?«, fragte Palmer trocken.

»Keine Ahnung. Vielleicht fünfundzwanzig Jahre?«

Palmer nickte. »Dann haben Sie noch weitere fünfundzwanzig Jahre, um ihren Krach zu genießen. Die Nutzbarkeit von CDs wird nämlich auf höchstens fünfzig Jahre geschätzt. Ein Mikrofilm hingegen auf mindestens fünfhundert Jahre.«

»Und es gibt einen weiteren Vorteil«, meldete sich jetzt wieder Maria Dupont zu Wort. »Für deine CD brauchst du einen Computer mit CD-Laufwerk. Davon gibt es schon jetzt nicht mehr allzu viele, in hundert Jahren wahrscheinlich nur noch ein paar wenige in Museen. Oder stell dir vor, es kommt eines Tages wirklich zu einem Atomkrieg und alles ist zerstört. Kein Problem für Mikrofilm. Du brauchst nur Sonnenlicht und eine Lupe, dann kannst du dir alles ansehen.«

»Ich bezweifle ja, dass sich in dem Fall noch jemand für die deutsche Geschichte interessieren wird«, brummte Häberle. »Also, jetzt aber zurück zu Frau Lauber: Wir suchen einen Stollen.«

Julia Specht nickte. »Der Barbarastollen ist selbstverständlich extrem gesichert, da kommt nichts und niemand unbemerkt rein. Aber es gibt genügend Stollen um Oberried herum, bei denen das eben anders ist. Und die gilt es nun abzusuchen. Richtig?«, fragte sie in Richtung Manuel Palmer.

»Das wäre meine Empfehlung, ja. Wie gesagt, Frau Endlich und ich können uns nicht vorstellen, wo dieser Gesteinsstaub sonst herkommen könnte. Die Frage ist, ob alle Stollen, die es in der Umgebung gibt, irgendwo erfasst sind.«

»Was ist mit den Zastler Eislöchern?«, fragte Julia Specht. »Die sind doch irgendwo oberhalb von Oberried. Kommt auch so ein natürlicher Hohlraum in Frage?«

»Was ist das, Zastler Eislöcher?«, fragte Anne Endlich.

»Irgend so eine seltsame Naturerscheinung, da sammelt sich kalte Luft in Hohlräumen, und man kann da deswegen bis in den Juli hinein Eis aus dem Winter finden«, erklärte Julia Specht. »Sieht schön aus da, alles voller riesiger moosbewachsener Felsen und Wasserfälle. Ich war vergangenes Jahr dort und kann mir gut vorstellen, dass man da jemanden verstecken könnte.«

Anne Endlich schüttelte den Kopf. »Nein. Der Steinstaub deutet auf einen Stollen hin. In natürlichen Höhlen wäre der nicht zu finden.«

»Okay. Dann werden wir jetzt noch ein paar Kollegen aus dem Bett klingeln, und dann gilt es, irgendwie die Standorte aller in Frage kommender Stollen in der Gegend herauszubekommen.« Häberle nickte allen zu. »Danke, Herr Palmer, danke, Frau Endlich, das ist ein Ansatz, mit dem wir arbeiten können.«

✳✳✳

Häberle hatte Angst. Angst, dass sie zu spät kommen würden. Angst, dass Lothar Biesig Andrea Lauber irgendwo in einem dunklen Versteck mitten im Wald sterben lassen würde. Inzwischen war es bereits achtzehn Uhr, seit fast vierzehn Stunden lief die Suche nach der Vermissten auf Hochtouren. Und sie hatten nichts. Gar nichts.

Er war noch einmal bei dem Zweifach-Mörder Lothar Biesig in der JVA gewesen, und sie hatten sogar einen Verhörspezialisten aus Stuttgart kommen lassen, der versucht hatte, etwas aus Biesig herauszubekommen. Aber keine Chance. Nicht der kleinste Hinweis. Biesig saß bei den Vernehmungen einfach nur da, schaute stoisch an die gegenüberliegende Wand und ließ hin und wieder durch ein belustigtes Lächeln erkennen, dass er seine Wahl getroffen hatte. Er würde ins Gefängnis gehen, und Andrea Lauber würde sterben. Daran würde sich nichts mehr ändern. Es sei denn, sie schafften es ohne einen Hinweis von Biesig, Andrea Lauber zu finden.

Seit heute Morgen leitete Häberle den Einsatz von seinem Büro aus, während die Suchtrupps draußen bei leichtem Nieselregen unterwegs waren. Es war furchtbar, nicht selbst da draußen sein und suchen zu können, aber es war natürlich auch wichtig, die Suche zu koordinieren. Und das war seine Aufgabe. Wann immer ein Hinweis auf einen weiteren Stollen im Gebiet Oberried und Schauinsland-Gipfel bei ihm einging, schickte er die am nächsten befindlichen Kollegen hin.

Sie hatten sämtliche Gemeinden in dem Gebiet informiert und gebeten, ihnen alle Informationen über alte Bergwerkstollen in ihrer Kommune zukommen zu lassen. Auch das Landratsamt des Landkreises Breisgau-Hochschwarzwald sowie die Stadt Freiburg waren informiert, die Forstämter hatten die Anfrage an ihre Förster und die Jägerschaften weitergegeben. Zudem hatten sie auf Anraten von Maria Dupont auch Kontakt zu den Kulturvereinen in der Umgebung aufgenommen und bei ihnen angefragt, ob geschichtsinteressierte Mitglieder vielleicht von längst vergessenen Stollen in der Gegend wussten.

Alle Hebel waren in Bewegung gesetzt worden, und es hatte zuerst auch tatsächlich so ausgesehen, als könnten sie es schaffen, Andrea Lauber zu finden. Am Vormittag waren Dutzende von Stollen gemeldet worden, einige in der Gegend um Oberried und den Schauinsland-Gipfel. Häberle war sich sicher gewesen, dass sie Andrea Lauber in einem davon finden würden. Aber wann immer Kollegen oder auch Förster nachgeschaut hatten, war die gleiche Meldung gekommen: Keine Spuren, die auf ein Eindringen in den vergangenen Wochen hinwiesen. Die massiven Gitter, mit denen die Stollen gesichert waren, waren unberührt.

Häberle dachte verzweifelt nach. Was konnten sie noch tun? Wer konnte noch etwas wissen? Die Hackerin, Irene Meißner, hatte er darauf angesetzt, sich in Biesigs Pilzforum einzuschleusen und sich dort umzuschauen. Die Pilzsucher kannten sich schließlich auch richtig gut aus im Wald, vielleicht hatte der ein oder andere schon mal von einem zufällig gefundenen Stollen geschrieben, der in Vergessenheit geraten war. Aber Meißner hatte bis auf die Tatsache, dass sich eine Gruppe in dem Forum auch seit Jahren intensiv über sogenannte Magic Mushrooms aus der Gegend austauschte, nichts entdeckt.

Häberle hatte nicht gewusst, dass auch im Schwarzwald halluzinogene Pilze wuchsen, vor allem wohl der Spitzkegelige Kahlkopf mit dem Wirkstoff Psilocybin, aber es war ihm momentan auch völlig egal. Sollten sich die Kollegen vom Drogendezernat damit auseinandersetzen, er musste Andrea Lauber finden.

Es war inzwischen kurz vor neunzehn Uhr, es war schon fast dunkel. Falls kein Wunder geschah, musste Andrea Lauber eine weitere Nacht in ihrem Verlies verbringen, wo immer das auch war.

Er konnte sich nicht einmal annähernd vorstellen, was diese Frau gerade durchmachte. Sollten sie sie noch rechtzeitig finden, würde sie für lange Zeit einen Psychologen brauchen. Häberle hasste es, den Konjunktiv zu benutzen, aber er musste ehrlich zu sich sein und sich eingestehen, dass die Chancen, Andrea Lauber rechtzeitig zu finden, wirklich schlecht standen.

»Irgendetwas Neues?« Julia Specht kam ins Büro, und zum ersten Mal, seit Häberle sie kannte, sah sie nicht wie das blühende Leben, sondern ziemlich fertig aus. Ihre Haare waren zerzaust, die Kleidung verdreckt, und ihr Gesichtsausdruck zeugte von einer tiefen und hoffnungslosen Müdigkeit.

Häberle schüttelte den Kopf. »Nichts. Absolut gar nichts. Wie war es draußen im Wald?«

»Mistscheißdreckskack. So würde ich die Stimmung beschreiben. Ab und zu unterbrochen von etwas Hoffnung, wenn du uns wieder einen neuen Standpunkt eines Stollens durchgegeben hast. Nur um dann noch mistscheißdreckskackiger zu werden, wenn wir nichts gefunden haben.«

Der Hauptkommissar nickte. Genauso war es ihm den ganzen Tag auch ergangen. Kurze Hoffnung, wenn ein neuer Hinweis auf einen Stollen reinkam, gefolgt von kompletter Niedergeschlagenheit, wenn er sich als Niete herausstellte.

»Was können wir machen? Hast du noch eine Idee?« Julia Specht sah ihn hoffnungsvoll an, aber er musste passen und schaute niedergeschlagen zu Boden. Er war ratlos, wie es weitergehen sollte.

Sie saßen da und starrten aus dem Fenster. War es das jetzt? Konnten sie nichts mehr tun? Wenn sie zumindest einen groben Anhaltspunkt gehabt hätten, die ungefähre Gegend, dann hätten sie ein paar Hundertschaften organisiert und den Wald durchkämmt. Aber so war es hoffnungslos.

Häberle spürte inzwischen die Müdigkeit als Folge des wenigen Schlafs in den vergangenen Nächten. Das Adrenalin hatte sich verflüchtigt, seine Augen waren schwer, und sein kompletter Körper schmerzte. Gleichzeitig konnte er sich nicht vorstellen, sich hinzulegen, um zu schlafen. Oder etwas zu essen. Außer einem belegten Brötchen irgendwann am Morgen hatte er nichts zu sich genommen, aber er hatte keinen Hunger.

Wieder blickte er auf die Uhr. Neunzehn Uhr vierunddreißig. Mistscheißdreckskack.

In dem Moment kam Irene Meißner ins Büro. »Ich glaube, ich habe was!«

Häberle und Julia Specht sprangen gleichzeitig auf. Teils vor Schreck und teils, weil neue Hoffnung sie durchflutete.

»Was? Was haben Sie?« Häberle schaute zu der Hackerin, die ihren Laptop, den sie aufgeklappt mitgebracht hatte, auf seinen Schreibtisch stellte.

»Ich war ja in dem Pilzforum und habe da geschaut, ob ich etwas zu alten Bergwerkstollen in der Gegend um Oberried finden kann. Leider ohne Erfolg, wie ich Ihnen ja am Telefon mitgeteilt hatte.«

»Ja, und? Haben Sie doch noch etwas gefunden?«, fragte Häberle ungeduldig.

Sie schüttelte den Kopf. »Besser. Glaube ich. Ich dachte mir, wenn ich schon mal im Forum eingehackt bin und uns die Möglichkeiten ausgehen, was wir sonst noch tun können, könnte ich auch aktiv bei den Forumsmitgliedern nachfragen. Zu verlieren haben wir ja nichts mehr, oder?«

Julia Specht schaute sie fragend an. »Was meinst du damit? Hast du einfach gefragt, ob jemand weiß, wo Andrea Lauber ist?«

»Quatsch. Und zwar mit Soße, um dich zu zitieren. Geht es bei dir eigentlich immer ums Essen? Sogar bei den Sprüchen? Egal. Jedenfalls habe ich mich als Lothar Biesig eingeloggt, was nicht schwer war, die Sicherung seines Serverzugangs ist ein Witz. Und dann habe ich im Forum einen neuen Betreff gestartet: ›Wer kennt vergessene Bergwerkstollen in der Gegend um Oberried?‹ Und dazu habe ich geschrieben, dass die Polizei nach einer vermissten Person sucht, die sich in einem solchen Stollen verirrt haben könnte. Ich hoffe, das ist okay und ich habe nicht meine Befugnisse überschritten.«

Sie schaute zu Häberle, aber der winkte nur ungeduldig ab. »Ist mir völlig wurscht, vor allem, falls uns der Versuch zu einer hilfreichen Spur verhilft. Tut er das denn? Hat sich jemand gemeldet?«

Irene Meißner nickte. »Ja. Natürlich wurden in den vergangenen zwei Stunden die uns schon bekannten Stollen genannt, aber eine weitere Antwort wurde vor fünf Minuten geschrieben, von einem gewissen Pillepallepilz, und wegen der bin ich hier.«

Sie zeigte auf ihren Laptop und las laut vor. »Hallo, Lothar, interessante Frage. Ich war als Kind mit meinem Opa öfters im Wald, er hat in Oberried gewohnt. Bei einem Ausflug hat er mir mal einen alten Stollen gezeigt, der völlig zugewachsen und nur mit einem rostigen Gitter gesichert war. Oben am Schauinsland-Gipfel. Ich war damals vielleicht neun Jahre alt, das war für mich ein richtiges Abenteuer. Da bin ich als Kind öfter mit ihm vorbeigegangen. Keine Ahnung, ob noch jemand von dem Stollen weiß, aber falls die Polizei da mal nachschauen will, kann sie mich gerne kontaktieren.«

Häberle, der der Hackerin über die Schulter geschaut hatte, sah Irene Meißner mit einem wilden Blick an. »Wie, kontaktieren? Da steht ja keine Telefonnummer! Verdammte Mistkacke, hier geht es möglicherweise um Minuten, und der Typ hält es nicht mal für nötig, eine Möglichkeit zur Kontaktaufnahme dazuzuschreiben?«

»Ganz ruhig, Herr Häberle«, versuchte Irene Meißner ihn zu beschwichtigen. »Erstens kann ich als eingeloggter Lothar Biesig, also als Betreiber, den Klarnamen von Pillepallepilz einsehen, und zweitens hat Werner Sauter – so heißt der Mann – auch noch eine private Nachricht an Biesig geschickt.«

Sie klickte auf ein Briefkuvert-Zeichen in der oberen Leiste des Forums und las wieder laut vor: »Hallo, Lothar, hier ist meine Nummer, falls die Polizei Interesse an dem Stollen hat.«

Häberle atmete auf. Er tippte die angegebene Nummer sofort in sein Handy ein. Das wäre natürlich der Knaller, wenn der entscheidende Tipp auf das Versteck ausgerechnet durch das von Lothar Biesig ins Leben gerufene Pilzforum kommen würde. Noch dazu in seinem Namen angefragt, während er in seiner Zelle saß und sich am längeren Hebel sah.

»Ja? Hallo? Sauter?«

»Herr Sauter? Guten Abend, Hauptkommissar Thomas Häberle vom Kriminaldezernat Freiburg am Apparat, ich habe

Ihre Nummer von Herrn Biesig bekommen.« Er schaute kurz zu Irene Meißner und zog eine Grimasse.

»Na, das ging ja schnell. Kann ich denn irgendwie helfen?«

Julia Specht wedelte wie wild mit den Händen und zeigte auf ihre Ohren. Häberle schaltete auf Lautsprecher. »Ja, das können Sie tatsächlich. Sie haben im Forum von einem vergessenen Stollen beim Schauinsland erzählt, Herr Sauter. Würden Sie den noch finden?«

Kurz war es still. »Das ist wirklich Jahrzehnte her, seit ich da zum letzten Mal war«, antwortete Sauter schließlich. »Aber ja, ich glaube schon. Wir müssten einfach da losgehen, wo ich damals immer mit meinem Opa gestartet bin. Sollen wir das morgen mal probieren? Ich könnte allerdings erst nachmittags. So ab siebzehn Uhr.«

»Herr Sauter, die Lage ist sehr ernst, ich übertreibe nicht, wenn ich den abgewetzten Spruch ›Es geht um Leben und Tod‹ verwende. Ich möchte Sie bitten, sich sofort auf den Weg zu machen und sich mit uns zu treffen. Wo sollen wir hinkommen?«

»Oh, das hört sich ja wirklich ernst an. Na gut. Dann komme ich und versuche zu helfen. Im Dunkeln wird es aber bestimmt noch schwieriger, den Weg zu finden, der war schon damals ziemlich zugewachsen.«

»Danke, Herr Sauter.« Häberle ging nicht auf den Einwand ein. »Wo sollen wir uns treffen?«

»Mein Opa hat immer oben bei der Bergstation der Schauinsland-Gondelbahn geparkt. Manchmal sind wir auch mit der Gondel hoch, das fand ich damals ziemlich aufregend. Ich weiß noch, dass wir an der Grube Schauinsland vorbeigewandert sind. Das war in den siebziger Jahren, da war das Bergwerk noch nicht für Besucher geöffnet. Von dort könnte ich den Weg wahrscheinlich finden, wenn nicht allzu viele Waldwege in den vergangenen Jahren dazugekommen sind.«

Häberle hörte aufmerksam zu. Ihm sagten die Ortsangaben nur bedingt etwas, aber Werner Sauter schien sich ziemlich gut auszukennen, das stimmte ihn zuversichtlich.

»Okay, Herr Sauter, wir fahren jetzt gleich los und sind in etwa einer halben Stunde bei der Gondelstation.« Er schaute fragend zu Julia Specht, die nickte. Seine Schätzung war also ungefähr richtig. »Von wo kommen Sie? Und kann ich Sie weiter unter dieser Nummer erreichen?«

»Ich wohne in Untermünstertal, bin also wahrscheinlich vor Ihnen oben. Mein Handy nehme ich mit, Sie können mich jederzeit anrufen. Bis gleich.«

Häberle legte auf. »Okay. Julia, du fährst mit mir. Kümmere dich bitte um Verstärkung, wir setzen jetzt alles auf eine Karte, entweder wir finden den Stollen und in ihm Andrea Lauber, oder ich sehe keine Hoffnung mehr. Frau Meißner, ist Herr Palmer noch im Haus?«

Die Hackerin nickte.

»Können Sie ihm bitte Bescheid geben und ihn auch zur Bergstation der Schauinsland-Seilbahn schicken? Er soll genug Lampen mitbringen.«

Statt einer Antwort griff sie zum Handy. Häberle sagte kurz »Danke« und ging dann mit eiligen Schritten aus dem Büro, gefolgt von Julia Specht, die bereits mit der Bereitschaft telefonierte und den Treffpunkt durchgab.

Häberle tippte ebenfalls auf sein Handy. »Maria? Wir haben noch einen Tipp bekommen für einen vergessenen Stollen. Es würde jetzt zu lange dauern, dir zu erklären, woher der Tipp kam, aber wenn wir Frau Lauber wirklich finden, möchte ich es Lothar Biesig gerne persönlich erklären. Der Mistkerl wird ausflippen.«

Häberles Müdigkeit war komplett verschwunden, er war wieder voller Adrenalin. Er hoffte so sehr, dass das der Durchbruch war. Dass sie das Leben von Andrea Lauber retten konnten.

»Wo soll der Stollen denn sein?«, fragte Maria Dupont.

»Weiß nicht genau, wir treffen den Mann, der uns hinführen will, oben auf dem Schauinsland an der Bergstation der Gondel.«

»Das ist schon mal gut, da oben wurde bereits vor achthundert Jahren Bergbau betrieben, da kann ich mir so einen vergessenen Stollen noch am ehesten vorstellen.«

Häberle runzelte die Stirn, während er und Julia Specht über den Parkplatz eilten. »Du klingst nicht sehr zuversichtlich.«

»Ja, ich weiß nicht«, druckste die Hauptkommissarin von ihrem Krankenhausbett aus herum. »Ein vergessener Stollen als Versteck für eine entführte Frau. Das klingt mir ein bisschen zu sehr nach einem Fall für ›Die drei Fragezeichen‹. Aber das muss ja nicht heißen, dass es nicht doch so sein kann. Nehmt auf jeden Fall etwas zu trinken mit, Andrea Lauber wird durstig sein, falls ihr sie findet. Und achtet auf abgebrochene Zweige. So wie ihr den Lack von Biesigs Auto beschrieben habt, muss im Wald auf jeden Fall eine Schneise zu sehen sein. Und vergesst die starken Taschenlampen nicht!«

»Ist gut, Maria, wir kriegen das hin.« Häberle drehte den Zündschlüssel. Es war Maria Dupont anzumerken, dass sie am liebsten sofort ihr Krankenbett verlassen hätte und mit ihnen durch den Wald gestreift wäre. Notfalls auf Krücken oder im Rollstuhl. »Palmer bringt bestimmt genügend Lampen mit, um den gesamten Schwarzwald auszustrahlen. Wir melden uns, sobald wir etwas haben.«

Häberle fuhr, so schnell es ging. Aber vor allem die letzten zehn der circa zwanzig Kilometer bis zu ihrem Ziel, ziemlich genau ab der Abzweigung zur Talstation der Schauinsland-bahn, waren extrem kurvig. Im Dunkeln musste er aufpassen, dass er den Passat nicht gegen die Leitplanken fuhr.

Er hatte sich im Sommer mit dem Rennrad zweimal diese Straße zum tausendzweihundert Meter hohen Pass hochge-quält, in dessen Nähe auch die Bergstation der Schauinsland-bahn lag, Deutschlands längster Umlaufbahn, wie ihm der ein oder andere Freiburger schon stolz erzählt hatte. Wobei ihm niemand hatte erklären können, was genau denn eine Umlauf-bahn sei. Dreitausendsechshundert Meter war sie lang und überwand genau siebenhundertvierunddreißig Höhenmeter. Das hatte er sich so gut gemerkt, weil er sich bei beiden Fahrten mit dem Rennrad ab einem bestimmten Punkt gewünscht hatte, in eine der Kabinen umsteigen und sich einfach nach oben tragen lassen zu können.

Aber oben waren die Qualen natürlich immer sofort vergessen gewesen, wenn er sich in dem Café in der Bergstation einen Cappuccino und ein Stück Kuchen gegönnt hatte. Mit den vielen anderen Rennradlern und Rennradlerinnen hatte er dabei stolze Blicke getauscht und naserümpfend auf die Autofahrer, Motorradfahrer, Seilbahnfahrer und E-Bike-Fahrer geschaut, die den Anstieg nicht mit eigener Muskelkraft geschafft hatten.

Er schaute nach rechts zu seiner Beifahrerin, nachdem er erneut eine Kurve mit quietschenden Reifen geschnitten hatte. Falls Julia Specht etwas an seinem Fahrstil auszusetzen hatte, ließ sie es sich nicht anmerken. Sie starrte nach vorn in die Dunkelheit, und Häberle konnte ihr ansehen, wie sie darauf fieberte, sich mit einem brauchbaren Hinweis und einer Chance auf Erfolg, wenn auch nur einer kleinen, auf die Suche nach Andrea Lauber zu machen.

Als sie zur Bergstation abbogen, stand nur ein einziges Auto auf dem Parkplatz, ein alter Fiat Stilo Kombi. Häberle parkte genau daneben, und sie stiegen gleichzeitig mit dem Fahrer des Fiats aus. Es war kalt, höchstens fünf Grad, aber zumindest regnete es im Gegensatz zum vergangenen Tag jetzt nicht mehr. Häberle zog den Reißverschluss seiner Jacke zu.

»Herr Sauter?«, fragte er und bekam ein fragendes »Ja?« zur Antwort.

Er ging um den Passat herum und schüttelte dem Mann, der aus dem Fiat ausgestiegen war, die Hand. Er war um die sechzig Jahre alt und sah sehr fit aus. Gekleidet war er ganz in Grün, auf dem Rücksitz des Fiats konnte der Hauptkommissar einen Dackel sitzen sehen.

»Vielen Dank, dass Sie so schnell kommen konnten, Herr Sauter. Ich habe nicht übertrieben, als ich gesagt habe, dass es um Leben und Tod geht. Das ist meine Kollegin, Kommissarin Julia Specht.« Die beiden gaben sich die Hand.

»Die späte Stunde macht mir nichts aus, Herr Hauptkommissar, ich bin Jäger, normalerweise bin ich noch zu ganz anderen Uhrzeiten unterwegs. Trotzdem würde ich jetzt doch gerne wissen, um was es genau geht. Ist es gefährlich für mich oder meinen Hund? Muss ich irgendetwas wissen?«

Häberle schaute kurz zu Julia Specht, die schaute zurück und nickte. »Die Sache ist die, Herr Sauter«, begann Häberle. »Wir vermuten, oder besser gesagt hoffen, dass in dem Stollen, den Sie erwähnt haben, eine Person gefangen gehalten wird. Unsere Experten haben an den Schuhen des Entführers Spuren gefunden, die auf einen Stollen hindeuten. Wir suchen schon den ganzen Tag sämtliche Stollen der Umgebung ab, bisher aber immer Fehlanzeige. Da wir davon ausgehen, dass die Person in dem Stollen weder Nahrung noch Wasser hat, eilt es sehr, und wir mussten daher darauf bestehen, den Stollen, von dem Sie erzählt haben, noch heute Abend zu suchen.«

Sauter schaute ihn geschockt an. »Das klingt ja schlimm. Da helfe ich natürlich gerne. Und der Entführer? Könnte es sein, dass er bei dem Stollen ist und es zu einem Kampf kommt?«

»Nein. Den Entführer haben wir in Gewahrsam. Aber er rückt nicht mit der Sprache heraus, wo die entführte Person ist. Deshalb sind wir sehr froh, dass Sie sich gemeldet haben.«

»Na, seien Sie froh, dass Lothar die gute Idee hatte, im Forum um Hilfe zu fragen. Wo ist er denn? Wollte er nicht mitkommen?«

Julia Specht wollte etwas sagen, aber Häberle warf ihr einen warnenden Blick zu. Die Wahrheit würde jetzt nur zu Unruhe und noch mehr Fragen führen.

»Er hatte keine Zeit und kann ja im Moment auch nicht helfen. Wir warten jetzt noch auf ein paar Kollegen zur Verstärkung und auf die Spurensicherung, dann können wir los. Geht Ihr Dackel auch mit? Lassen Sie ihn ruhig raus.«

Sauter holte den Hund mit einem »Auf geht's, Jenny« von der Rückbank. Jenny fing sofort an, Häberles Beine zu beschnüffeln. In dem Moment bogen mehrere Fahrzeuge auf den Parkplatz ein. Ganz vorn war Palmers Transporter zu erkennen, dahinter zwei Polizeiautos, die zum Glück nicht mit Sirene und Blaulicht angefahren waren.

Sie parkten alle bei Häberles Passat. Er ging zur Beifahrerseite des Transporters, wo ihm ein ernst dreinblickender und völlig übernächtigt aussehender Palmer entgegenschaute.

Der öffnete die Tür und stieg aus. »Wie sieht's aus, Herr Häberle? Haben wir Grund zur Hoffnung?«

Kein dummer Spruch, kein »Herr Schwabe«. Dem Chef der Spurensicherung war der Ernst der Lage bewusst.

»Wir haben hier einen Herrn Sauter, der glaubt, uns zu einem alten und versteckt liegenden Stollen führen zu können. Hoffen wir mal, dass das klappt und wir dort Andrea Lauber finden. Ansonsten wäre ich endgültig mit meinem Latein am Ende. Er wird bei mir mitfahren, folgen Sie mir? Ich sag auch schnell den Kollegen Bescheid.«

Palmer nickte und stieg wieder ein, während Häberle schnell zu den beiden Polizeiwagen ging und mit den Insassen sprach. Dann kam er zurück zum Passat.

»Herr Sauter, das erste Stück können wir fahren, oder? Fahren Sie bei mir mit? Julia, gehst du mit Jenny auf den Rücksitz?«

Sobald alle verstaut waren, fuhr Häberle los, gefolgt von den anderen drei Autos.

»Erst mal hier runter zum Museumsbergwerk«, gab Sauter die Strecke vor. »Und dann rechts, da müsste das Engländerdenkmal angeschrieben stehen.«

Häberle beschleunigte auf dreißig Kilometer pro Stunde. Er kannte das Engländerdenkmal und wusste sogar den Weg dorthin. Das Denkmal war an einer Stelle aufgestellt worden, an der im Jahr 1936 siebenundzwanzig englische Schüler in tiefem Neuschnee, dichtem Nebel und eisigem Schneesturm die Orientierung verloren hatten. Die einheimische Bevölkerung hatte die meisten der Schüler damals retten können, fünf starben aber später an Erschöpfung. Obwohl das inzwischen fast hundert Jahre her war, machte das Denkmal unvorsichtige Touristen hoffentlich darauf aufmerksam, dass auch ein Mittelgebirge im Winter gefährlich sein konnte. Selbst im

21. Jahrhundert hatte es hier sogar schon Tote durch Lawinen gegeben.

»Da vorne links und an der nächsten Gabelung rechts. Dann parken.« Werner Sauter gab klar und ruhig die Anweisungen, er schien sich sicher zu sein, wie Häberle erleichtert feststellte. Zehn Minuten nachdem sie vom Parkplatz losgefahren waren, schaltete er die Warnblinkanlange an und stellte den Passat mitten auf dem Waldweg ab.

Sie stiegen aus und gingen zum Transporter. Palmer stand bereits hinten im Laderaum und stellte eine große Taschen-lampe nach der anderen vorn an die Tür. »Hier, das ist alles, was das Lager hergibt. Extrem hell, Akku für drei Stunden. Für jeden eine und dann los.«

Sie versorgten sich alle mit einer Lampe und schauten dann zu Werner Sauter.

»Ich schätze, so hundert Meter hier den Weg runter. Früher gab es dann links einen kleinen Pfad in den Wald hinein. Wie das heute aussieht, weiß ich natürlich nicht, das ist nicht meine Gegend, hier war ich schon seit Jahrzehnten nicht mehr.«

Palmer war schon losgegangen, bevor Sauter das letzte Wort gesagt hatte, alle anderen folgten ihm und leuchteten dabei in die Dunkelheit. Nach hundert Metern wurden sie langsa-mer und verteilten sich etwas. Hoffentlich, dachte Häberle. Hoffentlich, hoffentlich, hoffentlich sind wir hier richtig. Das durfte einfach keine weitere Niete sein.

Seiner Meinung nach waren alle Möglichkeiten ausge-schöpft, um an Informationen zu kommen. Es bliebe dann nur ein weiteres Gespräch mit Lothar Biesig, und Häberle nahm sich jetzt und hier vor, dem Mann im Falle eines Miss-erfolgs notfalls die Fingernägel rauszureißen, um Antworten zu bekommen. Wenn damit seine Karriere beendet war, bitte schön. Dann würde er eben in seiner Villa eine Pension er-öffnen und Touristentouren durch Freiburg anbieten. Es galt hier schließlich, eine Frau vor dem Verdursten zu retten, ver-dammt noch mal, und er würde einfach alles in seiner Macht Stehende tun, um das zu schaffen.

In dem Moment hörte er Palmer rufen. »Hierher! Hier ist etwas!«

Häberle orientierte sich kurz, der Spurensicherer war etwa fünfzig Meter vor ihm. Er rannte los und kam gleichzeitig mit drei Beamten und Julia Specht bei Palmer an. Der leuchtete in die Hecken. »Hier. Hier ist ein Auto reingefahren. Die Äste und Zweige sind zwar wieder zurückgeschnellt, aber ein paar sind abgebrochen und haben bestimmt eine Menge Schaden an dem Auto angerichtet. Das muss Biesig mit seinem Land Cruiser gewesen sein. Hier sind auch die dazugehörenden Reifenspuren.«

Er leuchtete auf den Boden, und Häberle sah schwache Abdrücke, die zwischen den Hecken verschwanden. Okay, das konnte kein Zufall sein. Hier waren sie richtig. Er atmete tief ein und wieder aus.

»Alle mir nach. Herr Sauter, bleiben Sie mit Jenny aber bitte etwas zurück. Hoffen wir mal, dass wir Andrea Lauber gleich aus ihrem Verlies befreien können.«

✳✳✳

Er saß in seiner Zelle und war mit sich zufrieden. Was ihn selbst ein bisschen überraschte. Schließlich würde er viele Jahre hinter Gittern verbringen müssen, da machte er sich nichts vor. Zwei Morde, bald drei. Das bedeutete einen langen Gefängnisaufenthalt. Aber was sollte er auch in der Freiheit? Ohne sie. Pilze suchen? Sein beschissenes Internetforum pflegen? Er lachte kurz freudlos bei dem Gedanken daran auf.

Dieses sinnlose Vorsichhinleben kotzte ihn schon so lange an. Sie hatte ihm einen neuen Lebensinhalt gegeben, sich aber gegen ihn entschieden. Das Gefängnis schreckte ihn nicht. Das Einzige, was ihn dort hätte verzweifeln lassen können, wäre der Gedanke gewesen, dass jemand draußen mit ihr ein glückliches Leben führen konnte, während er keinerlei Möglichkeiten hatte, sie auch nur zu sehen, geschweige denn ihr den Hof zu machen. Denn dass sie füreinander bestimmt waren, davon war er noch immer überzeugt.

Sicher, es hatte nicht auf Anhieb geklappt zwischen ihnen. Aber hey, na und? Dann war es bei ihr eben nicht Liebe auf den ersten Blick gewesen. Das bedeutete gar nichts! Sie hätte gelernt, ihn zu lieben! Wenn nur nicht Stefan Schwamm dazwischengefunkt hätte. Er war an allem schuld. An seinem eigenen Tod. Dem von Manfred Wegner. Und im Endeffekt nun auch an ihrem. Denn er konnte einfach nicht zulassen, dass sie andere Männer kennenlernte, während er im Gefängnis saß. Also hatte er den einzigen Weg gewählt, der das definitiv verhinderte.

Er überlegte. Wie viel Uhr es jetzt wohl war? Bestimmt ging es schon auf Mitternacht zu. Ihr Durst musste inzwischen quälend sein, und es tat ihm leid, dass sie so leiden musste. Verdursten war ein schlimmer Tod, aber zumindest kein so langer und furchtbarer wie der, den er Stefan hatte erleiden lassen. Und einen gewaltsamen wie den von Manfred hätte er ihr nicht antun können. Er liebte sie schließlich, wie hätte er es denn übers Herz bringen können, sie zu erwürgen? Also musste sie jetzt eben auf diese Art und Weise sterben.

Die Polizei war doch etwas schneller gewesen, als er vermutet hatte, keine zwei Stunden nachdem er es schließlich übers Herz gebracht hatte, Stefans Trüffelbuch zu verbrennen, hatten sie ihn geschnappt. Im Stillen hatte er bis dahin sogar die Hoffnung gehabt, dass sie sich doch noch für ihn entscheiden würde und er mit ihr irgendwo ein neues Leben beginnen könnte. Aber das war natürlich Unsinn gewesen, das war ihm jetzt klar. Nein, er hatte alles richtig gemacht. Er würde ins Gefängnis gehen, daran war nichts zu ändern. Und Andrea musste sterben. Es war die einzige Möglichkeit.

***

Trotz der Dunkelheit war es nicht schwer, den Spuren auf dem Waldboden zu folgen. Sie waren im Taschenlampenlicht gut zu erkennen, der Regen in den vergangenen zwölf Stunden hatte sie zum Glück nicht verwischt. Und während die Abzweigung direkt am Waldweg nur schwer zu erkennen gewesen war, führte jetzt eine breite Schneise durch den Wald. An ein paar Stellen waren sogar kleinere Bäume gefällt worden, damit ein Auto durchkam.

Nach etwa zwanzig Metern endete der Wald, und Häberle konnte weiter vorn im Taschenlampenlicht eine Felswand erkennen. Kurz darauf stand er mit den anderen davor und leuchtete sie ab. Er konnte nichts Auffälliges erkennen. Ihm kamen Zweifel, ob sie hier richtig waren, und er schaute verzweifelt um sich. Aber die Spuren, die sie hierhergeführt hatten, mussten ja etwas bedeuten!

»Hierher!«, rief in dem Moment einer von Palmers Mitarbeitern, der an der Wand entlang ein paar Meter nach links gegangen war. Der Mann leuchtete mit seiner Taschenlampe hinter ein großes Gebüsch, und Häberle glaubte Metall zu erkennen. Schnell ging er hin und zwängte sich zwischen den anderen nach vorn, die auch auf den Ruf reagiert hatten und zu der Stelle gekommen waren. Er leuchtete ebenfalls hinter das Gebüsch und sah ein kleines schmales Loch mit einem rostigen Eisengitter davor.

Häberle runzelte die Stirn. Das sah sehr klein aus. Wie sollte sich denn da drin ein Mensch aufhalten können? Er schaute sich um. »Herr Sauter? Herr Sauter, sind wir hier richtig?

Er hörte, wie jemand sich von hinten nach vorn drängte. Dann stand Werner Sauter neben ihm und betrachtete das Loch. »Ja, ich erinnere mich. Damals kam es mir größer vor, wahrscheinlich, weil ich kleiner war. Man muss da nur ein ganz kurzes Stück durchkriechen, dann weitet es sich zu einem richtigen Stollen, der so ungefähr fünfzig Meter in den Berg führt. Das Gitter war damals allerdings nicht hier.«

Häberle nickte. »Das ist wahrscheinlich irgendwann angebracht worden, so verrostet, wie es aussieht, bereits vor Jahrzehnten. Aber hier, Herr Palmer, schauen Sie mal.«

Jetzt drängte sich der Chef der Spurensicherung nach vorn. »Das Vorhängeschloss«, sagte Häberle und zeigte auf ein sehr robust aussehendes Schloss, das das Gitter verschlossen hielt. »Das sieht sehr neu aus, oder?«

»Ja. Ist Edelstahl, rostet also nicht. Es ist allerdings ein sehr neues Modell, kann man zum Beispiel bei Obi kaufen.« Palmer riss kurz daran. »Da brauchen wir einen Bolzenschneider.« Er sah sich suchend unter den Anwesenden um. »Mister Meister? Sie haben junge Beine, auf geht's. Ich gebe Ihnen fünf Minuten, dann sind Sie mit dem Bolzenschneider aus dem Transporter zurück.«

Lennard Meister rannte ohne Widerspruch los. Ihm war momentan offensichtlich völlig egal, ob er Mister Meister oder auch Meister Proper genannt wurde. Er wollte so wie alle anderen einfach nur wissen, ob sie hier richtig waren und Andrea Lauber retten konnten.

Das wollte auch Häberle, und er konnte nicht warten. Er riss an dem Gitter. »Frau Lauber? Können Sie mich hören?«, schrie er, so laut er konnte, in die Öffnung in der Wand. Alle anderen waren ruhig. »Hallo? Frau Lauber?«

Sie lauschten angespannt. Plötzlich bellte Jenny laut in das Loch im Fels hinein, sodass es hallte. Wieder lauschten sie. Und dann hörte Häberle es. Ein leises Geräusch. Als ob jemand gegen Holz klopfen würde.

»Habt ihr das gehört?«, fragte er aufgeregt.

Julia Specht war neben ihn getreten. »Ja. Da drin ist jemand. Herr Benkert«, sprach sie einen der anwesenden Polizeibeamten an. »Informieren Sie bitte die Bergwacht und den Rettungsdienst, wir brauchen wahrscheinlich Leute zur Bergung und auch zur Erstversorgung. Gehen Sie vor auf den Waldweg und übermitteln Sie dann die Koordinaten, so finden die uns am schnellsten.«

Der Mann ging die Schneise entlang zurück, auf der ihm bereits Lennard Meister mit einem großen Bolzenschneider entgegenkam. Er hatte sich beeilt und maximal drei Minuten gebraucht.

»Frau Lauber? Halten Sie aus, wir sind gleich bei Ihnen«, schrie Häberle wieder, während Palmer den Bolzenschneider nahm und mit einem kurzen Ruck das Schloss knackte. Er entfernte es und riss das quietschende Eisengitter auf.

»Ich krieche rein. Julia, du folgst mir, dann Sie, Herr Palmer. Julia, vergiss deinen Rucksack nicht, da ist die Wasserflasche drin.« Häberle kroch mit den Händen voran, in denen er die Taschenlampe hielt, durch das Loch in der Felswand.

Nicht einmal einen Meter hinter dem Eingang konnte er sich bereits aufrichten, auch wenn er etwas gekrümmt stehen musste. Herr Sauter hatte recht gehabt. Häberle leuchtete einen dunklen, etwa hundertachtzig Zentimeter hohen und einen Meter breiten Gang entlang. Rund zwanzig Meter weiter vorn konnte er ein Hindernis erahnen. Er lief los, noch bevor Julia Specht und Manuel Palmer durch das Loch durch waren. Beim Näherkommen erkannte er, dass es sich bei dem Hindernis um eine aus grob bearbeiteten, sehr breiten Brettern bestehende Wand handelte. Wieder hörte er das Klopfen, diesmal sehr viel lauter als vorhin. Es kam ganz klar von der anderen Seite dieser Bretterwand.

»Frau Lauber, wir sind hier, nur noch einen kurzen Moment«, schrie er laut und aufgeregt und glaubte ein Schluchzen zu hören.

Er entdeckte eine kleine, einen mal einen Meter große Tür in der Holzwand, gesichert mit einem dicken Balken, der quer in zwei Halterungen davorlag. Schnell riss er den Balken beiseite und öffnete die Tür. Er leuchtete hinein. Auf dem Boden vor ihm kniete schluchzend Andrea Lauber. Sie blutete aus mehreren Abschürfungen an den Händen, die immer noch zu Fäusten geballt waren, als wollte sie weiter mit ihnen gegen die Wand hämmern.

Sie hatten sie gefunden. Und sie lebte. Häberle musste sich zusammenreißen, um nicht ebenfalls zu weinen. All die Anspannung fiel von ihm ab.

Er drehte sich um und schrie, so laut er konnte, »Sie lebt!« durch den Stollen, dann ging er vor Andrea Lauber in die Knie und nahm sie vorsichtig in den Arm.

»Ist okay, Frau Lauber. Alles gut. Wir holen Sie jetzt hier

raus und bringen Sie ins Krankenhaus. Kommen Sie. Sie sind in Sicherheit.«

Häberle und Julia Specht standen stumm auf dem Waldweg. Es war inzwischen zwei Uhr morgens. Eben war der Rettungswagen mit Andrea Lauber abgefahren, die von der Bergwacht auf einer Bahre aus dem alten Stollen hatte geborgen werden müssen. Sie war zu schwach gewesen, um aus eigener Kraft ihr Verlies zu verlassen. Teils aus körperlichen, aber vor allem auch aus psychischen Gründen.

Während sie das mitgebrachte Wasser in kleinen, aber gierigen Schlucken getrunken hatte, hatte sie nicht aufgehört zu weinen und ununterbrochen gezittert. Sie stand unter Schock, aber wer konnte ihr das verdenken? Bestimmt hatte sie bereits mit ihrem Leben abgeschlossen gehabt, und als dann doch noch Rettung gekommen war, war die Erleichterung so groß gewesen, dass sie zusammengebrochen war.

Leise hatten er und Julia Specht versucht, sie zu beruhigen und zu trösten, während sie auf die Bergwacht gewartet hatten, die eine halbe Stunde später eingetroffen war. Als sie ihr erzählt hatten, dass Lothar Biesig bereits verhaftet war und im Gefängnis saß, hatte Andrea Lauber mit einem erleichterten Blick reagiert, sich aber trotzdem nicht beruhigen können.

Körperlich hatte sie bis auf die Abschürfungen an den Händen keinerlei Verletzungen, aber es würde Monate, wenn nicht Jahre dauern, bis sie sich psychisch von dieser Stresssituation und Nahtoderfahrung erholen würde, da war sich Häberle sicher.

»Atemlos durch die Nacht …«, sang in dem Moment Häberles Handy. »Na, das kannst du laut sagen, Frau Fischer«, brummte er und schaute nach, wer anrief. Dann reichte er das Handy weiter an Julia Specht. »Hier. Maria. Überbring du die gute Nachricht, ich brauche erst mal 'ne Pause.«

Er lief langsam zu Manuel Palmer, der ein paar Meter weiter seinen Mitarbeitern Instruktionen gab, während er hinter sich

Julia Specht »Maria? Wir haben sie!« in sein Handy sprechen hörte.

»… wir suchen auch Spuren von dem ersten Toten in dem Stollen. Stefan Schwamm war da mindestens zehn Tage drin. Der Mörder kann noch so gut sauber gemacht haben, in einem solchen Felsenloch konnte er schlecht mit Mopp und Lappen putzen, da gibt es mit Sicherheit Spuren. Wer was findet, bekommt ein Eis von mir. Zwei Kugeln. Im Becher.«

Häberle musste grinsen. Auch bei Palmer war die Anspannung abgefallen, was dazu führte, dass er wieder der alte Sprücheklopfer war. In dem Moment drehte der Chef der Spurensicherung sich zu ihm um.

»Herr Schwabe, was gibt's? Wollen Sie nicht langsam nach Hause und in die Heia? Ich habe Ihnen ja vor Kurzem schon mal erklärt, dass wir Badener keinen Schlaf benötigen, aber ihr Schwaben bestimmt umso mehr.«

Häberle lächelte. »Ist recht, Herr Palmer. Ich bin gleich weg. Ich wollte mich nur noch schnell für die gute Zusammenarbeit bedanken. Für alles, aber vor allem auch für den Hinweis, dass wir nach einem Stollen suchen müssen. Das war der entscheidende Tipp, ohne den hätten wir Frau Lauber nicht gefunden. Ich werde mich später auch noch bei Frau Endlich bedanken. Und natürlich bei Ihrer Mitarbeiterin Frau Meißner. Ihre Idee, sich im Forum als Lothar Biesig auszugeben und nach Stollen zu fragen, war Gold wert.«

Palmer sah ihn schmunzelnd an. »Vielen Dank für die Blumen, die kann ich gerne an Sie und Ihr Team zurückgeben. Für einen Schwaben haben Sie wirklich einen messerscharfen Verstand. So, und jetzt genug der Lobhudelei. Wir sind alle toll, wir haben es alle voll drauf, wir haben alle unseren Job gemacht. Wie mir Twitter-Thorsten vorhin am Telefon gesagt hat, findet um zehn Uhr eine Pressekonferenz statt. Das sollte ich Ihnen übrigens ausrichten, was ich hiermit getan habe. Bis dahin haben wir hier noch einiges zu tun. Aber spätestens um neun liegt mein erster Bericht bei Ihnen auf dem Schreibtisch, den können Sie dann bei der PK präsentieren.«

»Ich bin ja immer wieder überrascht, wie schnell Sie Ihre Berichte schreiben«, sagte Julia Specht, als sie in dem Moment zu ihnen trat. Sie hatte ihr Telefonat mit Maria Dupont wohl beendet.

»Benutzen Sie etwa ChatGPT, diese künstliche Intelligenz, von der alle sprechen und von der sich inzwischen anscheinend auch Schüler und Studenten ihre Aufgaben schreiben lassen? Verfasst die Ihre Berichte?«

Palmer schaute sie empört an. »Künstliche Intelligenz? Auf keinen Fall! Ein Badener besitzt genügend eigene Intelligenz, sollen doch die Schwaben sich von diesem ChatGPT helfen lassen!«

Häberle schmunzelte. Ihm war völlig egal, wer oder was den Bericht der Spurensicherung zu Papier bringen würde, er würde seinen jedenfalls nicht in den nächsten Stunden schreiben, so viel war sicher. Er hatte Besseres zu tun und freute sich sehr darauf. »Lassen Sie sich ruhig Zeit mit Ihrem Bericht, Herr Palmer. Meiner Meinung nach eilt es nicht. Ich habe jetzt erst mal einen Besuch zu machen. Julia, kommst du mit?«

Julia Specht sah ihn verwundert an. »Wo willst du denn hin, mitten in der Nacht? Zu Maria ins Krankenhaus?«

Häberle schüttelte den Kopf. »Nein. In die JVA. Ich möchte Lothar Biesig nicht nur erzählen, dass wir Andrea Lauber gefunden haben, sondern vor allem auch, wie. Nämlich durch die Nutzung seines Namens. In seinem Forum. So wie ich ihn einschätze, wird er einen Tobsuchtsanfall bekommen, und den möchte ich mir furchtbar gerne anschauen. Das wird ganz großes Kino.«

Julia Specht lachte. »Bin dabei. Wir können uns ja noch etwas Popcorn an der Tanke holen, um das große Kino so richtig zu genießen. Und morgen kannst du dann nach Absprache mit Lotte für unser Festessen einkaufen gehen, das du uns nach erfolgreichem Abschluss des Falls versprochen hast.«

»Ein Schwabe, der ein Festessen finanziert?« Palmer schaute sie mit gerunzelter Stirn an. »Na, ich weiß ja nicht, Frau Specht.

Sind Sie sicher, dass es da nicht nur schwäbische Tomatensuppe geben wird?«

»Was ist denn eine schwäbische Tomatensuppe?«, fragte Häberle misstrauisch.

»Das wissen Sie nicht? Heißes Wasser in rote Teller gießen, fertig!« Palmer schaute ihn grinsend an.

Häberle grinste zurück. »Wissen Sie was, Herr Palmer? Den gönne ich Ihnen jetzt. Und nicht nur das, ich gebe sogar zu, dass der einigermaßen witzig war. Wir hören oder sehen uns morgen. Gute Nacht.« Er drehte sich um und ging zu seinem Passat, gefolgt von der lachenden Julia Specht.

Epilog

Häberle liefen die Tränen über die Wangen. Er schniefte und rang um Fassung. Das konnte doch wohl nicht wahr sein, dass ihm das so zu schaffen machte. So heftig hatte er es noch nie erlebt. Er griff nach einem Taschentuch, putzte sich die Nase und wischte sich die Tränen weg. Aber es nutzte nichts, seine Augen wurden schon wieder feucht.

»Kleiner! Viel kleiner würfeln!« Lotte Merckheim stand neben ihm und schaute ihn streng an. »Ich brauche sehr klein gewürfelte Zwiebeln. Zwiebelchen, sozusagen. Oder Zwiebele, um den schwäbischen Diminutiv zu verwenden. Und bitte etwas gleichmäßiger, das Auge isst schließlich mit, wenn es nicht gerade weint.« Sie grinste ihn jetzt an, und auch die anderen Anwesenden hatten inzwischen mitbekommen, dass Häberle mit den Zwiebeln zu kämpfen hatte.

»Ich habe zu Hause eine Taucherbrille, die ich immer aufsetze, wenn ich Zwiebeln schneide«, rief ihm Julia Specht zu, während sie fünf Sektgläser aus einer Flasche von einem Kaiserstühler Winzer füllte.

»Ja, genau. Wann hast du denn bitte schön zum letzten Mal zu Hause Zwiebeln geschnitten? Oder überhaupt gekocht?« Ihr Freund Uwe nahm sich lachend ein volles Glas und gab ihr einen Kuss auf den Kopf. Sie streckte ihm die Zunge raus.

»Du kannst beim Zwiebelschneiden auch einfach einen Schluck Wasser in den Mund nehmen«, mischte sich Maria Dupont in die Unterhaltung ein, die am Tisch saß und ihren eingegipsten Fuß auf einem Stuhl liegen hatte.

»Und was soll das bringen?« Häberle wischte sich erneut die Tränen aus den Augen, während er versuchte, die Zwiebeln so klein zu würfeln, dass seine Mitbewohnerin zufrieden war. Schließlich war sie die Meisterköchin, also hatte sie das Sagen, auch wenn er wie versprochen die Finanzierung des heutigen Abends übernommen hatte.

Der Fall war abgeschlossen, der Mörder im Gefängnis, also gab es einen Vier-Gänge-Pilzabend auf seine Kosten. Natürlich auch mit Burgundertrüffeln, die er am Mittag direkt bei einer Trüffelplantage besorgt hatte. Und natürlich fand das Festessen in Lotte Merckheims Küche statt, die noch immer das einzige vollständig renovierte Zimmer in der Villa war. Aber langsam tat sich auch in den anderen Räumen etwas, es wurde nichts mehr abgerissen, sondern neu aufgebaut. Noch zwei Monate, hatte der Architekt gesagt. Dann würden auch Häberles zwei Zimmer mit Bad in Angriff genommen werden. Der Hauptkommissar konnte es kaum erwarten.

»Ganz einfach. Das Wasser bindet die Zwiebelgase, neutralisiert dadurch die Schärfe, und deine Augen brennen nicht.« Lotte Merckheim stand neben ihm, während sie ihm den Trick mit dem Schluck Wasser erklärte, und rührte in einer Pfanne Risotto. Das würde es später als zweite Vorspeise mit Steinpilzen geben.

»Ist ein guter Trick, vor allem für Anfänger wie dich.« Sie schaute auf das Schneidebrett vor ihm. »Noch kleiner! Bei den Steinpilzen müssen zwar Zwiebeln drin sein, aber ihr sollt nicht draufbeißen, sondern nur den Geschmack wahrnehmen.«

Häberle seufzte. Hätte er das Kochen doch bloß Lotte überlassen, dann könnte er jetzt mit Maria, Uwe und Julia am Tisch sitzen und Sekt trinken.

Es war jetzt zwei Wochen her, seit sie Andrea Lauber aus dem Stollen geholt hatten. Sie war inzwischen zur Erholung in einem psychiatrischen Klinikum, Häberle hatte gestern mit ihr telefoniert, um ihr den Termin für die Gerichtsverhandlung von Lothar Biesig mitzuteilen. Sie hatte gefasst gewirkt und sofort zugesagt, im Gerichtssaal auszusagen. Es wäre gar nicht unbedingt nötig, sie hatten inzwischen mehr als genug belastendes Material gegen den Mann. In dem Stollen hatten sie, wie von Palmer vermutet, auch DNA-Spuren von Stefan Schwamm entdeckt. Da kam Biesig auf keinen Fall noch mal raus.

Er musste grinsen, als er an die Szene bei Biesig im Gefängnis dachte. Es hatte so gutgetan, ihn darüber zu informieren, dass sie Andrea Lauber gefunden hatten. Der Mann hatte wie vermutet und auch erhofft erst einen Tobsuchtsanfall bekommen, und dann war er zusammengebrochen und hatte jede Frage beantwortet, die sie ihm stellten. Neues hatten sie nicht erfahren, aber alle ihre Vermutungen zum Ablauf und zu den Hintergründen der Morde waren bestätigt worden. Zum Verbleib von Stefan Schwamms Trüffelbuch befragt, hatte Biesig hasserfüllt »Das Drecksding habe ich verbrannt!« geschrien, was Häberle nur recht sein konnte. Das Buch hatte für genügend Unheil gesorgt.

»He, Thomas! Hast du übrigens bei der Trüffelfarm nachgefragt, ob die vielleicht einen guten Trüffelsuchhund brauchen?« Julia Specht trank genüsslich einen Schluck Sekt. »Schließlich gibt es mit Fuzzi und Fredo jetzt sogar zwei hervorragende Schnüffler zu vergeben.«

»Ja, habe ich. Die waren tatsächlich interessiert. Sie haben zwar schon einen Loretto Rollgardino, aber sie wollen sich Fredo mal anschauen. Fuzzi ist bereits versorgt, den hat Paul Bremer, der Züchter, nach Italien vermittelt.«

»Lagotto Romagnolo«, verbesserte ihn Maria Dupont mal wieder. »Dann wird Fuzzi wohl in Zukunft im Piemont nach Trüffeln schnüffeln und Fuzzo heißen. Klingt italienischer.«

»Ach, das macht ihm bestimmt nichts aus. Meine Tante hat eine Katze, die hieß früher Monika«, erzählte Julia Specht, die ihr Sektglas bereits geleert hatte und anscheinend in Erzähllaune war. »Irgendwann hat sie aber bemerkt, dass das keine Katze, sondern ein Kater ist.« Sie schenkte sich ihr Glas wieder voll.

»Und? Wie heißt er jetzt? Eine maskuline Form von Monika gibt es ja nicht, oder?« Dupont schaute ihre junge Kollegin fragend an.

Die zuckte mit den Schultern. »Doch, gibt es schon, wenn man will. Der Kater heißt jetzt ›Der Moniker‹ und scheint zufrieden damit zu sein. Zumindest hat er sich noch nie darüber beschwert.« Sie kicherte, und Maria Dupont lachte.

»Sehr clever!«

»So, wo ist jetzt dieser gute Weißburgunder, von dem Uwe so begeistert ist? Ihr kennt ja den Spruch: Was du heute kannst entkorken, das verschiebe nicht auf morgen.« Lotte Merckheim sah sich mit dem Korkenzieher in der Hand um und nahm die Flasche von Thomas Häberle entgegen, der sie auf der Anrichte gefunden hatte.

»Apropos Spruch«, sagte Julia Specht. »Thomas findet ja, dass ich sehr viel schlechtere Sprüche kenne als Maria. Deshalb meine Frage an sie: Was fällt dir zum Thema Eifersucht ein?«

»Moment«, rief Häberle, der seine Chance gekommen sah. »Wollen wir wetten, dass sie einen besseren Spruch kennt als du?«

»Lass mich raten: Falls sie einen weiß, darf ich nicht mehr bestimmen, was du für einen Klingelton auf dem Handy hast. Richtig?« Julia Specht schnitt eine Grimasse.

Häberle musste lachen. »Du bist so clever wie deine Tante mit dem Kater, das muss man dir lassen.«

»Und wer entscheidet, welcher Spruch besser ist?«, wollte die junge Kommissarin wissen, während sie erneut ihr Sektglas leerte.

»Na, alle Anwesenden!« Häberle hatte nichts zu verlieren, aber wenn alles gut lief, würde er gleich wieder selbst bestimmen können, was für eine Musik ertönte, wenn ihn jemand anrief.

Vor einer Woche hatte Julia Specht ihm »Schöne Maid, hast du heut für mich Zeit« von Tony Marshall eingestellt. Erstens, weil bei dem Meuchelmörder-Fall so viele Schlager aufgetaucht seien, hatte sie erklärt. Und zweitens, weil er Single sei und so vielleicht eine Frau finden würde. Was er stark bezweifelte, und er hatte sie tagelang um einen anderen Song angebettelt. Schließlich hatte sie sich erweichen lassen. Jetzt schallte jedes Mal, wenn er angerufen wurde, »Das schönste Land in Deutschlands Gau'n, das ist mein Badner Land. Es ist so herrlich anzuschaun und ruht in Gottes Hand« aus seiner Hosentasche.

Er hatte gar nicht gewusst, dass es ein Badner Lied gab. Aber es schien ziemlich bekannt zu sein, zumindest Manuel Palmer war ein großer Fan, der immer sofort anfing mitzusingen und schon zweimal alle drei Strophen sehr textsicher zum Besten gegeben hatte.

»Okay. Gilt«, sagte Julia Specht nach kurzem Zögern. »Maria, lass hören. Was für ein Spruch fällt dir zu Eifersucht ein?«

Maria Dupont überlegte kurz. »Okay, hab einen. Miguel de Cervantes: Die Eifersucht lässt dem Verstand niemals genügend Freiheit, um die Dinge zu sehen, wie sie sind.«

»Aha! Siehst du? Viel besser!« Häberle schaute Julia Specht triumphierend an.

»Moment, das hast ja nicht du zu entscheiden.« Lotte Merckheim schaute ihn streng an, nachdem sie kurz ein Blech mit Flammkuchen im Ofen kontrolliert hatte. »Julia, was war dein Spruch?«

»Eifersucht ist eine Leidenschaft, die mit Eifer sucht, was Leiden schafft.«

Die Köchin schaute sie bewundernd an. »Wow. Der ist phantastisch! Wirklich super, so ein cleveres Wortspiel habe ich selten gehört! Was denkt ihr?« Sie schaute Maria Dupont und Julia Spechts Freund Uwe mit hochgezogenen Augenbrauen an. Und die verstanden natürlich sofort, was von ihnen erwartet wurde.

»Spitzenklasse. Um Längen besser als meiner«, sagte Maria Dupont trocken.

»Das ist meine Julia: schlau und wortgewandt. So ein phantastischer Spruch muss einem erst mal einfallen!« Uwe nahm seine Freundin stolz in den Arm.

»He, Moment, das ist Schiebung!« Häberle war empört. »Ihr wollt ja nur, dass ich weiterhin bescheuerte Lieder als Klingelton habe!«

»Nein. Definitiv nicht. Julias Spruch ist einfach besser, basta. Und jetzt bitte zu Tisch, als erste Vorspeise gibt es einen einfachen Flammkuchen mit darübergehobeltem Burgundertrüffel. Danach ein Steinpilz-Risotto und dann Rehrücken-Medaillons mit Pfifferlingen. Als Abschluss eine Käseplatte mit Sorten, in denen Pilze verarbeitet wurden.«

Lotte Merckheim hatte den Flammkuchen aus dem Ofen genommen und vom Blech auf ein Holzbrett gleiten lassen. Sie stellte es auf den Tisch, teilte den daraufliegenden Flammkuchen mit einem Pizzaschneider in acht Stücke und nahm dann eine schwarze Knolle aus einer Plastikdose. Langsam zog sie den Burgundertrüffel über einen Hobel, sodass große Flocken auf die Flammkuchenstücke fielen. Jeder nahm sich ein Stück auf den Teller.

»Möchte jemand etwas sagen, bevor wir essen?« Lotte Merckheim schaute in die Runde.

»Auf Thomas, der für das Festessen bezahlt. Und Lotte, die es mit unserem Hauptkommissar als Küchenhilfe für uns zubereitet hat«, sagte Maria Dupont und nahm ihr Sektglas in die Hand, woraufhin es ihr alle nachtaten.

»Und auf unsere Leidenschaft, die mit Eifer sucht, was bei den miesen Mördern Leiden schafft«, fügte Häberle hinzu. »Prost.«

Entschuldigung und Dankeschön

Bevor ich mich bei all den Menschen bedanke, die mir beim zweiten Fall von Thomas Häberle geholfen haben, möchte ich mich zuerst einmal entschuldigen. Und zwar bei den Schwarzwälder Pilzsammlern, die in meinem Krimi ja nicht so gut wegkommen. Es stimmt, dass es im Schwarzwald sehr viele Pilze inklusive Trüffel gibt und diese nur begrenzt oder gar nicht gesammelt werden dürfen. Dass dies trotzdem getan wird und es sogar so etwas wie einen Schwarzmarkt gibt, ist von mir aber frei erfunden. Ich habe noch nie etwas in diese Richtung gelesen oder gehört und habe im Wald auch noch nie Pilzsammler mit mehr als einem Korb Pilze getroffen. Der Fall beruht also komplett auf einer »Was wäre, wenn?«-Annahme meinerseits und hat in keiner Weise etwas mit realen Vorkommnissen zu tun. Falls aber tatsächlich mal der ein oder andere Pilzsammler rund um Emmendingen ein paar leckere Pilze im Korb übrig hat, dann gern vorbeibringen. Ich bin ein dankbarer Abnehmer!

Das war die Entschuldigung, jetzt folgt das Dankeschön: Zuallererst bedanke ich mich natürlich bei meiner Lebensgefährtin Katja, die mich wie schon beim ersten Häberle-Krimi mit viel Rat, Verbesserungsvorschlägen, Ideen und auch einer mittelgroßen Portion Kritik an den richtigen Stellen beim Schreiben unterstützt hat. Auch meiner Schwester Nicole, meinem Vater Ludwig und meinem Freund Martin möchte ich danken, sie waren neben Katja erneut meine ersten Testleser, haben mit viel Lob reagiert und konnten auch meine größte Angst ausräumen: dass es Logikbrüche in der Handlung gibt. Das Schlimmste, was einem Krimi passieren kann.

Was den Titel des Krimis angeht, so waren an einem schönen Abend mit leckerem Essen und Wein meine Nachbarn Sonja und Christoph beim Brainstorming involviert, und neben einigen anderen möglichen Titeln wurde auch dieser ausgebrütet, der es dann tatsächlich auf das Cover geschafft hat. Danke!

Mit meinem ersten Krimi habe ich auch Lesungen abgehalten und möchte mich an dieser Stelle bei allen Buchhandlungen und Büchereien bedanken, die mich eingeladen haben. Und außerdem bei Nina, die mir als ausgebildete Kommunikationstrainerin viele Tipps und Übungen für die Lesungen gegeben und gezeigt hat, unter anderem eine Liste mit sage und schreibe achtundvierzig Zungenbrechern, durch die ich meine Mundmuskulatur vor Lesungen lockern sollte. Meine Favoriten sind »Sechzig tschechische Chefchemiker scheuchen keusche chinesische Mönche in seichte Löschteiche« und »Auf den sieben Robbenklippen sitzen sieben Robbensippen, die sich in die Rippen stippen, bis sie von den Klippen kippen«, dicht gefolgt von »Das Weinfass, das Frau Weber leerte, verheerte ihre Leberwerte«.

Zudem geht mein Dank natürlich auch bei meinem zweiten Krimi an meine Literaturagentin Beate Riess, meine Lektorin Hilla Czinczoll und die vielen anderen netten Mitarbeitenden vom Emons Verlag, die alles dafür getan haben, dass auch der zweite Fall von Thomas Häberle ein runder, unterhaltsamer und spannender Krimi wird. Ich hoffe sehr, dass auch die Leserinnen und Leser der Meinung sind, dass das gelungen ist.

Markus Fix
WEM DIE KUCKUCKSUHR SCHLÄGT
Broschur, 352 Seiten
ISBN 978-3-7408-1785-5

Nach einer überraschenden Erbschaft zieht Hauptkommissar Thomas Häberle von Berlin nach Freiburg. An die Genuss-Metropole muss sich der standhafte Currywurst-Liebhaber allerdings erst noch gewöhnen. Dabei hilft ihm sein neues Team, das hartnäckig versucht, dem Widerspenstigen die Augen für die Freuden der Region zu öffnen. Gleich sein erster Fall führt Häberle tief in den Schwarzwald und wirft jede Menge Fragen auf. Woher hatte der Tote, der immer bescheiden lebte, plötzlich so große Mengen an Bargeld? Wer schickte ihm die vielen mysteriösen Briefe? Und was hat die Geocacher-Szene mit dieser ganzen Sache zu tun?

www.emons-verlag.de